OS
TESTAMENTOS

OS TESTAMENTOS

Margaret Atwood

TRADUÇÃO DE
SIMONE CAMPOS

Rocco

Título original
THE TESTAMENTS

Arte interior por Suzanne Dean (caneta-tinteiro) e
Noma Bar (perfil das meninas)

EDITORA ROCCO LTDA.
Av. Presidente Wilson, 231 – 8º andar
20030-021 – Rio de Janeiro – RJ
Tel.: (21) 3525-2000 – Fax: (21) 3525-2001
rocco@rocco.com.br | www.rocco.com.br

Printed in Brazil/Impresso no Brasil

preparação de originais
TIAGO LYRA

CIP-Brasil. Catalogação na publicação.
Sindicato Nacional dos Editores de Livros, RJ.

A899t Atwood, Margaret
1. ed. Os testamentos / Margaret Atwood; tradução de Simone Campos. – 1ª ed. – Rio de Janeiro: Rocco, 2019.

Tradução de: The testaments
ISBN 978-85-325-3156-8
ISBN 978-85-8122-782-5 (e-book)

1. Romance canadense. I. Campos, Simone. II. Título.

19-60110 CDD-819.13
CDU-82-31(71)

Vanessa Mafra Xavier Salgado – Bibliotecária – CRB-7/6644

O texto deste livro obedece às normas do
Acordo Ortográfico da Língua Portuguesa.

“Espera-se que toda mulher tenha as mesmas motivações, ou então que seja um monstro.”

GEORGE ELIOT, *DANIEL DERONDA*

“Quando olhamos um no rosto do outro, nenhum de nós está somente olhando um rosto que odeia – não, estamos olhando para um espelho. (...). Vocês realmente não se reconhecem em nós (...)?”

OBERSTURMBANNFÜHRER LISS AO VELHO BOLCHEVIQUE MOSTOVSKOY, VASILY GROSSMAN, *VIDA E DESTINO*

“A liberdade é uma carga pesada, um enorme e estranho fardo para o espírito suportar. (...). Não se trata de uma dádiva recebida, mas de uma escolha feita, e a escolha pode ser difícil.”

URSULA K. LE GUIN, *AS TUMBAS DE ATUAN*

Sumário

I

Estátua

O hológrafo de Ardua Hall

1

Apenas os mortos têm permissão para ter estátuas, mas eu ganhei uma ainda em vida. Eu já estou petrificada.

Aquela estátua era um pequeno sinal de agradecimento por minhas várias contribuições, dizia o discurso, que foi lido pela Tia Vidala. Ela fora incumbida dessa tarefa pelos nossos superiores e estava longe de transmitir entusiasmo. Agradeci-lhe com o máximo de modéstia que pude e puxei a corda que desatava o manto que me encobria; ele flutuou morosamente ao chão, e lá estava eu. Aqui em Ardua Hall não se ovaciona ninguém, mas ouviu-se uma discreta salva de palmas. Inclinei minha cabeça em agradecimento.

A minha estátua é algo descomunal, como tende a ser toda estátua, e me retrata mais jovem, mais magra e em melhor forma do que tenho estado há tempos. Estou ereta, ombros para trás, meus lábios curvos num sorriso firme, mas benevolente. Meus olhos se fixam em algum ponto de referência cósmico que se presume representar meu idealismo, meu compromisso inabalável com o dever, minha determinação em seguir em frente a despeito de qualquer obstáculo. Não que qualquer parte do céu esteja à vista da minha estátua, plantada onde está, naquele melancólico aglomerado de árvores e arbustos ao lado da trilha de pedestres que passa em frente do Ardua Hall. Nós, as Tias, não podemos ter grandes pretensões, mesmo em forma de pedra.

Agarrada à minha mão esquerda há uma menina de sete ou oito anos, mirando-me cheia de confiança. Minha mão direita está apoiada na cabeça de uma mulher agachada a meu lado, de cabelos cobertos, seus olhos voltados para cima em uma expressão que poderia ser lida tanto como amedrontada quanto como grata – uma de nossas Aias –, e atrás de mim há uma de minhas Pérolas, pronta para partir em seu trabalho missionário. Pendendo do cinto que contorna minha cintura está minha arma de choque. Esta arma me lembra de minhas limitações: se eu tivesse sido mais eficiente, não teria necessitado desse acessório. A persuasão da minha voz teria sido suficiente.

Como grupo estatuário, não somos um grande sucesso: há elementos demais. Eu preferiria uma maior ênfase na minha pessoa. Mas pelo menos eu pareço estar em meu perfeito juízo. Poderia ter sido bem outro o caso, dado que a escultora idosa – uma crente fervorosa que veio a falecer – tendia a esbugalhar os olhos das modelos para sinalizar devoção. O busto que ela fez da Tia Helena tem ares de hidrofobia, o de Tia Vidala está com hipertireoidismo, e o de Tia Elizabeth parece prestes a explodir.

Na inauguração, a escultora estava nervosa. Será que havia me adulado o suficiente com sua escultura? Eu a aprovava? As pessoas iam *entender* que aprovei? Cogitei franzir a testa assim que o manto caísse, mas achei melhor não: não sou totalmente destituída de compaixão.

– Ficou muito realista – falei.

Isso foi há nove anos. Desde esse dia minha estátua vem se deteriorando: pombos me adornaram, musgo brotou nas minhas dobras mais úmidas. Devotos adquiriram o hábito de deixar oferendas a meus pés: ovos pela fertilidade, laranjas para sugerir a corpulência da gravidez, croissants em referência à lua. Ignoro os artigos de padaria – geralmente eles pegaram chuva –, mas embolso as laranjas. Laranjas são muito refrescantes.

Escrevo essas palavras no meu gabinete particular dentro da biblioteca do Ardua Hall – uma das poucas bibliotecas restantes após as animadas fogueiras de livros que têm ocorrido em nossa terra. As digitais pútridas e ensanguentadas do passado precisam ser expurgadas para deixar uma tábula rasa para a geração moralmente pura que com certeza vai nos suceder. Em teoria, pelo menos, é isso.

Mas entre estas digitais sangrentas estão as que nós mesmos deixamos, e estas não são tão fáceis de apagar. Com o passar dos anos enterrei muitos ossos; agora minha vontade é de exumá-los – nem que seja só para te edificar, meu leitor desconhecido. Se você estiver lendo isso, pelo menos este manuscrito terá sobrevivido. Embora talvez eu esteja fantasiando: talvez eu nunca venha a ter um leitor. Talvez eu só esteja falando com as paredes, ou muros, em todos os sentidos.

Chega de escrevinhar por hoje. Minha mão está doendo, minhas costas ardendo, e meu copo noturno de leite morno me aguarda. Vou guardar essa arenga no seu devido esconderijo, evitando as câmeras de vigilância – que sei bem onde estão, já que eu mesma as instalei. Apesar dessas precauções, estou ciente do risco que corro: escrever pode ser perigoso. Que traições, e então que acusações, podem estar à minha espera? Há muita gente em Ardua Hall que adoraria se apoderar dessas páginas.

Aguardem, aconselho-os silenciosamente: pois vai ficar pior.

II

FLOR VALIOSA

Transcrição do Depoimento da Testemunha 369A

2

Você me pediu para contar como foi crescer em Gilead. Você diz que isso vai ajudar, e eu quero ajudar, é claro. Imagino que você esteja esperando apenas horrores, mas a verdade é que muitas crianças eram amadas e queridas, assim em Gilead como em todo lugar, e muitos adultos eram bondosos, mas falíveis, assim em Gilead como em todo lugar.

Espero que você também se lembre de que todos temos certa nostalgia por qualquer forma de bondade que nos tenha acalentado na infância, seja lá quão bizarras as condições dessa infância pareçam para quem está de fora. Concordo com você que Gilead deve sumir de vista – há muita coisa errada, muita coisa falsa, e muita coisa francamente contrária ao plano de Deus –, mas você precisa me dar espaço para lamentar a parte boa do que se vai.

Em nossa escola, rosa era a cor da primavera e do verão, violeta a do outono e do inverno, branco a dos dias especiais: domingos e comemorações. Braços cobertos, cabelos cobertos, saias até o joelho antes dos cinco anos e no máximo dois dedos acima da canela a partir de então, porque os impulsos dos homens eram terríveis e esses impulsos precisavam ser coibidos. Os olhos dos homens que estavam sempre rondando e perscrutando feito olhos de tigre, aqueles olhos de refletor, precisavam ser protegidos do poder tentador e ofuscante que nós detínhamos – com nossas pernas formosas, magricelas ou gorduchas, com nossos braços graciosos, roliços ou flácidos, com nossa pele de pêssego ou empelotada, com nossos cabelos, fossem eles lustrosas melenas cacheadas, ásperos ninhos de rato ou mirradas tranças de palha loura, não fazia diferença. Seja lá quais fossem nossos traços e características, éramos sempre sedutoras arapucas involuntárias, éramos os ensejos inocentes pela própria natureza, podíamos deixar os homens bêbados de luxúria, levando-os a vacilar, tropeçar, e acabar caindo – caindo de quê, e onde? Ficávamos pensando. Seria como um precipício? – e então eles tombariam em chamas, feito bolas de enxofre ardente arremessadas pela mão furiosa de Deus. Devíamos zelar pelo tesouro invisível de valor incalculável que residia em nosso íntimo; éramos flores valiosas que precisavam ser guardadas dentro de estufas bem seguras, ou seríamos atacadas e nossas pétalas arrancadas e nosso tesouro pilhado e seríamos estripadas e pisoteadas pelos homens vorazes que podiam estar à espreita em qualquer esquina, no mundo lá fora, assolado pelo pecado e com arestas pontiagudas.

Era esse tipo de coisa que nos dizia a Tia Vidala, com seu eterno nariz escorrendo, na escola, enquanto bordávamos lenços, pufes e porta-retratos em *petit point*: vasos de flores e cestas de frutas eram os motivos mais frequentes. Mas a Tia Estée, a professora de que mais gostávamos, dizia que a Tia Vidala estava exagerando e que não havia necessidade de nos encher de medo, já que instilar uma aversão tão extrema poderia ter efeitos adversos sobre nossa futura felicidade conjugal.

– Nem todo homem é assim, meninas – dizia ela, nos tranquilizando. – Os melhores têm excelente caráter. Alguns têm uma medida decente de autocontrole. E quando estiverem casadas isso vai parecer muito diferente a vocês, e não vai dar tanto medo assim. – Não que ela soubesse muito a respeito, já que as Tias não eram casadas; não podiam se casar. Era por isso que podiam escrever e ler livros.

– Nós, e seus pais e suas mães, vamos escolher seus maridos para vocês com toda sabedoria quando chegar a hora – dizia a Tia Estée. – Então não tenham medo. Basta fazer seus deveres e confiar na sabedoria dos mais velhos, e tudo vai acontecer naturalmente. Eu vou orar por isso.

Mas apesar das covinhas e do sorriso agradável da Tia Estée, foi a versão da Tia Vidala que prevaleceu. Ela despontava nos meus pesadelos: a estufa se estilhaçava, depois tudo era despedaçado e retalhado, cascos galopando sobre fragmentos róseos, brancos e violeta de mim sobre a terra. Eu odiava a ideia de ficar mais velha – velha o suficiente para me casar. Não tinha a menor confiança na sabedoria das escolhas das Tias: meu medo era de acabar casada com um bode em fúria.

Os vestidos em rosa, branco e violeta eram a norma para meninas especiais como nós. Meninas comuns das Econofamílias usavam a mesma coisa o tempo todo – as listras multicoloridas feias e os hábitos de cor cinza, iguais às roupas de suas mães. Elas nem sequer aprendiam a bordar em *petit point* ou a fazer crochê, faziam apenas a costura ordinária, a confecção de flores de papel e outras tarefas parecidas. Não eram pré-selecionadas para se casar com os melhores homens – os Filhos de Jacob e os outros Comandantes ou seus filhos – como nós; embora pudessem ser escolhidas quando mais velhas, se fossem bonitas o bastante.

Ninguém falava nisso. Não era bem-visto você se envaidecer pela sua aparência, era falta de modéstia, e também não era de bom tom você notar boa aparência nos outros. Ainda assim, nós, meninas, sabíamos a verdade: que era melhor ser bonita do que ser feia. Até as Tias davam mais atenção às meninas bonitas. Mas, se você era uma pré-selecionada, a beleza não importava tanto.

Eu não era vesga como a Huldah nem tinha um franzido na testa de nascença que nem a Shunammite, e nem tinha sobrancelhas semi-invisíveis como a Becka, mas eu ainda me encontrava em estado bruto. Minha cara parecia ser feita de massa crua, feito a dos biscoitos que minha Martha preferida, a Zilla, fazia para mim em ocasiões especiais, com olhos de passas e dentes de semente de abóbora. Mas, apesar de não ser especialmente bonita, eu tinha sido muito, muito escolhida. Duplamente escolhida: não apenas pré-escolhida para me casar com um Comandante, mas escolhida, em primeiro lugar, pela Tabitha, que era minha mãe. Era isso que Tabitha costumava me contar:

– Fui passear na floresta – dizia ela – e lá cheguei a um castelo encantado, onde havia um monte de menininhas presas, e nenhuma delas tinha mãe, e estavam todas enfeitiçadas pelas bruxas más. Eu tinha um anel mágico que abria o castelo, mas eu só podia resgatar uma menininha. Então olhei uma por uma, com todo o cuidado, e, de todas elas, eu escolhi você!

– O que aconteceu com as outras? – eu perguntava. – Com as outras garotinhas?

– Outras mães foram lá resgatá-las – dizia ela.

– Elas também tinham anéis mágicos?

– É claro, meu amor. Para virar mamãe, você precisa de um anel mágico.

– Cadê o anel mágico? – eu perguntava. – Aonde ele foi parar?

– Está aqui no meu dedo – dizia ela, mostrando o terceiro dedo de sua mão esquerda. Ela o chamava de dedo do coração. – Mas meu anel só tinha um desejo, e eu o usei com você. Então agora é um anel comum de mãe, como qualquer outro.

Nesse momento ela me deixava experimentar o anel, que era de ouro, com três diamantes: um grande, e um pequeno de cada lado. Parecia mesmo já ter sido mágico um dia.

– Você me pegou no colo e me carregou? – eu perguntava. – Até sair da floresta? – Eu sabia a história de cor, mas gostava de ouvi-la de novo.

– Não, minha querida, você já era grande demais para isso. Se eu te pegasse no colo, eu teria tossido, e aí as bruxas iriam nos ouvir. – Isso eu via que era verdade: de fato ela tossia bastante. – Então eu peguei na sua mão, e saímos de mansinho do castelo para as bruxas não nos ouvirem; as duas dizendo *Shh, shh*... – Nessa hora ela punha o dedo sobre os lábios, e eu fazia o mesmo, dizendo, *Shh, shh*... e adorando. – E aí tivemos que correr muito, muito pela floresta, para fugir das bruxas más, porque uma delas nos viu quando saímos do castelo. A gente saiu correndo, e se escondeu em uma árvore oca. Foi muito perigoso!

De fato, eu tinha uma memória difusa de correr por uma floresta com alguém segurando a minha mão. Será que eu tinha me escondido numa árvore oca? Me parecia mesmo ter me escondido em algum lugar. Então talvez fosse verdade.

– E depois, o que aconteceu? – perguntava eu.

– E depois eu te trouxe para essa casa bonita. Você está feliz? Nós te amamos tanto! Não foi sorte nossa eu ter te escolhido?

Eu ficava aninhada junto dela, com seu braço ao meu redor e minha cabeça apoiada no seu corpo magro, sentindo as costelas que despontavam pela pele. Minha orelha ficava apertada contra seu peito, e eu ouvia seu coração martelando forte lá dentro – cada vez mais rápido, me parecia, enquanto ela esperava eu responder alguma coisa. Eu sabia que minha resposta tinha poder: eu podia fazê-la sorrir, ou não.

O que eu poderia ter respondido senão sim e sim? Sim, eu estava feliz. Sim, eu tinha sorte. De qualquer maneira, era verdade.

3

Qual era a minha idade então? Seis ou sete anos, talvez. É difícil saber, pois não tenho lembranças claras de antes dessa época.

Eu amava muito a Tabitha. Ela era linda, embora magérrima, e passava horas brincando comigo. Tínhamos uma casa de bonecas que parecia a nossa casa, com sala de estar e de jantar e uma cozinha grande para as Marthas, e um escritório para o pai com escrivaninha e estantes de livros. Todos os livros de mentirinha nas prateleiras estavam em branco. Perguntei por que não havia nada dentro deles – eu tinha uma vaga noção de que deveria haver marcas naquelas páginas – e minha mãe disse que livros eram decorativos, feito vasos de flor.

Quantas mentiras ela precisou inventar por minha causa! Para a minha segurança! Mas ela estava à altura da tarefa. Tinha muita imaginação.

Tínhamos quartos grandes e bonitos no segundo andar da casa de bonecas, com cortinas e papel de parede e quadros – quadros bonitos, com frutas e flores – e quartos menores no terceiro andar, e ao todo eram cinco banheiros, embora um fosse uma sala de maquiagem – Por que será que tinha esse nome? O que era "maquiagem"? – e um porão com mantimentos.

Tínhamos todas as bonecas para a casa que se podia querer: uma boneca-mãe com o vestido azul das Esposas dos Comandantes, uma boneca-menininha com três vestidos – rosa, branco e violeta, que nem os meus –, três bonecas-Martha com aventais sobre vestidos verde fosco, um Guardião da Fé de boné para dirigir o carro e cortar a grama, dois Anjos para se postarem no portão com suas miniarminhas de plástico impedindo qualquer um de entrar para nos fazer mal, e um boneco-pai em seu empertigado uniforme de Comandante. Ele nunca falava muito, mas vivia dando voltas pela casa e sentava-se na cabeceira da mesa de jantar, e as Marthas lhe traziam coisas em bandejas, e aí ele entrava no escritório e fechava a porta.

Nisto, o boneco-Comandante era como meu próprio pai, o Comandante Kyle, que sorria para mim e perguntava se eu estava sendo boazinha, e depois sumia. A diferença era que eu conseguia ver o que o boneco-Comandante estava fazendo dentro do escritório dele, que era ficar sentado na escrivaninha com seu Compufone e uma pilha de papel, ao passo que com meu pai de verdade eu não podia saber: era proibido entrar no escritório dele.

Dizia-se que o que meu pai estava fazendo ali era muito importante – as coisas importantes que os homens faziam, importantes demais para mulheres se meterem porque possuíam cérebros menores, incapazes de formar pensamentos mais amplos, segundo a Tia Vidala, que nos ensinava Religião. Seria como tentar ensinar um gato a tricotar, disse Tia Estée, que nos ensinava Artesanato, e isso nos provocava risadas, porque que ridículo! Gatos nem dedos tinham!

Então os homens tinham algo em suas cabeças que era como dedos, porém uma espécie de dedos que as meninas não tinham. E isso explicava tudo, dizia a Tia Vidala, e chega de perguntas sobre esse assunto. Sua boca se fechou com um clique, trancando lá dentro as demais palavras que poderiam ter sido ditas. Eu sabia que deveria haver mais palavras, pois já naquela época aquela explicação dos gatos não pareceu muito certa. Gatos não queriam saber de tricotar. E nós não éramos gatos.

O proibido é uma abertura para a imaginação. Foi por isso que Eva comeu o Fruto do Conhecimento, disse a Tia Vidala: imaginação demais. Então era melhor não ficar a par de certas coisas. Senão suas pétalas acabariam esparramadas por aí.

No jogo da casa de bonecas, havia uma boneca de Aia com um vestido vermelho e uma barriga inchada e um chapéu branco escondendo a cara, ainda que minha mãe tivesse dito que na nossa casa não precisávamos de uma Aia porque já tínhamos a mim, e as pessoas não devem cobiçar mais uma menininha se já têm uma. Então embrulhamos a Aia em papel de seda, e Tabitha disse que depois eu poderia doá-la a alguma outra menininha que não tivesse uma casa de bonecas tão bonita quanto a minha, para que ela brincasse bastante com a boneca da Aia.

Eu gostei de guardar a Aia na caixa porque as Aias de verdade me davam nervoso. Passávamos por elas em nossos passeios escolares, quando caminhávamos em uma comprida fila dupla com uma Tia em cada ponta. Os passeios eram ou para igrejas, ou para parques onde fazíamos brincadeiras em círculo ou olhávamos os patos no lago. Mais tarde poderíamos ir a Salvamentos ou Rezavagâncias com nossos vestidos brancos e véus para assistir a gente sendo enforcada ou se casando, mas ainda não tínhamos a maturidade para isso, dizia a Tia Estée.

Havia balanços nos parques, mas, por causa de nossas saias, que podiam ser levantadas pelo vento e permitir a visão de seu interior, não podíamos nem pensar em tomar a liberdade de andar de balanço. Só os meninos podiam desfrutar dessa liberdade; só eles podiam ascender e arremeter; só eles tinham direito ao voo.

Até hoje nunca andei de balanço. Continua sendo um dos meus sonhos.

Enquanto andávamos pela rua, as Aias andavam duas a duas com suas cestas de compras. Elas não olhavam para nós, ou não muito, e não era para olharmos para elas porque isso era falta de educação, dizia a Tia Estée, assim como era falta de educação olhar para aleijados ou qualquer pessoa diferente. Também não podíamos fazer perguntas sobre as Aias.

– Vocês vão ficar sabendo dessas coisas todas quando chegarem na idade – dizia a Tia Vidala. *Essas coisas todas*: as Aias faziam parte *dessas coisas todas*. Era algo ruim, então; algo daninho, ou algo danificado, o que talvez fosse a mesma coisa. Será que algum dia as Aias já tinham sido como nós, brancas, rosas e violetas? Será que se descuidaram, deixando alguma parte tentadora delas de fora?

Agora não era possível ver muita coisa delas. Nem os rostos delas podiam ser vistos por causa daqueles chapéus brancos que usavam. Pareciam todas iguais.

Em nossa casa de bonecas havia uma boneca de Tia, ainda que ela não fizesse exatamente parte de uma casa, e sim de uma escola, ou do Ardua Hall, onde diziam que as Tias moravam. Quando eu estava brincando sozinha com a casa de bonecas, eu costumava trancar a boneca-Tia no sótão, uma pequena maldade que eu fazia. Ela esmurrava feito louca a porta do sótão e gritava "Me solta", mas a boneca-menininha e a boneca-Martha que poderiam ajudá-la não lhe davam atenção, e às vezes até riam dela.

Não tenho orgulho de registrar essa crueldade, embora o objeto dessa crueldade tenha sido uma boneca. É um lado vingativo da minha natureza que, sinto dizer, não tive sucesso em subjugar por completo. Mas, em um relato como este, é melhor ser escrupulosa quanto a suas faltas, bem como quanto a todas as suas demais atitudes. Senão ninguém vai entender por que você tomou as decisões que tomou.

Foi minha mãe, Tabitha, quem me ensinou a ser honesta comigo mesma, algo um tanto irônico em vista das mentiras que me pregou. A bem da verdade, ela devia ser honesta em se tratando dela mesma. Ela tentava – creio eu – ser uma pessoa tão boa quanto possível, dadas as circunstâncias.

A cada noite, depois de me contar uma história, ela me botava na cama com meu bichinho de pelúcia preferido, uma baleia – porque Deus fez as baleias para no mar brincar, então tudo bem você brincar com uma baleia –, e aí nós orávamos.

A oração era em forma de uma canção, que cantávamos juntas:

Vou deitar pra descansar
Rogo a Deus pra me guardar
Se eu morrer sem acordar
Rogo a Deus pra me levar

Quatro anjos a velar
Dois no pé, dois no espaldar
Um guardando, outro a rezar
E dois pra minh'alma levar

Tabitha tinha uma linda voz, feito uma flauta de prata. Muito ocasionalmente, quando estou caindo no sono, à noite, quase consigo ouvi-la cantar.

Havia uma ou duas coisas nessa música que me incomodavam. Primeiro de tudo, os anjos. Sei que eram para ser anjos de camisolão e penas, mas não era assim que eu os imaginava. Eu os imaginava como nosso tipo de Anjo: homens de uniforme preto com asas de pano bordadas em suas roupas, e armas. Não me agradava a ideia de quatro Anjos armados de pé junto da minha cama enquanto eu dormia, porque afinal de contas eram homens, e o que seria das partes de mim que ficassem para fora das cobertas? Meus pés, por exemplo. Isso não lhes inflamaria os desejos? Inflamaria sim, não havia nada que se pudesse fazer. Então os quatro Anjos não eram uma ideia que me tranquilizasse.

Além disso, era desanimador orar sobre morrer enquanto dorme. Eu não achava que morreria, mas e se morresse? E como seria minha alma, a coisa que os anjos levariam embora? Tabitha disse que era a parte espiritual, e ela não morria quando seu corpo morria, e isso era para ser uma ideia animadora.

Mas como seria a aparência dessa minha alma? Eu a imaginei exatamente igual a mim, só que muito menor: tão pequena quanto a boneca-menininha da minha casa de bonecas. Estava dentro de mim, então talvez fosse a mesma coisa que a Tia Vidala falou que tínhamos que resguardar com tanto fervor. Você podia perder a sua alma, dizia a Tia Vidala, assoando o nariz, e nesse caso a alma cairia e se despenharia sem parar, até pegar fogo, como no caso dos homens animalescos. Eu faria de tudo para evitar uma coisa dessas.

4

No começo deste período que vou descrever agora, eu devia ter oito anos, na primeira vez, ou talvez nove. Lembro desses acontecimentos, mas não da minha idade exata. É difícil se lembrar de datas, especialmente porque não tínhamos calendários. Mas vou continuar da melhor forma que puder.

Meu nome, nessa época, era Agnes Jemima. Agnes queria dizer "ovelha", dizia minha mãe, Tabitha. Ela costumava recitar uma rima:

Ovelhinha, quem te criou?
Sabes tu quem te criou?

Havia mais depois disso, mas me esqueci.

Quanto a Jemima, esse nome vinha de uma história da Bíblia. Jemima era uma menininha muito especial, porque seu pai, Jó, recebeu muito azar de Deus como uma espécie de prova, e a pior parte da prova foi que todos os filhos de Jó foram mortos. Todos os seus filhos, todas as suas filhas: mortos! Eu tinha calafrios toda vez que ouvia isso. Deve ter sido horrível o que Jó sentiu quando recebeu essa notícia.

Mas Jó passou na prova, e Deus lhe deu novos filhos – vários filhos homens, e também três meninas –, então ele ficou feliz de novo. E uma dessas filhas se chamava Jemima.

– Deus a deu para Jó assim como Deus deu você para mim – disse minha mãe.

– Você tinha azar? Antes de me escolher?

– Tinha, sim – respondeu ela, sorrindo.

– Você passou na prova?

– Devo ter passado – disse minha mãe. – Ou não teria chance de escolher uma filha tão maravilhosa quanto você.

Essa história me agradava. Foi só mais tarde que passou pela minha cabeça: como Jó pode ter deixado Deus engabelá-lo com uma penca de filhos novos, como se quisesse que ele fingisse que os filhos mortos não importavam mais?

Quando eu não estava na escola nem com a minha mãe – e eu ficava com minha mãe cada vez menos, porque cada vez mais ela ficava no segundo andar da casa deitada na cama, fazendo aquilo que as Marthas chamavam de "descansar" –, eu gostava de ficar na cozinha, olhando as Marthas fazerem pão, biscoitos, tortas, bolos, sopas e caldos. Todas as Marthas eram conhecidas como Martha porque era isso o que eram, e todas usavam o mesmo tipo de roupa, mas cada uma tinha um primeiro nome também. As nossas se chamavam Vera, Rosa e Zilla; tínhamos três Marthas porque meu pai era muito importante. A Zilla era minha preferida porque falava com muito carinho, enquanto que a Vera era ríspida e a Rosa era carrancuda. Mas não era culpa dela, era só o jeito do rosto dela. Era mais velha do que as outras duas.

– Posso ajudar? – eu perguntava às Marthas. E elas me davam sobras de massa de pão para brincar, e eu fazia um hominho de massa, e elas colocavam no forno para assar com o que mais estivessem assando. Eu sempre fazia hominhos de massa, nunca mulherzinhas, porque depois de assados eu os comia, e isso me dava a sensação de que eu tinha um poder secreto sobre os homens. Estava ficando claro para mim que, apesar dos ímpetos que Tia Vidala dizia que eu atiçava neles, eu não tinha nenhum outro poder sobre eles.

– Posso fazer o pão todo? – perguntei um dia quando a Zilla estava pegando o recipiente para fazer a massa. Eu assistira a elas fazendo aquilo tantas vezes que tinha certeza de que saberia fazer igual.

– Não precisa se dar ao trabalho – disse Rosa, com a carranca mais pronunciada que o normal.

– Por quê? – perguntei.

Vera deu sua risada áspera:

– Você vai ter Marthas para fazer tudo para você – disse ela. – Quando tiverem escolhido um marido bem fofo pra você.

– Não vai ser fofo. – Eu não queria um marido gordo.

– Claro que não. É modo de dizer – disse Zilla.

– Você também não vai precisar fazer compras – disse Rosa. – A sua Martha vai fazer isso. Ou então uma Aia, se você precisar de uma.

– Talvez ela não precise de uma – disse Vera. – Pensando em quem a mãe dela...

– Não fala nisso – disse Zilla.

– O quê? – perguntei. – O que tem a minha mãe?

Eu sabia que havia um segredo relacionado à minha mãe – tinha a ver com o jeito como falavam *está descansando* – e ele me apavorava.

– Assim como sua mãe pôde ter o próprio bebê – disse Zilla, conciliatória –, tenho certeza de que você também vai poder. Você gostaria de ter um, não é, querida?

– Sim – falei –, mas marido eu não quero. Acho eles um nojo. – As três deram risada.

– Nem todos – disse Zilla. – Seu pai é um marido. – A isso, não tive como dar nenhuma resposta.

– Eles vão arranjar um bom para você – disse Rosa. – Não vai ser um velho qualquer.

– Eles têm um orgulho a zelar – disse Vera. – Não vão te casar com alguém inferior, isso com certeza.

Eu queria parar de pensar em marido.

– Mas e se eu quiser? – falei. – Fazer pão? – Eu estava magoada: parecia que estavam se fechando num círculo, me expulsando dele. – E se eu mesma quiser fazer pão?

– Bem, é claro que suas Marthas teriam que te deixar fazer – disse Zilla. – Você vai ser a patroa. Mas elas iriam te menosprezar por isso. E iam sentir que você estaria usurpando o lugar que é delas por direito. As coisas em que elas são as melhores. Você não ia gostar de vê-las se sentindo assim, não é, querida?

– O seu marido também não ia gostar – disse Vera com outra de suas risadas rudes. – Faz mal para as mãos. Olha só as minhas! – Ela as estendeu para mim: seus dedos eram nodosos, a pele áspera, as unhas curtas, com as cutículas esfarrapadas. Bem diferentes das mãos finas e elegantes da minha mãe, com seu anel mágico. – Trabalho duro acaba com as mãos. Ele não vai querer você cheirando a massa de pão.

– Ou a água sanitária – disse Rosa. – De limpar a casa.

– Ele vai querer que você fique só no bordado mesmo – disse Vera.

– No *petit point* – disse Rosa. Sua voz transbordava de desdém.

Bordar não era o meu forte. Eu vivia sendo criticada por meus pontos frouxos e desleixados.

– Eu odeio fazer *petit point*. Quero fazer pão.

– Nem sempre podemos fazer o que queremos – disse Zilla com doçura. – Nem você.

– E às vezes temos que fazer o que odiamos – disse Vera. – Até você.

– Não deixem, então! – falei. – Vocês são más!

E saí correndo da cozinha.

A essa altura, eu já estava chorando. Embora tivesse recebido ordens para não incomodar minha mãe, subi de mansinho até o andar de cima e entrei em seu quarto. Ela estava coberta por sua linda colcha branca com flores azuis. Estava de olhos fechados, mas deve ter me ouvido, porque os abriu. A cada vez que eu a via, seus olhos me pareciam maiores e mais luminosos.

– Que houve, meu amor? – perguntou ela.

Me enfiei sob a coberta e me acheguei a ela. Ela estava muito quente.

– Não está certo – solucei. – Eu não quero me casar! Por que preciso me casar?

Ela não disse *Porque é seu dever*, como a Tia Vidala teria dito, nem *Quando chegar a hora, você vai querer*, que era o que a Tia Estée diria. No começo, ela não disse nada. Em vez disso, me abraçou e me fez cafuné.

– Lembre que eu te escolhi – disse ela – dentre todas as outras.

Mas agora eu já tinha idade para duvidar da história da escolha: o castelo trancafiado, o anel mágico, as bruxas más, a fuga.

– Isso é só uma historinha – falei. – Eu saí da sua barriga, igual aos outros nenéns.

Ela não falou nada. Por algum motivo, isso me deixou assustada.

– Saí sim! Não é? – perguntei. – A Shunammite me contou. Na escola. Essa história da barriga.

Minha mãe me abraçou mais forte.

– Aconteça o que acontecer – disse ela depois de um tempo –, quero que se lembre de que eu sempre te amei muito.

5

Você já deve ter adivinhado o que eu vou te contar a seguir, e não é nada bom.

Minha mãe estava morrendo. Todo mundo sabia, menos eu.

Eu descobri pela Shunammite, que se dizia a minha melhor amiga. Supostamente não devíamos ter melhores amigas. Era feio formar panelinhas, dizia Tia Estée: fazia as outras meninas se sentirem excluídas e devíamos ajudar umas às outras a ser as meninas perfeitas.

A Tia Vidala dizia que essa história de melhor amiga levava a sussurros, tramoias e segredos, e tramoias e segredos levavam a desobedecer a Deus, e desobediência levava à rebelião, e meninas rebeldes se tornavam mulheres rebeldes, e uma mulher rebelde era ainda pior do que um homem rebelde porque o homem rebelde virava um traidor, mas as mulheres rebeldes viravam adúlteras.

Nisso, a Becka levantou sua voz vacilante e perguntou: o que é adúltera? Nós meninas ficamos muito surpresas porque a Becka quase nunca fazia qualquer tipo de pergunta. O pai dela não era Comandante que nem os nossos. Ele era só dentista: o melhor dentista de todos, e nossas famílias todas iam se consultar com ele, e era por isso que Becka podia frequentar nossa escola. Mas isso queria dizer que as outras meninas a menosprezavam e esperavam que ela se sujeitasse a elas.

Becka estava sentada a meu lado – ela sempre tentava sentar do meu lado se a Shunammite não a enxotasse –, e eu a senti estremecer. Eu tinha medo de que a Tia Vidala fosse castigá-la por impertinência, mas teria sido difícil para qualquer pessoa, até mesmo para a Tia Vidala, acusá-la de impertinência.

Shunammite sussurrou por cima de mim para Becka: *Deixa de ser burra!* A Tia Vidala sorriu o máximo que chegava a sorrir e disse que torcia para Becka jamais descobrir o que era aquilo por experiência própria, porque as mulheres que se tornavam adúlteras terminavam apedrejadas ou enforcadas com um saco na cabeça. A Tia Estée disse que não havia necessidade de assustar as meninas desse jeito; e então sorriu e disse que todas nós éramos flores valiosas, e quem jamais ouviu falar em flores rebeldes?

Olhamos para ela, olhos bem arregalados como sinal de nossa inocência, e assentimos para mostrar que concordávamos com o que ela dissera. Nada de flores rebeldes por aqui!

A casa da Shunammite tinha apenas uma Martha e a do meu pai tinha três, então meu pai era mais importante do que o dela. Agora percebo que era por isso que ela me queria como melhor amiga. Ela era uma menina atarracada, com duas tranças longas e grossas que eu invejava, porque as minhas eram mirradas e curtas, e sobrancelhas pretas que a faziam parecer mais velha do que era. Ela era briguenta, mas só pelas costas das Tias. Quando brigávamos entre nós, ela sempre tinha que ter razão. Se você a contrariasse, só fazia repetir sua primeira opinião, só que mais alto. Era grossa com muitas outras meninas, inclusive a Becka, e infelizmente devo admitir que eu era fraca demais para sobrepujá-la. Lidando com meninas da minha idade, eu era fraca, embora em casa as Marthas me chamassem de teimosa.

– Sua mãe está morrendo, não está? – Shunammite me cochichou certo dia no almoço.

– Não está, não – cochichei de volta. – Ela só tem um problema de saúde! – Era assim que as Marthas falavam: *o problema de saúde da sua mãe.* Era por causa desse problema de saúde que ela ficava tossindo e tinha que descansar tanto. Ultimamente nossas Marthas andavam levando bandejas para o quarto dela; as bandejas voltavam com a comida praticamente intocada.

Quase não me deixavam visitá-la mais. Quando deixavam, o quarto estava na penumbra. Não exalava mais o cheiro dela, um aroma doce e leve como os lírios hostas do nosso jardim, mas sim o de algum desconhecido sujo e fétido que tivesse se esgueirado pela janela e se instalado embaixo da cama.

Eu ficava sentada ao lado da minha mãe encolhida sobre a colcha bordada de flores azuis e segurava sua mão esquerda magrinha com o anel mágico e lhe perguntava quando seu problema de saúde iria passar, e ela respondia que estava orando para a dor passar logo. Aquilo me acalmava: queria dizer que ela ia ficar melhor. Então ela me perguntava se eu estava me comportando bem, e se eu estava feliz, e eu sempre dizia que sim, e então ela apertava minha mão e me pedia para orar com ela, e cantávamos a música sobre os anjos ao redor da cama dela. E ela dizia obrigada, e que estava bom por aquele dia.

– Ela está morrendo, sim – cochichou Shunammite. – Esse que é o problema de saúde dela. É que ela vai morrer!

– Mentira sua – cochichei, alto demais. – Ela está melhorando. A dor vai passar logo. Ela orou pra isso.

– Meninas – disse a Tia Estée. – Na hora da refeição a boca é para mastigar, e não se pode falar de boca cheia. Essa comida tão gostosa não está uma bênção? – Era sanduíche de ovo, de que normalmente eu gostava. Mas naquela hora o cheiro estava me dando enjoo.

– Minha Martha que me contou – sussurrou Shunammite quando a atenção da Tia Estée estava em outra coisa. – E foi sua Martha que contou para ela. Então é verdade.

– Qual delas? – perguntei. Eu não conseguia acreditar que qualquer das nossas Marthas cometeria a deslealdade de mentir que minha mãe estava morrendo. Nem mesmo Rosa, a carrancuda.

– Como é que eu vou saber qual Martha? São todas iguais – disse Shunammite, com um meneio de suas tranças longas e firmes.

Naquela tarde, quando nosso Guardião me levou da escola para casa, entrei na cozinha. Zilla estava abrindo massa de torta; Vera retalhava um frango. Havia uma panela de sopa borbulhando na parte de trás do fogo: as sobras da galinha entrariam nela, assim como todos os restos de verdura e ossos. As nossas Marthas eram muito eficientes com comida, nunca desperdiçavam mantimentos.

Rosa estava junto da enorme pia dupla enxaguando louça. Nós tínhamos um lava-louça, mas as Marthas não o usavam a não ser depois de jantares de Comandantes em nossa casa, porque gastava muita luz, dizia Vera, e por causa da guerra a energia andava escassa.

Às vezes as Marthas chamavam de guerra de olhar a panela, porque ela nunca chegava à fervura, ou então de guerra da Roda de Ezequiel, porque rodava por toda a parte mas não chegava a lugar nenhum; mas só diziam essas coisas quando estavam sozinhas.

– A Shunammite falou que uma de vocês contou para a Martha dela que minha mãe está morrendo – despejei de uma vez. – Quem foi? Que mentira!

Na mesma hora as três pararam de fazer o que estavam fazendo. Parecia que eu tinha brandido uma varinha mágica e as transformado em estátuas: a Zilla com o rolo de massa no ar, a Vera com um cutelo na mão e um longo pescoço branco de frango na outra, Rosa com uma travessa e um pano de prato. Então elas se entreolharam.

– A gente achou que você soubesse – disse Zilla com suavidade. – Pensamos que sua mãe tivesse lhe contado.

– Ou o seu pai – disse Vera. Isso foi bobagem, porque quando ele poderia ter feito isso? Ele mal parava em casa naquela época, e quando parava, ou estava jantando sozinho na sala de jantar, ou trancado em seu escritório fazendo coisas importantes.

– Sentimos muito – disse Rosa. – A sua mãe é muito boa mulher.

– Uma Esposa modelo – disse Vera. – Está padecendo sem uma queixa.

A esta altura eu estava recurvada sobre a mesa da cozinha, chorando com o rosto entre as mãos.

– Todo mundo tem que suportar as tribulações enviadas para nos testar – disse Zilla. – Precisamos ter esperança.

Esperança em quê?, pensei eu. Que esperança me restava? Do meu ponto de vista, só havia luto e trevas no meu caminho.

Minha mãe morreu duas noites depois, mas só fiquei sabendo de manhã. Fiquei com raiva dela por estar moribunda e não me contar – embora ela tenha me contado, de certa forma: ela havia orado para sua dor passar logo, e sua oração foi atendida.

Quando minha raiva passou, eu sentia como se um pedaço de mim tivesse sido cortado – um pedaço do meu coração, que agora também me parecia morto. Eu torci para que os quatro anjos ao redor de sua cama fossem de verdade, afinal de contas, e que tivessem velado por ela e levado sua alma ao céu, igual dizia a música. Tentei imaginá-los ascendendo com ela, cada vez mais alto, até chegar a uma nuvem cor de ouro. Mas eu não conseguia acreditar nisso com firmeza.

III

Hino

6

Ao me preparar para dormir, noite passada, soltei meu cabelo, o pouco que sobrou dele. Em um dos meus estimulantes sermões às outras Tias, há alguns anos, preguei contra a vaidade, sempre à espreita apesar de nossa constante vigilância. "A vida não é só feita de cabelo", falei na ocasião, gracejando apenas em parte. O que é verdade, mas também é verdade que cabelo é feito de vida. Ele é a chama da vela que é o corpo, e conforme ele vai definhando, o corpo vai minguando e se esvaindo. Eu já tive cabelo suficiente para um coque alto, na época dos coques altos; para um coque baixo, na era dos coques baixos. Mas agora meu cabelo é feito as nossas refeições aqui no Ardua Hall: esparso e curto. A chama da minha vida está se abreviando, com mais vagar do que certas pessoas ao redor talvez desejem, mas mais rápido do que talvez percebam.

Contemplei meu reflexo. O inventor do espelho não foi gentil com a maioria de nós: devíamos ser mais felizes antes de conhecer nossa própria aparência. Podia ser pior, disse a mim mesma: meu rosto não dá sinais de fraqueza. Ele retém sua textura coriácea, sua verruga cheia de personalidade no queixo, suas linhas vincadas tão familiares. Nunca fui bonitinha no sentido banal, mas já fui vistosa: agora já não se pode dizer isso. *Imponente* é o melhor que se pode aventar.

Como será que vou terminar?, ponderei. Será que vou chegar a uma velhice de parcos cuidados, ossificando pouco a pouco? Será que vou me tornar minha própria estátua reverenciada? Ou será que o regime e eu cairemos e minha réplica em pedra cairá junto, sendo removida e vendida à guisa de curiosidade, ornamento de jardim, ou amostragem do kitsch mais repulsivo?

Ou será que vou ser arrastada a julgamento feito um monstro, depois executada por um pelotão e pendurada num poste para apreciação do público? Será que vou ser esquartejada por uma turba e minha cabeça vai ser espetada numa estaca para desfilar pelas ruas, sob risos e chacota? Sei que inspirei raiva suficiente para isso.

Nesse momento sei que ainda tenho algum poder de escolha nesta questão. Não se morro ou não, mas sim quando e como. Não há certa liberdade nisso?

Ah, e quem levar comigo se eu cair. Minha lista está pronta.

Estou bem ciente de quanto você deve estar me julgando, meu leitor; quer dizer, isso se minha reputação me precedeu e você descobriu quem eu sou, ou era.

Na minha própria época sou uma lenda, viva porém mais do que viva, morta porém mais do que morta. Sou uma foto pendurada no alto das salas de aula, de meninas bem-nascidas o suficiente para frequentarem salas de aula – sorrindo com severidade, censurando em silêncio. Sou um bicho-papão que as Marthas usam para assustar crianças pequenas: *Se você não se comportar, a Tia Lydia vai vir te pegar!* Também sou um modelo de perfeição moral a ser imitado – *O que a Tia Lydia gostaria que você fizesse?* – e uma juíza ou árbitra na inquisição nebulosa da imaginação – *O que a Tia Lydia diria de uma coisa dessas?*

Estou inchada de tanto poder, é verdade, mas ele também me torna nebulosa – amorfa, mutável. Estou em toda parte e em lugar nenhum: até nas cabeças dos Comandantes projeto uma sombra perturbadora. Como posso me reaver? Como encolher de volta a meu tamanho normal, o tamanho de uma mulher comum?

Mas talvez já seja tarde demais para isso. Você dá o primeiro passo e, para se salvar das consequências, você dá o seguinte. Em tempos como os nossos, só há duas direções: ou subir, ou desabar.

Hoje foi a primeira lua cheia depois de 21 de março. Em outros lugares do mundo, cordeiros estão sendo abatidos e consumidos; ovos de Páscoa também estão sendo comidos, por motivos relacionados a deusas da fertilidade neolíticas que ninguém lembra por vontade própria.

Aqui no Ardua Hall abdicamos do cordeiro, mas conservamos os ovos. Excepcionalmente, como distração, permito que sejam tingidos em rosa-bebê e azul-bebê. Você não tem ideia do prazer que isso dá às Tias e Postulantes reunidas para a ceia no Refeitório! Nossa dieta é monótona, de forma que a variação é bem-vinda, mesmo que seja apenas uma variação de cor.

Depois que as bacias de ovos cor de creme já haviam chegado e sido admiradas, mas antes do início do nosso humilde banquete, puxei a Oração de Graças de antes das refeições – *Abençoai este alimento e conservai-nos em Teu caminho, e que possa o Senhor abrir* – e a seguir a oração especial de Equinócio da Primavera:

Assim como o ano entra em sua primavera, Senhor, entrai em nossos corações; abençoai nossas filhas, abençoai nossas Esposas, abençoai nossas Tias e Postulantes, abençoai nossas Pérolas em missão além de nossas fronteiras, e derramai Vossa graça Paternal sobre nossas irmãs caídas, as Aias, e redimi-as pelo sacrifício de seus corpos e por suas dores de parto, conforme a Vossa vontade.

E abençoai a Bebê Nicole, raptada pela própria mãe, Aia traiçoeira, e escondida no Canadá pelos incréus; abençoai todo inocente que ela representa, todo aquele condenado a ser criado pelo ímpio. Enviai-lhe nossas lembranças e preces. Que nossa Bebê Nicole nos seja restituída, ó Senhor; que a Vossa graça a traga de volta.

Per Ardua Cum Estrus. Amém.

Me agrada muito ter urdido um mote tão dúbio. Será que *Ardua* era "dificuldade" ou "trabalho de parto da mulher"? Será que Estrus tinha a ver com hormônios ou com os ritos pagãos de primavera? As habitantes de Ardua Hall não sabem nem se importam. Elas apenas repetem as palavras certas na ordem certa, e, assim, estão seguras.

E além disso há a Bebê Nicole. Enquanto eu orava por seu retorno, todos os olhos repousavam em sua foto pendurada atrás de mim, na parede. Como é útil, a Bebê Nicole: ela inflama os crentes, inspira ódio contra nossos inimigos, é uma prova da possibilidade de traição dentro de Gilead, e de como as Aias são perversas e ardilosas, e de que nunca se podia confiar nelas. E nem sua utilidade se resumiria a isso, refleti: em minhas mãos – se viesse parar aqui – a Bebê Nicole teria um futuro brilhante.

Foram esses meus pensamentos durante o hino de encerramento, cantado em harmonia por três jovens Postulantes. Suas vozes eram puras e límpidas, e o resto de nós ouvia com toda a atenção. Apesar do que você possa ter ouvido, caro leitor, havia alguma beleza em Gilead. Por que nós não haveríamos de buscá-la? Éramos seres humanos, afinal.

Percebi que acabei de falar de nós no passado.

A música tinha a melodia de um velho salmo, mas a letra era nossa:

Sob o Olho Dele brilha a verdade,
Vemos todo pecado;
Te observamos sempre que saíres
Até teres voltado.
Do coração extirpar todo vício,
Chorando e orando em sacrifício.

Nosso caminho é o da obediência
Nunca desviaremos!
Tarefa difícil, conte conosco
Sorrindo nós serviremos.
Vaidade, egoísmo e indolência,
Nós os podamos sem indulgência.

Versos banais e sem charme: tenho autoridade para dizê-lo, já que fui eu que os escrevi. Mas hinos assim não são para ser poéticos. São simplesmente para lembrar aqueles que os cantam do alto preço que pagariam ao se desviarem do caminho que lhes foi traçado. Não somos de perdoar os lapsos umas das outras, aqui no Ardua Hall.

Depois do canto, começou a mastigação festiva. Percebi que a Tia Elizabeth pegou um ovo além de sua cota e que Tia Helena pegou um a menos, fazendo questão de que todas percebessem isso. Quanto à Tia Vidala, assoando o nariz num guardanapo, vi seus olhos de bordas vermelhas pulando de uma para a outra, e depois para mim. O que será que ela está tramando? Para que lado vai soprar o vento?

Depois de nossa pequena comemoração, realizei minha peregrinação noturna à Biblioteca Hildegard, que fica no extremo do Hall, trilhando a vereda banhada em luar e passando por minha estátua na penumbra. Entrei, cumprimentei a bibliotecária noturna, cruzei a seção Geral onde três de nossas Postulantes se encontravam às turras com sua recém-adquirida capacidade de leitura. Atravessei o Salão de Leitura, para o qual é necessária uma autorização especial e onde as Bíblias jazem na escuridão de suas caixas trancadas, resplandecentes de energia arcana.

Então abri uma porta trancada e me enfurnei pelos Arquivos das Linhagens Genealógicas, com suas pastas sigilosas. É essencial registrar quem tem parentesco com quem, tanto oficialmente, quanto de fato: devido ao sistema das Aias, o filho de um casal pode não ser biologicamente descendente da mãe de elite e nem mesmo do pai oficial, porque uma Aia desesperada tem chances de tentar engravidar seja lá como puder. É nossa função nos informar, porque o incesto deve ser prevenido; já está bom de Não bebês. Também é função do Ardua Hall guardar este conhecimento ciosamente: os Arquivos são o coração do Ardua Hall.

Por fim cheguei a meu nicho secreto, nas profundezas da seção de Literatura Mundial Proibida. Nas minhas prateleiras particulares, separei minha seleção pessoal de livros proscritos, vetados às menos graduadas. *Jane Eyre, Anna Kariênina, Tess dos D'Urbervilles, Paraíso perdido, Vidas de meninas e mulheres* – que pânico moral qualquer um deles causaria se fosse parar entre as Postulantes! Aqui também guardo outra coleção de arquivos, acessíveis apenas a muito poucos; penso neles como a história secreta de Gilead. Nem tudo que aqui jaz é ouro, mas pode ter valor de maneiras não monetárias: conhecimento é poder, especialmente conhecimento danoso à reputação. Eu não sou a primeira pessoa a reconhecer isso, nem a primeira a ter capitalizado em cima disso quando possível: todas as agências de inteligência do mundo sempre souberam disso.

Uma vez isolada, retirei meu manuscrito em gestação de seu esconderijo, um retângulo oco cortado no interior de um de nossos livros sob censura máxima: *Apologia pro vita sua: Uma defesa da própria vida*, do cardeal Newman. Ninguém mais lê aquele tomo tão pesado, sendo o catolicismo considerado uma heresia e praticamente irmão do vodu, de forma que dificilmente devem espiar aqui dentro. Ainda assim, se alguém espiar, será uma bala na cabeça para mim; uma bala prematura, porque ainda estou bem longe de estar pronta para partir. Se e quando eu partir, planejo fazê-lo com um estrondo bem maior que esse.

Escolhi meu título sabiamente, porque o que mais estou fazendo aqui senão defendendo minha vida? A vida que levei. A vida – pelo que digo a mim mesma – que não tive escolha senão levar. Houve época, antes do advento do regime atual, em que defender a minha vida nem me passava pela cabeça. Não achei que fosse necessário. Eu era juíza de vara familiar, um cargo que adquiri após décadas de trabalho desgastante e uma árdua escalada profissional, e eu vinha cumprindo minha função tão equitativamente quanto possível. Eu agia em prol de um mundo melhor conforme minha visão desse "melhor", dentro dos limites práticos de minha profissão. Eu contribuía para instituições de caridade, votava nas eleições federais e municipais, professava opiniões dignas. Presumia que estava vivendo de forma virtuosa; presumi até que minha virtude mereceria moderados aplausos.

Ainda que eu tenha vindo a perceber o quanto estava errada a respeito disso, e de muitas outras coisas, no dia em que fui presa.

IV

THE CLOTHES HOUND

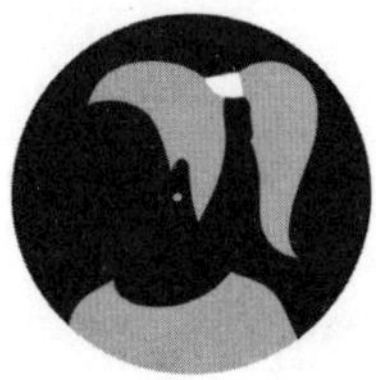

Transcrição do Depoimento da Testemunha 369B

7

Dizem que vou ficar com a cicatriz para sempre, mas estou quase boa; então, sim, acho que agora estou bem o bastante para fazer isso. Você disse que gostaria que eu lhe contasse como me envolvi nessa história toda, então vou tentar; ainda que seja difícil de saber por onde começar.

Vou começar pouco antes do meu aniversário, ou do que eu costumava acreditar que era meu aniversário. Neil e Melanie mentiram para mim sobre isso: seus motivos foram os mais justos e sua intenção das melhores, mas, quando descobri, fiquei com muita raiva deles. Foi uma raiva difícil de sustentar, porém, porque àquela altura ambos já haviam morrido. É possível ficar com raiva de gente que morreu, mas você nunca pode conversar com eles sobre o que fizeram; ou você pode ter apenas um lado dessa conversa. E além de raiva eu sentia culpa, porque eles tinham sido assassinados, e, na ocasião, eu acreditava que tinha sido por minha causa.

Supostamente eu estava completando dezesseis anos. Minha maior expectativa era tirar minha carteira de motorista. Festa de aniversário me parecia coisa de criança, ainda que Melanie sempre arrumasse um bolo com sorvete e cantasse "*Daisy, Daisy, give me your answer true*", uma música antiga que eu adorava quando era criança e agora achava um vexame. Eu cheguei a ganhar o bolo, mais tarde – bolo de chocolate, sorvete de baunilha, meus preferidos –, mas a esta altura eu não fui capaz de comê-lo. Àquela altura, Melanie não estava mais lá.

Aquele aniversário foi o dia em que descobri que eu era uma fraude. Ou não uma fraude, como um mágico incompetente: era falsificada, como uma antiguidade falsa. Eu fora forjada, e de propósito. Eu era muito imatura naquela ocasião – e parece mal ter passado um segundo

–, mas agora não sou mais. Como é rápido transformar um rosto: esculpi-lo feito madeira, endurecê-lo. Acabou aquela minha mania de olhar para o nada e ficar devaneando. Fiquei afilada, mais concentrada. Fiquei mais estreita.

Neil e Melanie eram meus pais; eles tinham uma loja chamada The Clothes Hound. Era basicamente de roupas usadas: a Melanie chamava de "previamente amadas" porque dizia que "usadas" tinha uma conotação de "surradas". O letreiro na fachada mostrava uma poodle rosa sorridente de saia felpuda e laço rosa na cabeça, com uma sacola de compras na pata. Embaixo dela havia um slogan em itálico e entre aspas: *"Ninguém diria!"* Isso queria dizer que as roupas usadas eram tão boas que ninguém jamais diria que tinham sido usadas, mas isso não era nem um pouco verdade pois a grande maioria das nossas roupas eram umas porcarias.

A Melanie dizia que herdara o Clothes Hound da avó. Dizia também que sabia que o letreiro era antiquado, mas que as pessoas estavam acostumadas com ele e que trocá-lo agora seria desrespeito.

O nosso brechó era na Queen West, em uma série de quarteirões que antigamente eram todos daquele jeito, segundo Melanie – tecidos, armarinhos, roupa de cama barata, lojas de um dólar. Mas agora estava ficando chique: abriam-se cafés com opções orgânicas e *fair trade*, pontas de estoque de grandes marcas, butiques de grife. Em reação, Melanie pendurou uma placa na vitrine: *A arte que veste.* Mas, lá dentro, a loja estava lotada de roupas que jamais poderiam ser chamadas de arte que veste. Havia um canto meio que de marca, embora coisas caras de verdade nem mesmo entrassem na Clothes Hound. O resto tinha mesmo de tudo. E todo tipo de gente entrava e saía dali: jovens, velhos, caçadores de pechinchas ou achados, ou gente que só queria dar uma olhada. Ou vender: até morador de rua vinha tentar faturar uns dólares por camisetas que haviam arranjado em bazares caseiros.

Melanie trabalhava no brechó. Usava cores vivas, como laranja e rosa-choque, pois dizia que criavam uma atmosfera positiva e dinâmica, e de qualquer forma ela gostava de acreditar que tinha sangue cigano. Estava sempre animada e sorrindo, ainda que de olho em possíveis furtos. Depois de fechar, ela separava e empacotava: isso para caridade, isso para reciclagem, isso para arte que veste. Enquanto separava as roupas ela cantava canções de musicais – velhos, de muito tempo atrás. "*Oh what a beautiful morning*" era uma de suas preferidas, e "*When you walk through a storm*". Ela cantando me irritava; hoje me sinto culpada por isso.

Às vezes ela ficava atordoada: era muito pano, mais parecia um mar com ondas de tecido estourando em cima dela, ameaçando engolfá-la. Caxemira! Quem é que ia comprar caxemira de trinta anos de idade? Não era algo que melhorasse com a idade, dizia ela – diferente dela própria.

O Neil tinha uma barba que estava ficando grisalha e nem sempre estava aparada, e não tinha muito cabelo. Ele não parecia um homem de negócios, mas lidava com o que chamavam de "a parte do dinheiro": as faturas, a contabilidade, os impostos. Tinha um escritório no segundo andar, após um lance de escadas com degraus forrados com borracha. Lá havia um computador, um arquivo e um cofre, mas fora isso a sala não parecia lá muito um escritório: era tão atulhada e desordenada quanto a loja, porque o Neil curtia colecionar trecos. Caixinhas de música a corda, ele tinha um monte. Relógios, muitos relógios diferentes. Calculadoras antigas que funcionavam a manivela. Brinquedos de plástico que andavam ou pulavam pelo piso, como ursos, sapos e dentaduras falsas. Um projetor de slides para aquele tipo de slides coloridos que ninguém mais tinha. Câmeras – ele gostava de câmeras antiquíssimas. Algumas delas podiam tirar fotos melhores do que qualquer coisa hoje em dia, dizia ele. Ele tinha uma prateleira inteira só de câmeras.

Uma vez ele deixou o cofre aberto e eu dei uma espiada dentro. Em vez de encontrar os maços de dinheiro que eu esperava, não havia nada lá a não ser um trequinho de metal e vidro que eu achei que seria outro brinquedo, como as dentaduras falsas. Mas eu não conseguia ver onde dar corda nele, e fiquei com medo de encostar naquilo, porque era velho.

– Posso brincar com ele? – perguntei a Neil.

– Brincar com o quê?

– Com aquele brinquedo do cofre.

– Hoje não – disse ele, sorrindo. – Quando você for mais velha, talvez. – Então ele fechou a porta do cofre, e eu esqueci daquele estranho brinquedinho até que chegou o momento certo de recordá-lo, e entender o que ele era.

Neil tentava consertar todos os objetos, embora muitas vezes não conseguisse porque não conseguia encontrar peças. Aí as coisas ficavam lá paradas, "juntando poeira", como dizia a Melanie. Neil detestava jogar coisas fora.

Nas paredes ele tinha uns pôsteres velhos: BOCAS FECHADAS SALVAM ARMADAS, de uma guerra de muito tempo atrás; uma mulher mostrando o muque para indicar que mulheres eram capazes de fabricar bombas – esse era da mesma guerra antigona que o outro; e um vermelho e preto contendo um homem e uma bandeira que Neil falou que era da Rússia antes de ela virar a Rússia. Tinham sido de seu bisavô, que morava em Winnipeg. Tudo que eu sabia sobre Winnipeg era que lá era frio.

Eu adorava a Clothes Hound quando era pequena: parecia uma caverna cheia de tesouros. Não era para eu entrar sozinha no escritório de Neil porque eu iria "ficar mexendo" nas coisas, e aí quebrá-las. Mas eu tinha permissão para brincar com os brinquedos de corda e as caixinhas de música e as calculadoras, desde que com um adulto do lado. Mas as câmeras não, porque valiam muito, disse Neil, e de qualquer modo nem continham filme, então de que serviria mexer nelas?

Nós não morávamos em cima da loja. A nossa casa ficava bem longe, em um bairro residencial desses com bangalôs velhos e algumas casas mais novas e maiores construídas em terrenos de bangalôs demolidos. A nossa casa não era um bangalô – tinha um segundo andar com quartos –, mas também não era lá muito nova. Era de tijolos amarelos e muito genérica. Não havia nada nela que fosse fazer você olhar com atenção. Em retrospecto, acho que a ideia deles era essa.

8

Eu ficava na Clothes Hound muito tempo nos sábados e domingos porque Melanie não queria que eu ficasse sozinha em casa. Por que não?, comecei a perguntar a partir dos doze anos. Porque e se tiver um incêndio, disse Melanie. De qualquer forma, deixar uma criança sozinha em casa era contra a lei, disse Melanie. Então eu respondia para ela que não era criança, e ela suspirava e dizia que eu não sabia direito o que era e não era uma criança, e que filhos eram uma grande responsabilidade, e que quando fosse mais velha eu entenderia. Então ela dizia que eu a estava deixando com dor de cabeça, e entrávamos no carro dela e íamos para a loja.

Eles me deixavam ajudar com a loja – arrumando camisetas por tamanho, colocando o preço, separando as que precisavam ser limpas ou descartadas. Eu gostava de fazer isso: sentava a uma mesa nos fundos da loja, em meio ao cheiro de naftalina, olhando quem entrava.

Nem todos eram fregueses. Alguns eram mendigos que queriam usar nosso banheiro de funcionários. Melanie deixava desde que os conhecesse, especialmente no inverno. Havia um homem de mais idade que vinha com frequência. Ele usava casaca de tweed que havia ganhado de Melanie, e coletes de tricô. Quando eu tinha uns treze anos, eu o achava esquisito, porque tínhamos tido uma aula sobre pedófilos na escola. O nome dele era George.

– Você não devia deixar o George usar o banheiro – falei para a Melanie. – Ele tem cara de tarado.

– Daisy, que grosseria – disse Melanie. – Por que você acha isso?

Estávamos em casa, na cozinha.

– É o jeito dele. Ele está sempre por perto. Pede dinheiro bem em frente à loja, amola as pessoas. Além disso, ele é seu *stalker.* – Eu podia dizer que ele era meu *stalker*, o que teria causado muito alarme, mas não era verdade. O George não prestava a menor atenção em mim.

Melanie riu e disse:

– Não é nada!

Para mim, ela estava sendo ingênua. Eu estava naquela idade em que os pais deixam de ser aqueles que sabem tudo para ser aqueles que não sabem nada.

Havia outra pessoa que vivia entrando e saindo da loja, mas não era moradora de rua. Eu estimava que teria uns quarenta anos, ou talvez quase cinquenta: com pessoas mais velhas era difícil dizer. Em geral ela usava uma jaqueta de couro preta, jeans pretos, e botas pesadas; seu cabelo era preto e sempre puxado para trás, e ela não usava maquiagem. Ela parecia uma motoqueira, mas não exatamente – mais tipo um anúncio com uma motoqueira. Não era freguesa – entrava pelos fundos da loja e pegava roupas para caridade. Melanie dizia que as duas eram velhas amigas, de forma que, quando Ada pedia, era difícil dizer não. De qualquer modo, Melanie dizia que só dava a ela produtos que seriam difíceis de vender, e se as pessoas dessem algum fim útil a eles, tanto melhor.

Ada não me parecia ser do tipo caridosa. Ela não era gentil e sorridente, era brusca, caminhando sempre a passos largos ao andar. Ela nunca ficava muito tempo, e nunca ia embora sem um par de caixas de papelão de refugos, que guardava no carro que estivesse estacionado no beco atrás da loja daquela vez. Dava para ver esses carros de onde eu sentava. Nunca eram os mesmos.

Havia um terceiro tipo de gente que vinha à Clothes Hound sem comprar nada. Eram as moças de vestido comprido e prateado e chapéu branco que se identificavam como as Pérolas, e diziam ser missionárias a serviço de Deus por Gilead. Eram muito mais esquisitas do que o George. Andavam pelo centro conversando com moradores de rua e infernizando a paciência nas lojas. Havia quem fosse rude com elas, mas a Melanie nunca era, pois dizia que não adiantaria nada.

Elas sempre apareciam em dupla. Usavam colares de pérolas brancas e davam muitos sorrisos, mas não eram sorrisos verdadeiros. Ofereciam a Melanie seus folhetos impressos com imagens de ruas limpas, crianças felizes, e sol nascendo, além de legendas que em teoria poderiam te atrair a Gilead: "Vivendo em pecado? Deus ainda pode te perdoar!" "Sem teto? Em Gilead há um lar para você."

Sempre havia pelo menos um folheto sobre a Bebê Nicole. "Devolvam a Bebê Nicole!" "O lugar da Bebê Nicole é em Gilead!". Na escola, haviam passado um documentário sobre a Bebê Nicole: sua mãe era uma Aia, e havia tirado a Bebê Nicole de Gilead clandestinamente. O pai da Bebê Nicole era um Comandante de alta patente supermau em Gilead, de forma que a comoção foi enorme, e Gilead exigiu que ela fosse devolvida para reuni-la com aqueles que eram seus pais perante a lei. O Canadá primeiro fez corpo mole, mas afinal cedeu e disse que empreenderia amplos esforços, mas àquela altura a Bebê Nicole havia desaparecido e nunca mais fora encontrada.

Agora a Bebê Nicole era uma espécie de símbolo de Gilead. Em todos os folhetos das Pérolas estava a mesma foto dela. Ela tinha cara de bebê, nada de especial, mas era praticamente uma santa em Gilead, disse nossa professora. Ela também era um ícone para nós: sempre que havia um protesto anti-Gilead no Canadá, lá estava a foto, e palavras de ordem como BEBÊ NICOLE! SÍMBOLO DA LIBERDADE! Ou BEBÊ NICOLE! MOSTRANDO O CAMINHO!. Como se um bebê pudesse mostrar qualquer tipo de caminho, eu ficava pensando.

Eu basicamente detestava a Bebê Nicole desde que tive que fazer um trabalho sobre ela. Minha nota foi 7 porque falei que ela parecia uma bola de futebol sendo jogada de um lado para o outro, e que mais gente ficaria feliz se ela fosse simplesmente devolvida a Gilead. A professora disse que eu estava sendo insensível e deveria aprender a respeitar os direitos e sentimentos das outras pessoas, e eu falei que as pessoas em Gilead também eram gente, e seus direitos e sentimentos não deveriam ser respeitados também? Ela perdeu a paciência e disse que eu precisava era crescer, o que talvez fosse verdade: eu estava sendo irritante de propósito. Mas é que eu estava com raiva da nota 7.

Sempre que as Pérolas vinham nos visitar, a Melanie aceitava os folhetos e prometia deixar uma pilha deles junto do caixa. Às vezes ela até devolvia alguns folhetos velhos para elas: elas recolhiam os antigos para reutilizar em outros países.

– Por que você faz isso? – perguntei a ela quando estava com catorze anos e comecei a me interessar mais por política. – O Neil diz que somos ateus. Você só está estimulando elas. – Tínhamos tido três módulos sobre Gilead na escola: era um lugar péssimo, terrível, onde as mulheres não podiam trabalhar fora nem dirigir, e onde as Aias eram forçadas a engravidar como se fossem vacas, sendo que as vacas ainda tinham mais vantagens. Que tipo de pessoa poderia ficar ao lado de Gilead e não se considerar um monstro? Especialmente sendo mulher. – Por que você não diz para elas que são do mal?

– Não há por que discutir com elas – disse Melanie. – São fanáticas.

– Então eu digo. – Eu achava que sabia o que havia de errado com as pessoas naquela época, especialmente as adultas. Pensava que podia ensinar-lhes uma lição. As Pérolas eram moças mais velhas do que eu, não era como se fossem crianças; como é que podiam acreditar naquela baboseira?

– Não – disse Melanie com aspereza. – Fique lá nos fundos. Não quero que você converse com elas.

– Por que não? Eu sei lidar...

– Elas tentam tapear garotas da sua idade para ir a Gilead com elas. Vão dizer que as Pérolas ajudam mulheres e meninas. Vão apelar para o seu idealismo.

– Eu jamais cairia nessa! – falei, indignada. – Não sou retardada, porra. – Geralmente eu não falava palavrão perto de Melanie e Neil, mas às vezes eles simplesmente escapuliam.

– Olha a boca suja – disse Melanie. – Pega mal.

– Foi mal. Mas não sou.

– Claro que não – disse Melanie. – Mas deixe elas em paz. Se eu aceito os folhetos, elas vão embora.

– As pérolas delas são de verdade?

– Falsas – disse Melanie. – Tudo nelas é falso.

9

Apesar de tudo que tinha feito por mim, a Melanie tinha um cheiro distante. Cheiro de sabonete floral para visitas na casa de alguém que você não conhece. O que quero dizer é que, para mim, ela não tinha cheiro de mãe.

Quando eu era mais nova, um dos meus livros preferidos na biblioteca da escola era sobre um homem que passou a fazer parte de uma alcateia. Esse homem não podia mais tomar banho porque o cheiro dos lobos ia sair dele e aí os lobos o rejeitariam. No nosso caso, eu e Melanie, era mais como se precisássemos acrescentar essa camada de cheiro de alcateia, aquilo que nos marcaria como nós-duas – nós, juntas. Mas nunca aconteceu. Nunca fomos muito grudadas.

Além disso, Neil e Melanie eram diferentes dos pais das crianças que eu conhecia. Eram cuidadosos demais comigo, como se eu fosse de vidro. Era como se eu fosse um gato premiado de quem estivessem cuidando: o seu gato você tratava de qualquer jeito, não teria grande preocupação a respeito, mas o gato de outra pessoa era outra história, porque esse, se você perdesse, sentiria culpa de uma ordem completamente diferente.

E tinha mais uma coisa: as crianças da escola tinham fotos delas mesmas – muitas fotos. Seus pais documentavam cada momento de suas vidas. Havia gente que tinha até fotos do próprio parto, que levavam para apresentar na escola. Eu costumava achar nojento – sangue e pernas gigantescas, com uma cabecinha despontando no meio delas. E tinham fotos de si mesmos quando bebês, às centenas. Não passava um arroto dessas crianças sem que um adulto apontasse a câmera para eles e pedisse um repeteco – como se vivessem a vida em dobro, uma vez de verdade e outra para a foto.

Não era o meu caso. Apesar da coleção de antiguidades do Neil, não existiam câmeras que funcionassem de verdade em nossa casa. Melanie me contou que todas as fotos da minha primeira infância se perderam num incêndio. Só uma idiota para acreditar numa coisa dessas, de forma que acreditei.

Agora eu vou contar da estupidez que cometi e das consequências dela. Não tenho orgulho dessa minha atitude: em retrospecto, percebo a burrice que foi. Mas, na época, eu não via assim.

Uma semana antes do meu aniversário, haveria uma passeata de protesto contra Gilead. Um novo lote de imagens de execuções ocorridas em Gilead havia sido contrabandeado e mostrado nos telejornais: mulheres sendo enforcadas por heresia e apostasia e também por tentar retirar bebês de Gilead, coisa que na legislação deles era considerada traição à pátria. As duas séries mais velhas da nossa escola ganharam permissão para ir à manifestação como parte da Conscientização Sobre a Situação Mundial.

Nós havíamos produzido cartazes: SANÇÕES COMERCIAIS A GILEAD! JUSTIÇA PARA AS MULHERES DE GILEASNO! BEBÊ NICOLE, NOSSA ESTRELA-GUIA! Alguns alunos tinham feito cartazes ecológicos: GILEAD MENTE: AQUECIMENTO GLOBAL EXISTE! GILEAD QUER VER O MUNDO TORRAR!, com imagens de incêndios florestais e peixes, pássaros e pessoas mortas. Vários professores e alguns pais voluntários nos acompanhariam para que nenhuma violência acontecesse com a gente. Eu estava empolgada pois aquela seria minha primeira passeata. Mas aí Neil e Melanie disseram que eu não poderia ir.

– Por que não? – perguntei. – Todo mundo vai!

– De jeito nenhum – disse Neil.

– Vocês sempre estão dizendo que a gente tem que defender nossos princípios – falei.

– Isso é diferente. Pode ser perigoso, Daisy – disse Neil.

– Viver é perigoso, você mesmo diz isso. De qualquer forma, vão muitos professores. E é coisa de escola; se eu não for, vou perder nota!

– Essa última parte não era exatamente verdade, mas Neil e Melanie gostavam que eu tirasse notas boas.

– Talvez ela possa ir – disse Melanie. – Se pedirmos a Ada para ir junto com ela?

– Não sou criança, não preciso de babá – falei.

– Você pirou? – disse Neil a Melanie. – Vai ter imprensa nesse negócio! Vai sair na TV! – Ele estava repuxando os cabelos, o pouco que restava deles. Sinal de que estava preocupado.

– É pra isso que *serve* – falei. Eu tinha produzido um dos cartazes que íamos carregando, com letras garrafais vermelhas e uma caveira preta. GILEAD = MORTE CEREBRAL. – A ideia é justamente sair na TV!

Melanie cobriu os ouvidos com as mãos:

– Estou ficando com dor de cabeça. O Neil tem razão. Não. Minha resposta é não. Você vai ficar aqui na loja me ajudando a tarde toda, e ponto.

– Tá bom, me encarcera mesmo, então – falei. Saí pisando duro e bati a porta do meu quarto. Não podiam me obrigar.

Eu frequentava um colégio chamado Wyle. O nome vinha de Florence Wyle, uma escultora de muito tempo atrás cujo retrato ficava na entrada principal. Aquele colégio deveria estimular a criatividade, segundo Melanie, e a compreensão da liberdade democrática e o pensamento independente, segundo Neil. Disseram que era por isso que me matricularam lá, ainda que em geral não concordassem com o conceito de escolas particulares; mas os padrões das escolas públicas eram tão baixos, e é claro que todos nós deveríamos fazer nossa parte para melhorar o sistema, mas enquanto isso eles não queriam que eu acabasse esfaqueada por algum traficante juvenil. Hoje eu acho que eles escolheram o colégio Wyle por outro motivo. O Wyle exigia frequência exemplar: matar aula era impossível. Assim, Melanie e Neil sempre sabiam onde eu me encontrava.

Eu não adorava o colégio Wyle, mas também não o odiava. Era uma etapa necessária para eu chegar à vida real, cujos contornos logo ficariam mais claros para mim. Havia pouco tempo eu aspirava ser uma veterinária de animais de pequeno porte, mas depois esse sonho acabou me parecendo algo infantil. Depois disso, eu resolvi ser cirurgiã, mas aí assisti a um vídeo de cirurgia na escola e fiquei enjoada. Outros alunos do colégio Wyle queriam ser cantores, designers e outras profissões criativas, mas eu era desafinada e desajeitada demais para isso.

Eu tinha alguns amigos na escola: amigas para fofocar, sempre meninas; amigos para trocar dever de casa, um pouco de cada. Eu fazia questão de que minhas notas parecessem mais burras do que deveriam – eu não queria me destacar – de forma que meu dever de casa não valesse grande coisa na hora de ser trocado. Mas em educação física e esportes – nestes, tudo bem você ser boa, e eu era, especialmente qualquer esporte envolvendo altura e velocidade, como basquete. Com isso, eu era popular na hora de ser escolhida para os times. Mas fora da escola eu levava uma vida restritiva, já que Neil e Melanie morriam de medo de tudo. Não me deixavam ir a shoppings porque estavam cheios de viciados em crack, dizia Melanie, nem matar o tempo em parques, dizia Neil, por causa dos homens desconhecidos que os rondavam. De forma que minha vida social era praticamente zero: consistia apenas em coisas que me deixariam fazer quando eu estivesse mais velha. A palavra mágica de Neil em nossa casa era *Não*.

Dessa vez, porém, eu não ia me conformar: eu iria àquele protesto não importava como. A escola havia contratado alguns ônibus para nos levar. Melanie e Neil haviam tentado me impedir telefonando à diretora para negar sua autorização, e a diretora me pedira para ficar na escola, e eu dissera para ela que é claro que eu compreendia, sem problema, e que eu ficaria aguardando Melanie vir me buscar de carro. Mas havia apenas o motorista de ônibus conferindo os nomes dos alunos na lista, e ele não sabia qual era qual, e todos zanzavam a esmo por ali, e os pais e professores não estavam prestando atenção nem sabiam que não era para eu ir, de forma que eu troquei de carteira de identidade com uma pessoa do meu time de basquete que não queria ir e entrei no ônibus, me sentindo muito satisfeita comigo mesma.

10

No começo, a passeata foi empolgante. Foi no centro, perto da Assembleia Legislativa, embora não tivesse sido bem uma passeata já que ninguém andou para lugar nenhum, estava lotado demais para isso. As pessoas faziam discursos. Um parente canadense de uma mulher que morrera limpando material radioativo mortífero nas Colônias de Gilead falou sobre trabalho escravo. O líder dos Sobreviventes do Genocídio dos Territórios Nacionais de Gilead falou sobre as marchas forçadas para a Dakota do Norte, em que as pessoas foram amontoadas feito gado em cidades-fantasma cercadas sem água nem alimento, e com isso milhares morreram, e havia gente arriscando a vida para ir andando até o Canadá no inverno, e ele mostrou a mão sem alguns dedos e falou: Queimadura de frio.

Então uma oradora da SanctuCare – a organização para mulheres refugiadas de Gilead – falou sobre as mulheres de quem haviam tirado os filhos, e como isso era cruel, e que se você tentasse reaver o seu bebê eles te acusavam de desrespeitar a Deus. Eu não conseguia ouvir os discursos na íntegra porque às vezes o sistema de som falhava, mas o sentido estava claro. Havia muitos cartazes sobre a Bebê Nicole: TODOS OS BEBÊS DE GILEAD SÃO A BEBÊ NICOLE!

Então nosso grupo do colégio começou a gritar coisas e levantar nossos cartazes bem alto, e outras pessoas exibiam cartazes diferentes: ABAIXO OS FASCISTAS DE GILEASNO! REFÚGIO PARA REFUGIADOS! Bem nesse momento, alguns manifestantes contrários apareceram com outros tipos de cartaz: FECHEM A FRONTEIRA! GILEAD, FIQUE COM SUAS VADIAS E PIRRALHOS, AQUI JÁ TEMOS DEMAIS! FORA, INVASORES! XÔ, BEBÊS DE PUNHETA! Entre eles havia um grupo de Pérolas com seus vestidos prateados e pérolas – com cartazes dizendo MORTE A LADRÕES DE CRIANÇAS e DEVOLVAM A BEBÊ NICOLE. Pessoas do nosso lado jogavam ovos nelas e davam vivas quando algum acertava, mas as Pérolas só mantinham seu sorriso glacial de sempre.

Começou o tumulto. Um grupo vestido de preto e com o rosto coberto começou a quebrar vidraças de loja. De repente surgiu um monte de policial de roupa de choque. Não se via de onde tinham saído. Avançavam batendo com os cassetetes nos escudos, e também os usavam para bater nos adolescentes e em outros.

Até então eu estava empolgada, mas a partir daí fiquei apavorada. Tentei ir embora, mas estava tão tumultuado que eu mal conseguia sair do lugar. Não conseguia achar o resto da minha turma, e o pessoal estava em pânico. Gente correndo para todo lado, muita gritaria. Tomei um golpe no estômago: acho que uma cotovelada. Eu respirava rápido e sentia que estava começando a chorar.

– Por aqui – disse uma voz rouca atrás de mim. Era Ada. Ela me agarrou pelo colarinho e me arrastou com ela. Não sei muito bem como ela abriu caminho: deve ter chutado um monte de canelas. Então nos vimos em uma rua atrás da baderna, como mais tarde chamaram o protesto na TV. Quando vi as imagens, pensei, Agora sei como é estar num tumulto: parece que estou me afogando. Não que já tenha me afogado.

– A Melanie falou que você poderia estar aqui. Vou te levar para casa – disse Ada.

– Não, mas... – falei. Eu não queria admitir que estava com medo.

– Agora. Anda logo. Sem mas nem meio mas.

Eu me vi no noticiário da noite: eu estava segurando um cartaz e gritando. Pensei que Neil e Melanie iam ficar furiosos comigo, mas não ficaram. Ficaram nervosos.

– Por que você foi fazer isso? – disse Neil. – Não ouviu o que a gente disse?

– Vocês sempre dizem que a pessoa tem que se posicionar contra injustiças – falei. – A escola também acha. – Eu sabia que tinha desobedecido, mas também não estava pronta para me desculpar.

– E agora, o que a gente faz? – disse Melanie, não para mim, mas para Neil. – Daisy, pode me trazer um copo d'água? Tem na geladeira.

– Pode ser que não dê nada – disse Neil.

– Não podemos arriscar – ouvi Melanie dizer. – Precisamos nos mexer, que nem ontem. Vou ligar para a Ada, ela pode arrumar uma van.

– Não há nenhum plano B pronto – disse Neil. – Não podemos...

Voltei para a sala com o copo d'água:

– O que está acontecendo? – perguntei.

– Você não tem dever de casa para fazer? – perguntou Neil.

11

Três dias depois, alguém invadiu a Clothes Hound. A loja tinha alarme, mas os ladrões entraram e saíram antes que a polícia chegasse, e era esse o problema com alarmes, disse Melanie. Não encontraram dinheiro algum porque Melanie nunca deixava dinheiro na loja, mas levaram um pouco da Arte que veste, e reviraram o escritório do Neil – os arquivos dele estavam esparramados pelo chão. Também levaram alguns itens de sua coleção – alguns relógios de parede e câmeras antigas, um palhaço de corda antigo. Eles incendiaram a loja, mas de forma amadora, segundo o Neil, de forma que foi logo apagado.

A polícia veio e perguntou se Neil e Melanie tinham inimigos. Disseram que não tinham não, e que estava tudo bem – deviam ser só uns moradores de rua atrás de dinheiro para drogas –, mas eu percebi que estavam nervosos porque estavam falando daquele jeito que falavam quando não queriam que eu escutasse.

– Eles pegaram a câmera – disse Neil a Melanie quando eu estava entrando na cozinha.

– Que câmera? – perguntei.

– Ah, só uma câmera velha – disse Neil. Arrancou o cabelo mais um pouco. – Mas é rara.

Desse dia em diante, Neil e Melanie foram ficando cada vez mais amedrontados. O Neil encomendou um novo sistema de alarme para a loja. A Melanie disse que talvez a gente fosse se mudar de casa, mas quando comecei a perguntar mais ela falou que era só uma possibilidade. O Neil disse *Ninguém se machucou* sobre a invasão à loja. Ele falou isso várias vezes, o que me fez ficar pensando qual teria sido o verdadeiro prejuízo, fora o sumiço de sua câmera preferida.

Na noite depois da invasão, flagrei Melanie e Neil assistindo à TV. Geralmente eles não assistiam à TV de verdade – ela simplesmente vivia ligada –, mas dessa vez, estavam concentrados nela. Uma Pérola identificada apenas como "Tia Adrianna" fora encontrada morta em um apartamento de condomínio que ela e sua Pérola companheira haviam alugado. Ela fora amarrada a uma maçaneta com seu próprio cinto prateado apertado no pescoço. Estava morta há vários dias, segundo o perito legista. Fora um vizinho de condomínio quem detectara o cheiro e chamara a polícia. A polícia dizia ter sido um suicídio, pois esse método de autoestrangulamento era comum.

Mostraram uma foto da Pérola morta. Estudei-a com atenção: às vezes era difícil de se distinguir uma Pérola da outra por causa de suas roupas, mas eu me lembrava de que aquela tinha estado na Clothes Hound há pouco tempo, distribuindo panfletos. E viera junto com sua dupla, identificada como "Tia Sally", que – segundo o âncora do telejornal – estava desaparecida. Mostraram uma foto dela também: a polícia pedia que quem tivesse informações entrasse em contato. O Consulado de Gilead ainda não havia feito nenhum comentário.

– Que coisa horrível – disse Neil a Melanie. – Coitadinha. Que catástrofe.

– Por quê? – perguntei. – As Pérolas trabalham para Gilead. Elas nos odeiam. Todo mundo sabe disso.

Os dois ficaram olhando para mim com uma cara que não sei bem do que chamar. De *desolados*, eu acho. Fiquei sem entender nada: por que se importavam tanto?

Aconteceu uma coisa horrível no meu aniversário. A manhã começou normalmente. Levantei, vesti meu uniforme xadrez verde do colégio Wyle – cheguei a dizer que tínhamos uniforme? Calcei meus sapatos de cadarço em cima das minhas meias verdes, fiz o rabo de cavalo que constava entre os penteados permitidos da escola – mechas soltas eram proibidas – e desci as escadas.

Melanie estava na cozinha, que tinha uma ilha central de granito. Eu preferiria que fosse uma bancada de resina com objetos reciclados, como a da nossa cantina da escola – dava para enxergar por dentro da resina e ver os objetos presos nela, inclusive, em um dos balcões, havia um esqueleto de guaxinim, de forma que sempre havia algo para contemplar.

Era na ilha da cozinha que fazíamos a maioria das nossas refeições. Tínhamos uma sala de jantar com mesa. Supostamente era para festas e jantares, mas Melanie e Neil nunca davam festas ou jantares; em vez disso, faziam reuniões, que tinham a ver com várias causas que defendiam. Na noite anterior, tínhamos recebido visitas: ainda havia muitas xícaras de café na mesa, e um prato com migalhas de biscoito e algumas uvas ressecadas. Eu não tinha visto nenhuma dessas pessoas porque estava no meu quarto, lá em cima, evitando as consequências do que quer que eu tivesse feito. Era algo evidentemente maior do que a mera desobediência.

Entrei na cozinha e sentei-me à ilha. A Melanie estava de costas para mim; ela olhava pela janela. Via-se nosso quintal dessa janela – vasos de planta redondos de cimento com arbustos de alecrim, o pátio com mesa e cadeiras de área externa, e uma esquina da rua à frente.

– Bom dia – falei. Melanie deu um pulo e se voltou.

– Ah! Daisy! – disse ela. – Não te ouvi chegar! Feliz aniversário! Feliz dezesseis anos!

O Neil não apareceu para o café da manhã até que fosse hora de eu sair para a escola. Estava ao telefone no andar de cima. Fiquei meio magoada, mas não muito: ele era muito avoado.

A Melanie me levou de carro, como geralmente fazia: ela não gostava que eu fosse de ônibus para a escola, ainda que o ponto fosse bem do lado de nossa casa. Ela dizia – como sempre – que estava a caminho da Clothes Hound e então podia muito bem me levar lá.

– De noite você vai ganhar seu bolo, com sorvete – disse ela, sua voz se elevando no final como se fosse alguma pergunta. – Te pego depois da escola. Temos algumas coisas para te falar, Neil e eu, agora que você tem idade.

– Tá bom – falei. Pensei que o assunto da conversa seriam meninos e o significado de consentimento, que a escola vivia repisando. Com toda certeza a coisa ia ser constrangedora, mas eu teria que aguentar e ponto.

Eu pensei em pedir desculpas por ter ido à passeata, mas aí chegamos na escola e eu ainda não tinha falado nada. Saí do carro sem uma palavra; a Melanie aguardou até eu estar junto à entrada. Dei tchauzinho para ela, e ela me deu de volta. Não sei por que eu fiz isso – não era o costume. Acho que era uma forma de pedir desculpas.

Não me lembro muito desse dia no colégio, porque que motivos teria para isso? Foi tudo normal. O normal é como olhar pela janela de um carro. As coisas vão passando, isso e aquilo e aquilo outro, sem muito significado. Você não registra essas horas; elas são habituais, feito escovar os dentes.

Uns colegas que trocavam dever de casa comigo cantaram parabéns para mim na cantina durante o almoço. Outros bateram palmas.

Então veio a tarde. O ar ficou mais parado, o relógio ficou mais lento. Tive aula de francês, em que era para lermos uma página de uma novela de Colette – *Mitsou*, sobre uma estrela de *music hall* que escondia dois homens em seu guarda-roupa. Além de ser em francês, deveria demonstrar como costumava ser terrível a vida das mulheres, mas a vida da Mitsou não me parecia tão terrível assim. Esconder um homem bonito no armário – quem me dera fazer o mesmo. Mas mesmo se eu conhecesse um homem desses, onde eu poderia ocultá-lo? Não no closet do meu quarto: Melanie perceberia logo de cara, e, se não percebesse, eu teria que dar comida para ele. Ponderei a respeito: que tipo de comida eu poderia levar sem Melanie perceber? Queijo e biscoitos? Fazer sexo com ele estaria fora de cogitação: seria arriscado demais deixá-lo sair do closet, e não tinha espaço para eu me espremer com ele lá dentro. Era esse tipo de devaneio a que eu me entregava na escola: ajudava a passar o tempo.

Ainda assim, aquilo era um problema na minha vida. Eu nunca tinha saído com ninguém porque nunca tinha conhecido ninguém com quem tivesse vontade de sair. E me parecia impossível de vir a acontecer.

Meninos do colégio Wyle, nem pensar: eu estudara com eles desde o fundamental, eu os vira tirar meleca do nariz, e alguns deles já tinham feito xixi na calça. Não dá para se sentir romântica com essas imagens na cabeça.

A esta altura eu me sentia melancólica, um dos efeitos que um aniversário pode ter: você fica à espera de uma transformação mágica, mas aí ela não vem. Para me obrigar a ficar acordada, eu arrancava fios de cabelo de trás da orelha direita, apenas dois ou três de cada vez. Eu sabia que, se arrancasse do mesmo ponto muitas vezes, estava arriscada a criar uma falha no cabelo, mas eu só começara a fazer aquilo havia poucas semanas.

Por fim as aulas acabaram e chegou a hora da saída. Andei pelo corredor encerado até a portaria da frente e saí do prédio. Chuviscava; eu estava sem capa de chuva. Passei os olhos pela rua: o carro de Melanie não estava.

De repente Ada surgiu do meu lado, com sua jaqueta de couro preto.

– Venha. Vamos para o carro – disse ela.

– O quê? – perguntei. – Por quê?

Olhei para a cara dela, e entendi na hora: alguma coisa muito ruim havia acontecido. Se eu fosse mais velha, teria perguntado o que era de imediato, mas não perguntei porque queria adiar o momento em que ficaria sabendo. Em livros, eu já topara com a expressão *pavor inominável.* Durante a leitura, tinham sido apenas palavras, mas naquela hora era exatamente o que eu sentia.

Quando entramos no carro e saímos dirigindo, perguntei:

– Alguém teve ataque do coração? – Foi a única possibilidade em que consegui pensar.

– Não – disse Ada. – Presta bem atenção e não quero ver você surtar. Não vai dar para você voltar para casa.

A sensação horrível no meu estômago ficou pior.

– O que houve? Foi incêndio?

– Uma explosão – disse ela. – Bomba no carro. Do lado de fora da Clothes Hound.

– Que merda. Destruiu a loja? – perguntei. Primeiro a invasão, e agora isso.

– Foi o carro da Melanie. Ela e o Neil estavam nele.

Fiquei um minuto inteiro parada sem responder; simplesmente não conseguia que aquilo entrasse na minha cabeça. Que maníaco tentaria matar Neil e Melanie? Eles eram tão normais.

– Então eles morreram? – falei, afinal. Eu tremia. Tentei imaginar a explosão, mas só conseguia ver um vazio. Um quadrado preto.

V

Van

O hológrafo de Ardua Hall

12

Quem é você, leitor? E quando está você? Talvez no dia de amanhã, talvez a cinquenta anos de mim, talvez nunca.

Possivelmente você é uma das nossas Tias de Ardua Hall, que esbarrou nesse relato por acidente. Depois de se horrorizar com minha depravação por um momento, será que você vai tocar fogo nessas páginas para preservar minha imagem virtuosa? Ou será que vai sucumbir à sede de poder universal e sair correndo para contar tudo aos Olhos?

Ou será você um estrangeiro enxerido, perscrutando os arquivos do Ardua Hall depois da queda do regime? Nesse caso, o arquivo de documentos incriminatórios que construí por tantos anos terá sido aproveitado não só no meu julgamento – se o destino for maldoso a este ponto, e se eu viver o bastante para comparecer a tal julgamento –, como também no julgamento de muitas outras pessoas. Eu me encarreguei de descobrir onde cada corpo está enterrado.

A essa altura você deve estar se perguntando como evitei ser expurgada pelos maiorais – se não nos primeiros dias de Gilead, pelo menos quando o regime amadureceu e se tornou um mundo onde é cada um por si. Àquela altura, uma série de ex-notáveis havia sido enforcada no Muro, pois aqueles no pináculo da hierarquia se precaviam para que nenhum ambicioso viesse a lhes tomar o lugar. Talvez você presuma que, sendo mulher, eu estivesse especialmente vulnerável a ser descartada feito joio do trigo, mas você estaria errado. Simplesmente por ser mulher, eu estava fora da lista de usurpadores em potencial, pois nenhuma mulher jamais poderia tomar assento no Conselho dos Comandantes; então nesta frente, ironicamente, eu estava segura.

Mas existem outros três motivos para minha longevidade política. Em primeiro lugar, o regime precisa de mim. Eu controlo o lado feminino do empreendimento deles com um punho de ferro dentro de uma luva de couro sob uma luva de tricô, e mantenho tudo em ordem: feito um eunuco num harém, estou em posição única para fazê-lo. Em segundo, sei demais sobre os líderes – sujeira demais – e eles não sabem muito bem o que eu posso ter feito a partir disso em matéria de documentação. Se me mandarem para a forca, será que essa sujeira poderia vir a ser vazada? Eles podem muito bem desconfiar de que tomei precauções para o caso de algo me acontecer, e estariam corretos.

Em terceiro lugar, eu sou discreta. Cada um destes homens eminentes sempre sentiu que seus segredos estão a salvo comigo; mas – conforme deixei veladamente claro – isso vale desde que eu esteja a salvo também. Há muito que sou partidária do sistema de freios e contrapesos.

Apesar dessas medidas de segurança, não me permito baixar a guarda. Gilead é um lugar arriscado: acidentes acontecem com muita frequência. Alguém já até escreveu o discurso do meu enterro, nem preciso dizer. Estremeço: que pés caminham sobre a minha sepultura?

Tempo, rogo ao ar, só mais um pouco de tempo. Só preciso disso.

Ontem recebi um convite inesperado para uma reunião particular com o Comandante Judd. Não é o primeiro convite do gênero que recebo. Alguns dos primeiros encontros em que estive foram desagradáveis; outros, mais recentes, foram proveitosos para ambas as partes.

Enquanto eu avançava pelo gramado raquítico que recobre o terreno entre o Ardua Hall e o quartel-general dos Olhos, e subi – com um bocado de esforço – a verdadeira colina que era a escadaria branca que leva à entrada principal e suas muitas colunas, fiquei me perguntando de qual tipo seria esta reunião. Preciso admitir que meu coração estava batendo mais rápido do que de costume, e não só por causa das escadas: é que nem todo mundo que entrou por essa porta saiu depois.

Os Olhos são sediados em uma grandiosa ex-biblioteca. Agora os únicos livros que ela abriga são os deles, sendo que o conteúdo original ou foi queimado ou, caso fosse valioso, acrescentado às coleções particulares de diversos Comandantes de mão leve. Sendo hoje em dia devidamente instruída nas Escrituras, sei citar com capítulo e versículo os alertas quanto a surrupiar artigos proibidos pelo Senhor, mas a prudência é a faceta mais nobre da coragem, então não o faço.

Fico feliz em reportar que ninguém apagou os murais laterais da escadaria interior deste prédio: como eles retratam soldados mortos, anjos e coroas de louros, eles são virtuosos o bastante para serem considerados aceitáveis, ainda que a bandeira dos ex-Estados Unidos da América no mural à direita tenha sido substituída pela de Gilead.

O Comandante Judd subiu na vida desde que o conheci. Obrigar as mulheres de Gilead a andar na linha não atendia às ambições de seu ego nem lhe amealharia respeito suficiente. Mas enquanto atual Comandante encarregado dos Olhos, ele agora é universalmente temido. Sua sala fica no fundo do prédio, em um local antes dedicado a estocar livros e cubículos para pesquisadores. Um amplo Olho com um cristal de verdade na pupila fica no centro da porta. Assim, ele consegue ver quem está prestes a bater.

– Entre – disse ele enquanto eu erguia minha mão. Os dois Olhos juniores que até então me acompanhavam entenderam isso como sinal para partir.

– Tia Lydia, querida – disse ele, sorrindo amplamente por trás de sua enorme escrivaninha. – Muito obrigado por honrar meu humilde escritório com sua presença. Você está boa, espero?

Ele não esperava coisa nenhuma, mas deixei passar.

– Louvado seja – falei. – E o senhor? E sua Esposa? – Aquela Esposa estava durando mais do que o normal. Suas Esposas tinham o costume de morrer: o Comandante Judd possui um grande apreço pelos efeitos revigorantes de meninas moças, tal qual o rei Davi e uma miríade de chefões do tráfico centro-americanos. Após cada período de luto respeitável, ele dá a entender que está disponível novamente para uma noiva infantil. Sendo clara: ele dá a entender para mim.

– Eu e minha Esposa estamos bem, muito grato – disse ele. – Trago notícias maravilhosas. Sente-se, por favor. – Eu obedeci, preparada para ouvir com atenção. – Nossos agentes no Canadá tiveram êxito em identificar e eliminar dois dos agentes mais ativos do Mayday. Eles se acobertavam como donos de um brechó em uma área decadente de Toronto. Fizemos uma busca inicial das instalações e parece que eles tiveram grande importância como cúmplices e participantes da Rota Clandestina Feminina.

– A Providência nos abençoou – disse eu.

– Os nossos jovens e zelosos agentes canadenses realizaram a operação, mas as suas Pérolas mostraram o caminho. É muito útil você nos passar esses laivos de intuição feminina que elas têm.

– Elas são observadoras, bem treinadas e obedientes – falei.

As Pérolas tinham sido ideia minha, originalmente – outras religiões tinham missionários, então por que não a nossa? E outros missionários haviam conseguido converter pessoas, então por que não os nossos? E outros missionários haviam recolhido informação a ser utilizada em espionagem, então por que não os nossos? – mas, não sendo nada tola ou pelo menos não este tipo de tola, deixei que o Comandante Judd levasse o crédito pelo plano. Oficialmente, as Pérolas só se reportam a mim, pois seria malvisto um Comandante se envolver nos detalhes do que é essencialmente um trabalho de mulher; embora, é claro, eu precise informar a ele tudo que eu julgue ou necessário, ou inevitável. Se eu o informar de mais, eu perderia o controle; se eu o informar de menos, suspeitariam de mim. Seus belos panfletos são redigidos por nós, e o design e impressão são da pequena gráfica do Ardua Hall localizada em um dos nossos porões.

Minha iniciativa das Pérolas chegou num momento crucial para ele, justo quando a tolice de sua iniciativa, o fiasco dos Territórios Nacionais Autônomos, estava se tornando inegável. As acusações de genocídio lançadas por organizações internacionais de direitos humanos haviam se tornado uma vergonha, o fluxo de reassentados na Dakota do Norte atravessando a fronteira para se refugiar no Canadá era uma torrente humana incontrolável, e o absurdo esquema do Certificado de Raça Branca inventado pelo Comandante Judd malogrou sob escândalos de falsificação e propinas. A invenção das Pérolas salvou o pescoço dele, embora desde então eu esteja me perguntando se foi sábio da minha parte tê-lo salvado. Ele me deve uma, mas isso pode não funcionar a meu favor. Há quem deteste ficar em dívida com os outros.

Naquela hora, porém, o Comandante Judd era todo sorrisos.

– De fato, estas Pérolas têm Grande Valor. E, com esses dois agentes do Mayday fora de combate, você terá menos problemas, espera-se. Menos Aias em fuga.

– Louvado seja.

– Não vamos anunciar em público nossa precisão cirúrgica nessa ação de limpeza, é claro.

– Vão nos culpar de qualquer forma – falei. – A mídia canadense e a internacional. Naturalmente.

– E nós vamos negar tudo – disse ele. – Naturalmente.

Houve um momento de silêncio enquanto nos olhávamos por cima da mesa, talvez feito dois enxadristas; ou dois velhos camaradas – pois nós dois havíamos sobrevivido a três expurgos. Só por isso já se criara uma espécie de laço entre nós.

– Porém, há uma coisa que vem me incomodando – disse ele. – Aqueles dois terroristas do Mayday devem ter contado com um correspondente aqui em Gilead.

– É mesmo? Não pode ser! – exclamei.

– Fizemos uma análise de todas as fugas registradas: o sucesso de tantas delas não pode ser explicado sem algum tipo de vazamento. Alguém em Gilead, alguém com acesso à posição das nossas forças de defesa, só pode ter vazado informações para a Rota Clandestina Feminina. Quais rotas estão sendo vigiadas, quais provavelmente estarão liberadas, esse tipo de coisa. Como você sabe, por causa da guerra, o pessoal, especialmente em Vermont e no Maine, anda escasso. A mão de obra está em outros lugares, mais necessários.

– Quem poderia trair Gilead assim? – indaguei. – Trair nosso futuro!

– Estamos trabalhando nisso – disse ele. – Enquanto isso, se lhe ocorrer alguma ideia...

– É claro – respondi.

– Tem outra coisa – disse ele. – A Tia Adrianna. A Pérola encontrada morta em Toronto.

– Sim. Estarrecedor – falei. – Há alguma nova informação?

– Estamos esperando o Consulado nos atualizar – disse ele. – Mantenho você informada.

– O que eu puder fazer – disse eu. – Você sabe que pode contar comigo.

– E de tantas formas, querida Tia Lydia – disse ele. – Seu valor excede o de rubis, louvado seja.

Eu gosto de elogios tanto como qualquer outra pessoa.

– Obrigada – respondi.

A minha vida poderia ter sido muito diferente. Quem me dera ter simplesmente olhado ao meu redor, prestado atenção no quadro geral. Quem me dera ter feito as malas com a antecedência necessária, como algumas fizeram, e deixado o país – o país que eu ainda acreditava, ingenuamente, continuar sendo o mesmo a que eu pertencera por tantos anos.

Não há sentido prático nessas lamúrias. Eu fiz escolhas e, uma vez feitas, isso me deixava menos escolhas. Dois caminhos divergiam em um bosque amarelado, e eu peguei o que a maioria dos viandantes pegava. Estava pontilhado de cadáveres, como a maioria dos caminhos do gênero. Mas, como você percebeu, meu cadáver não está entre eles.

Nesse meu país desaparecido, as coisas andavam mal fazia anos. Enchentes, incêndios, tornados, furacões, secas, faltas d'água, terremotos. De certas coisas havia de mais, de outras coisas havia de menos. A infraestrutura decadente – por que alguém não desativou aqueles reatores atômicos antes que fosse tarde demais? A economia em declínio, o desemprego, a baixa natalidade.

As pessoas ficaram com medo. Depois elas ficaram com raiva.

A falta de soluções viáveis. A busca de um bode expiatório.

Por que achei que apesar de tudo as coisas correriam normalmente? Acho que porque já estávamos ouvindo notícias como aquelas há muito tempo. Você não acredita que o céu está caindo até que um pedaço dele caia em cima de você.

Fui presa pouco depois que os Filhos de Jacob liquidaram o Congresso. No início, nos disseram que tinham sido terroristas islâmicos: declarou-se Estado de Emergência em todo o país, mas nos disseram para continuar como sempre, que a Constituição logo seria restabelecida, e que o estado de emergência logo chegaria ao fim. Isso era verdade, mas não da forma como pensávamos.

O dia estava quente como o diabo. Os tribunais estavam fechados – temporariamente, até que fossem restabelecidos uma linha de comando válida e o estado de direito, segundo o que nos disseram. Apesar disso, algumas pessoas tinham ido trabalhar – o tempo liberado poderia sempre ser utilizado para debelar a papelada acumulada, ou pelo menos era essa minha desculpa. Na verdade, eu queria companhia.

Estranhamente, nenhum dos nossos colegas homens havia sentido aquela necessidade. Talvez estivessem se consolando em meio a suas esposas e filhos.

Quando eu estava imersa na leitura de um dos meus processos, uma jovem colega minha – Katie, nomeada recentemente, trinta e seis anos de idade, e grávida de três meses via banco de esperma – entrou na minha sala.

– Precisamos ir embora – disse ela.

Eu olhei bem para ela.

– Como assim? – perguntei.

– Precisamos sair do país. Está acontecendo alguma coisa.

– Sim, claro... o estado de emergência...

– Não, pior. Cancelaram meu cartão do banco. E meus dois cartões de crédito. Eu estava tentando comprar uma passagem de avião, por isso que descobri. Seu carro está aqui?

– O quê? – falei. – Por quê? Não podem simplesmente confiscar seu dinheiro!

– Parece que podem sim – disse Katie. – Se você for mulher. Foi o que a companhia aérea falou. O governo provisório acabou de aprovar novas leis: o dinheiro das mulheres agora pertence ao parente homem mais próximo.

– É pior do que você pensa – disse Anita, uma colega mais velha. Ela também entrou na minha sala. – Bem pior.

– Eu não tenho parente homem – falei. Estava atordoada. – Isso é completamente inconstitucional!

– Esquece a Constituição – disse Anita. – Acabaram de aboli-la. Ouvi isso no banco, quando tentei... – Ela rompeu em choro.

– Recomponha-se – falei. – Precisamos pensar.

– Você deve ter um parente homem em algum lugar – disse Katie. – Eles devem estar planejando isso há anos: me disseram que meu parente homem mais próximo é meu sobrinho de doze anos.

Naquele momento, arrombaram a portaria principal. Cinco homens entraram, dois a dois e mais um sozinho, submetralhadoras em punho. Katie, Anita e eu saímos da minha sala. A recepcionista geral, Tessa, deu um grito e se escondeu atrás da própria mesa.

Dois dos homens eram jovens – talvez abaixo dos trinta –, mas os outros três eram de meia-idade. Os mais novos estavam em forma, os outros tinham barriga de cerveja. Usavam roupas camufladas que mais pareciam de figurante de TV, e, se não fosse pelas armas, talvez eu tivesse dado risada, sem perceber ainda que o riso feminino estava para se tornar artigo raro.

– O que é isso? – falei. – Era só bater na porta! Ela estava aberta!

Os homens me ignoraram. Um deles – creio que o líder – disse a sua dupla:

– Está com a lista?

Experimentei um tom mais indignado:

– Quem é o responsável por esse estrago? – Eu estava começando a ficar em choque: estava sentindo frio. Seria aquilo um assalto? E nós as reféns? – O que vocês querem? A gente não guarda dinheiro aqui.

Anita me cutucou com o cotovelo para que eu calasse a boca: ela já tinha melhor noção das circunstâncias do que eu.

O segundo em comando estava com uma folha de papel na mão.

– Quem é a grávida? – disse ele.

Nós três nos entreolhamos. Katie se apresentou:

– Sou eu – disse ela.

– Sem marido, não é?

– Não, eu... – Katie pusera as mãos diante do ventre, protegendo-o. Ela decidira ser mãe solteira, como tantas naquela época.

– Pro colégio – disse o líder. Os dois rapazes se adiantaram.

– Venha conosco, senhora – disse o primeiro.

– Por quê? – disse Katie. – Vocês não podem simplesmente invadir e...

– Venha conosco – disse o segundo rapaz. Eles a seguraram pelos braços e a levaram arrastada. Ela gritava, mas lá se foi pela porta do mesmo jeito.

– Parem com isso! – falei. Ouvíamos os gritos dela pelo corredor, cada vez mais distantes.

– Eu que dou as ordens agora – disse o líder. Ele usava óculos e tinha um bigode de guidão, mas eles não o deixavam com aspecto bonachão. Tive razões para perceber, ao longo do que pode ser chamado de minha "carreira" em Gilead, que o subalterno que fica poderoso de repente é o que mais abusa do poder.

– Não se preocupe, ninguém fará mal a ela – disse o segundo. – Ela vai para um local seguro.

O homem com a lista leu nossos nomes. Não havia por que negar quem éramos: eles já sabiam.

– Cadê a recepcionista? – perguntou o líder. – Essa tal de Tessa.

A pobre Tessa brotou de trás da mesa. Estava trêmula de medo.

– O que você acha? – perguntou o homem da lista. – Vai pro atacadão, pro colégio ou pro estádio?

– Quantos anos você tem? – perguntou o líder. – Esquece, tem aqui. Vinte e sete.

– Vamos dar uma chance para ela. Atacadão. Talvez algum sujeito queira casar com ela.

– Fique em pé aqui – disse o líder a Tessa.

– Ah, meu Deus, ela se mijou – disse o terceiro homem.

– Não tome o nome Dele em vão – disse o líder. – Isso é bom. Ela é medrosa, talvez seja obediente.

– Duvido muito que seja – disse o terceiro. – São todas mulheres. Acho que ele estava fazendo graça.

Os dois rapazes que haviam levado a Katie retornaram.

– Ela está na van – disse um deles.

– E onde estão essas duas outras que se dizem juízas? – perguntou o líder. – Essa Loretta e essa Davida?

– Estão almoçando – disse Anita.

– Vamos levar essas duas. Esperem aqui com ela até elas voltarem – disse o líder, indicando Tessa. – Então tranquem ela na van do atacadão. Depois tragam as duas que saíram pro almoço.

– Atacadão ou estádio? Para essas duas aqui?

– Estádio – disse o líder. – Uma delas passou da idade, as duas estudaram direito, e são mulheres juízas. Você sabe as nossas ordens.

– Se bem que, em alguns casos, é um desperdício – disse o segundo, apontando Anita com a cabeça.

– A Providência vai decidir – disse o líder.

Anita e eu fomos conduzidas escada abaixo, por cinco lances. Será que o elevador estava funcionando? Não sei. Então fomos algemadas com as mãos para a frente e enfiadas numa van preta, com um painel opaco nos separando do motorista e janelas gradeadas com vidros escuros.

Nós duas ficamos quietas esse tempo todo, porque o que poderíamos dizer? Era óbvio que pedir socorro não adiantaria nada. Não havia por que gritar ou nos jogar contra a lataria da van: teria sido mero desperdício de energia. De forma que preferimos esperar.

Pelo menos havia ar-condicionado. E assentos, onde nos sentamos.

– O que será que vão fazer? – cochichou Anita. Não víamos nada pelas janelas. Mal nos enxergávamos, víamos apenas borrões turvos.

– Não sei – respondi.

A van parou – suponho que em um posto de controle – e depois andou, e por fim brecou completamente.

– Ponto final – disse uma voz. – Pra fora!

As portas traseiras da van se abriram. Anita saiu primeiro, aos tropeços.

– Anda – disse uma voz diferente. Foi difícil descer da van com minhas mãos algemadas; alguém pegou no meu braço e deu um puxão, e acabei sendo jogada no chão.

Enquanto a van se afastava, me pus de pé com dificuldade e dei uma olhada ao redor. Eu estava num local aberto com muitos outros grupos de gente – mulheres, note-se – e um grande número de homens armados.

Eu estava num estádio. Mas já não era um estádio. Agora era um presídio.

VI

A SEIS MORREU

Transcrição do Depoimento da Testemunha 369A

13

Tem sido muito difícil para mim falar de como foi a morte da minha mãe e das mudanças que a acompanharam. Tabitha me amava incondicionalmente, e agora que ela partira, tudo ao meu redor me parecia incerto e vacilante. A nossa casa, o jardim, até mesmo meu quarto: eles não me pareciam mais reais – como se fossem virar névoa e desaparecer. Eu ficava pensando num versículo bíblico que a Tia Vidala nos fizera decorar:

> *Porque mil anos são aos teus olhos como o dia de ontem que passou, e como a vigília da noite. Tu os levas como uma corrente de água; são como um sono; de manhã são como a erva que cresce. De madrugada floresce e cresce; à tarde corta-se e seca.*

Floresce e cresce, corta-se e seca. Parecia um trava-língua – como se Deus não soubesse falar com clareza. Muitas alunas haviam gaguejado ao chegar nessa parte.

Para o funeral da minha mãe, me deram um vestido preto. Compareceram alguns Comandantes e suas Esposas, e nossas Marthas. O caixão estava fechado e continha o invólucro carnal de minha mãe, e meu pai fez um breve discurso sobre como ela sempre fora uma excelente Esposa, sempre pensando nos outros antes de pensar em si, e depois fez uma prece agradecendo a Deus por libertá-la do sofrimento, e todos disseram amém. Não se fazia grande estardalhaço nos funerais de mulheres em Gilead, nem mesmo nos da alta patente.

As pessoas importantes vieram a nossa casa depois do cemitério, e tivemos uma pequena recepção. Zilla fez folhadinhos de queijo, uma de suas especialidades, e me deixou ajudar. Isso me consolou um pouco: permitirem que eu colocasse o avental, e ralasse o queijo, e espremer a bisnaga de massa no tabuleiro, e ficar observando os folhados crescerem pela porta de vidro do forno. Assamos os folhados de última hora, assim que as pessoas chegaram.

Então tirei o avental e fui para a recepção com meu vestido preto, conforme meu pai tinha pedido, e fiquei em silêncio, também conforme meu pai havia pedido. A maioria das visitas me ignorou, exceto por uma Esposa chamada Paula. Ela era viúva, e um bocado famosa, porque seu marido, o Comandante Saunders, tinha sido morto no próprio escritório pela Aia deles, com um espeto de churrasco – escândalo que fora objeto de muita fofoca na escola no ano anterior. O que aquela Aia estava fazendo no escritório? Como teria entrado?

A versão de Paula era de que a moça era doida, e tinha descido de mansinho à noite, roubado o espeto da cozinha, e quando o coitado do Comandante Saunders abrira a porta do escritório, ela o pegara de surpresa – assassinando um homem que sempre tivera o maior respeito por ela e por sua função. Depois disso a Aia fugira, mas a haviam apanhado e enforcado, deixando-a em exposição no Muro.

A outra versão era da Shunammite, que soubera pela sua Martha, que soubera pela principal Martha dos Saunders. Tinha a ver com impulsos violentos e uma ligação impura. A Aia deve ter dado algum jeito de provocar o Comandante Saunders, que então ordenou que ela descesse escondido na hora em que todos deveriam estar dormindo, à noite. Então ela se esgueirava para o escritório onde o Comandante já a esperava, e os olhos dele se acendiam feito holofotes. Quem sabe que exigências depravadas ele deve ter feito a ela? Exigências antinaturais, que levaram a Aia à loucura, não que fosse um salto tão longe assim com algumas delas, que já estavam à beira de um surto normalmente, mas aquela devia ser ainda pior que as outras. Nem caía bem pensar muito nisso, disseram as Marthas, que não deviam pensar em outras coisas.

Quando seu marido não apareceu para o café da manhã, Paula fora procurá-lo e o descobrira deitado no chão sem a calça. Paula vestira a calça nele de volta antes de chamar os Anjos. Ela precisou pedir ajuda a uma de suas Marthas: cadáveres ou eram duros, ou muito moles, e o Comandante Saunders era um homem corpulento e desajeitado. A Shunammite ainda disse que a Martha disse que a Paula se ensanguentou inteira ao enfiar as roupas de volta no cadáver, e que deve ter nervos de aço, porque fizera o certo para salvar as aparências.

Eu preferia a versão da Shunammite à da Paula. Pensei nela na recepção após o funeral, quando meu pai me apresentou a Paula. Ela estava comendo um folhadinho de queijo; seu olhar me media inteira. Parecia o olhar que a Vera fazia quando espetava um palito no bolo para ver se estava pronto.

Ela deu um sorriso e disse:

– Agnes Jemima. Que gracinha. – E me deu dois tapinhas na cabeça como se eu tivesse cinco anos de idade, e acrescentou que eu devia estar contente em ter ganhado um vestido novo. Minha vontade foi de mordê-la: o vestido novo deveria bastar para compensar a morte da minha mãe? Mas era melhor dobrar a língua em vez de mostrar o que realmente sentia. Nem sempre eu tinha sucesso nessas tentativas, mas daquela vez, consegui.

– Obrigada – respondi. Imaginei-a ajoelhada no chão sobre uma poça de sangue, tentando enfiar um par de calças num cadáver. Isso a colocou numa situação embaraçosa na minha cabeça, e com isso me senti melhor.

Vários meses após a morte de minha mãe, meu pai se casou com a viúva Paula. O anel mágico de minha mãe reapareceu em seu dedo. Acho que meu pai preferiu não desperdiçá-lo, por que comprar um novo anel se o antigo, tão lindo e caro, já estava disponível?

As Marthas resmungaram:

– Sua mãe queria que esse anel ficasse com você – disse Rosa.

Mas é claro que elas não podiam fazer nada. Eu fiquei furiosa, mas também não podia fazer nada. Fiquei retraída e amuada, mas nem meu pai nem Paula deram qualquer atenção a isso. Eles haviam começado a fazer uma coisa que chamavam de "relevar meu comportamento", o que na prática queria dizer ignorar os sentimentos que eu demonstrava de forma que eu acabasse aprendendo que não seria capaz de influenciá-los com silêncios insistentes. Eles até mesmo conversavam sobre essa técnica pedagógica na minha frente, falando de mim na terceira pessoa. *Estou vendo que a Agnes está de mau humor de novo. Sim, é que nem mau tempo, logo passa. É sempre assim quando ficam mocinhas.*

14

Pouco depois de meu pai ter se casado com Paula, aconteceu algo muito perturbador na escola. Estou relatando isso aqui não porque quero ser macabra, mas porque me deixou muito impressionada, e pode ajudar a explicar por que certas pessoas naquele tempo e lugar agiam como agíamos.

Isso aconteceu na aula de Religião, que, como já falei, era ministrada pela Tia Vidala. Ela era a encarregada de nossa escola, e das outras escolas iguais às nossas – o nome delas era Escolas Vidala –, mas o retrato dela que ficava na parte de trás de toda sala de aula era menor do que o da Tia Lydia. Haviam cinco retratos como esse: o da Bebê Nicole em cima, porque tínhamos que orar por seu retorno em segurança todos os dias. Depois a Tia Elizabeth e a Tia Helena, depois a Tia Lydia, depois a Tia Vidala. A Bebê Nicole e a Tia Lydia tinham molduras douradas, enquanto que as outras três tinham apenas molduras prateadas.

É claro que todas nós sabíamos quem eram as quatro mulheres: eram as Fundadoras. Mas do que elas eram fundadoras, isso nós não sabíamos direito, nem ousávamos perguntar: não queríamos ofender a Tia Vidala chamando atenção para o seu retrato menor. A Shunammite dizia que os olhos do retrato da Tia Lydia te seguiam pela sala e que ele conseguia ouvir o que a gente dizia, mas ela era exagerada e gostava de inventar coisas.

A Tia Vidala estava sentada sobre o tampo de sua escrivaninha enorme. Ela gostava de ter um bom panorama da gente. Ela nos mandou levar nossas carteiras para a frente e deixá-las bem próximas umas das outras. Aí ela disse que já tínhamos idade para ouvir uma das histórias mais importantes de toda a Bíblia – importante porque era uma mensagem de Deus especialmente para meninas e mulheres, então que prestássemos bastante atenção. Era a história da Concubina Cortada em Doze Pedaços.

Shunammite, sentada a meu lado, sussurrou:

– Já conheço essa.

Becka, sentada do outro lado, esgueirou a mão até segurar a minha sob o tampo da carteira.

– Quieta, Shunammite – disse a Tia Vidala. Depois de assoar o nariz, ela nos contou a seguinte história.

A concubina de um homem – uma espécie de Aia – fugiu de seu dono, voltando para a casa do pai. Foi uma grande desobediência da parte dela. O homem foi buscá-la, e, sendo do tipo bondoso e compassivo, pediu apenas para tê-la de volta. O pai, conhecendo as regras, disse sim – pois estava muito decepcionado com a desobediência da filha – e os dois homens cearam juntos para celebrar seu compromisso. Mas por causa disso, o homem e sua concubina tardaram em partir dali, e quando escureceu, eles se refugiaram em uma cidade onde o homem não conhecia ninguém. No entanto, um cidadão generoso disse que eles podiam passar a noite na casa dele.

Mas outros cidadãos, repletos de impulsos impuros, vieram a casa e exigiram que o viajante fosse entregue a eles. Queriam fazer coisas pecaminosas com ele. Coisas pecaminosas e depravadas. Mas fazer isso entre homens seria particularmente pecaminoso, de forma que o homem generoso e o viajante colocaram a concubina fora de casa em vez dele.

– Bem que ela mereceu, não foi? – disse Tia Vidala. – Ela não devia ter fugido. Pensem só no sofrimento que causou aos outros!

Mas quando amanheceu, disse a Tia Vidala, o viajante abriu a porta, e a concubina estava deitada na soleira.

– Levante-se – disse-lhe o homem. Mas ela não se levantou, pois estava morta. Os homens ímpios tinham matado ela.

– Como? – perguntou Becka. A sua voz mal se ouvia; ela apertava minha mão com toda a força. – Como eles mataram ela? – Duas lágrimas lhe escorriam pelas bochechas.

– Quando muitos homens cometem luxúria com uma mulher de uma vez só, ela morre – disse Tia Vidala. – Com essa história, Deus quer nos dizer que devemos nos contentar com nosso destino e não nos rebelar contra ele.

A mulher deveria honrar o homem que tem direito sobre ela, ela acrescentou. Se não, esse era o resultado. Deus sempre dava o castigo adequado ao crime.

Só depois fui saber o restante da história – que o viajante cortou o corpo da concubina em doze pedaços e mandou um para cada Tribo de Israel, conclamando-as a vingar o abuso de sua concubina com a execução dos assassinos, e que a Tribo de Benjamim se recusou, porque os assassinos eram benjaminitas. Na guerra de vingança que se seguiu, a Tribo de Benjamim foi quase obliterada e suas esposas e filhos foram todos mortos. Então as outras onze tribos decidiram que acabar com a décima segunda seria ruim, e pararam com a matança. Os benjaminitas que sobraram não podiam se casar oficialmente com nenhuma outra mulher para produzir novos filhos, já que as outras tribos tinham feito um pacto para impedir isso, mas deixaram que eles raptassem umas moças para casar com elas extraoficialmente, e foi isso que fizeram.

Mas não ouvimos o restante da história naquela ocasião porque a Becka tinha começado a chorar.

– Isso é horrível, é horrível! – dizia ela. As outras ficaram bem quietinhas.

– Controle-se, Becka – disse a Tia Vidala. Mas Becka não conseguia. O choro dela era tão convulsivo que pensei que ela fosse ficar sem fôlego.

– Posso abraçá-la, Tia Vidala? – perguntei por fim. Nos incentivavam a orar pelas outras meninas, mas não a travarmos contato físico.

– Dessa vez pode – disse a Tia Vidala, de má vontade. Abracei Becka, e ela ficou chorando no meu ombro.

A Tia Vidala estava irritada com aquele estado da Becka, mas também preocupada. O pai da Becka não era Comandante, e sim dentista, mas era um dentista importante, e a Tia Vidala tinha problemas nos dentes. Ela se levantou e deixou a sala.

Muitos minutos depois, a Tia Estée chegou. Era a ela que chamavam quando precisávamos ser acalmadas.

– Está tudo bem, Becka – disse ela. – A Tia Vidala não quis te assustar. – Não era exatamente verdade, mas Becka parou de chorar e ficou só nos soluços. – Tem outro jeito de se olhar para essa história. A concubina estava arrependida de sua atitude, e queria se redimir, então se sacrificou para evitar que o viajante bondoso fosse morto por aqueles homens malvados.

Becka voltou a cabeça ligeiramente para o lado: estava prestando atenção.

– Foi um ato nobre e corajoso da concubina, não acha? – Becka fez um discreto sim com a cabeça. A Tia Estée suspirou. – Todos nós precisamos fazer sacrifícios para ajudar os outros – disse ela, em tom apaziguador. – Os homens precisam se sacrificar na guerra, e as mulheres precisam fazer outros tipos de sacrifícios. É assim que as coisas estão divididas. Agora vamos espantar a tristeza com um lanchinho. Eu trouxe uns biscoitos de aveia para nós. Meninas, podem socializar à vontade.

Ficamos ali comendo os biscoitos de aveia.

– Deixa de ser criança – cochichou Shunammite para Becka por cima de mim. – É só uma história.

Becka não pareceu lhe dar ouvidos.

– Eu nunca, jamais vou me casar – murmurou ela, quase para si mesma.

– Vai sim – disse Shunammite. – Todo mundo casa.

– Não casa não – disse Becka, mas só para mim.

15

Alguns meses após o casamento de Paula com meu pai, nossa casa recebeu uma Aia. O nome dela era Ofkyle, já que o nome do meu pai era Comandante Kyle.

– O nome dela deve ter sido outro antes – disse Shunammite. – De algum outro homem. Elas ficam passando de mão em mão até terem um bebê. São todas vadias, mesmo, não precisam de nomes de verdade.

Shunammite disse que vadia era uma mulher que tinha ficado com mais homens do que seu marido. Ainda que não soubéssemos direito o que "ficar com" queria dizer.

E as Aias devem ser vadias em dobro, disse Shunammite, porque nem marido tinham. Mas supostamente não era para você ser grossa com as Aias nem chamá-las de vadias, dizia Tia Vidala, secando o nariz com um lenço, porque estavam se redimindo com a comunidade ao lhe prestar um serviço, e todas nós deveríamos ser gratas a elas por isso.

– Não entendi por que ser vadia é prestar serviço – cochichou Shunammite.

– É por causa dos bebês – sussurrei de volta. – As Aias conseguem ter bebês.

– Tem outras mulheres que conseguem também – disse Shunammite. – E não são vadias.

Era verdade, algumas Esposas conseguiam, e algumas das Econoesposas: já as havíamos visto com suas barrigonas. Mas a maioria das mulheres não conseguia. Toda mulher quer ter um bebê, segundo a Tia Estée. Toda mulher que não fosse Tia, nem Martha. Porque, se você não fosse nem Tia nem Martha, disse Tia Vidala, que utilidade você tinha no mundo se não tivesse um filho?

A chegada daquela Aia significava que minha nova madrasta, Paula, queria ter um bebê porque, para ela, eu não contava como filha: a minha mãe era a Tabitha. Mas e o Comandante Kyle? Eu também não parecia contar como filha dele. Parecia que eu tinha ficado invisível para os dois. Os olhares deles passavam direto por mim, e era como se contemplassem a parede.

Quando a Aia ingressou na nossa casa, eu estava quase em idade núbil, pelas contas de Gilead. Eu tinha crescido, meu rosto estava mais alongado, e meu nariz crescera. Minhas sobrancelhas tinham escurecido, não a ponto de virarem lagartas peludas como a da Shunammite nem ralas feito as da Becka, mas se curvando em meios-círculos, e meus cílios tinham ficado mais escuros. Meu cabelo tinha engrossado e passado de pardacento a castanho. Isso tudo me deixava contente, e eu ficava olhando meu rosto no espelho, girando para absorvê-lo de cada ângulo, apesar de todos os alertas contra a vaidade.

O mais alarmante eram meus seios crescendo, e pelos começando a nascer em áreas do meu corpo em que nos aconselhavam a não prestar atenção: pernas, axilas, e a parte pudenda que merece tantos nomes evasivos. Uma vez que a menina entrasse nessa fase, ela não era mais uma flor valiosa: era uma criatura perigosa.

Havíamos sido preparadas para isso na escola – a Tia Vidala apresentara uma série de aulas embaraçosamente ilustradas, que deveriam nos deixar informadas a respeito do papel e dos deveres da mulher para com seu corpo – o papel da mulher casada –, mas elas não tinham sido lá muito informativas nem apaziguadoras. Quando a Tia Vidala perguntou se havia alguma dúvida, ninguém se manifestou, porque por onde começar? Eu tinha vontade de perguntar por que tinha que ser daquele jeito, mas eu já sabia a resposta: porque era o plano de Deus. Era assim que as Tias se esquivavam de tudo.

Eu podia me preparar para o sangue que logo escorreria dentre minhas pernas: isso já acontecera com muitas meninas na escola. Deus não podia ter arrumado as coisas de outro jeito? Mas Ele tinha grande interesse em sangue, o que sabíamos pelos versículos das Escrituras que haviam sido lidos para nós: sangue, purificação, mais sangue, mais purificação, sangue para purificação dos impuros, ainda que não fosse para você tocá-lo com as mãos. O sangue era sujo, em especial quando vinha de mulheres, mas antigamente Deus gostava de recebê-lo em Seus altares. Porém, Ele havia abandonado essa prática – disse a Tia Estée – passando a preferir frutas, verduras, sofrimento sem queixas e boas obras.

Pelo que eu entendia, o corpo da fêmea adulta era uma grande arapuca. Se houvesse um buraco, com certeza algo seria enfiado nele e depois outra coisa sairia dele, e isso valia para qualquer tipo de buraco: um buraco na parede, um buraco na montanha, um buraco na terra. Havia tanta coisa que poderia ser feita com ele ou dar errado com ele, com este corpo feminino adulto, que eu acabei sentindo que estaria melhor sem ele. Passou pela minha cabeça me tornar menor deixando de comer, e tentei fazer isso por um dia, mas senti tanta fome que não consegui persistir na ideia, e fui à cozinha no meio da noite e comi restos de frango da panela de sopa.

Meu corpo efervescente não era minha única preocupação: meu status na escola havia diminuído muito. As outras colegas não me respeitavam mais, não me cortejavam mais. As meninas interrompiam as conversas quando eu chegava e me olhavam de um jeito estranho. Algumas até davam as costas. A Becka não fazia isso – ainda dava um jeito de sentar-se ao meu lado –, mas olhava direto para a frente e não segurava mais a minha mão sob a carteira escondido.

A Shunammite ainda dizia ser minha amiga, em parte, eu sei, porque não era popular com as outras, mas agora era ela quem me fazia o favor de ser minha amiga em vez do contrário. Isso tudo me magoava, embora eu ainda não compreendesse por que o clima havia mudado tanto.

Mas minhas colegas sabiam. A fofoca devia ter passado de boca em boca, de ouvido em ouvido – partindo da minha madrasta Paula, passando pelas nossas Marthas, que percebiam tudo, e delas para as outras

Marthas, que encontravam quando iam às compras, e dessas Marthas às Esposas de outras casas, e dessas Esposas a suas filhas, minhas colegas.

E qual era o conteúdo das fofocas? Em parte, era que eu já não estava mais sob as graças do meu poderoso pai. Minha mãe, Tabitha, tinha sido minha protetora; mas agora que ela se fora, minha madrasta não me queria bem. Em casa ela ou me ignorava, ou gritava comigo – *Apanhe isso! Postura!* Eu tentava ficar tão longe da vista dela quanto possível, mas até mesmo minha porta fechada deve ter parecido uma afronta para ela. Ela devia saber que, atrás da porta, meus pensamentos eram os mais corrosivos.

Mas minha desvalorização ia além de não estar mais nas graças do meu pai. Havia novas informações circulando, informações bem prejudiciais para mim.

Sempre que havia um segredo a ser contado – especialmente se fosse escandaloso –, a Shunammite adorava ser a mensageira.

– Sabe do que fiquei sabendo? – disse ela um dia enquanto almoçávamos nossos sanduíches. Estava sol e era meio-dia: nos haviam permitido fazer um piquenique ao ar livre, no gramado da escola. O terreno era cercado por um muro alto com arame farpado concertina e havia dois Anjos guardando o portão, que ficava trancado exceto para a entrada e saída dos carros das Tias, de forma que estávamos perfeitamente seguras.

– Do quê? – perguntei. Os sanduíches eram uma mistura de queijo artificial que substituíra o queijo de verdade em nossos sanduíches escolares, já que nossos soldados precisavam do verdadeiro. O sol estava cálido, a grama estava macia, eu tinha conseguido sair de casa naquela manhã sem Paula me ver, e naquele momento eu estava ligeiramente contente com a minha vida.

– A sua mãe não era sua mãe de verdade – disse Shunammite. – Eles te tomaram da sua mãe de verdade porque ela era uma vadia. Mas fique tranquila, você não tem culpa, você era muito pequena e não sabia de nada.

Senti uma pontada no estômago. Cuspi um pedação do sanduíche na grama.

– Que mentira! – quase gritei.

– Calma – disse Shunammite. – Eu já falei que você não tem culpa.

– Não acredito em você – falei.

Shunammite me lançou um sorriso de pena, deliciando-se:

– É verdade. Minha Martha ouviu a história toda da sua Martha, que ouviu da sua madrasta nova. As Esposas sabem dessas coisas; foi assim que algumas conseguiram os filhos. Mas eu não, eu nasci do jeito normal.

Tive muito ódio dela naquela hora.

– Então onde está minha mãe de verdade? – exigi saber. – Já que você sabe de tudo!

Minha vontade era de dizer: você é muito, muito má. Eu estava entendendo que ela devia ter me traído: antes de me contar, ela já devia ter contado às outras meninas. Por isso é que estavam tão frias comigo: meu nome estava manchado.

– Sei lá, talvez ela tenha morrido – disse Shunammite. – Ela estava te roubando de Gilead, tentou fugir por uma floresta e atravessar a fronteira com você. Mas alcançaram ela e te salvaram. Sorte a sua!

– Quem salvaram? – perguntei baixinho. Enquanto me contava a história, Shunammite continuava a mastigar. Eu contemplava sua boca, da qual emanava minha ruína. Havia queijo artificial laranja nos seus dentes.

– Eles, ora. Os Anjos, os Olhos, eles. Eles te resgataram e te deram para a Tabitha porque ela não podia ter filhos. Te fizeram um favor. Assim você ganhou uma casa bem melhor do que com a vadia.

A aceitação começou a subir pelo meu corpo feito uma paralisia. A história que a Tabitha costumava contar, aquela em que me resgatava e fugia das bruxas más, em parte era verdade. Mas não fora a mão de Tabitha que eu segurara, e sim a mão da minha verdadeira mãe – minha verdadeira mãe, a vadia. E não eram bruxas que nos perseguiam, mas homens. Eles portariam armas, porque homens assim sempre levavam as suas.

Mas de fato Tabitha me escolhera. Dentre muitas crianças arrancadas das mãos desesperadas de suas mães e pais. Ela me escolheu e me acalentou. Ela me amou. Essa parte era verdade.

Só que agora eu estava órfã de mãe, porque onde estaria minha mãe de verdade? Também estava órfã de pai – o Comandante Kyle não tinha mais parentesco comigo do que o homem na Lua. Ele só me tolerava porque eu era o projetinho de Tabitha, seu brinquedinho, seu bicho de estimação.

Não era de se admirar que a Paula e o Comandante Kyle quisessem uma Aia: eles queriam um filho de verdade em meu lugar. Eu não era filha de ninguém.

Shunammite continuava mastigando, observando satisfeita como sua mensagem ia sendo digerida.

– Eu vou ficar ao seu lado – disse ela na voz mais falsamente virtuosa que conseguiu fazer. – Não faz diferença nenhuma para a sua alma. A Tia Estée diz que todas as almas são iguais no céu.

Só mesmo no céu, pensei. E aqui não é o céu. Esse lugar é como o jogo das serpentes e escadas, e embora eu já tenha estado no alto de uma escada apoiada junto à Árvore da Vida, agora deslizei pelo dorso de uma serpente. Que delícia deve ser para os outros assistir a minha queda! Não era surpresa a Shunammite não resistir à tentação de espalhar aquela notícia tão ferina e apetitosa. Eu já ouvia a zombaria pelas minhas costas: *Vadia, vadia, filha da vadia.*

A Tia Vidala e a Tia Estée já deviam saber também. As duas já deviam saber desde sempre. Era o tipo de segredo que as Tias conheciam. Era assim que elas garantiam seu poder, segundo as Marthas: conhecendo segredos.

E a Tia Lydia – cujo retrato carrancudo-sorridente de moldura dourada com o uniforme marrom feioso estava pendurado em todas as nossas salas de aula – deve saber mais segredos do que todas, porque era a mais poderosa. O que Tia Lydia teria a dizer sobre meu suplício? Será que ela me ajudaria? Será que entenderia minha tristeza, será que me salvaria? E seria a Tia Lydia uma pessoa de verdade, afinal? Eu nunca a havia visto. Talvez ela fosse como Deus – real mas irreal ao mesmo tempo. E se eu rezasse para a Tia Lydia à noite, em vez de para Deus?

Cheguei a tentar, no decorrer da semana. Mas a ideia era inimaginável – rezar para uma mulher –, de forma que parei.

16

Passei o restante daquela tarde horrível feito uma sonâmbula. Estávamos bordando jogos de lenços para as Tias, com flores personalizadas para seus nomes – equináceas para Elizabeth, hortênsias para Helena, violetas para Vidala. Eu estava bordando lilases para Lydia, e meti uma agulha no fundo do meu dedo sem perceber até que Shunammite disse:

– Tem sangue no seu bordado.

Gabriela – uma menina miúda, espertalhona, que agora desfrutava da popularidade que um dia eu já tivera porque seu pai fora promovido a três Marthas – sussurrou:

– Talvez ela tenha finalmente menstruado, só que pelo dedo. – E todas riram porque a maior parte já tinha menstruado, até a Becka.

Tia Vidala ouviu as risadas e levantou os olhos do livro, dizendo:

– Parem com isso.

A Tia Estée me levou para o banheiro e nós enxaguamos juntas o sangue da minha mão, e ela pôs um curativo no meu dedo, mas o lenço em *petit point* precisou ser mergulhado em água fria, que era o truque que nos ensinavam para tirar mancha de sangue, especialmente em tecido branco. Tirar manchas de sangue era algo que deveríamos saber enquanto Esposas, disse a Tia Vidala, porque faria parte de nossos deveres: teríamos que supervisionar nossas Marthas para garantir que elas estavam fazendo certo. Limpar manchas de sangue e outras substâncias corporais era parte do dever feminino, o dever de cuidar das outras pessoas, especialmente crianças pequenas e idosos, disse a Tia Estée, que sempre realçava o lado positivo das coisas. Este era um talento das mulheres devido a seus cérebros especiais, que não eram precisos e concentrados como os cérebros masculinos, e sim suaves, moles, mornos e envolventes feito... feito o quê? Ela não chegou a terminar a frase.

Feito lama ao sol, pensei. Era isso que havia dentro da minha cabeça: lama aquecida.

– Algum problema, Agnes? – perguntou Tia Estée depois que meu dedo estava limpo.

Respondi que não.

– Então por que está chorando, querida?

Aparentemente, eu estava mesmo: lágrimas escorriam dos meus olhos, da minha cabeça úmida e lamacenta, apesar do meu esforço para controlá-las.

– Porque dói! – falei, já soluçante. Ela não perguntou o que estava doendo, embora com certeza soubesse que não era meu dedo furado. Ela passou o braço pelo meu ombro e o comprimiu de leve.

– Muitas coisas doem – disse ela. – Mas a gente tem que tentar se animar. Deus gosta de nos ver alegres. Ele se agrada quando apreciamos as coisas boas que ele pôs no mundo.

Tivemos muitas aulas sobre o que Deus gostava e desgostava, dadas pelas Tias, especialmente Tia Vidala, que mais parecia sua amiga íntima. Certa vez Shunammite disse que ia perguntar à Tia Vidala do que Deus gostava no café da manhã, o que escandalizou as meninas mais tímidas, mas ela nunca chegou a perguntar para valer.

Fiquei pensando o que Deus acharia das mães, as reais e as irreais. Mas eu sabia que não ia dar em nada interrogar a Tia Estée sobre minha mãe de verdade ou sobre a Tabitha ter me escolhido, e nem mesmo sobre a minha idade na época. As Tias da escola evitavam conversar conosco sobre nossos pais.

Assim que cheguei em casa naquele dia, encurralei Zilla na cozinha, onde ela estava fazendo biscoito, e repeti tudo que a Shunammite me contara na hora do almoço.

– Sua amiga é muito linguaruda. – Foram as palavras dela. – Ela devia aprender a ficar calada mais vezes. – Palavras surpreendentemente duras, para ela.

– Mas é verdade? – perguntei. Naquela hora eu ainda tinha um fiapo de esperança de que ela fosse negar tudo.

Ela deu um suspiro.

– Que tal me ajudar a fazer biscoito?

Mas eu já estava muito velha para ser subornada com favores simplórios como aquele.

– Me conte logo – falei. – Por favor.

– Bem – disse ela. – Segundo sua nova madrasta, sim. Essa história é verdade. Ou algo do gênero.

– Então a Tabitha não era a minha mãe – falei, retendo as lágrimas que já renasciam, controlando a minha voz.

– Depende do que você considera uma mãe – disse Zilla. – Sua mãe é aquela que te dá à luz ou aquela que te ama mais?

– Não sei – falei. – Talvez aquela que me ama mais.

– Então sua mãe era a Tabitha – disse Zilla, cortando os biscoitos. – E nós, as Marthas, também somos suas mães, pois também te amamos. Embora talvez nem sempre você ache isso. – Ela ia apanhando biscoito por biscoito redondo com a espátula e os depositava no tabuleiro. – Todas nós queremos muito o seu bem.

Isso me fez perder um tanto de confiança nela, porque a Tia Vidala dizia coisas semelhantes sobre querer nosso bem, geralmente antes de nos dar algum castigo. Ela gostava de nos dar varetadas nas pernas em locais não visíveis, e às vezes mais acima, obrigando-nos a nos debruçar e levantar a saia. Às vezes ela castigava a menina assim em frente à turma inteira.

– O que aconteceu com ela? – perguntei. – Com minha outra mãe? A que fugiu pela floresta? Depois que me tiraram dela?

– Não tenho certeza – disse Zilla, sem olhar para mim, empurrando os biscoitos para dentro do forno quente. Tive vontade de pedir um assim que eles saíssem – estava com desejo de um biscoitinho quente

–, mas parecia um pedido infantil demais para fazer no meio de uma conversa séria daquelas.

– Eles atiraram nela? Mataram ela?

– Ah, não – disse Zilla. – Não teriam feito uma coisa dessas.

– Por quê?

– Porque ela conseguia ter filhos. Ela teve você, não teve? Isso provava que ela conseguia. Eles nunca matariam uma mulher valiosa dessas a não ser que não tivesse outro jeito. – Ela fez uma pausa para que eu absorvesse aquela informação. – O mais provável é que eles tenham avaliado se ela poderia ser... As Tias do Centro Raquel e Lea orariam junto dela; conversariam com ela no começo, para ver se conseguiam fazê-la mudar de ideia.

Corriam boatos sobre o Centro Raquel e Lea na escola, mas eram muito vagos: nenhuma de nós sabia o que ocorria naquele lugar. Ainda assim, o simples conceito de ser benzida por um monte de Tias já era assustador. Nem todas eram tão boazinhas como a Tia Estée.

– E se não conseguirem que ela mude de ideia? – perguntei. – Será que a matariam? Ela morreu?

– Ah, tenho certeza de que conseguiram fazê-la mudar de ideia – disse Zilla. – São boas nisso. Mudam cabeça e coração.

– Então, onde ela está agora? – perguntei. – A minha mãe de verdade... minha outra mãe?

Fiquei me perguntando se aquela mãe se lembrava de mim. Devia lembrar sim. E devia me amar, ou não teria tentado me levar junto quando fugiu.

– Ninguém sabe disso, querida – disse Zilla. – Quando viram Aias, elas ficam sem o nome antigo, e com aquelas roupas que elas usam, você mal vê o rosto delas. Parecem todas iguais.

– Ela é uma Aia? – perguntei. Então era verdade o que a Shunammite tinha dito. – A minha mãe?

– É isso que fazem lá no Centro – disse Zilla. – Transformam elas em Aias, de um jeito ou de outro. As que conseguem pegar. Agora, que tal um biscoitinho quente? Estou sem manteiga agora, mas posso pingar um melzinho nele se quiser.

Agradeci. Comi o biscoito. Minha mãe era Aia. Por isso que Shunammite tinha repetido tanto que ela era uma vadia. Todos sabiam que todas as Aias já tinham sido vadias, tempos atrás. E ainda eram, mas de outra forma.

Dali em diante, nossa nova Aia passou a me fascinar. Quando ela chegara eu a ignorara, tal como haviam me ensinado – era o mais bondoso a fazer, disse Rosa, porque ou ela teria um bebê e seria levada para outro lugar, ou não teria um bebê e seria levada para outro lugar assim mesmo, mas de qualquer forma, ela não permaneceria muito tempo em nossa casa. Então fazia mal a elas se apegarem, especialmente a crianças ou jovens da casa em que se encontravam, porque logo teriam que renunciar a esse apego, e imagine só como seria difícil para elas.

Então eu desviava o rosto da Ofkyle e fingira não notá-la quando ela adentrava a cozinha de vestido vermelho para pegar a cesta de compras e dar sua caminhada. As Aias caminhavam duas a duas todos os dias; eram bem visíveis nas calçadas. Ninguém as perturbava, nem falava com elas, nem encostava nelas, porque elas eram – em certo sentido – intocáveis.

Mas a partir daquele momento eu passei a observar Ofkyle de canto de olho sempre que podia. Seu rosto era pálido, oval e inexpressivo, feito a impressão digital de uma luva. Eu mesma sabia fazer uma expressão vazia, de forma que não acreditava que ela era mesmo vazia por dentro. Antes ela tivera outra vida, completamente diferente. Como teria sido sua aparência em sua vida de vadia? As vadias ficavam com mais de um homem. Com quantos homens teria ela ficado? O que isso queria dizer exatamente, ficar com homens, e que tipo de homens? Será que ela deixava partes do corpo para fora da roupa? Será que tinha usado calças, feito um homem? Isso era tão profano que era quase inimaginável! Mas se ela fizera aquilo, que audácia! Devia ter sido alguém muito diferente do que era agora. Devia ter tido muito mais energia.

Eu ia à janela para vê-la pelas costas quando ela saía para a caminhada, passando pelo nosso jardim e pela trilha até o portão social.

Então eu tirava os sapatos, atravessava o corredor pé ante pé, e entrava escondido no quarto dela, que ficava nos fundos da casa, no terceiro andar. Era um quarto de tamanho médio com seu próprio banheiro acoplado. Havia um tapete trançado; na parede, havia um quadro de um vaso com flores azuis que pertencera a Tabitha.

Minha madrasta pusera o quadro ali para tirá-lo de vista, suponho, porque estava expurgando as partes sociais da casa de tudo que pudesse fazer seu novo marido se lembrar de sua antiga Esposa. Paula não estava fazendo isso de forma escancarada, era mais sutil – ela mudava coisas de lugar ou se livrava delas uma a uma –, mas eu sabia o que ela estava fazendo. Era mais um motivo pelo qual eu não gostava dela.

Por que estou medindo tanto as palavras? Não preciso mais fazer isso. Não é que eu não gostasse dela, eu a odiava. O ódio é uma emoção horrível porque faz a alma azedar – a Tia Estée nos ensinou isso –, mas, embora eu não admita com orgulho e tivesse o costume de rezar para ser perdoada por isso, o que eu sentia era ódio, sim.

Quando eu chegava ao quarto da Aia e fechava a porta com cuidado, eu bisbilhotava. Quem seria ela na verdade? E se *ela* fosse minha mãe desaparecida? Eu sabia que isso era um faz de conta, mas eu estava muito sozinha; eu gostava de pensar em como as coisas seriam se aquilo fosse verdade. Nós nos jogaríamos uma nos braços da outra, num abraço apertado, tão felizes por termos nos encontrado de novo... Mas e depois, o quê? Eu não tinha nenhuma versão do que poderia acontecer depois, embora tivesse uma vaga ideia de que seria turbulento.

Não existia nada no quarto de Ofkyle que desse qualquer ideia de quem ela era. Seus vestidos vermelhos estavam pendurados no armário feito uma ordenada procissão, suas peças íntimas brancas lisas e suas folgadas camisolas de pano ficavam perfeitamente dobradas nas prateleiras. Ela possuía um segundo par de sapatos para caminhada, um hábito extra, e um chapéu branco sobressalente. Ela tinha uma escova de dentes com cabo vermelho. Havia uma maleta em que trouxera essas coisas, mas estava vazia.

17

Por fim nossa Aia conseguiu ficar grávida. Eu fiquei sabendo disso antes de me contarem, porque em vez de tratá-la feito um cachorro de rua que estavam tolerando por piedade, as Marthas começaram a se preocupar com ela e a lhe preparar refeições maiores, e a colocar um vasinho de flor em sua bandeja de café da manhã. Como eu estava obcecada por ela, eu reparava ao máximo em detalhes como esse.

Eu ficava escutando as Marthas conversarem animadamente na cozinha quando pensavam que eu não estava, ainda que eu nem sempre fosse capaz de entender o que diziam. Quando eu estava junto delas, a Zilla sorria sozinha bastante, e a Vera baixava sua voz rude como se estivesse numa igreja. Até a Rosa adquirira uma certa expressão convencida, como se tivesse comido uma laranja bem gostosa mas sem contar para ninguém.

Quanto à Paula, minha madrasta, ela andava até mais corada. Estava sendo mais gentil comigo quando eventualmente nos víamos no mesmo cômodo, ocasiões que eu tentava fazer com que não fossem frequentes. Eu pegava o café da manhã direto da cozinha antes de ser levada para a escola, e pedia licença do jantar o mais rápido possível, alegando ter dever de casa: algum trabalho em *petit point*, bordado ou costura, um desenho que precisava terminar, uma aquarela que precisava pintar. Paula nunca se opôs: a vontade dela de me ver não era maior que a vontade que eu tinha de vê-la.

– A Ofkyle está grávida, não é? – perguntei a Zilla certa manhã. Tentei perguntar com displicência, para o caso de eu estar errada. Zilla foi pega de surpresa.

– Como você soube? – perguntou ela.

– Não sou cega – falei em um tonzinho superior que deve ter sido muito irritante. Eu estava na idade.

– Não é para ficarmos falando nada disso – disse Zilla – até o terceiro mês. Os primeiros três meses são a época perigosa.

– Por quê? – perguntei. Afinal de contas eu não sabia tanto assim, apesar da apresentação de slides sobre fetos da Tia Vidala, com sua coriza permanente.

– Porque se for um Não bebê, é aí que a cria pode... é quando pode nascer cedo demais – disse Zilla. – E nesse caso morreria.

Eu sabia que existiam Não bebês: não se ensinava sobre eles, mas se cochichava sobre eles. Dizia-se que nasciam aos montes. A Aia da Becka tinha dado à luz uma menina: mas nascera sem cérebro. A coitada da Becka ficou muito abalada, pois queria uma irmã.

– Estamos rezando pela cria. Pela bebê – dissera Zilla, na época. Reparei no *cria*.

Mas a Paula deve ter insinuado às outras Esposas que Ofkyle tinha engravidado, porque de repente meu status na escola começou a melhorar de novo. Shunammite e Becka disputavam minha atenção, e as demais me reverenciavam como se eu tivesse uma espécie de aura invisível.

Um bebê em gestação conferia um fulgor a todos que estavam próximos dele. Era como se nossa casa estivesse imersa numa névoa dourada, e a névoa só ficasse mais fulgurante e mais dourada à medida que o tempo passava. Quando o limiar dos três meses foi cruzado, houve uma festa extraoficial na cozinha e Zilla fez bolo. Quanto à Ofkyle, sua expressão era menos de alegria do que de alívio, pelo que consegui ver do seu rosto.

Em meio àquele júbilo reprimido, eu mesma me encontrava numa nuvem negra. O bebê desconhecido no interior de Ofkyle estava absorvendo todo o amor: não parecia restar nenhum para mim, em lugar nenhum. Eu estava absolutamente sozinha. E com ciúmes: aquele bebê teria mãe, e eu nunca teria uma. Até as Marthas estavam se afastando de mim e buscando a luz que emanava da barriga de Ofkyle. Tenho vergonha de admitir isso – ciúmes de um bebê! –, mas a verdade é essa.

Foi nesta época que aconteceu uma coisa que eu deveria deixar passar, porque é melhor esquecer, mas teve peso na escolha que eu faria pouco tempo depois. Agora que sou mais velha e já vi mais o mundo exterior, entendo que talvez não pareça tão significativo assim para algumas pessoas, mas eu era uma jovem de Gilead, e não tinha sido exposta a situações assim, então esse acontecimento não foi insignificante para mim. Foi horripilante, isso sim. Também foi vexaminoso: quando fazem algo vergonhoso com você, a vergonha se cola a você. Você se sente suja.

O começo foi trivial: eu precisei ir ao dentista para minha revisão anual. O dentista era o pai da Becka, e o nome dele era dr. Grove. Ele era o melhor dentista, segundo Vera: todos os Comandantes importantes e suas famílias se tratavam com ele. O consultório dele era no Prédio Bênçãos da Saúde, que abrigava médicos e dentistas. Na fachada havia o desenho de um coração sorridente e um dente sorridente.

Uma das Marthas sempre ia junto comigo ao médico ou dentista e me aguardava na sala de espera, porque era assim que ficava bem, conforme Tabitha costumava me dizer sem explicar por quê, mas Paula disse que o Guardião podia me levar lá sozinho, já que havia tanto trabalho a ser feito em casa em preparação para as mudanças que estavam por vir – ela se referia ao bebê –, e seria perda de tempo mandar uma Martha ir comigo.

Não me incomodei. Na verdade, ir sozinha fez com que eu me sentisse muito adulta. Sentei empertigada no assento de trás do veículo guiado pelo nosso Guardião. Então entrei no prédio e apertei o botão de elevador que tinha a figura de três dentes, e encontrei o andar certo e a porta certa, e fiquei na sala de espera olhando os quadros de dentes transparentes na parede. Quando chegou minha vez, entrei no consultório, conforme o assistente, o sr. William, me pediu para fazer, e me sentei na cadeira do dentista. O dr. Grove chegou e o sr. William trouxe minha ficha, e depois saiu e fechou a porta, e o dr. Grove olhou a minha ficha, e perguntou se eu estava com alguma queixa dos dentes, e eu respondi que não.

Ele futucou a minha boca com seus ferrinhos e instrumentos e seu espelhinho, como sempre. E como sempre, eu via seus olhos de muito perto, ampliados pelos seus óculos – azuis e cheios de vasos sanguíneos, as pálpebras feito joelhos de elefante –, e tentava não inspirar quando ele estava expirando porque ele estava com bafo – como sempre – de cebola. Ele era um homem de meia-idade sem grandes traços característicos.

De um estalo, ele arrancou suas luvas médicas de borracha branca e lavou as mãos na pia, que ficava nas minhas costas. Ele disse:

– Dentes perfeitos. Perfeitos. – E depois ele disse: – Você está ficando uma moça, Agnes.

Então ele pôs a mão no meu seio pequeno mas em crescimento. Estava no verão, de forma que eu estava usando o uniforme escolar de verão, que era rosa e de tecido leve de algodão.

Atônita, fiquei paralisada. Então era tudo verdade, aquilo dos homens com seus ímpetos ferozes e desordenados, e, somente por ter me sentado na cadeira do dentista, eu o havia provocado. Eu estava envergonhadíssima – o que eu poderia dizer? Eu não sabia, de forma que simplesmente fingi que nada estava acontecendo.

O dr. Grove estava bem atrás de mim, de forma que era a mão esquerda dele no meu seio esquerdo. Eu não conseguia ver o resto do corpo dele, só a mão, que era enorme e tinha pelos avermelhados no dorso. Estava quente. Repousava sobre meu seio feito um caranguejo quente e enorme. Eu não sabia o que fazer. Devia pegar a mão dele e tirar do meu peito? Será que isso atiçaria ainda mais sua luxúria? Será que eu devia tentar escapar? Aí a mão apertou meu seio. Os dedos encontraram meu mamilo e o apertaram. Foi como se tivessem enfiado uma tachinha na minha pele. Levantei meu tronco – precisava sair correndo daquela cadeira –, mas a mão estava me prendendo ali. De repente ela se ergueu, e então uma parte restante do corpo do dr. Grove entrou no meu campo de visão.

– Já era tempo de você ter visto um desses – disse ele na voz normal com que dizia tudo. – Logo vai ter um desses dentro de você. – Ele pegou minha mão e a posicionou naquela parte do corpo dele.

Não acho que eu precise te contar o que aconteceu em seguida. Ele tinha uma toalha à mão. Ele se limpou e enfiou seu apêndice de volta nas calças.

– Pronto – disse ele. – Boa menina. Não te machuquei. – Ele me deu um tapinha paternal nas costas. – Não se esqueça de escovar os dentes duas vezes por dia, e depois passar fio dental. O sr. William vai te dar uma escova nova.

Saí da sala com enjoo no estômago. O sr. William estava na sala de espera, com seu rosto reservado de trintão impassível. Ele estendeu uma tigela contendo escovas de dentes novas, azuis e rosas. Eu não era besta de não pegar uma rosa.

– Obrigada – falei.

– De nada – disse o sr. William. – Alguma cárie?

– Não – respondi. – Dessa vez, não.

– Ótimo – disse o sr. William. – Não coma doces e talvez nunca tenha uma. Nada deteriorado. Está tudo bem com você?

– Sim – respondi. Onde era a porta mesmo?

– Você está pálida. Tem gente que tem medo de dentista. – Era um sorrisinho que eu estava vendo? Será que ele sabia o que tinha me acontecido?

– Não estou pálida – falei burramente. Como eu podia saber se não estava pálida? Achei a maçaneta da porta e saí aos trancos e barrancos, cheguei ao elevador, apertei o botão de descer.

Será que agora isso ia acontecer toda vez que eu fosse ao dentista? Eu não podia dizer que não queria mais voltar ao dr. Grove sem dizer o porquê, e se eu dissesse o porquê, estaria encrencada. As Tias da escola ensinavam que você deveria dizer a uma pessoa com autoridade – ou seja, elas – se algum homem tocasse você de maneira imprópria, mas sabíamos muito bem que era burrice fazer escândalo, especialmente se fosse um homem respeitado feito o dr. Grove. Além disso, como ficaria a Becka se eu falasse aquilo do pai dela? Ela ficaria humilhada, destruída. Seria a pior das traições.

Certas meninas haviam denunciado coisas do tipo. Uma tinha dito que o Guardião dela havia passado a mão em suas pernas. A outra tinha dito que um Econolixeiro havia aberto a braguilha das calças na sua frente. A primeira menina tinha recebido varetadas atrás das pernas por ter mentido, e a segunda recebera a resposta de que as boas meninas não reparavam demais nas palhaçadas inofensivas dos homens, simplesmente desviavam o olhar.

Mas no meu caso eu não podia ter desviado o olhar. Não havia outro lugar para se olhar.

– Não vou querer jantar – falei para Zilla na cozinha. Ela me lançou um olhar penetrante.

– Foi tudo bem no seu dentista, minha querida? – disse ela. – Alguma cárie?

– Não – respondi. Experimentei um sorriso lânguido. – Tenho dentes perfeitos.

– Você está com enjoo?

– Talvez eu esteja ficando resfriada – respondi. – Só preciso me deitar um pouco.

Zilla me preparou uma bebida quente com mel e limão e me trouxe no quarto de bandeja.

– Eu devia ter ido com você – disse ela. – Mas ele é o melhor dentista. Todo mundo diz.

Ela sabia. Ou no mínimo suspeitava. Estava me alertando para não dizer nada. Era essa a linguagem em código que utilizavam. Ou melhor: que todas nós utilizávamos. Será que a Paula sabia também? Será que ela previu que algo assim aconteceria comigo no dr. Grove? Será que foi por isso que me mandou ir sozinha?

Devia ser isso, sim, decidi. Ela fizera de propósito para que beliscassem o meu seio e manipulassem aquele negócio imundo na minha frente. Ela desejara meu aviltamento. Era uma palavra da Bíblia: *aviltar*. Ela devia estar dando gargalhadas maliciosas pensando naquilo – na piada suja que me pregara, porque eu entendia que, a seus olhos, seria uma piada.

Depois disso, parei de orar para ser perdoada pelo ódio que eu sentia dela. Eu estava certa em odiá-la. Eu estava preparada para pensar as piores coisas dela, e pensei mesmo.

18

Passaram-se os meses; minha vida de andar na ponta do pé e ouvir escondido prosseguiu. Eu me empenhava em ver sem ser vista e ouvir sem ser ouvida. Descobri as fendas entre umbrais e portas quase fechadas, os postos de escuta em corredores e escadas, as seções mais finas das paredes. A maior parte do que eu escutava chegava em fragmentos e até silêncios, mas eu estava começando a ficar boa em encaixar esses fragmentos como peças e preencher as partes não ditas das frases.

Ofkyle, nossa Aia, foi ficando maior a cada dia – ou melhor, sua barriga foi ficando –, e quanto maior ficava, mais entusiasmado nosso lar se tornava. Digo, quem se entusiasmava eram as mulheres. Quanto ao Comandante Kyle, era difícil dizer como ele se sentia. Ele sempre tivera um rosto impassível, e de qualquer modo, não ficava bem os homens demonstrarem emoções chorando ou até mesmo rindo abertamente; embora certo riso se ouvisse, sim, por trás das portas fechadas da sala de jantar quando ele convidava seus grupos de Comandantes, com vinho e uma das sobremesas de festa com creme chantilly, quando era possível obter, que Zilla preparava tão bem. Mas suponho que até ele estivesse moderadamente vibrante com a barrigona de Ofkyle.

Às vezes eu pensava no que meu próprio pai estaria sentindo a meu respeito. Eu tinha alguma ideia a respeito da minha mãe – ela fugira me levando, fora transformada em Aia pelas Tias –, mas não tinha a menor ideia sobre meu pai. Eu devia ter um, todos tinham um. Talvez você pense que eu devo ter preenchido o vazio com imagens idealizadas sobre ele, mas não: o vazio continuava vazio.

A Ofkyle agora era quase uma celebridade. As Esposas enviavam suas Aias à nossa casa com alguma desculpa – pegar um ovo emprestado, devolver uma vasilha –, mas, na verdade, era para perguntar como ela estava. Elas podiam entrar em nossa casa; e aí ela podia ser chamada a descer, e elas colocavam a mão em sua barriga redonda para sentir o bebê chutar. Era incrível ver a expressão no rosto delas enquanto realizavam esse ritual: Maravilhamento, como se estivessem presenciando um milagre. Esperança, porque se Ofkyle conseguia fazer aquilo, elas também conseguiriam. Inveja, porque ainda não tinham conseguido. Anseio, porque queriam muito ser capazes. Desespero, porque talvez nunca acontecesse com elas. Eu ainda não sabia que fim poderia ter uma Aia que, apesar de ter sido julgada viável, se mostrasse estéril em todos os seus postos designados, mas acho que eu já desconfiava que não seria nada bom.

Paula deu vários chás da tarde com presença das demais Esposas. Elas a parabenizavam e a admiravam e a invejavam, e em troca ela sorria humildemente e aceitava os parabéns, e dizia que todas as bênçãos vêm do alto, e aí mandava Ofkyle aparecer na sala de estar para que as Esposas pudessem ver com os próprios olhos, exclamar e fazer um estardalhaço em cima dela. Às vezes até chamavam Ofkyle de "querida", coisa que jamais faziam com uma Aia comum, uma de barriga reta. Então viravam para Paula e perguntavam que nome ela iria dar para o bebê.

O seu bebê. Não de Ofkyle. Fiquei pensando o que Ofkyle pensaria disso. Mas nenhuma delas estava interessada no que se passava em sua cabeça, apenas em sua barriga. Elas apalpavam sua barriga e às vezes até a auscultavam, enquanto eu ficava de pé atrás da porta aberta da sala observando o rosto dela pela fresta. Eu a via tentando manter aquele rosto duro feito mármore, mas nem sempre ela conseguia. Seu rosto parecia mais arredondado ao sair do que quando chegava – praticamente inchado – e a mim parecia que isso se devia a todas as lágrimas que ela não estava se permitindo chorar. Será que ela as chorava escondido? Mesmo que eu ficasse à espreita colando minha orelha à porta fechada do seu quarto, nunca conseguia ouvi-la.

Nesses momentos de espionagem eu ficava com raiva. Eu já tivera uma mãe, e fora arrancada dessa mãe e dada a Tabitha, assim como aquele bebê ia ser arrancado de Ofkyle e dado a Paula. Era assim que as coisas aconteciam, era assim que as coisas eram, era assim que tinham de ser para o bem do futuro de Gilead: alguns poucos precisam fazer sacrifícios em prol de muitos. As Tias concordavam com isso; ensinavam isso; mas ainda assim eu sabia que aquela parte não estava certa.

Mas eu era incapaz de condenar Tabitha, ainda que tivesse aceitado um bebê roubado. Ela não fizera o mundo ser como era, e fora uma mãe para mim, e eu a amara e ela me amara. Eu ainda a amava, e talvez ela ainda me amasse. Quem sabe? Talvez seu espírito prateado estivesse junto de mim, pairando ao redor, vigiando. Eu gostava de pensar assim.

Eu precisava pensar assim.

Por fim, chegou o Dia do Nascimento. Eu estava em casa e não na escola, porque finalmente havia tido minha primeira menstruação e as cólicas estavam horríveis. Zilla preparara uma bolsa de água quente, passara uma pomada analgésica e me dera um chá, e eu estava enrodilhada na cama morrendo de pena de mim quando ouvi o Partomóvel descendo a rua com sirene aberta. Me arrastei para fora da cama e fui à janela: sim, a van vermelha já havia entrado em nosso portão e as Aias desciam dela, uma dúzia ou até mais. Eu não podia ver seus rostos, mas só pelos movimentos delas – mais enérgicos do que de costume – eu já via que estavam empolgadas.

Então começaram a chegar os carros das Esposas, e também elas afluíram a nossa casa com seus idênticos hábitos azuis. Dois carros de Tias também chegaram, e Tias saíram deles. Não eram minhas conhecidas. Ambas eram mais velhas, e uma segurava uma valise negra com asas vermelhas e a cobra enroscada e a lua para simbolizar que era uma valise de Socorrista Médica, da divisão feminina. Muitas Tias tinham treinamento de socorristas e parteiras, embora não pudessem ser médicas de verdade.

Supostamente, não era para eu presenciar um Nascimento. Meninas e jovens em idade casadoura – como eu acabava de me tornar assim que menstruei – eram impedidas de presenciar ou saber o que acontecia, porque vê-lo e ouvi-lo não era algo adequado para nós e poderia ser prejudicial – poderíamos ficar enojadas ou assustadas. Aquele saber vermelho e encorpado era das mulheres casadas e das Aias, e das Tias, é claro, para que pudessem ensinar às Tias-parteiras em treinamento. Mas é claro que eu reprimi minha própria dor de cólicas, vesti meu robe e pantufas, e me esgueirei até a metade das escadas para o terceiro andar, onde eu não seria percebida.

As Esposas estavam no andar de baixo tomando chá na sala de estar, à espera do momento importante. Eu não sabia qual momento seria exatamente, mas eu as ouvia rindo e papeando. Estavam bebendo champanhe além de chá, como descobri ao ver as garrafas e taças vazias na cozinha mais tarde.

As Aias e as Tias em serviço estavam com a Ofkyle. Ela não estava no quarto dela – um quarto que não comportaria tanta gente assim –, mas no quarto principal do segundo andar. Eu ouvia um grunhido como que de um animal, e as Aias entoando um cântico – *Força, força, força, respira, respira, respira* – e nos intervalos, uma voz angustiada que eu não reconhecia – mas devia ser a de Ofkyle – dizendo *Meu Deus, Meu Deus*, grave e tenebrosa como se viesse de um poço profundo. Sentada na escada abraçando meus joelhos, comecei a tiritar. O que estava acontecendo? Que tortura, que castigo? O que estavam fazendo com ela?

Aqueles ruídos continuaram pelo que me pareceu muito tempo. Ouvi passadas apressadas pelo corredor – as Marthas, trazendo o que quer que tivessem lhe pedido, levando coisas embora. À noite, fuxicando a roupa suja, vi que algumas dessas coisas eram lençóis e toalhas empapados de sangue. Então uma das Tias veio para o corredor e começou a bradar em seu Compufone:

– Agora mesmo! O mais rápido que puder! A pressão dela está muito baixa! Está perdendo muito sangue!

Ouviu-se um grito, depois outro. Uma das Tias desceu as escadas e berrou para as Esposas:

– Subam já aqui!

As Tias geralmente não gritavam desse jeito. Um tropel de passos escada acima, e uma voz dizendo:

– Ai, Paula!

Então veio outra sirene, de outro tipo. Conferi o corredor – ninguém – e corri para o meu quarto para espiar pela janela. Um carro negro, as asas vermelhas e a cobra, mas um triângulo dourado pontudo: um médico de verdade. Ele praticamente pulou para fora do carro, batendo a porta, e disparou escada acima. Eu ouvi suas palavras:

– *Merda! Merda! Merda! Meu Deus do céu, que merda!*

Isso foi eletrizante por si só: eu nunca tinha ouvido um homem dizer nada parecido antes.

Era um menino, um filho saudável para Paula e o Comandante Kyle. Foi batizado de Mark. Mas a Ofkyle morreu.

Fiquei junto das Marthas na cozinha depois que as Esposas e as Aias e toda a gente tinham ido embora. As Marthas saboreavam a comida que sobrara da festa: sanduíches com as cascas aparadas, bolo, café de verdade. Elas me ofereceram algumas das guloseimas, mas falei que estava sem fome. Perguntaram das cólicas; amanhã eu me sentiria melhor, disseram elas, e depois de um tempo não seria mais tão ruim, e de qualquer modo você ia se acostumando com aquilo. Mas não era por aquilo que eu não tinha apetite.

Teríamos que arranjar uma ama de leite, segundo elas: seria uma das Aias que perdera o bebê. Isso, ou fórmula, embora todos soubessem que fórmula não era tão bom quanto leite. Ainda assim, com isso o bichinho ia viver.

– Pobre menina – disse Zilla. – Passar por tudo isso por nada.

– Pelo menos salvaram o bebê – disse Vera.

– Era ou um, ou outro – disse Rosa. – Tiveram que abri-la ao meio.

– Vou deitar – falei.

Ofkyle ainda não fora levada da nossa casa. Estava no quarto dela, embrulhada em um lençol, o que descobri quando subi pé ante pé as escadas dos fundos.

Descobri o seu rosto. Estava branco feito cera: não devia ter restado sequer uma gota de sangue dentro dela. Suas sobrancelhas eram louras, suaves e finas, curvadas para cima como que surpresas. Seus olhos estavam abertos, olhando para mim. Talvez aquela fosse a primeira vez em que ela estivesse me vendo. Dei-lhe um beijo na testa.

– Não vou te esquecer nunca – disse para ela. – Os outros vão, mas prometo que eu não.

É melodramático, eu sei: na verdade, eu ainda era criança. Mas, como você vê, eu mantive minha palavra: nunca me esqueci dela. Ela, Ofkyle, a sem nome, sepultada sob uma pequena laje quadrada que podia muito bem estar em branco. Localizei-a no cemitério das Aias, alguns anos depois.

E quando eu tive o poder para fazê-lo, busquei-a nos Arquivos das Linhagens Genealógicas, e a encontrei. Encontrei seu nome original. Não significa nada, eu sei, exceto para aqueles que possam tê-la amado e então sido arrancados de perto dela. Mas para mim, foi como encontrar uma mão estampada em uma caverna: era um sinal, uma mensagem. *Eu estive aqui. Eu existi. Eu fui real.*

Qual era o nome dela? É claro que você quer saber.

Era Crystal. E é assim que me lembro dela hoje. Eu me lembro dela como a Crystal.

Fizeram um pequeno funeral para Crystal. Permitiram que eu comparecesse: agora que eu menstruara, era oficialmente uma mulher. As Aias presentes no Nascimento tiveram permissão para vir também, assim como todos os membros da nossa casa. Até o Comandante Kyle apareceu lá, em sinal de respeito.

Cantamos dois hinos – "Exaltai os humilhados" e "Bendito seja o fruto" – e a lendária Tia Lydia fez um discurso. Eu a olhava com admiração, como se o retrato dela tivesse ganhado vida: afinal de contas, ela existia. Porém, estava mais velha do que no retrato, e não parecia tão assustadora assim.

Ela falou que nossa irmã de serviço, a Aia Ofkyle, fizera o sacrifício supremo, e havia expirado com a honra de uma mulher nobre, e se redimira de sua antiga vida de pecado, dando assim um grande exemplo para as outras Aias.

A voz de Tia Lydia tremulava um pouco enquanto ela proferia estas palavras. A Paula e o Comandante Kyle tinham ar solene e devoto, assentindo de vez em quando, e algumas das Aias choraram.

Eu não chorei. Já tinha chorado o bastante. A verdade era que tinham aberto a Crystal ao meio para tirar o bebê, e assim a haviam matado. Não fora escolha dela. Ela não tinha se oferecido para morrer com a honra de uma mulher nobre nem para ser um grande exemplo, mas nisso ninguém falou.

19

Na escola, minha situação era a pior de todos os tempos. Eu me tornara um tabu: nossa Aia morrera, o que era tido entre as meninas como mau agouro. Era um grupo um tanto supersticioso. Na Escola Vidala havia duas religiões: a oficial, ensinada pelas Tias, sobre Deus e o devido lugar das mulheres, e a não oficial, que era passada de menina para menina através de brincadeiras e músicas.

As meninas mais novas tinham uma série de cantigas com números, como *Um ponto meia, dois pontos liga, Um marido pra toda vida; Um ponto liga, dois pontos meia, Ele morreu, com outro pareia*. Para as meninas menores, um marido não era uma pessoa de verdade. Eram feito mobília, substituíveis, como na casinha que eu tive na infância.

A brincadeira com cantiga mais popular entre as meninas menores se chamava "Forca". Era assim:

Quem que foi pra forca no Muro? Rá rá rá ri rá!
Foi a Aia! Qual o nome dela? Rá rá rá ri rá!
Era a (aqui dizíamos o nome de uma de nós) *e agora já era. Rá rá rá ri rá!*
Tinha bebê na barriga dela (aqui dávamos tapas nas nossas barriguinhas). *Rá rá rá ri rá!*

As meninas formavam fila sob as mãos erguidas de duas outras enquanto todo mundo cantava: *A uma matou, a duas beijou, a três pariu, a quatro sumiu, a cinco viveu, a seis morreu, e a sete peguei, te peguei, te peguei!*

E a sétima menina era pega pelas duas que faziam a contagem, e era obrigada a andar em círculo antes de receber um tapa na cabeça. Aí ela estava "morta", e podia escolher as duas próximas "carrascas". Sei que isso parece ao mesmo tempo sinistro e fútil, mas as crianças inventam brincadeiras com o que quer que tenham à mão.

As Tias deviam pensar que aquela brincadeira continha uma dose benéfica de advertência e ameaça. Mas afinal por que "a uma matou"? Por que primeiro a morte, depois o beijo? Por que não depois, quando pareceria mais natural? Pensei nisso muitas vezes desde então, e nunca cheguei a nenhuma resposta.

Em horário escolar, nos deixavam brincar de outras coisas. Jogávamos Serpentes e Escadas – se você caísse em uma Oração, subia em uma escada na Árvore da Vida, mas se caísse em um Pecado, deslizava pelo dorso de uma serpente satânica. Ganhávamos livros para colorir, e coloríamos as placas das lojas – TODA A CARNE, PÃES E PEIXES – como forma de aprendermos o que diziam. Coloríamos a roupa das pessoas também – Esposas em azul, Econoesposas de listras, Aias de vermelho. Uma vez a Becka se encrencou com a Tia Vidala por ter colorido uma Aia de roxo.

Entre as meninas maiores, as superstições eram cochichadas e não cantadas, e não eram brincadeiras. Eram levadas a sério. Uma delas era assim:

Se tua Aia morrer serena,
O sangue dela te condena.
Se o bebê da tua Aia morre,
Tua vida pelo ralo escorre.
Se tua Aia morre no parto,
Amaldiçoado será o teu fado.

Ofkyle tinha morrido durante o parto, então eu era vista pelas outras meninas como amaldiçoada; mas ao mesmo tempo, porque o pequeno Mark estava vivo e bem de saúde e era meu irmão, eu também era vista como especialmente abençoada. As outras meninas não me provocavam abertamente, mas me evitavam. A Huldah semicerrava os olhos na direção do teto quando me via chegando; a Becka me virava a cara, ainda que me passasse bocados de seu almoço quando via que ninguém estava olhando. Shunammite se distanciou de mim totalmente, seja por medo devido à morte, seja por inveja devido ao Nascimento, ou ainda por uma mistura dos dois.

Em casa, todas as atenções eram para o bebê, das quais fazia questão. Ele sabia berrar bem alto. E ainda que Paula adorasse o prestígio de ter um bebê – um filho homem, ainda por cima –, no fundo ela não era muito maternal. O pequeno Mark era arrumado para ser exibido às amigas dela, mas um pouco disso já bastava para satisfazer Paula e logo ele era entregue à ama de leite, uma Aia rechonchuda e tristonha que até há pouco se chamara Oftucker, mas agora era, é claro, Ofkyle.

Quando não estava comendo, dormindo nem sendo ostentado, Mark ficava na cozinha, onde era adorado pelas Marthas. Elas adoravam dar banho nele, soltando exclamações sobre seus dedinhos, seus pezinhos, suas covinhas e seu pintinho, com o qual ele conseguia projetar um chafariz de xixi realmente impressionante. Que rapazinho mais robusto!

Esperava-se que eu participasse da adoração, e quando eu não demonstrava devoção suficiente, mandavam eu desamarrar a cara, porque logo eu teria meu próprio bebê, e aí eu ficaria feliz. Eu duvidava muito disso – não tanto do bebê, mas da felicidade. Eu passava o máximo de tempo que podia no meu quarto, evitando a alegria da cozinha e ponderando sobre a injustiça do universo.

VII

Estádio

O holόgrafo de Ardua Hall

20

Os açafrões derreteram, os narcisos definharam até virarem papel, as tulipas realizaram sua dança provocante, virando a barra de suas pétalas-saia pelo avesso antes de largá-las pelo solo. As ervas medicinais cultivadas nos limites do Ardua Hall pela Tia Clover e sua turma de carregadoras de pá semivegetarianas estão cheias de viço. *Mas, Tia Lydia, você precisa beber este chá de hortelã, vai fazer milagre para a sua digestão!* Tira o bedelho da minha digestão, quero gritar para elas; mas sua intenção é boa, tento me lembrar. Será que isso chega a ser uma desculpa convincente quando as coisas saem do controle?

Eu também tinha ótimas intenções, conforme às vezes resmungo baixinho. Eu queria o melhor, ou o melhor disponível, o que não é a mesma coisa. Ainda assim, pense só em quanto poderia ter sido pior se não fosse por mim.

Até parece, me respondo, em certos dias. Ainda assim, em outros dias quero me dar um tapinha nas costas. Quem foi que disse que consistência é uma virtude?

Quem vem a seguir na dança das flores? Lilases. Tão confiáveis. Tão vistosos. Tão cheirosos. Logo minha velha inimiga, a Tia Vidala, vai começar a espirrar. Talvez seus olhos inchem e ela então não consiga me espiar pelo canto deles, torcendo para detectar algum deslize, alguma fragilidade, algum lapso na correção teológica que possa ser instrumentalizado para a minha derrocada.

Pode torcer à vontade, sussurro para ela. Me orgulho do fato de que sou capaz de estar sempre a um passo adiante de você. Mas por que apenas um? Vários. Me derrube que derrubarei o templo.

Gilead tem um problema que vem de longe, caro leitor: para um Reino dos Céus na terra, ele tem uma taxa de emigração vergonhosamente alta. O vazamento constante de nossas Aias, por exemplo: muitas delas têm escapulido de nossas mãos. Conforme revelou a análise de fugas do Comandante Judd, logo que uma rota de saída é descoberta e bloqueada por nós, outra se abre.

Nossas zonas-tampão são permeáveis demais. As partes mais agrestes do Maine e de Vermont são um espaço liminar que não controlamos plenamente, onde os nativos são, se não abertamente hostis, dados a heresias. Também são, conforme sei por experiência própria, densamente inter-relacionados por uma rede de casamentos que mais parece um bordado surreal, e tendem à vendeta quando se aborrecem. Por esse motivo, é difícil fazer com que um traia o outro. Suspeita-se há algum tempo de que existem guias em seu meio, atuando seja por vontade de ser mais espertos do que Gilead, seja por simples cobiça, porque sabe-se que o Mayday paga, e bem. Um habitante de Vermont que caiu em nossas mãos nos contou que há um dito entre eles: "o Mayday fecha o mês".

As montanhas e pântanos, os rios serpeantes, as baías pedregosas que levam ao mar, com suas marés altas – tudo isso ajuda os clandestinos. Na história particular da região, há contrabandistas de rum, de cigarro, de drogas, traficantes de bens ilegais de todo tipo. Fronteiras são insignificantes para eles: passam de lá para cá, nos dão uma banana, pegam o dinheiro e se mandam.

Um tio meu fazia parte desse meio. Sendo nossa família o que era – moradores de trailers, encrencados com a polícia, simpatizantes do lado errado da lei –, meu pai tinha orgulho dele. Mas não de mim: eu era menina, e, pior ainda, uma menina metida a espertinha. Nada a fazer senão tirar essa pretensão de mim a safanões, com punhos, botas ou o que quer que estivesse mais à mão. Cortaram-lhe a cabeça antes do triunfo de Gilead, ou eu teria arrumado quem o fizesse. Mas chega dessas memórias da minha gente.

Há algum tempo, Tia Elizabeth, Tia Helena e Tia Vidala conceberam um plano detalhado para melhorar o controle. *Operação Beco Sem Saída* era o seu nome. *Um plano para eliminar o problema das mulheres emigrantes nos territórios costeiros nordestinos.* Determinava as medidas necessárias para impedir as Aias fugitivas de chegar ao Canadá, e conclamava à declaração de uma Emergência Nacional, além de pedir a duplicação da quantidade de cães rastreadores e um sistema de interrogatório mais eficiente. Detectei o dedo da Tia Vidala nessa última medida: secretamente ela se ressente de que arrancar unhas e eviscerar pessoas não constem de nossa lista de corretivos.

– Muito bom – falei. – Parece muito bem arquitetado. Vou ler tudo com o maior cuidado, e garanto que suas preocupações são também as do Comandante Judd, que já deu início aos trabalhos, ainda que eu não tenha liberdade para dividir os detalhes com vocês nesse momento.

– Louvado seja – disse a Tia Elizabeth, ainda que não houvesse entusiasmo em sua voz.

– Esse negócio das fugas têm que ser reprimido de uma vez por todas – declarou Tia Helena, olhando de rabo de olho para Tia Vidala em busca de confirmação. Para enfatizar, ela bateu o pé no chão, o que deve ter doído considerando que seus pé é chato: ela acabou com os pés na juventude de tanto usar saltos-agulha Blahnik. O mero calçar desses sapatos já garantiria uma denúncia hoje em dia.

– De fato – disse eu cortesmente. – E de fato parece ser um negócio, ao menos em parte.

– Devíamos desmatar a área inteira! – disse a Tia Elizabeth. – Eles são unha e carne com o Mayday canadense.

– O Comandante Judd é da mesma opinião – falei.

– Essas mulheres precisam cumprir sua obrigação no Plano Divino como todas nós – disse a Tia Vidala. – Não estamos na vida a passeio.

Ainda que elas tivessem maquinado seu plano sem antes pedir minha autorização – um ato de insubordinação –, senti que era meu dever repassá-lo ao Comandante Judd; especialmente em vista de que, se não o fizesse, ele com certeza ouviria falar nisso e perceberia minha recalcitrância.

Nessa tarde, as três vieram me visitar novamente. Estavam muito felizes: batidas no norte do estado de Nova York haviam acabado de render uma diversificada apreensão de sete quacres, quatro agricultores, dois guias canadenses de caça a alces, e um contrabandista de limões, todos eles suspeitos de serem elos na corrente da Rota Clandestina Feminina. Quando toda informação extra que pudessem ter fosse arrancada deles, eles seriam descartados, a não ser que se descobrisse que tinham valor de troca: permuta de reféns entre Mayday e Gilead não era algo inédito.

É claro que eu já estava a par desses acontecimentos.

– Parabéns – falei. – Todas vocês devem levar algum crédito, ainda que por baixo dos panos. O Comandante Judd vai ficar com o palco, naturalmente.

– Naturalmente – replicou Tia Vidala.

– É um prazer servir – disse a Tia Helena.

– Eu também tenho algumas novidades para contar a vocês, da parte do próprio Comandante Judd. Mas não pode sair daqui. – Elas se aproximaram: quem não ama um segredo. – Dois dos principais agentes Mayday no Canadá foram eliminados pelos nossos agentes.

– Sob o Olho Dele – disse Tia Vidala.

– As nossas Pérolas foram proverbiais – acrescentei.

– Louvado seja! – exclamou Tia Helena.

– Houve uma baixa entre elas – falei. – Tia Adrianna.

– O que aconteceu com ela? – perguntou a Tia Elizabeth.

– Estamos aguardando esclarecimentos.

– Vamos orar pela sua alma – disse a Tia Elizabeth. – E a Tia Sally?

– Creio que esteja em segurança.

– Louvado seja.

– De fato – falei. – A má notícia, no entanto, é que descobrimos uma brecha em nossas defesas. Os dois agentes Mayday devem ter contado com a ajuda de traidores de dentro da própria Gilead. Alguém estava passando recados para eles, daqui para lá, informando-os de nossas operações de segurança, e até sobre nossos agentes e voluntários no Canadá.

– Quem faria uma coisa dessas? – disse Tia Vidala. – É apostasia!

– Os Olhos estão averiguando – respondi. – Então, se perceberem algo estranho, seja o que for, em quem for, até mesmo em membras do Ardua Hall, me informem na mesma hora.

Deu-se uma pausa enquanto elas se entreolhavam. *Em membras do Ardua Hall* as incluía, as três.

– Ah, não pode ser! – disse Tia Helena. – Pense só na vergonha que seria para nós!

– O Ardua Hall é ilibado – disse Tia Elizabeth.

– Mas o coração humano é enganoso – disse a Tia Vidala.

– Devemos tentar estar alerta ao máximo – disse eu. – Por ora, recebam meus parabéns. Mantenham-me informada sobre como vocês se dão com os quacres e tudo o mais.

Eu escrevo e escrevo; embora talvez em vão, temo eu. A tinta negra para desenho que venho usando está quase no fim: logo vou mudar para azul. Requisitar um frasco dos suprimentos da Escola Vidala não deve apresentar dificuldades: eles têm aulas de desenho por lá. Nós, Tias, costumávamos conseguir canetas esferográficas no mercado paralelo, mas agora isso acabou: nosso fornecedor de New Brunswick foi preso, finalmente pego ao se esgueirar mais uma vez por debaixo da cerca.

Mas eu estava contando da van com vidros escuros – não, voltando uma página, vejo que já chegamos ao estádio.

Uma vez em terra firme de novo, Anita e eu fomos sendo tocadas para o lado direito até nos juntarmos a uma manada de outras mulheres: a descrição parece de gado porque estávamos sendo tratadas como tal. O ajuntamento foi sendo encaminhado até uma seção das arquibancadas demarcadas por aquela fita amarela de cena de crime. Devíamos estar em quarenta, mais ou menos. Uma vez lá instaladas, nossas algemas foram retiradas. Presumi que seriam necessárias para outras.

Anita e eu nos sentamos uma ao lado da outra. À minha esquerda havia uma mulher que eu não conhecia, que se dizia advogada; à direita de Anita havia outra advogada. Atrás de nós, quatro juízas; à nossa frente, mais quatro. Todas éramos juízas ou advogadas.

– Devem estar nos separando por profissão – disse Anita.

E era isso mesmo. Num momento de desatenção dos guardas, a mulher no final de nossa fileira conseguiu se comunicar com a mulher na seção do outro lado do corredor. Lá, todas eram médicas.

Não havíamos almoçado, e também não nos deram almoço. Durante as horas que se seguiram, as vans continuaram a chegar e a descarregar suas contrariadas passageiras.

Nenhuma delas poderia ser chamada de jovem. Profissionais mulheres de meia-idade, de terninho e com bons cortes de cabelo. Nada de bolsas, porém: não nos deixavam ficar com elas. Então nada de pentes, nada de batons, nada de espelhos, nada de balinhas para a garganta, nem de lenços descartáveis. É incrível como você se sente nua sem essas coisas. Ou já se sentiu, naquele tempo.

O sol nos desancava: estávamos sem chapéus nem protetor solar, e eu já previa o tom rubro alarmante com que eu estaria ao fim da tarde. Pelo menos, as cadeiras tinham encosto. Não teriam parecido desconfortáveis caso estivéssemos ali para fins recreativos. Mas não estavam nos entretendo, e não podíamos nem nos levantar para nos alongar: quando tentávamos, eles reagiam aos gritos. Ficar sentada sem se mexer se torna necessariamente chato e penoso para as nádegas, costas e coxas. Era uma dor leve, mas doía.

Para passar o tempo, fiquei me xingando. Burra, burra, burra: acreditei naquela papagaiada toda de vida, liberdade, democracia, e dos direitos do indivíduo que eu absorvera feito esponja no curso de direito. Eram verdades eternas e nós as defenderíamos para todo sempre. Eu já me fiara nelas como se fossem um amuleto mágico.

Você se orgulha de ser realista, disse a mim mesma, então encare a realidade. Foi dado um golpe aqui nos Estados Unidos, assim como já houve tantos em tantos outros países. Toda mudança de governo pela força é seguida de um movimento para esmagar a oposição. A oposição é liderada por pessoas instruídas, logo quem tem instrução é eliminado primeiro. Você é juíza, logo você, goste ou não, é instruída. Eles não vão querer você por perto.

Eu passei meus primeiros anos fazendo coisas que me disseram ser impossíveis para alguém como eu. Ninguém na minha família fora à faculdade, eles me detestavam por eu ter ido, eu tinha chegado lá com bolsas e virando noites em subempregos. Isso te fortalece. Você fica obstinada. Eu não pretendia ser eliminada sem luta. Mas nada do meu verniz pós-faculdade me serviria naquela situação. Eu precisava retornar à garota acintosa de classe baixa, à burra de carga determinada, à prodígio intelectual, à alpinista estratégica que me alçara ao alto nível social do qual eu acabava de ser destituída. Eu precisava comer pelas beiradas, uma vez que eu tivesse descoberto onde elas estavam.

Eu já havia passado por apertos antes. Eu tinha prevalecido. Era essa a minha história para mim mesma.

A metade da tarde nos trouxe garrafas d'água, distribuídas por homens em trios: um para levar as garrafas, um para passá-las, e um para nos cobrir com a arma caso começássemos a pular, nos debater e a morder, como os crocodilos que somos.

– Vocês não podem deixar a gente aqui! – disse uma mulher. – Não fizemos nada de errado!

– A gente não tem permissão para conversar com vocês – disse o que passava garrafas.

Não permitiram que nenhuma de nós fosse ao banheiro. Surgiram fios de urina, escorrendo das arquibancadas em direção ao campo esportivo. Esse tratamento tinha o objetivo de nos humilhar, de baixar nossa resistência, pensei; mas resistência ao quê? Não éramos espiãs, não estávamos sonegando informações secretas, não éramos soldadas do inimigo. Ou será que éramos? Se eu olhasse no fundo dos olhos de um desses homens, será que encontraria um ser humano a me olhar de volta? E se não, o quê?

Tentei me imaginar no lugar daqueles que haviam nos colocado em currais. O que será que estariam pensando? Qual o seu objetivo? Como pretendiam alcançá-lo?

Às quatro da tarde, nos apresentaram um espetáculo. Vinte mulheres, de diversos tamanhos e faixas etárias, mas todas com roupas profissionais, foram levadas para o centro do campo. Digo levadas porque estavam vendadas. Suas mãos, algemadas à frente do corpo. Elas foram dispostas em duas fileiras, de dez e dez. A fila da frente foi obrigada a se ajoelhar, como se fosse para uma foto de grupo.

Um homem de uniforme preto discursou num microfone sobre como os pecadores sempre eram observados pelo Olho Divino e seu pecado ia achá-los. Um murmúrio de assentimento, como uma vibração, emanou dos guardas e espectadores. *Hummmm*... parecia um motor funcionando.

– Deus vai prevalecer – concluiu o orador.

Ouviu-se um coro barítono de améns. Então os homens que haviam escoltado as mulheres vendadas ergueram suas armas e atiraram nelas. Tinham mira certeira: as mulheres tombaram.

Veio um gemido coletivo de todas nós sentadas nas arquibancadas. Ouvi gritos e soluços. Algumas mulheres ficaram em pé de um pulo, bradando – algo que não consegui entender –, mas logo foram silenciadas com coronhadas de armas nas nucas. Nada de golpes repetidos: um bastava. Mais uma vez, mira certeira: aqueles homens estavam bem treinados.

Devíamos assistir sem falar: a mensagem estava clara. Mas por quê? Se iam matar a todas nós, por que aquele espetáculo?

O pôr do sol trouxe sanduíches, um para cada. O meu era de salada de ovo. Devo admitir envergonhada que o consumi com apetite. Houve alguns ruídos distantes de engulhos, mas, dadas as circunstâncias, foram surpreendentemente poucos.

Depois disso, nos mandaram ficar de pé. Então saímos uma atrás da outra, fileira por fileira – o processo foi lugubremente silencioso, e muito ordeiro –, e fomos guiadas até os vestiários e aos corredores que levavam até eles. Foi ali que passamos a noite.

Não havia comodidades básicas, colchões, nem travesseiros, mas pelo menos havia banheiros, ainda que numa imundice só. Não havia guardas para nos impedir de conversar, embora me escape o motivo de supormos que ninguém estava ouvindo. Mas, naquele momento, nenhuma de nós estava pensando com clareza.

As luzes permaneceram acesas, o que foi uma bênção.

Não, não foi bênção coisa nenhuma. Foi para a conveniência dos encarregados. Bênção era um conceito que não existia naquele lugar.

VIII

CARNARVON

Transcrição do Depoimento da Testemunha 369B

21

Eu estava sentada no carro de Ada, tentando absorver o que ela me contara. Melanie e Neil. Explodidos por uma bomba. Do lado de fora da Clothes Hound. Era impossível.

– Aonde estamos indo? – perguntei. Era uma bobagem perguntar isso, de tão normal que soava; mas nada era normal. Por que eu não estava gritando?

– Estou pensando – disse Ada. Ela olhou pelo retrovisor, depois embicou na entrada de uma garagem. A casa em questão tinha uma placa com os dizeres REFORMAS ALTERNA. Toda casa em nosso bairro estava sempre sendo reformada; então alguém a comprava e a reformava de novo, o que deixava Neil e Melanie enfurecidos. Por que gastar tanto dinheiro arrancando as entranhas de casas perfeitamente habitáveis?, perguntava Neil. Aquilo fazia os preços dispararem e impedia os pobres de comprar casas.

– A gente vai ficar aqui? – De repente eu me sentia exausta. Seria ótimo entrar numa casa e deitar um pouco.

– Não – disse Ada. Ela pegou uma pequena chave de porca da sua mochila de couro e destruiu seu celular. Fiquei olhando ele estalar e estilhaçar: a carcaça se espatifando, as peças metálicas do interior se deformando até desmontarem.

– Por que você está destruindo o celular? – perguntei.

– Porque cuidado nunca é demais. – Ela pôs os restos em um saquinho plástico. – Espere esse carro ter passado, depois saia e jogue tudo naquela lixeira.

Isso era coisa de traficante – usar telefones descartáveis. Eu estava me arrependendo de ter ido com ela. Ela não era só uma pessoa severa, era assustadora.

– Obrigada pela carona – falei –, mas preciso voltar à minha escola agora. Posso contar para eles da explosão, eles vão saber o que fazer.

– Você está em choque. Não é de se admirar – disse ela.

– Estou bem – falei, mesmo sem ser verdade. – Posso só descer aqui.

– Você é quem sabe – disse ela –, mas eles vão ter que avisar um assistente social, e eles vão colocar você com uma família, e quem sabe que tipo de família vai ser? – Eu não havia pensado naquilo. Ela prosseguiu: – Então, quando tiver jogado fora meu celular, você pode ou voltar para o carro, ou continuar a caminhar. Você decide. Só não vá para casa. Isso não é uma ordem, é um conselho.

Fiz como ela tinha pedido. Agora que ela me apresentara minhas opções, que escolha me restava? De volta ao carro, comecei a fungar, porém, exceto por me dar um lenço, Ada não demonstrou reação. Deu meia-volta com o carro e partiu para o sul. Ela era uma motorista rápida e eficiente.

– Sei que não confia em mim – disse ela após algum tempo –, mas você precisa confiar em mim. As mesmas pessoas que colocaram aquela bomba no carro podem estar te procurando nesse minuto. Não estou dizendo que estejam, não sei ao certo, mas você está em risco.

Em risco – era isso que diziam no noticiário sobre crianças que foram encontradas mortas por espancamento apesar de inúmeros alertas dos vizinhos, ou de mulheres que pediram carona devido à falta de ônibus e acabaram sendo encontradas pelo cachorro de alguém em uma cova rasa de pescoço quebrado. Meus dentes batiam, embora o tempo estivesse quente e úmido.

Não acreditei muito nela, mas também não duvidei.

– Podíamos falar com a polícia – falei timidamente.

– Seria inútil.

Eu já ouvira falar de como a polícia não servia para nada – Neil e Melanie viviam expressando aquela opinião. Ela ligou o rádio do carro: música calma com harpas.

– Não pense em nada por enquanto – disse ela.

– Você é polícial? – perguntei para ela.

– Não – disse ela.

– Então você é o quê?

– Quanto menos dito, melhor – disse ela.

Paramos em frente a um enorme prédio de ângulos retos. A placa dizia CASA DE REUNIÕES e SOCIEDADE RELIGIOSA DE AMIGOS (QUACRES). Ada estacionou o carro nos fundos, ao lado de uma van cinza.

– É o nosso próximo veículo – disse ela.

Entramos pela porta lateral. Ada cumprimentou com a cabeça um homem sentado a uma pequena mesa no local.

– Elijah – disse ela. – Temos trabalho a fazer.

Eu não olhei muito para ele. Eu a acompanhei pela Casa de Reuniões propriamente dita, com seu silêncio vazio e ecos e cheiro um tanto gelado, passando para uma sala maior, mais iluminada e com ar-condicionado. Havia uma fila de camas – do tipo dobrável –, algumas ocupadas por mulheres deitadas, cobertas com mantas, em diferentes cores. Em outro canto, havia cinco poltronas e uma mesinha de centro. Várias mulheres ali sentadas conversavam em voz baixa.

– Não encare – disse-me Ada. – Não estamos no zoológico.

– Que lugar é esse? – perguntei.

– É a SanctuCare, organização de refugiados de Gilead. A Melanie trabalhava com ela, e o Neil também, de forma diferente. Agora quero que você se sente nessa poltrona e fique bem quietinha. Não saia daqui e não diga um A. Aqui você está segura. Preciso arrumar algumas coisas para você. Devo voltar em mais ou menos uma hora. Logo eles vão te trazer algum açúcar, você está precisando.

Ela foi até uma das mulheres que tomava conta do lugar, falando com ela, e em seguida deixou o local. Depois de algum tempo, a mulher me trouxe uma xícara de chá bem quente e doce e um biscoito com gotas de chocolate, e perguntou se estava tudo bem comigo e se eu precisava de mais alguma coisa, e respondi que não. Mas de qualquer modo ela retornou com um cobertor, um azul e verde, e me embrulhou bem nele.

Consegui beber um pouco de chá, e meus dentes pararam de bater. Fiquei ali sentada assistindo ao tráfego de pessoas, tal como eu costumava fazer na Clothes Hound. Chegaram várias mulheres, uma delas com um bebê. Elas estavam um caco, e muito assustadas. As mulheres do SanctuCare foram recebê-las, deram as boas-vindas, e disseram, "Agora está tudo bem, vocês estão aqui", e as mulheres de Gilead começaram a chorar. Naquela hora pensei, Chorar pra quê, vocês tinham que estar felizes, conseguiram fugir. Mas depois de tudo que me aconteceu desde aquele dia, entendi por quê. Você fica prendendo tudo dentro de si, seja o que for, até ter ultrapassado o pior. Aí, quando está segura, pode se dar ao luxo de chorar todas as lágrimas que antes teriam sido perda de tempo.

As mulheres cuspiam palavras engasgadas, aos borbotões:

Se disserem que eu preciso voltar...
Tive que deixar meu menino pra trás, tem algum jeito de...
Perdi o bebê. Não tinha ninguém...

As mulheres no comando lhes davam lenços. Diziam coisas apaziguadoras como *Você tem que ser forte.* Estavam tentando ajudar. Mas pode ser uma grande pressão para uma pessoa ouvir que precisa ser forte. É outra coisa que depois aprendi.

Depois de mais ou menos uma hora, Ada retornou.

– Você ainda está viva – disse ela. Se foi alguma piada, achei péssima. Fiquei só olhando para ela. – Você tem que se livrar do xadrez.

– O quê? – perguntei. Parecia que ela estava falando outra língua.

– Sei que isso é difícil pra você – disse ela –, mas agora estamos sem tempo para isso, precisamos nos mexer e rápido. Não quero ser alarmista, mas temos problemas. Então vamos arrumar outras roupas. – Ela me pegou pelo braço e me içou da cadeira: era surpreendentemente forte.

Passamos por todas as mulheres, entrando num quarto nos fundos onde havia uma mesa com camisetas e suéteres e um par de araras com cabides. Reconheci algumas coisas: era ali que vinham parar as doações da Clothes Hound.

– Escolha alguma coisa que você nunca usaria na vida real – disse Ada. – Você precisa parecer uma pessoa totalmente diferente.

Peguei uma camiseta preta com uma caveira branca, um par de leggings, preta com caveirinhas brancas. Coloquei tênis de cano alto, pretos e brancos, e meias. Tudo usado. Cheguei a pensar em piolhos e percevejos: Melanie sempre perguntava se as coisas que as pessoas tentavam lhe vender tinham sido lavadas. Uma vez ficamos infestados de percevejos na loja e foi um inferno.

– Eu viro de costas – disse Ada. Não tinha provador. Rebolei para sair do uniforme da escola e coloquei minhas novas roupas usadas. Eu sentia os meus movimentos muito lentos. E se ela estivesse me sequestrando?, pensei, grogue. *Sequestrando*. Era isso que acontecia com as meninas que eram traficadas e transformadas em escravas sexuais – havíamos aprendido isso na escola. Mas meninas como eu não eram sequestradas, exceto às vezes por homens se fingindo de corretores de imóveis que as trancafiavam em porões. Às vezes homens assim têm mulheres que os ajudam. Será que era o caso de Ada? E se a história dela sobre Melanie e Neil terem sido explodidos fosse inventada? Naquele momento, os dois podiam estar enlouquecidos por eu ainda não ter aparecido. Podiam estar ligando para a escola ou até mesmo para a polícia, mesmo que a achassem inútil.

Ada ainda estava de costas para mim, mas senti que mesmo se eu só pensasse em sair correndo – pela porta lateral da Casa de Reunião, por exemplo – ela saberia de antemão. E supondo que eu corresse, para onde eu iria? O único lugar aonde eu queria ir era para casa, mas, se Ada estivesse falando a verdade, eu não devia fazer isso. Aliás, se Ada estivesse dizendo a verdade, não seria mais minha casa porque Melanie e Neil não estariam mais nela. O que eu faria totalmente só em uma casa vazia?

– Acabei – falei.

Ada deu meia-volta.

– Nada mau – disse ela. Ela tirou sua jaqueta preta e enfiou-a numa sacola, e vestiu um casaco verde que estava na arara. Então ela prendeu o cabelo e colocou óculos de sol. – Solta o cabelo – mandou ela, então eu puxei meu elástico e sacudi o cabelo. Ela me arrumou um par de óculos de sol: laranjas e espelhados. Ela me deu um batom, e eu me desenhei uma nova boca vermelha.

– Faz cara de durona – disse ela.

Eu não sabia como, mas tentei. Fiz uma carranca, e um beicinho com meus lábios cobertos de cera vermelha.

– Pronto – disse ela. – Ninguém diria. Nosso segredo está seguro.

Qual seria o nosso segredo? Que eu não existia mais oficialmente? Algo assim.

22

Entramos na van cinza e dirigimos por algum tempo, com Ada prestando muita atenção no trânsito atrás de nós. Então nos enfurnamos por um emaranhado de ruas secundárias, e paramos em frente a uma enorme e antiga mansão de pedra marrom. No semicírculo de um extinto canteiro de flores, que ainda exibia resquícios de tulipas entre o mato alto e os dentes-de-leão, havia uma placa espetada com a foto de um futuro condomínio.

– Onde estamos? – perguntei.

– Parkdale – respondeu Ada.

Eu nunca estivera em Parkdale, mas já ouvira falar: alguns dos garotos chapados da escola achavam que era um lugar legal, o que costumavam dizer de bairros decadentes que agora estavam se regentrificando. Havia algumas boates da moda por ali, para quem gostava de mentir a idade.

A mansão ficava num terreno grande e malcuidado com um par gigantesco de árvores. Fazia tempo que ninguém varria as folhas do chão; fiapos de plástico colorido, vermelhos e prateados, rebrilhavam em meio à papa de folhas decompostas.

Ada se dirigiu à casa, olhando para trás para ver se eu estava indo junto.

– Você está bem? – perguntou ela.

– Estou – respondi. Eu sentia uma leve tontura. Acompanhei Ada pelo calçamento torto; parecia que eu pisava em esponjas, que meu pé poderia atravessar a qualquer momento. O mundo não era mais sólido e confiável, era poroso, enganoso. Tudo podia desaparecer. Ao mesmo tempo, tudo me parecia muito nítido. Era como um dos quadros surrealistas que havíamos estudado na escola no ano anterior. Relógios derretendo no deserto, sólidos, mas irreais.

Degraus pesados de pedra levavam à porta social. Era emoldurada por um arco de pedra com um nome gravado, naquelas letras celtas que às vezes se veem em construções mais velhas de Toronto – CARNARVON –, rodeado de folhas em pedra e rostos élficos; aquilo deveria estar ali para dar um ar travesso, mas me pareceu maligno. Naquele momento, tudo me parecia maligno.

O pórtico cheirava a xixi de gato. A porta era larga e pesada, cravejada de pregos negros. Os grafiteiros haviam deixado sua marca em tinta vermelha: aquelas letras pontudas que gostam de fazer, e uma palavra mais legível que parecia ser GORFO.

Apesar do ar de cortiço, o trinco da porta era de chave magnética. Lá dentro havia um velho carpete castanho e uma escadaria larga levando ao andar de cima, com um belo corrimão em curva.

– Funcionou como pensão um tempo – disse Ada. – Agora tem apartamentos mobiliados.

– O que era antes? – Eu estava encostada na parede.

– Casa de veraneio – disse Ada. – De gente rica. Vamos subir, você precisa deitar.

– O que é "Carnarvon"? – Comecei a subir as escadas com certa dificuldade.

– Local galês – disse Ada. – Alguém devia estar com saudade de casa. – Ela me deu seu braço. – Vamos lá, conte degrau por degrau.

Pensei: saudade de casa. Eu ia começar a fungar de novo. Fiz força para me segurar.

Chegamos ao alto da escadaria. Outra porta pesada, outro trinco magnético. Lá dentro havia uma sala de estar com sofá, duas poltronas, mesa de centro e mesa de jantar.

– Tem um quarto para você – disse Ada, mas eu não sentia vontade de vê-lo. Tombei no sofá. De repente, eu não tinha mais forças; achei que seria impossível levantar.

– Você está tremendo de novo – disse Ada. – Vou diminuir o ar-condicionado.

Ela trouxe um edredom de um dos quartos, um novo, branco.

Tudo naquela sala era mais real que o real. Havia um vaso de planta sobre a mesa, embora talvez fosse de plástico; suas folhas eram borrachudas e lustrosas. A estampa do papel de parede era escura, com árvores, e o fundo era rosado. Havia buracos de prego em lugares onde já deviam ter estado quadros. Esses detalhes me pareciam tão vívidos que eram quase fulgurantes, como se iluminados por trás.

Fechei meus olhos para me isolar da luz. Devo ter cochilado, porque de repente, era o início da noite, e Ada estava ligando a TV de tela plana. Creio que era para mim – para eu poder ver que ela me dizia a verdade –, mas foi brutal. A destruição da Clothes Hound – as janelas estilhaçadas, a porta arrombada. Pedaços de tecido esparramados pela calçada. Em frente, a carcaça do carro de Melanie, enrugada feito um marshmallow carbonizado. Viam-se duas viaturas policiais, e a fita amarela que passavam em volta de zonas de desastre. Não havia nem sinal de Neil e Melanie, e que bom: eu teria horror a ver sua carne enegrecida, seus cabelos calcinados, seus ossos crestados.

O controle remoto estava em uma mesinha de canto ao lado do sofá. Tirei o som: não queria ouvir a voz ponderada do âncora falando como se aquilo fosse a mesma coisa que um político embarcando num avião. Quando o carro e a loja desapareceram e a cabeça do apresentador surgiu na tela feito um balão de gás, desliguei a TV.

Ada voltou da cozinha. Ela trazia um sanduíche num prato: salada de frango. Eu disse que estava sem fome.

– Tem maçã – disse ela. – Quer?

– Não, obrigada.

– Sei que isso é bizarro – disse ela. Não falei nada. Ela saiu e voltou de novo. – Arrumei um bolo de aniversário pra você. De chocolate. Com sorvete de baunilha. O que você mais gosta.

O bolo estava em um prato branco, com um garfo plástico. Como ela sabia do que eu mais gostava? Melanie deveria ter dito para ela. Elas deviam conversar sobre mim. O prato branco era ofuscante. Havia uma única vela espetada no pedaço de bolo. Quando eu era mais nova, fazia um desejo. Que desejo eu faria naquela hora? Que pudesse voltar no tempo? Que voltássemos para ontem? Fiquei pensando em quantas pessoas já não teriam feito aquele desejo.

– Onde fica o banheiro? – perguntei. Ela me disse, e eu fui até lá e vomitei. Então voltei a me deitar no sofá e a tremer. Depois de algum tempo, ela me trouxe refrigerante de gengibre.

– Você precisa botar mais açúcar no sangue – disse ela. Ela saiu da sala, apagando as luzes.

Era como não ir à escola por estar com gripe. Os outros te cobriam e te traziam coisas para beber; eles lidavam com a vida real por você. Seria ótimo ficar daquele jeito para sempre: aí eu nunca teria que pensar em nada, nunca mais.

A distância, ouvia-se o som da cidade: tráfego, sirenes, um avião sobrevoando. Da cozinha vinha o som de Ada fazendo coisas; ela tinha um andar lépido e leve, como se caminhasse nas pontas dos pés. Eu ouvia o murmúrio de sua voz falando ao celular. Ela estava no comando, embora eu não soubesse o que era comandado; não obstante, me sentia ninada e protegida. De olhos fechados, escutei a porta do apartamento se abrir, fazer uma pausa, e se fechar.

23

Quando acordei de novo, estava de manhã. Eu não sabia que horas eram. Será que eu dormira demais e estava atrasada para a escola? Então eu me lembrei: não tem mais escola. Nunca mais eu voltaria lá, nem a nenhum outro lugar que eu conhecesse.

Eu estava em um dos quartos de Carnarvon, com um edredom branco me cobrindo, ainda de camiseta e leggings, mas sem as meias e os sapatos. Havia uma janela com uma persiana de rolo baixada. Me ergui cautelosamente. Vi uma mancha vermelha na fronha, mas era só batom por ter dormido de boca pintada ontem. Eu já não sentia enjoo nem zonzeira, mas estava confusa. Dei uma boa coçada na cabeça e uns puxões no meu cabelo. Uma vez, quando tive dor de cabeça, Melanie me dissera que puxar o cabelo aumentava a circulação do cérebro. Ela dissera que era por isso que Neil fazia tanto aquilo.

Uma vez de pé, me senti mais desperta. Me examinei no espelho de corpo inteiro que havia na parede. Eu não era mais a mesma de ontem, ainda que me parecesse um pouco com ela. Abri a porta e percorri descalça o corredor para a cozinha.

Ada não estava lá. Estava na sala, sentada em uma das poltronas com uma caneca de café. No sofá, estava o homem por quem passamos ao entrar no SanctuCare pela porta lateral.

– Você acordou – disse Ada.

Os adultos gostavam mesmo de dizer o óbvio – *Você acordou* era algo que Melanie poderia ter me dito, como se fosse algum mérito meu – e fiquei decepcionada ao perceber que nisso Ada não era exceção.

Olhei para o homem e ele para mim. Ele usava jeans preto, sandálias e uma camiseta cinza que dizia DUAS PALAVRAS, UM DEDO e um boné do Blue Jays. Fiquei me perguntando se ele saberia o que sua camiseta realmente queria dizer.

Ele devia ter uns cinquenta anos, mas seus cabelos eram fartos e escuros, então talvez fosse mais novo. O rosto dele parecia couro enrugado, e ele tinha uma cicatriz na lateral da bochecha. Ele sorriu para mim, mostrando dentes brancos com um molar a menos do lado esquerdo. Um dente a menos assim faz a pessoa parecer um marginal.

Ada indicou o homem a seu lado com o queixo:

– Você se lembra do Elijah, do SanctuCare. É amigo do Neil. Está aqui para nos ajudar. Tem cereal na cozinha.

– E depois a gente conversa – disse Elijah.

O cereal era o que eu gostava, rosquinhas redondas feitas de sementes. Eu levei a tigela para a sala de estar e sentei na outra poltrona, esperando eles começarem a falar.

Nenhum dos dois falou nada. Ficavam se entreolhando. Comi duas colheradas para ver se eu ainda não estava de estômago virado. Eu ouvia as rosquinhas sendo trituradas dentro da minha cabeça.

– Por onde começamos? – perguntou Elijah.

– Pela parte mais difícil – disse Ada.

– Certo – respondeu ele e olhou direto nos meus olhos. – Ontem não foi o seu aniversário.

Fiquei surpresa:

– Foi sim – repliquei. – Primeiro de maio. Fiz dezesseis.

– Na verdade, você é uns quatro meses mais nova – disse Elijah.

Como você pode comprovar sua data de nascimento? Tem que haver uma certidão de nascimento em algum lugar, mas onde será que Melanie a guardava?

– Está no meu cartão saúde. A minha data de nascimento – falei.

– Tente de novo – disse Ada a Elijah. Ele olhou para o carpete.

– A Melanie e o Neil não eram seus pais – disse ele.

– Claro que eram! – falei. – Por que está dizendo uma coisa dessas?

Eu sentia lágrimas brotarem nos meus olhos. Tinha outro vácuo se abrindo na realidade: Neil e Melanie estavam se dissolvendo, mudando de forma. Eu percebia que na realidade não sabia muito sobre eles, nem sobre o passado deles. Não haviam me falado dele, nem eu lhes perguntado. Ninguém nunca pergunta muito isso aos próprios pais, não é?

– Sei que isso é um choque para você – disse Elijah –, mas é importante, então vou repetir. O Neil e a Melanie não eram seus pais. Desculpe ser tão direto, mas não temos muito tempo.

– Então quem eram? – perguntei. Eu piscava. Uma das lágrimas escapuliu; eu a limpei.

– Não eram seus parentes – disse ele. – Você foi dada a eles por segurança quando era bebê.

– Isso não é verdade – falei. Porém menos convencida.

– Já deviam ter te contado antes – disse Ada. – Eles queriam te poupar da preocupação. Eles iam te contar no dia em que eles... – Ela parou de falar, fechou a boca. Ela fizera tanto silêncio sobre a morte de Melanie, como se nem sequer fossem amigas, mas agora eu via quanto ela estava abalada de verdade. Aquilo me fez gostar mais dela.

– Parte da função deles era te proteger e te manter em segurança – disse Elijah. – Sinto muito ter que te dar essa notícia.

Por trás do cheiro de mobília nova da sala, eu sentia o cheiro de Elijah: um cheiro suado, sólido, de sabão de lavar roupa básico. Sabão de lavar roupa orgânico. Era o tipo que Melanie usava. Usara.

– Então, quem eram? – sussurrei.

– O Neil e a Melanie eram membros veteranos e valorizados do...

– Não – falei. – Meus outros pais. Os de verdade. Quem eram? Eles também morreram?

– Vou fazer mais café – disse Ada. Ela se levantou e foi para a cozinha.

– Ainda estão vivos – disse Elijah. – Ou até ontem, estavam.

Fiquei olhando para ele. Fiquei imaginando se estaria mentindo, mas por que ele mentiria? Se quisesse me enganar, poderia ter inventado algo melhor que aquilo.

– Não acredito em nada disso – falei. – Não sei nem por que você está me dizendo essas coisas.

Ada voltou à sala com uma caneca de café e perguntou se alguém mais queria, podem se servir, e quem sabe eu estivesse precisando ficar a sós para pensar um pouco.

Pensar um pouco no quê? O que havia para ser pensado? Tinham assassinado meus pais, mas eles não eram meus verdadeiros pais, e uma nova dupla de pais havia surgido em seu lugar.

– Pensar em quê? – respondi. – Não sei o suficiente para pensar sobre nada.

– O que você quer saber? – disse Elijah em tom gentil, mas cansado.

– Como aconteceu? – falei. – Onde estão meus pais de ver... meus outros pai e mãe?

– Quanto você sabe a respeito de Gilead? – perguntou Elijah.

– Bastante. Vejo o noticiário. Aprendemos na escola – falei, amuada. – Fui àquela manifestação. – Naquela hora eu queria mais que Gilead se evaporasse e nos deixasse em paz.

– Foi lá que você nasceu – disse ele. – Em Gilead.

– Está de brincadeira – falei.

– Você foi tirada de lá pela sua mãe e pelo Mayday. Todos arriscaram a vida. Gilead fez um escândalo por sua causa; queriam você de volta de qualquer jeito. Disseram que seus supostos pais segundo a lei tinham direito à sua guarda. O Mayday te escondeu; muita gente ficou atrás de você, e a mídia também ficou em cima.

– Que nem com a Bebê Nicole – falei. – Tive que fazer uma redação sobre ela na escola.

Elijah olhou para o chão de novo. Depois ele olhou para mim:

– Você é a Bebê Nicole.

IX

Thank Tank

24

Naquela tarde recebi outra convocação do Comandante Judd, em mãos, trazida por um Olho júnior. O Comandante Judd poderia simplesmente ter passado a mão no telefone e discutido o assunto por aquele meio – há uma linha interna entre a sala dele e a minha, e o aparelho de telefone é vermelho –, mas, tal como eu, ele não sabe quem pode estar na escuta. Além do mais, acho que ele gosta de nossos pequenos tête-à-têtes, por motivos tanto complexos quanto perversos. Ele pensa que eu sou obra dele: a manifestação corpórea de sua vontade.

– Espero encontrá-la bem, Tia Lydia – disse ele assim que me sentei a sua frente.

– Vigorosamente bem, louvado seja. E você?

– Minha saúde vai bem, obrigado, mas infelizmente minha Esposa anda doente. Um peso no meu coração.

Isso não foi surpresa para mim. Da última vez em que a vi, a atual Esposa de Judd me parecera um tanto desgastada.

– Fico desolada em saber – falei. – Qual vem a ser a doença?

– Não está claro – disse ele. Nunca está. – Algum mal nos órgãos internos.

– Gostaria de uma consulta com alguém da nossa Clínica Bálsamo e Calma?

– Acho que ainda é cedo – disse ele. – Provavelmente é coisa pouca, talvez até imaginária, como tantas dessas queixas femininas.

Fez-se uma pausa enquanto nos olhávamos. Meu medo era que logo, logo, ele ficasse viúvo novamente, e de volta ao mercado para desposar outra criança.

– Como eu puder lhe servir – falei.

– Obrigado, Tia Lydia. Você me entende tão bem – disse ele, sorrindo. – Mas não foi este o motivo para chamá-la aqui. Nós tomamos uma posição sobre a morte da Pérola que perdemos no Canadá.

– O que se passou, afinal? – Eu já sabia a resposta, mas não tinha intenção de dividir com ele.

– A posição oficial canadense é de que foi suicídio – disse ele.

– Estou estarrecida em ouvir uma coisa dessas – respondi. – A Tia Adrianna era uma das mais fiéis e eficientes... depositei grande confiança nela. Sua coragem era excepcional.

– Nossa versão aqui é de que os canadenses estão encobrindo a verdade, e que os terroristas imundos do Mayday, cuja presença ilegal é tolerada pela permissividade deles, mataram a Tia Adrianna. Ainda que, cá entre nós, a gente esteja aturdido. Vai saber? Pode ter sido até um desses assassinatos fortuitos por motivo de drogas que grassa naquela sociedade decadente. A Tia Sally estava comprando ovos na loja da esquina. Quando retornou e descobriu a tragédia, sabiamente decidiu que retornar rápido para Gilead era sua melhor opção.

– Muito sabiamente – falei.

Após seu retorno inesperado, Tia Sally, abalada, viera direto a mim. Ela me contou como se dera o fim de Tia Adrianna.

– Ela me atacou. Do nada, pouco antes de sairmos para o Consulado. Não sei por quê! Ela pulou em cima de mim e tentou me esganar, e eu resisti. Foi autodefesa – soluçava ela.

– Um surto psicótico passageiro – dissera eu. – O esforço em permanecer num ambiente estranho e debilitante, como o Canadá, pode ter esse efeito. Você fez o certo. Não teve escolha. Não vejo motivos para que ninguém mais saiba disso, e você?

– Ah, muito obrigada, Tia Lydia. Estou desolada com tudo isso.

– Ore pela alma de Adrianna, e esqueça isso – eu dissera. – Há algo mais de que eu precise ficar sabendo?

– Bem, você nos pediu para ficar de olho caso detectássemos a Bebê Nicole. O casal proprietário da Clothes Hound tem uma filha mais ou menos da idade certa.

– Uma especulação interessante – dissera eu. – Você pretendia enviar um relatório pelo Consulado? Em vez de esperar para tratar direto comigo ao retornar?

– Bem, pensei que você deveria se inteirar imediatamente. A Tia Adrianna disse que seria prematuro; ela foi expressamente contra. Discutimos por isso. Eu insisti que era importante – dissera Tia Sally defensivamente.

– De fato, era – dissera eu. – Porém, arriscado. Tal relatório poderia dar início a um boato infundado, com consequências terríveis. Já tivemos tantos alarmes falsos, e todos os membros do Consulado são Olhos em potencial. E os Olhos às vezes podem ser muito diretos; não têm finesse. Sempre há um motivo para as instruções que eu dou. Para as minhas ordens. Não cabe às Pérolas tomar iniciativas sem autorização.

– Ah, eu não sabia... eu não achei. Mas, ainda assim, a Tia Adrianna não devia...

– Quanto menos dito, melhor. Sei que você teve a melhor das intenções – dissera eu, apaziguadora.

Tia Sally começara a chorar.

– De fato, tive mesmo.

De boas intenções o inferno está cheio, eu ficara tentada a dizer. Mas me contive.

– Onde está a menina em questão agora? – eu perguntara. – Ela deve ter ido a algum lugar depois que seus pais sumiram de cena.

– Não sei. Talvez não tenha sido uma boa ideia explodir o Clothes Hound logo em seguida. Nesse caso, poderíamos ter...

– Concordo. De fato, alertei para não se precipitarem. Infelizmente, os agentes dos Olhos no Canadá são jovens e entusiasmados, e têm um pendor pelos explosivos. Mas como é que eles poderiam ter descoberto? – Eu fizera uma pausa, fixando nela o meu melhor olhar penetrante. – E você não comunicou suas suspeitas sobre esta possível Bebê Nicole a mais ninguém?

– Não. Só a você, Tia Lydia. E à Tia Adrianna, antes de ela...

– Vamos guardar isso só para nós, certo? – dissera eu. – Não é preciso que isso chegue a um julgamento. Agora, creio que você precisa de um pouco de paz e descanso. Vou reservar uma estadia para você em nosso maravilhoso Retiro Margery Kempe, em Walden. Você logo será uma nova mulher. O carro irá levá-la até lá em meia hora. E se o Canadá fizer barulho quanto à infeliz ocorrência naquele condomínio – se quiserem te interrogar ou até mesmo acusá-la de algum crime – simplesmente diremos que você sumiu.

Eu não queria a Tia Sally morta: simplesmente a queria incoerente; e assim foi. O pessoal do Retiro Margery Kempe sabe como manter a discrição.

Mais agradecimentos lacrimosos de Tia Sally.

– Não agradeça a mim – eu dissera. – Sou eu que devia estar grata a você.

– Tia Adrianna não deu a vida em vão – dizia o Comandante Judd. – Suas Pérolas nos abriram um caminho promissor: já realizamos outras descobertas.

Meu coração se contraiu.

– Fico feliz de minhas meninas terem sido úteis.

– Como sempre, obrigado por sua iniciativa. Desde a nossa operação envolvendo o brechó indicado pelas suas Pérolas, descobrimos com certeza o meio pelo qual informações vêm sendo trocadas nesses últimos tempos entre o Mayday e seu contato desconhecido aqui em Gilead.

– E qual vem a ser este meio?

– Com o arrombamento – com a operação especial – recuperamos uma câmera de microponto. Estamos fazendo testes com ela.

– Microponto? – perguntei. – O que é isso?

– Uma velha tecnologia que caiu em desuso, mas que ainda é perfeitamente viável. Fotografam-se documentos com uma minicâmera que os reduz a um tamanho microscópico. Então eles são impressos em pontos de plástico minúsculos, que podem ser aplicados a quase qualquer superfície e lidos pelo destinatário com um visualizador personalizado muito pequeno, a ponto de poder ser ocultado numa caneta, por exemplo.

– Espantoso – exclamei. – Não é por nada que dizemos, no Ardua Hall, que temos "Inveja da Pena".

Ele deu risada.

– De fato – disse ele. – Nós, os donos da pena, precisamos ter cuidado para evitar o opróbrio. Mas é inteligente da parte do Mayday recorrer a este método: pouca gente hoje teria ciência dele. Como dizem por aí: quem não procura, não acha.

– Engenhoso.

– É apenas uma ponta do esquema: do Mayday. Como disse, há outra ponta em Gilead: alguém aqui que está recebendo os micropontos e respondendo com suas mensagens. Ainda não identificamos este ou estes indivíduos.

– Pedi às minhas colegas do Ardua Hall para ficarem de olhos e ouvidos bem abertos – falei.

– E quem melhor para fazer isso do que as Tias? – disse ele. – Vocês têm acesso a qualquer casa em que desejem entrar e, com sua intuição feminina apurada, ouvem certas coisas que nós, homens estúpidos, somos surdos demais para registrar.

– Vamos pegar o Mayday no pulo um dia desses – falei, cerrando meus punhos, projetando meu queixo.

– Gosto do seu entusiasmo, Tia Lydia – disse ele. – Formamos uma equipe e tanto!

– A verdade vencerá – eu disse. Eu estremecia com o que esperava que passasse por integridade indignada.

– Sob o Olho Dele – ele respondeu.

Depois disso tudo, meu leitor, eu estava precisando me recobrar. Fui até o Café Schlafly para tomar um leite quente. Depois vim até a Biblioteca Hildegard para continuar minha jornada com você. Pense em mim como uma guia. Pense em você como um viandante em uma floresta escura. Que vai ficar mais escura.

No nosso último encontro, ou página, eu havia lhe trazido até o estádio, e de lá prosseguiremos. À medida que o tempo foi se arrastando, começou a se desenhar um padrão. Dormir à noite, se você conseguisse. Suportar os dias. Abraçar as que choramingavam, embora eu deva dizer que o choro se tornou tedioso. Assim como o berreiro.

Nas primeiras noites, tentou-se fazer música – algumas mulheres, as mais otimistas e vigorosas, se encarregaram de puxar a cantilena, e experimentaram entoar "We Shall Overcome" e outros números arcaicos de colônias de férias que não existem mais. Algumas tiveram dificuldade em se lembrar da letra, mas pelo menos isso trazia uma variedade.

Nenhum guarda vetou essas tentativas. No entanto, já no terceiro dia aquela empolgação se desgastara e poucas se dispunham a acompanhar, e começaram os resmungos – "Silêncio aí, por favor!" "Pelo amor de Deus, calem a boca!" –, de forma que as líderes Bandeirantes, depois de protestarem um pouco – "A gente só queria ajudar" –, se calaram e desistiram.

Eu não cheguei a cantar. Por que desperdiçar energia? Não estava no clima melódico. Eu me sentia um rato num labirinto, isso sim. Será que havia saída? E qual? Seria aquilo uma espécie de teste? O que estariam tentando descobrir?

Algumas mulheres tinham pesadelos, como seria de se esperar. Gemiam e se debatiam enquanto os tinham, ou sentavam-se eretas feito tábuas soltando gritos alterados. Não estou criticando: eu mesma tinha pesadelos. Devo lhe descrever um? Não, não vou fazê-lo. Tenho plena ciência da facilidade com que todo mundo se entedia com os pesadelos alheios, tendo ouvido uma série deles recitada para mim desde então. Na hora da verdade, só os nossos próprios pesadelos são de algum interesse ou significado.

A cada manhã, a alvorada era perpetrada via sirene. Aquelas cujos relógios não tinham sido confiscados – o confisco de relógios fora feito mal e porcamente – relataram que aquilo acontecia às seis da manhã. Pão e água de café da manhã. Que sabor delicioso tinha aquele pão! Algumas eram esganadas feito lobas, mas eu fazia a minha porção durar o máximo possível. Mastigar e engolir distraem das maquinações mentais abstratas e inúteis. Além disso, fazem passar o tempo.

Depois, formávamos filas para ir ao banheiro imundo, e boa sorte se a sua privada estava entupida, porque não mandariam ninguém para desentupi-la. Minha teoria? Os guardas vinham de madrugada enfiar todo tipo de traste nas privadas para piorar ainda mais a situação. Algumas das mais ordeiras procuravam limpar os toaletes, mas quando viram quanto seu esforço era em vão, desistiram. Desistir virou a normalidade, e preciso dizer que era contagioso.

Já falei que não havia papel higiênico? Então, como fazer? Usar a mão, tentar limpar seus dedos emporcalhados sob a água que às vezes gotejava das torneiras, às vezes não. Estou certa de que eles também fizeram isso de caso pensado, para nos dar esperança e nos arrasar a intervalos aleatórios. Eu quase podia ver a cara satisfeita do torturador de gatinhos cretino incumbido daquele serviço, ligando e desligando o sistema que abastecia nossa água.

Haviam nos dito para não beber a água daquelas torneiras, mas algumas tiveram a imprudência de fazê-lo. O resultado foram vômitos e diarreia, mais uma contribuição para a alegria geral.

Não havia toalhas de papel. Não havia qualquer tipo de toalha. Limpávamos as mãos nas nossas saias, tivessem elas sido lavadas ou não.

Desculpe eu me demorar tanto falando das instalações sanitárias, mas você ficaria surpreso em saber a importância que essas coisas adquirem – necessidades básicas a que você nem dá valor mais, que nem sequer passam pela sua cabeça até que lhe faltem. Em meus devaneios – e todas nós devaneávamos, pois uma estase forçada e sem acontecimentos produz devaneios e o cérebro precisa se ocupar de alguma coisa –, eu costumava visualizar um lindo vaso sanitário branco, bem limpo. Ah, e uma pia para combinar, com um forte jato de água pura e cristalina.

Naturalmente, começamos a feder. Além daquele tormento do banheiro, vínhamos dormindo com roupas de trabalho, sem trocar a roupa íntima. Algumas já haviam entrado na menopausa, mas outras não, de forma que o cheiro de sangue coagulado se somou ao do suor, das lágrimas, da merda e do vômito. Respirar era nauseante.

Eles estavam nos reduzindo a bichos – bichos de cativeiro –, à nossa natureza animal. Estavam esfregando a nossa natureza animal na nossa cara. Para que nos considerássemos sub-humanas.

O resto de cada dia se desdobrava feito uma flor tóxica, pétala a pétala, lenta e agonicamente. Às vezes éramos algemadas de novo, mas nem sempre, depois marchávamos em fila e éramos posicionadas nas arquibancadas para ficarmos sentadas sob o sol escaldante, e uma vez – para nossa alegria – sob uma garoa fresca. Naquela noite fedíamos a roupa molhada, mas menos ao nosso próprio cheiro.

Hora a hora as vans iam chegando, descarregando seu lote de mulheres, partindo vazias. O mesmo pranto das recém-chegadas, as mesmas ordens e brados dos guardas. Que tédio é uma tirania em fase de montagem. É sempre o mesmo roteiro.

O almoço era sanduíches de novo, e certo dia – o da garoa –, foi palitos de cenoura.

– Nada como uma refeição balanceada – disse Anita. Havíamos dado um jeito de sentar juntas na maior parte dos dias, e dormir próximas. Antes desse momento ela não tinha sido uma amiga próxima, só colega de trabalho, mas só de estar perto de alguém que eu conhecia já era um consolo; alguém que personificava minhas conquistas anteriores, minha vida anterior. Digamos que tenha se criado um laço.

– Você era excelente juíza – sussurrou-me ela no terceiro dia.

– Obrigada. Você também – sussurrei de volta. O *era* era assustador.

Das demais em nosso setor, não fiquei sabendo muito. Seus nomes, às vezes. Os nomes de seus escritórios. Alguns escritórios haviam se especializado em direito de família – divórcios, guarda dos filhos, coisas assim –, então se as mulheres tinham passado a ser o inimigo, eu entendia o motivo delas serem um alvo; porém, se especializar em direito imobiliário, cível, sucessório ou corporativo não parecia protegê-las nem um pouco. Bastava um diploma em direito e um útero: era a combinação fatal.

As tardes eram o horário escolhido para as execuções. O mesmo desfile até o centro do campo, com as condenadas vendadas. Eu percebia mais detalhes a cada vez: algumas mal conseguiam andar, algumas mal pareciam conscientes. O que acontecera com elas? E por que haviam sido selecionadas para morrer?

O mesmo homem de uniforme preto bradando no microfone: *O Senhor vai prevalecer!*

Depois os tiros, os corpos tombando moles. Depois a limpeza. Havia um caminhão para os cadáveres. Será que eram enterrados? Queimados? Ou será que daria trabalho demais? Talvez simplesmente fossem levados para um lixão e deixados aos corvos.

No quarto dia, uma variação: três dos atiradores eram mulheres. Não estavam com roupas de trabalho, mas sim com vestes compridas marrons que mais pareciam roupões de banho, com echarpes amarradas na garganta. Aquilo nos chamou a atenção.

– Monstros! – sussurrei para Anita.

– Como podem? – respondeu ela também num sussurro.

No quinto dia, havia seis mulheres de marrom no pelotão de fuzilamento. Houve também um alvoroço, já que uma delas, em vez de mirar nas vendadas, deu meia-volta e atirou em um dos homens de uniforme preto. Imediatamente foi golpeada até cair e cravejada de balas. As arquibancadas seguraram a respiração em uníssono.

Ah, pensei. Eis um jeito de escapar.

De dia, novas mulheres iam sendo acrescentadas ao nosso grupo de advogadas e juízas. Ele continuava do mesmo tamanho, no entanto, pois a cada noite algumas eram levadas. Saíam uma por vez, entre dois guardas emparelhados. Não sabíamos aonde estavam sendo levadas, nem por quê. Nenhuma voltava.

Na sexta noite, Anita foi desaparecida. Aquilo acontecia silenciosamente. Às vezes a selecionada gritava e resistia, mas Anita não fez isso, e admito envergonhada que eu estava dormindo quando ela foi suprimida. Acordei com a sirene matinal e ela simplesmente não estava mais lá.

– Sinto muito pela sua amiga – disse-me uma boa alma na fila para as privadas regurgitantes.

– Também sinto muito – sussurrei de volta. Mas eu já estava me endurecendo para o que com certeza vinha pela frente. Sentir muito não resolve nada, eu dizia para mim mesma. Com o passar dos anos – tantos anos – aquilo se provou verdadeiro até demais.

Na sétima noite, foi a minha vez. Anita fora abduzida sem ruído – aquele silêncio tinha seu próprio efeito desmoralizante, já que a pessoa podia sumir, parece, sem ninguém perceber e sem qualquer som –, mas não estava nos planos eu ir sem fazer barulho.

Fui acordada com uma botinada no quadril.

– Calada e levanta daí – bramiu uma das vozes. Antes de estar propriamente acordada, fui posta de pé aos trancos e obrigada a andar. Ouviam-se murmúrios à minha volta, uma voz dizendo "Não", outra dizendo "Merda", e outra dizendo "Deus te guarde", e outra dizendo "*Cuídate mucho*".

– Sei andar sozinha! – falei, mas isso não fez nenhuma diferença para as mãos na parte de cima dos meus braços, uma de cada lado. Acabou, pensei: vou ser fuzilada. Mas não, me corrigi: isso é coisa para a tarde. Sua idiota, reconsiderei: podem te fuzilar onde e quando quiserem, e mesmo assim, fuzilar não é o único método.

Esse tempo todo eu me encontrava razoavelmente calma, o que pode ser difícil de acreditar, e na verdade nem eu acredito mais: eu não estava razoavelmente calma, estava fatalisticamente calma. Enquanto eu pensasse em mim mesma como se já estivesse morta, sem preocupações com o futuro, as coisas seriam mais fáceis para mim.

Fui guiada pelos corredores, até passarmos por uma saída de serviço e entrar em um carro. Dessa vez não era uma van, e sim um Volvo. O estofamento do banco de trás era macio, mas firme, o ar-condicionado era como o sopro divino. Infelizmente, o ar fresco me lembrou dos meus próprios odores acumulados. Apesar de tudo me refestelei naquele luxo, apesar de espremida entre meus dois guardas, ambos homens robustos. Nenhum falava nada. Eu não passava de um pacote a ser transportado.

O carro parou junto de uma delegacia de polícia. Mas já não era uma delegacia: o letreiro fora coberto, e na porta da frente, havia uma imagem: a de um olho com asas. O logotipo dos Olhos, embora eu ainda não soubesse disso.

Subimos os degraus da frente, meus dois companheiros a passos largos, eu aos tropeços. Meus pés doíam: percebi como eles estavam sem prática, e também como meus sapatos estavam destruídos e imundos, depois de molhados, esturricados, e das diversas substâncias a que haviam sido expostos.

Percorremos o corredor. Um vozerio barítono escoava de trás das portas; homens com vestes similares às dos que me escoltavam passavam apressados, com um brilho objetivo nos olhos, vozes sincopadas. Há algo nos uniformes, nas insígnias, nos distintivos lustrosos, que automaticamente endireita as espinhas. Aqui não há frouxos!

Dobramos e entramos em uma das salas. Ali, atrás de uma enorme escrivaninha, estava sentado um homem com um vago ar de Papai Noel: gorducho, barba branca, bochechas rosadas, nariz vermelho feito cereja. Ele deu um sorriso radiante.

– Pode sentar – disse ele.

– Obrigada – respondi. Não que eu tivesse opção: meus dois amiguinhos estavam me enfiando na cadeira e me algemando a ela com correias plásticas, cada braço num braço. Então eles nos deixaram, fechando a porta com suavidade ao sair. Tive a impressão de que haviam saído de costas, como se em presença de um antigo deus-rei, mas eu não podia enxergar nada às minhas costas.

– Vou me apresentar – disse ele. – Sou o Comandante Judd, dos Filhos de Jacob.

Era a primeira vez que nos víamos.

– Suponho que você saiba quem eu sou – respondi.

– Correto – disse ele, com um leve sorriso. – Peço desculpas pelas inconveniências a que você foi submetida.

– Não foi nada – respondi, o rosto impassível.

É tolice brincar com quem tem poder absoluto sobre você. Eles não gostam; pensam que você não compreende toda a extensão de seus poderes. Agora que eu tenho meu próprio poder, não dou trela à petulância nos meus subordinados. Mas naquela época, eu era mais despreocupada. Agora, sou mais sábia.

O sorriso dele desapareceu.

– Você está grata por estar viva? – perguntou ele.

– Bem, sim – respondi.

– Você está grata por Deus ter lhe feito em corpo de mulher?

– Acho que sim – falei. – Nunca pensei muito a respeito.

– Não estou certo de que você está grata o suficiente – disse ele.

– Como seria grata o suficiente? – perguntei.

– Grata o suficiente para cooperar conosco – disse ele.

Eu já mencionei que ele tinha um pequenino par de óculos meia-lua? Nesse momento ele os tirou do rosto e os contemplou. Seus olhos, sem os óculos, eram menos cintilantes.

– O que você quer dizer com "cooperar"? – perguntei.

– É sim ou não.

– Estudei para ser advogada – falei. – Sou juíza. Não assino contratos em branco.

– Você não é juíza – disse ele –, não é mais. – Ele apertou um botão em um interfone. – Thank Tank – disse ele. E aí, para mim: – Vamos torcer para você se tornar uma pessoa mais agradecida. Vou orar nesse propósito.

E foi assim que fui parar no Thank Tank. Era uma solitária em uma delegacia adaptada, de aproximadamente quatro passos por quatro. Tinha uma cama embutida, ainda que sem colchão. Tinha um balde, que eu concluí rapidamente ser para os subprodutos da digestão humana, pois ainda havia alguns lá dentro, conforme prenunciava o cheiro. A cela já tivera iluminação, mas não mais: agora tinha apenas um soquete, e sem energia. (É claro que eu meti o dedo lá dentro depois de algum tempo. Você teria feito o mesmo.) Toda luz disponível viria do corredor lá fora, pelo buraco pelos quais os inevitáveis sanduíches logo chegariam. Mastigando na escuridão, esse era o plano para mim.

Ao anoitecer apalpei até encontrar a laje que fazia as vezes de cama, sentei nela. Pensei, eu consigo. Eu vou passar por isso.

Eu estava certa, mas por pouco. Você ficaria surpreso em saber como a mente se deteriora na ausência de outras pessoas. Uma pessoa sozinha não é uma pessoa inteira: existimos na relação com os outros. Eu era uma pessoa: perigava me tornar nenhuma.

Passei algum tempo no Thank Tank. Não sei quanto foi. De vez em quando um olho me observava pela persiana móvel que estava lá para fins de observação. De vez em quando se ouvia um berro ou uma gritaria vindo de algum lugar próximo: tortura em desfile. Às vezes havia gemidos duradouros; às vezes uma série de grunhidos e ofegos que pareciam sexuais, e provavelmente eram. Gente indefesa é uma tentação.

Eu não tinha como saber se esses ruídos eram reais ou se eram apenas gravações, reproduzidas para me dar nos nervos e arrasar minha determinação. O que quer que restasse dela: depois de alguns dias, perdi o fio daquela trama. A trama da minha determinação.

Fiquei esquecida na minha cela crepuscular por sabe-se lá quanto tempo, mas não pode ter sido tanto assim a julgar pelo comprimento das minhas unhas quando me tiraram dela. Mas o tempo passa diferente quando você está trancada no escuro sozinha. Passa mais devagar. Você nem sabe quando está dormindo ou acordada.

Havia insetos? Sim, havia. Eles não me mordiam, então acho que eram baratas. Eu sentia suas patinhas palmilhando o meu rosto, afetuosamente, cautelosamente, como se minha pele fosse de gelo fino. Eu não as afugentava. Depois de um tempo, você fica grata por qualquer contato físico.

Certo dia, se é que era dia, três homens entraram na minha cela sem aviso, mirando uma lanterna ofuscante nos meus olhos ceguetas, me atirando ao chão, e ministrando uma precisa surra de pontapés, além de outros cuidados. Emiti ruídos que me pareceram familiares: já os ouvira ali por perto. Não entrarei em mais detalhes, exceto para dizer que armas de choque também foram usadas.

Não, não fui estuprada. Suponho que eu já estava velha e rija demais para esse fim. Ou talvez eles tivessem um certo orgulho de seus altos padrões morais, mas disso eu duvido muito.

O procedimento de chutes e choques foi repetido mais duas vezes. Três é um número mágico.

Se eu chorei? Sim: lágrimas escorreram dos meus dois olhos visíveis, meus olhos humanos úmidos e chorosos. Mas eu tinha um terceiro olho, bem no meio da testa. Eu o sentia: ele era frio feito pedra. Este não chorava: via tudo. E por trás dele, alguém pensava: *vocês vão me pagar por isso. Não me importa quanto tempo leve nem quantos sapos eu tenha que engolir, mas vou me vingar.*

Então, depois de um período indefinido e sem aviso, a porta da minha cela Thank Tank se abriu com um estalido metálico, a luz a inundou, e dois uniformes negros me levaram. Nada foi dito. Eu – a esta altura um farrapo trêmulo, ainda mais fedida do que antes – fui escoltada ou arrastada pelo corredor pelo qual eu chegara, passando pela porta por que entrara, e jogada numa van com ar-condicionado.

Daí quando vi estava em um hotel – sim, um hotel! Não era nenhum hotel grandioso, mais tipo um Holiday Inn, se esse nome ainda significa algo para você, embora eu ache que não. Aonde foram parar as marcas de antigamente? E o vento levou. Ou melhor, o pincel de parede e a bola de demolição levaram, porque, enquanto eu era empurrada para a recepção, acima de nós havia homens trabalhando, apagando o letreiro.

Na recepção não havia nenhum recepcionista de sorriso doce para me dar boas-vindas. Em vez disso, havia um homem com uma lista na mão. Deu-se uma conversa entre eles e meus dois guias turísticos, e fui atirada num elevador, descendo depois um corredor que demonstrava seus primeiros sinais da ausência de camareiras. Mais alguns meses e teriam um sério problema com fungos, pensei com meu cérebro deteriorado enquanto abriam uma porta com um cartão.

– Aproveite a estadia – disse um dos meus guardas. Não acho que ele estivesse sendo irônico.

– Três dias de descanso pra você – disse o segundo. – Se precisar de algo, ligue para a recepção.

A porta foi trancada comigo dentro. Na mesinha havia uma bandeja com suco de laranja e uma banana, e uma salada verde, e salmão cozido! Uma cama com lençóis! Várias toalhas, mais ou menos brancas! Um chuveiro! Sobretudo, um vaso sanitário lindo, de cerâmica! Dobrei os joelhos e orei, sim, de todo coração, mas a quem ou ao quê, eu não saberia dizer.

Depois de eu ter consumido toda a comida – não me importei se estivesse envenenada, tal a felicidade que me invadia – passei as horas seguintes tomando banhos. Só um não foi suficiente: havia tantas camadas de sujeira acumulada a serem esfregadas e removidas. Inspecionei minhas escoriações mal-curadas, meus hematomas amarelados e arroxeados. Eu perdera peso: via minhas costelas, ressurgidas após uma ausência de décadas devido à dieta de fast-food. Durante minha carreira jurídica, meu corpo tinha sido um mero veículo para me impulsionar de conquista em conquista, mas naquele momento eu o redescobria com ternura. Como eram róseas minhas unhas do pé! Como era intricado o desenho das veias em minhas mãos! Eu não consegui fixar bem o meu rosto no espelho do banheiro, no entanto. Quem era aquela pessoa? Os traços pareciam borrados.

Então, dormi por muito tempo. Quando acordei, me deparei com outra deliciosa refeição, estrogonofe de carne com aspargos, e pêssegos Melba, e, oh, glória! uma xícara de café! Um martíni teria caído muito bem, mas percebi que o álcool não faria parte do cardápio das mulheres naquela nova era.

Minhas antigas e imundas roupas haviam sido subtraídas por mãos invisíveis: parecia que a proposta era eu viver no roupão branco do hotel.

Meu estado ainda era de desordem mental. Eu era um quebra-cabeça atirado ao chão. Mas, na terceira manhã, ou talvez tarde, acordei me sentindo um pouco mais coerente. Parecia que eu conseguia pensar de novo; parecia que eu conseguia pensar a palavra *eu*.

Além disso, e como se comemorasse isso, havia uma roupa nova à minha espera. Não era exatamente uma túnica e não exatamente feita de pano de saco marrom, mas algo nessa linha. Eu já a vira antes, no estádio, vestindo as fuziladoras do pelotão. Senti um calafrio.

Eu a vesti. Que mais eu poderia ter feito?

X

VERDE PRIMAVERIL

Transcrição do Depoimento da Testemunha 369A

25

Agora vou descrever os preparativos que levaram à minha proposta de casamento, pois foi expresso algum interesse no modo como essas coisas eram feitas em Gilead. Devido à reviravolta que minha vida sofreu, eu pude observar o processo do casamento de dois lados: da noiva sendo preparada, e das Tias que o preparam.

O acerto do meu casamento foi como de costume. Os temperamentos dos futuros noivos, assim como suas respectivas posições na sociedade de Gilead, deviam exercer alguma influência sobre as escolhas disponibilizadas. Mas o objetivo, em todos os casos, era sempre o mesmo: toda menina – tanto as de boa família como as menos favorecidas – deveria ser casada cedo, antes que algum encontro fortuito com um homem indesejável pudesse levar ao que se costumava chamar de amor ou, pior, à perda da virgindade. Essa última desgraça em especial deveria ser evitada a todo custo, pois renderia péssimas consequências. Apedrejamento até a morte não era o que ninguém queria para seus filhos, e a mancha no nome da família podia ser praticamente indelével.

Certa noite, Paula solicitou minha presença na sala – ela enviara Rosa para me tirar da concha, em suas palavras – e me mandou ficar de pé na sua frente. Obedeci, porque desobedecer não daria em nada. O Comandante Kyle estava ali, e Tia Vidala também. Lá estava também outra Tia – uma que eu nunca vira antes – que me apresentaram como Tia Gabbana. Falei que estava encantada em conhecê-la, mas devo ter dito isso em tom rabugento, porque Paula disse:

– Viu só o que eu falei?

– É a idade – disse a Tia Gabbana. – Até meninas antes doces e afáveis passam por essa fase.

– Com certeza ela já tem idade – disse Tia Vidala. – Ensinamos a ela tudo o que podíamos. Se ficam tempo demais na escola, começam a criar problemas.

– Ela já é mulher mesmo? – disse Tia Gabbana, me observando atentamente.

– É claro – disse Paula.

– Nada disso é enchimento? – disse Tia Gabbana, indicando meus seios com um meneio.

– De jeito nenhum! – disse Paula.

– Você havia de se espantar com as artimanhas de certas famílias. Ela tem o quadril largo, bom, nada dessas pélvis estreitas. Deixe-me ver seus dentes, Agnes.

Como é que era para eu obedecer a uma ordem daquelas? Abrir bem a boca, como no dentista? Paula entendeu que eu estava confusa:

– Sorria – disse ela. – Só dessa vez.

Repuxei meus lábios numa carantonha.

– Dentição perfeita – disse Tia Gabbana. – Muito saudável. Bem, sendo assim, vamos começar a procurar.

– Só em famílias de Comandantes – disse Paula. – Nada abaixo disso.

– Isso já está entendido – disse Tia Gabbana. Ela estava anotando coisas em uma prancheta. Observei admirada ela mexendo os dedos, que seguravam um lápis. Que símbolos poderosos estaria escrevendo?

– Ela é um pouco nova – disse o Comandante Kyle, em quem eu não pensava mais como meu pai. – Possivelmente.

Fiquei grata a ele pela primeira vez em muito tempo.

– Treze anos não é tão nova. Depende muito – disse Tia Gabbana. – Se encontrarmos o par perfeito, pode fazer muito bem a elas. Elas se adaptam rapidinho. – Ela se levantou. – Não se preocupe, Agnes – disse-me ela. – Você vai poder escolher entre três candidatos. Eles vão considerar uma honra – disse ela ao Comandante Kyle.

– Se precisar de mais alguma coisa, nos diga – disse Paula afavelmente. – E quanto antes, melhor.

– Entendido – disse Tia Gabbana. – Podemos contar com a doação de costume ao Ardua Hall, uma vez que haja resultados satisfatórios?

– É claro – disse Paula. – Vamos orar pelo seu êxito. Que possa o Senhor abrir.

– Sob o Olho Dele – disse Tia Gabbana. As duas Tias saíram, trocando sorrisos e cumprimentos com meus não pais.

– Pode ir, Agnes – disse Paula. – Vamos te informando dos desdobramentos. O ingresso de uma mulher na instituição sagrada do casamento precisa ser feito com muita cautela, e seu pai e eu vamos tomar esses cuidados por você. Você é uma menina muito privilegiada. Espero que você dê valor à sua sorte. – Ela me deu um meio-sorriso malicioso: sabia que aquilo era tudo conversa fiada. Na verdade, eu era um estorvo que precisava ser descartado de forma aceitável perante a sociedade.

Voltei para o meu quarto. Eu devia ter previsto aquilo: coisas assim haviam acontecido a meninas não muito mais velhas do que eu. Uma menina estava na escola um dia e, no seguinte, não estava mais: as Tias não gostavam de exageros sentimentais, de despedidas lacrimosas. Em seguida, haveria boatos de noivado, depois de casamento. Nunca permitiam que fôssemos àqueles casamentos, mesmo que a menina tivesse sido nossa amiga próxima. Quando você estava sendo preparada para o casamento, desaparecia da sua vida anterior. Da próxima vez em que fosse vista, você estaria trajando o nobre vestido azul de Esposa, e as meninas solteiras teriam que te dar a vez ao passar pelas portas.

Agora aquela seria a minha realidade. Eu seria ejetada da minha própria casa – da casa de Tabitha, da casa de Zilla, Vera e Rosa – porque Paula já não me aguentava mais.

– Hoje você não vai à escola – disse Paula certa manhã, e pronto. Depois não aconteceu muita coisa por uma semana, exceto por eu ficar me lastimando e me angustiando no meu quarto, apesar de que, por eu ter praticado essas atividades no meu quarto, elas não tiveram qualquer influência no que aconteceu.

Eu tinha que estar terminando um projeto abominável de *petit point* para ocupar minha cabeça – a figura era uma cesta de frutas que poderia ser transformada em pufe para os pés, um presente para meu futuro marido, fosse ele quem fosse. Em um canto do quadrado do pufe, eu bordei uma pequena caveira: representava a caveira da minha madrasta Paula, mas, se alguém me perguntasse o que era aquilo, eu responderia que era um *memento mori*, um lembrete do fato de que todos morreríamos um dia.

Dificilmente poderiam contestar isso, já que era um símbolo religioso: havia caveiras assim nas lápides do velho adro de igreja próximo à nossa escola. Não era para irmos até lá, exceto em caso de funerais: os nomes dos falecidos estavam nas lápides, e isso poderia levar à leitura, e isso, por sua vez, à devassidão. Ler não era coisa de menina: só homens tinham força para lidar com o poder da leitura; e as Tias, é claro, porque não eram como nós.

Eu começava a me perguntar como uma mulher passava a ser Tia. Tia Estée certa vez dissera que você precisava ser chamada por Deus a ajudar todas as mulheres em vez de a uma só família; mas como é que as Tias haviam recebido esse chamado? Como haviam recebido sua força? Será que tinham cérebros especiais, nem fêmeos nem machos? Será que sob seus uniformes eram mesmo mulheres? Será que poderiam ser homens disfarçados? Essa mera suspeita já era impensável, mas, se fosse verdade, que escândalo! Fiquei pensando em como as Tias ficariam caso fossem obrigadas a usar rosa.

No meu terceiro dia de ócio, Paula fez as Marthas trazerem várias caixas de papelão para o meu quarto. Disse ela que era hora de me despedir das coisas de criança. Meus pertences poderiam ser guardados num depósito, pois muito em breve eu não moraria mais ali. Depois, quando eu estivesse organizando meu novo lar, eu poderia decidir quais pertences deveriam ser doados aos pobres. Uma menina menos privilegiada de uma Econofamília ficaria muito contente em ganhar minha velha casa de bonecas, por exemplo; embora a qualidade não fosse das melhores e ela estivesse um tanto acabada, uma pinturinha aqui e ali faria maravilhas.

Há muitos anos a casa de boneca residia junto à minha janela. Os momentos felizes que eu passara com Tabitha ainda permaneciam nela. Lá estava a boneca da Esposa, sentada à mesa de jantar; lá estavam as menininhas, todas bem-comportadas; lá estavam as Marthas na cozinha, fazendo pão; lá estava o Comandante, devidamente trancafiado em seu escritório. Quando Paula foi embora, arranquei a boneca da Esposa de sua cadeira e a atirei do outro lado do quarto.

26

A seguir, a Tia Gabbana trouxe uma equipe de costureiras, nas palavras de Paula, já que eu era considerada incapaz de escolher o que eu deveria usar até o casamento, e especialmente na cerimônia em si. É preciso entender que eu não era considerada uma pessoa propriamente dita – ainda que fosse de classe alta, eu não passava de uma mocinha a ser confinada ao casamento. Casamento: tinha o som de algo metálico, como uma porta de ferro sendo fechada.

A equipe de costureiras estava a cargo do que poderia ser chamado de cenografia: o figurino, a comida, a decoração. Nenhuma delas tinha uma personalidade dominadora, que era o preciso motivo de terem sido relegadas àquelas tarefas relativamente servis; de forma que, embora todas as Tias tivessem alto prestígio, Paula – que tinha, ela sim, uma personalidade dominadora – teve a oportunidade de mandar e desmandar na brigada de Tias casamenteiras, dentro de certos limites.

As três subiram ao meu quarto, com Paula acompanhando, local onde eu – tendo terminado meu projeto do pufe – estava me entretendo o melhor que podia jogando paciência.

O baralho que eu usava era comum em Gilead, mas caso ele não seja conhecido no resto do mundo, vou descrevê-lo. É claro que não havia nenhuma letra nas cartas do Ás, do Rei, da Rainha e do Valete, nem números nas cartas de número. Os Ases eram um grande Olho espiando do meio de uma nuvem. Os Reis usavam uniformes de Comandante, as Rainhas eram Esposas, e os Valetes eram Tias. As cartas com rostos eram as mais fortes. Os naipes eram Anjos em vez de Espadas, Guardiões em vez de Paus, Marthas em vez de Ouros e Aias em vez de Copas. Cada carta com rosto tinha um contorno com figurinhas menores: a Esposa de Anjos era uma Esposa azul com uma borda de minúsculos Anjos vestidos de preto, e o Comandante de Aias era rodeado de pequeninas Aias.

Depois, quando obtive acesso à biblioteca do Ardua Hall, pesquisei aquelas cartas. Descobri que Copas queria dizer copos ou cálices. Talvez por isso as Aias fossem Copas: eram recipientes preciosos.

As três Tias da equipe de costureiras entraram no meu quarto.

– Guarde as cartas e fique de pé, por favor, Agnes – disse Paula com a voz mais doce de que era capaz, a voz que eu mais detestava porque sabia a fraude que era. Obedeci, e as três Tias me foram apresentadas: Tia Lorna, rosto gorducho e sorridente; Tia Sara Lee, ombros caídos e taciturna; e Tia Betty, hesitante e sempre pedindo desculpas.

– Estão aqui para tirar medidas – disse Paula.

– O quê? – respondi. Ninguém nunca me avisava nada; não viam necessidade disso.

– Não diga *o quê*, diga *perdão* – disse Paula. – Medidas das roupas que você vai usar nas suas aulas preparatórias para as núpcias.

Paula ordenou que eu tirasse meu uniforme, que eu ainda usava já que não possuía nenhum outro tipo de roupa, a não ser meu vestido branco de ir à igreja. Fiquei parada no meio do quarto só de combinação. Não estava fazendo frio, mas eu sentia a pele cravejada num arrepio, por estar sendo tão olhada e medida. Tia Lorna tirou minhas medidas, e Tia Betty as anotou em um caderninho. Eu a observei atentamente; sempre gostei de observar as Tias enquanto escrevinhavam mensagens secretas para si mesmas.

Então me disseram que eu podia voltar a vestir o meu uniforme, e assim fiz.

Discutiu-se a questão de se eu precisava ou não de novas roupas íntimas para aquele período intermediário. Tia Lorna achou que seria bom, mas Paula falou que não era necessário, já que o período em questão era curto e as que eu tinha ainda cabiam em mim. Paula venceu a discussão.

Então as três Tias se foram. Voltaram dias depois com duas roupas, uma para primavera e verão e outra para outono e inverno. Seu tema era o verde: verde primaveril com detalhes em branco – debruns dos bolsos e colarinhos – para o verão e a primavera, e verde primaveril com detalhes em verde-escuro para outono e inverno. Eu já vira meninas da minha idade usando aqueles vestidos, e eu sabia o que queriam dizer: verde primavera queria dizer folhas jovens, ou seja, a menina estava pronta para casar. No entanto, às Econofamílias não se permitiam aquelas extravagâncias.

As roupas que as Tias me trouxeram eram usadas, mas não a ponto de estar desgastadas, já que ninguém usava aquelas roupas verdes por muito tempo. Haviam feito ajustes para que coubessem em mim. As saias eram cinco dedos acima da canela, as mangas iam até o pulso, as cinturas não eram marcadas, os colarinhos eram altos. Cada conjunto incluía um chapéu com aba e fitinha. Eu odiava aquelas roupas, mas não tanto: se eu precisava usar roupas, aquelas não eram das piores. Depositei minha esperança no fato de que haviam incluído todas as quatro estações: talvez eu pudesse passar o outono e o inverno inteiros sem ser obrigada a casar.

Minhas velhas roupas rosas e violetas foram embora; após lavadas, seriam reutilizadas por meninas mais novas. Gilead estava em guerra; não gostávamos de jogar nada fora.

27

Quando recebi as roupas verdes, eu fui matriculada em outra escola – a Escola Preparatória Pré-Nupcial Rubis, que era para moças de boa família que estavam estudando para o casamento. Seu lema vinha da Bíblia: "Mulher virtuosa, quem a achará? O seu valor muito excede ao de rubis."

Essa escola também era gerida pelas Tias, mas aquelas Tias – apesar de usarem uniformes sem graça idênticos aos das outras – de algum jeito tinham mais estilo. Supostamente, seu trabalho era nos ensinar como atuar enquanto donas de casa competentes em lares de alta patente. Digo "atuação" com duplo sentido: devíamos ser atrizes no palco de nosso futuro lar.

Shunammite e Becka, da Escola Vidala, estavam na mesma turma que eu: era comum que alunas da Vidala fossem para a Rubis. Não se passara muito tempo, na verdade, desde que eu as vira, mas elas me pareceram muito mais velhas. Shunammite passara a enrodilhar suas tranças negras atrás da cabeça e fizera a sobrancelha. Você não diria que estava bonita, mas estava mais serelepe do que nunca. Observe-se que *serelepe* era uma palavra que as Esposas usavam com desaprovação: queria dizer desajuizada.

Shunammite disse que estava louca para se casar. Na verdade, não parava de falar nisso e apenas nisso – que tipo de marido estavam vendo para ela, que tipo ela mais gostaria, que mal via a hora de casar. Ela queria um viúvo de uns quarenta anos que não tivesse amado muito sua primeira Esposa e não tivesse filhos, e tivesse patente alta e fosse bonito. Ela não queria um pirralho estúpido que nunca tivesse transado antes porque seria um desconforto para ela – e se ele não soubesse direito onde meter seu negócio? Ela sempre fora desbocada, mas estava mais do que nunca. Talvez tivesse absorvido aquelas expressões novas e rudes de alguma Martha.

Becka estava ainda mais magra. Seus olhos castanho-esverdeados, sempre grandes em proporção com o seu rosto, pareciam maiores do que nunca. Ela me contou que estava feliz em estar naquela turma comigo, mas não feliz por estar na turma em si. Ela implorara encarecidamente à família que ainda não a desse em casamento – ela era muito nova, não estava pronta –, mas eles haviam recebido uma excelente oferta: o filho mais velho de um Filho de Jacob e Comandante que estava a caminho de se tornar ele mesmo um Comandante. Sua mãe lhe dissera que não fosse boba, que nunca mais veria uma oferta daquelas de novo, e se ela não aceitasse aquela, as ofertas só fariam piorar quanto mais ela envelhecesse. Se ela chegasse aos dezoito sem se casar, seria considerada mercadoria seca e estaria fora de cogitação para Comandantes: teria sorte em ser desposada por um Guardião. Seu pai, o dentista dr. Grove, disse que era incomum um Comandante levar em consideração uma moça de baixa patente como ela, e seria um insulto recusar, e o que ela queria, acabar com a vida dele?

– Mas eu não quero! – choramingava ela para nós quando Tia Lise saía da sala. – Que um homem fique rastejando por cima de mim, tipo, tipo um monte de minhocas! Odeio isso!

Ocorreu-me que ela não disse que odiaria, disse que já odiava. O que será que acontecera com ela? Alguma desdita que ela não podia contar? Fiquei me lembrando de como tinha se impressionado com a história da Concubina Cortada em Doze Pedaços. Mas resolvi não perguntar: a desdita de outra menina podia te contaminar, se você chegasse perto demais.

– Não vai doer tanto – disse Shunammite – e pense só nas coisas que você vai ter! Sua própria casa, seu próprio carro e Guardiões, e suas próprias Marthas! E se você não puder ter filhos, vai ganhar Aias, quantas precisar!

– Não me importo com carros nem Marthas, muito menos Aias – disse Becka. – É aquela sensação horrível. Molhada.

– Como assim? – disse Shunammite, dando risada. – Quer dizer a língua deles? Não é pior do que língua de cachorro.

– É muito pior! – disse Becka. – Cachorro é amigo.

Eu não falei nada sobre como eu me sentia a respeito do casamento. Eu não podia contar a história da minha consulta dentária com o Dr. Grove: ele ainda era o pai de Becka, e Becka ainda era minha amiga. Em todo caso, minha reação fora mais de nojo e aversão, que agora me parecia trivial face ao verdadeiro horror que Becka sentia. Ela acreditava de fato que o casamento iria obliterá-la. Ela seria esmigalhada, aniquilada, derretida feito neve até que nada restasse dela.

Longe de Shunammite, perguntei a ela por que sua mãe não a ajudava. Ela chorou: sua mãe não era sua mãe de verdade, ela descobrira isso pela sua Martha. Era uma vergonha, mas sua verdadeira mãe era uma Aia – "Como a sua, Agnes", disse ela. Sua mãe oficial tinha usado aquele fato contra ela: por que ela estava com tanto medo de fazer sexo com um homem, se a vadia da mãe Aia dela não tivera medo? Muito pelo contrário!

Eu a abracei, e disse que entendia.

28

Era para a Tia Lise nos ensinar etiqueta e boas maneiras: qual garfo usar, como servir o chá, como ser bondosa mas firme com as Marthas, e como evitar problemas emocionais com nossa Aia, caso necessitássemos de uma. Todos tinham uma função em Gilead, todos serviam à sua própria maneira, e todos eram iguais aos olhos de Deus, mas cada um tinha dons diferentes dos outros, disse Tia Lise. Se os vários dons se confundissem e todos tentassem ser tudo, o resultado só poderia ser caótico e nocivo. Ninguém deve esperar que uma vaca saiba voar!

Ela nos ensinou jardinagem básica, com ênfase em rosas – a jardinagem era um passatempo adequado às Esposas – e como avaliar a qualidade da comida cozinhada para nós e servida à nossa mesa. Naqueles tempos de escassez nacional, era importante não desperdiçar alimento nem deixar de extrair todo o seu potencial. Os animais haviam morrido por nós, Tia Lise nos relembrou, e as verduras também, acrescentou em tom piedoso. Precisávamos ser gratas por aquilo, pela generosidade de Deus. Era um desrespeito – talvez até um pecado – tão grande destratar a comida preparando-a sem cuidado quanto era jogá-la fora sem comer.

Assim, aprendemos como fazer ovos pochê perfeitos, e em que temperatura servir o quiche, e a diferença entre o *bisque* e o *potage*. Não lembro muito mais dessas lições hoje em dia, porque nunca cheguei ao ponto de praticá-las.

Ela também revisou conosco as orações apropriadas para se fazer antes das refeições. Nossos maridos recitariam as orações quando presentes, como cabeças da família, mas em sua ausência – que seria frequente, já que teriam que trabalhar até tarde, e não deveríamos nunca criticar seus atrasos – então seria nosso dever fazer aquelas orações perante o que Tia Lise esperava que seriam nossos numerosos filhos. Aqui ela deu um curto e breve sorriso.

Em minha cabeça eu repassava a oração inventada com que Shunammite e eu nos divertíamos quando éramos melhores amigas na Escola Vidala:

Se minha taça transbordar
Pelo chão se entornar
Ó Senhor, vou vomitar
E pedir outro papá.

O som de nossas risadinhas infantis se distanciava e sumia. Nos achávamos tão malcomportadas naquela época! Aquelas pequenas rebeldias me pareciam tão inocentes e ineficazes agora que eu estava me preparando para casar.

Conforme o verão foi passando, a Tia Lise foi nos ensinando o básico da decoração de interiores, embora as decisões finais sobre o estilo das nossas casas fossem, é claro, da competência de nossos maridos. Então ela nos ensinou a fazer arranjos florais, em estilo japonês e em estilo francês.

Quando começamos a aprender o estilo francês, Becka andava muito abatida. Seu casamento estava planejado para novembro. O escolhido já fizera a primeira visita a sua família. Ele fora recebido na sala, e conversara amenidades com o pai dela enquanto ela ficava ao lado calada e sentada – era este o protocolo, e esperava-se que eu fizesse o mesmo –, e ela dissera que ele lhe dava arrepios. Ele tinha espinhas e um bigodinho irregular, e tinha a língua branca.

Shunammite deu risada e disse que devia ser pasta de dentes, ele deve ter escovado os dentes antes de ir porque queria deixar uma boa impressão nela, e não era fofo? Mas Becka disse que queria estar doente, muito doente, com algo não só duradouro como contagioso, porque aí o casamento teria que ser cancelado de qualquer maneira.

No quarto dia da aula de arranjo de flores à moda francesa, quando estávamos aprendendo a montar vasos formais simétricos com texturas contrastantes mas complementares, Becka abriu o pulso esquerdo com o podão e precisou ser levada para o hospital. O corte não fora profundo a ponto de ser fatal, mas saíra um bocado de sangue mesmo assim. Estragou as margaridas brancas.

Eu estava olhando quando ela se cortou. Nunca esqueci a expressão dela: tinha uma ferocidade que nunca vira nela antes, e que achei muito perturbadora. Era como se ela tivesse se transformado numa outra pessoa – uma muito mais selvagem –, ainda que só por um instante. Quando chegaram os paramédicos para levá-la embora, ela parecia serena.

– Adeus, Agnes – ela me dissera, mas eu não tinha sabido como responder.

– Que menina imatura – disse Tia Lise. Ela usava um *chignon* muito elegante no cabelo. Ela nos olhou de soslaio, pela lateral de seu extenso nariz aquilino. – Diferente de vocês, mocinhas.

Shunammite deu um sorriso radiante – estava toda animada para ser adulta – e eu consegui produzir um pequeno sorriso. Eu pensei que estava aprendendo a atuar; ou melhor, a ser uma atriz. Ou a ser melhor atriz do que antes.

XI

Pano de saco

O holografo de Ardua Hall

29

Na noite passada tive um pesadelo. Já o tive antes.

Antes, neste relato, cheguei a dizer que não abusaria da sua paciência narrando meus sonhos. Mas como este tem relevância para o que vou contar para você, vou abrir uma exceção. Você, é claro, tem total controle do que decide ler ou não, e pode pular este sonho à vontade.

Estou de pé no estádio, vestida com o tal roupão que me forneceram no hotel adaptado enquanto eu me recuperava do Thank Tank. Numa fila comigo estão várias outras mulheres com a mesma veste de penitência, e vários homens de uniforme preto. Cada um de nós segura um rifle. Sabemos que alguns desses rifles contêm balas de festim, e outros não; mas seremos todos assassinos de qualquer modo, porque o que vale é a intenção.

De frente para nós, mulheres dispostas em duas fileiras: umas de pé, outras de joelhos. Elas não estão usando vendas. Vejo seus rostos. Eu as reconheço, cada uma delas. Ex-amigas, ex-clientes, ex-colegas; e, mais recentemente, mulheres e meninas que passaram pelas minhas mãos. Esposas, filhas, Aias. Algumas têm dedos a menos, outras têm só um pé, outras um olho só. Algumas têm cordas no pescoço. Eu as julguei, eu as sentenciei: uma vez juíza, sempre juíza. Mas todas estão sorrindo. O que vejo nos olhos delas? Medo, desprezo, desafio? Piedade? É impossível precisar.

Nós que temos rifles os levantamos. Disparamos. Algo entra em meu pulmão. Não consigo respirar. Engasgada, caio por terra.

Acordo suando frio, o coração aos pulos. Dizem que um pesadelo pode te matar de susto, que seu coração pode literalmente parar. Será que esse pesadelo vai me matar uma noite dessas? Quero crer que vai precisar de mais do que isso.

Eu lhes falava da minha reclusão no Thank Tank e do luxo que me esperava no quarto de hotel a seguir. Era como uma receita para preparar carne dura: primeiro marteladas, depois marinar e amaciar.

Uma hora depois de eu vestir a roupa de penitência que me deixaram, bateram à porta; uma dupla de homens esperava para me escoltar. Fui levada pelo corredor até outro quarto. Meu interlocutor de barba branca me esperava lá, agora não atrás de uma mesa, mas confortavelmente sentado em uma poltrona.

– Pode sentar – disse o Comandante Judd. Dessa vez não me obrigaram a sentar: eu sentei por vontade própria.

– Espero que nosso regimezinho não tenha sido forte demais para você – disse ele. – Você recebeu apenas o Nível Um. – Não havia nada que eu pudesse responder a isso, então nada falei. – Foi iluminador?

– Como assim?

– Você viu a luz? A Luz Divina? – Qual seria a resposta certa para aquilo? Ele saberia se eu tentasse mentir.

– Foi iluminador – falei. Isso pareceu bastar.

– Cinquenta e três?

– Você diz a minha idade? Sim – falei.

– Você teve amores – disse ele. Fiquei me perguntando como ele teria descoberto aquilo, e fiquei um pouco lisonjeada de ele ter se dado ao trabalho.

– Breves – falei. – Vários. Nada de longo prazo. – Será que eu já amara na vida? Eu achava que não. Minha experiência com os homens da minha família não era um incentivo à confiança. Mas o corpo tem suas ânsias, e saciá-las pode ser tanto humilhante quanto gratificante. Nenhum dano duradouro foi infligido à minha pessoa, dei e recebi minha cota de prazer, e nenhum daqueles indivíduos tomou sua rápida dispensa de minha vida como afronta pessoal. Por que esperar algo mais?

– Você fez um aborto – disse ele. Então eles vinham revirando arquivos.

– Apenas um – falei com complacência. – Eu era muito nova.

Ele resmungou em reprovação:

– Você está ciente de que essa forma de homicídio agora é punida com pena de morte? A lei é retroativa.

– Eu não estava a par disso. – Fiquei gelada. Mas se iam me fuzilar, por que aquele interrogatório?

– Um casamento?

– Muito breve. Um erro.

– Divórcio agora é crime – disse ele. Eu não respondi nada.

– Nunca teve a bênção de ter filhos?

– Não.

– Desperdiçou seu corpo feminino? Renegou sua função natural?

– Não aconteceu – respondi, com grande esforço para a raiva não chegar à voz.

– Uma pena – disse ele. – Em nosso tempo, toda mulher virtuosa pode ter um filho, de um jeito ou de outro, conforme o plano de Deus. Mas creio que você tenha se ocupado plenamente na sua, ah, suposta carreira.

Ignorei a alfinetada.

– Sim, eu tinha um dia a dia extenuante.

– Dois semestres como professora escolar?

– Sim. Mas voltei para o direito.

– Direito de família? Agressão sexual? Crimes cometidos por mulheres? Prostitutas processando o Estado para terem mais proteção? Direitos sobre imóveis em divórcios? Imperícia médica, especialmente de ginecologistas? Crianças retiradas de mães incapazes? – Ele puxara uma lista e começara a ler dela.

– Quando necessário, sim – falei.

– Breve período como voluntária em um centro de auxílio a vítimas de estupro?

– Quando eu era estudante – falei.

– No South Street Sanctuary, não é? E você parou porque...?

– Estava muito ocupada – falei. Então acrescentei outra verdade, já que não havia por que não ser franca. – Além disso, me exauria.

– Sim – disse ele, olhos cintilantes. – Isso exaure a pessoa. Todo esse sofrimento feminino desnecessário. Nosso intento é eliminá-lo. Sei que você concorda com isso. – Ele fez uma pausa, como se me desse um momento para ponderar. Então ele abriu um novo sorriso. – Então. O que vai ser?

Se fosse meu velho eu teria redarguido, "o que vai ser do quê?", ou algo do gênero. Em vez disso, repliquei:

– Você quer dizer sim ou não?

– Correto. Você já experimentou as consequências do *não*, pelo menos em parte. Enquanto que o *sim*... digamos que quem não é por nós, está contra nós.

– Entendi – falei. – Então é *sim*.

– Você vai precisar provar que está falando sério – disse ele. – Está preparada?

– Sim – disse eu outra vez. – Como?

Passei por uma provação. Você já deve ter desconfiado do que se tratava. Foi idêntico ao meu pesadelo, exceto pelo fato de as mulheres estarem vendadas e de que, quando atirei, não caí. Era essa a prova do Comandante Judd: se não passar, seu compromisso com a única via verdadeira seria anulado. Se passar, haverá sangue nas suas mãos. Como alguém disse certa vez, precisamos viver juntos ou vamos todos morrer separados.

Demonstrei, sim, alguma fraqueza: depois do ato, vomitei.

Um dos alvos era Anita. Por que ela fora separada para morrer? Mesmo depois do Thank Tank, ela deve ter dito não em vez de sim. Deve ter escolhido a saída rápida. Mas, na verdade, não tenho ideia do porquê. Talvez fosse muito simples: ela não era considerada útil ao regime, enquanto que eu era.

Hoje de manhã levantei uma hora mais cedo para subtrair alguns momentos antes do desjejum com você, caro leitor. Você se tornou uma obsessão e tanto – meu único amigo e confidente –, pois a quem eu contaria a verdade senão a você? Em quem mais posso confiar?

Não que eu possa confiar em você. Quem tem a maior chance de me trair no final? Vou ficar encostada em algum canto empoeirado ou embaixo da cama enquanto você vai a piqueniques e bailes – sim, a dança retornará, é difícil impedi-la para todo sempre – ou a um *rendez-vous* com um corpo ardente, bem mais charmoso do que o papiro esfacelado que terei me tornado. Mas eu te perdoo desde já. Eu também já fui como você: fatalmente viciada na vida.

Por que presumo que sua existência é garantida? Talvez você nunca se materialize: você é só um desejo, uma possibilidade, um fantasma. Ouso dizer uma esperança? Tenho direito à esperança, é claro. Ainda não é a meia-noite da minha vida; o sino ainda não cantou, e Mefistófeles ainda não apareceu para cobrar o devido preço pelo nosso trato.

Pois houve um trato. É claro que houve um. Ainda que eu não o tenha feito com o Diabo: eu o fiz com o Comandante Judd.

Minha primeira reunião com Elizabeth, Helena e Vidala aconteceu no dia seguinte ao meu julgamento por assassinato no estádio. Nós quatro fomos conduzidas a uma das salas de conferência do hotel. Todas nós éramos diferentes naquela época: mais novas, mais esbeltas, menos encarquilhadas. Elizabeth, Helena e eu estávamos vestindo as roupas de saco marrom que mencionei, mas Vidala já tinha um uniforme propriamente dito: não o uniforme das Tias criado depois, mas um todo preto.

O Comandante Judd nos aguardava. Ele estava sentado à cabeceira da mesa de reuniões, é claro. Diante dele, havia uma bandeja com um bule de café e xícaras. Ele nos serviu com muita cerimônia, sorrindo.

– Parabéns – principiou ele. – Vocês passaram no teste. São tições retirados da fornalha. – Ele serviu o próprio café, acrescentou substituto de leite, bebericou. – Vocês devem estar se perguntando por que uma pessoa com a minha história, o meu relativo sucesso mesmo sob o regime corrupto anterior, tomou a atitude que eu tomei. Não pensem que não percebo a gravidade do meu comportamento. Há quem qualifique a remoção de um governo ilegítimo de traição; sem dúvida, muitos pensaram isso de mim. Agora que vocês se juntaram a nós, muitos pensarão o mesmo de vocês. Mas a lealdade a uma verdade maior não é traição, porque o plano de Deus não é o plano dos homens, e com toda certeza não é nem um pouco o plano das mulheres.

Vidala nos observava receber aquele sermão com um pequenino sorriso: seja lá aquilo de que ele estivesse nos convencendo, ela já o tinha como credo absoluto.

Cuidei para não demonstrar reação. É uma habilidade não reagir. Ele olhou de rosto vazio em rosto vazio.

– Podem tomar seus cafés – falou ele. – Uma mercadoria valiosa cuja obtenção tem sido cada vez mais difícil. Seria pecado recusar aquilo que Deus, em sua infinita generosidade, concedeu a seus escolhidos. – Ouvindo isso, tomamos de nossas xícaras como se estivéssemos em uma cerimônia de comunhão.

Ele prosseguiu:

– Já vimos os frutos do excesso de permissividade, do excesso de cobiça por bens materiais, e da ausência de estruturas significativas que levam a uma sociedade equilibrada e estável. Nossa taxa de natalidade, por diversos motivos, mas principalmente porque as mulheres optaram pelo egoísmo, está em queda livre. Concordam que os seres humanos sentem grande infelicidade em meio a esse caos absoluto? Que regras e limites fomentam a estabilidade, e, portanto, a felicidade? Estão me acompanhando até agora?

Fizemos que sim.

– Isso foi um sim? – Ele apontou para Elizabeth.

– Sim – disse ela num ganido de medo. Na época, ela era mais nova e ainda bela; ainda não tinha deixado seu corpo se estufar. Desde então, me apercebi de que certos homens gostam de implicar com mulheres bonitas.

– Sim, Comandante Judd – repreendeu ele. – Títulos merecem respeito.

– Sim, Comandante Judd.

Eu sentia o cheiro do medo dela mesmo estando do outro lado da mesa; fiquei me perguntando se ela podia sentir o cheiro do meu. O cheiro do medo é ácido. Corrosivo.

Ela também passou algum tempo sozinha no escuro, pensei. Sofreu a provação do estádio. Ela também olhou para dentro de si, e viu o abismo.

– A sociedade se sai melhor quando servida por círculos apartados de homens e mulheres – continuou o Comandante Judd num tom mais duro. – Nós já vimos os resultados desastrosos de se tentar amalgamar esses círculos. Alguma dúvida até agora?

– Sim, Comandante Judd – falei. – Eu tenho uma dúvida.

Ele sorriu, embora friamente.

– Prossiga.

– O que vocês querem?

Ele deu outro sorriso.

– Obrigado. O que queremos de vocês em especial? Estamos construindo uma sociedade em congruência com a ordem Divina, uma cidade sobre a montanha para às outras servir de farol, e agimos assim por consideração e caridade. Acreditamos que vocês, devido a suas formações privilegiadas, são qualificadas para nos ajudar a suavizar a terrível sina das mulheres atuais, cuja causa vem a ser a sociedade decadente e corrupta que acabamos de abolir. – Ele fez uma pausa. – Vocês desejam ajudar? – Desta vez, o dedo em riste mirava em Helena.

– Sim, Comandante Judd. – Quase num sussurro.

– Ótimo. Vocês todas são mulheres inteligentes. Devido às suas antigas... – Ele não queria dizer profissões. – Devido às suas antigas experiências, vocês conhecem bem a vida das mulheres. Vocês sabem como elas costumam pensar, ou melhor dizendo, como costumam reagir a estímulos, tanto positivos como menos positivos. Assim, vocês podem ser úteis, e essa utilidade pode qualificá-las a obter certas regalias. Nossa ideia era que vocês atuassem como guias espirituais e mentoras – líderes, de certa forma – dentro do círculo feminino. Mais café? – Ele nos serviu. Nós mexemos, provamos e aguardamos.

– Dizendo de maneira simples – prosseguiu ele – queremos que vocês nos ajudem a organizar esse círculo à parte: o círculo das mulheres. E o objetivo seria uma quantidade otimizada de harmonia, tanto cívica quanto doméstica, e uma quantidade otimizada de filhos. Alguma outra dúvida?

Elizabeth levantou a mão.

– Sim? – disse ele.

– Nós vamos ter que... rezar e tudo o mais? – perguntou ela.

– A oração é cumulativa – disse ele. – Vocês vão entender com o tempo quantos motivos possuem para agradecer à força maior. Minha, hã, colega... – Ele apontou para Vidala. – ... se ofereceu para ser a instrutora espiritual de vocês, tendo participado do nosso movimento desde a sua fundação.

Um intervalo mudo enquanto Elizabeth, Helena e eu absorvíamos aquela informação. Por força maior, ele queria dizer ele mesmo?

– Sei que somos capazes de ajudar – falei, por fim. – Mas isso vai demandar um esforço considerável. Faz muito tempo que as mulheres vêm ouvindo que podem ser iguais aos homens nas esferas pública e profissional. Elas não vão aceitar facilmente a... – Busquei uma palavra. – A segregação.

– Foi uma crueldade sem tamanho lhes prometer igualdade – disse ele –, pois, por sua própria natureza, nunca podem chegar a isso. Já principiamos a tarefa piedosa de lhes baixar as expectativas.

Eu não quis sondar quais meios estavam sendo usados para tal. Seriam eles semelhantes aos empregados comigo? Ficamos à espera enquanto ele se servia de mais café.

– Vocês vão precisar criar leis e tudo o mais, é claro – disse ele. – Vão receber uma verba, uma base de operações, e um dormitório. Separamos um alojamento estudantil inteiro para vocês, dentro do complexo murado de uma das ex-universidades que requisitamos. Não vai necessitar de grandes alterações. Sei que proverá o conforto necessário.

Nesse ponto, decidi me arriscar.

– Se tem de ser um círculo feminino à parte – disse eu –, então deve ser separado de verdade. Dentro dele, o comando deve ser das mulheres. Exceto em casos de extrema necessidade, os homens não devem penetrar nos limites de nossas instalações, nem questionar nossos métodos. Seremos julgadas unicamente pelos nossos resultados. Embora, é claro, não seja nossa intenção deixar de notificar as autoridades quando e se for necessário.

Ele me mediu de cima a baixo, depois abriu as mãos e mostrou as palmas.

– Carta branca – disse ele. – Dentro do razoável, e dentro do orçamento. Sujeito, é claro, à minha aprovação final.

Olhei para Elizabeth e Helena, e vi admiração relutante. Eu dera um lance pelo poder que elas jamais teriam a ousadia de tentar, e vencera.

– Naturalmente – disse eu.

– Não estou certa de que seja sensato fazê-lo – disse Vidala. – Deixá-las gerir suas questões a este ponto. Mulheres são vasos frágeis. Mesmo à mais forte delas não se deve permitir...

O Comandante Judd a interrompeu.

– Os homens têm mais o que fazer do que se ocupar das minúcias cotidianas do círculo feminino. – Ele assentiu para mim, e Vidala me lançou um olhar odiento. – As mulheres de Gilead terão motivo para serem gratas a vocês – prosseguiu ele. – Tantos regimes erraram nesse ponto. Um desperdício lamentável! Se vocês fracassarem, seu fracasso pesará sobre todas as mulheres. Tal como o de Eva. Agora deixo vocês a sós para deliberarem em conjunto.

E assim começamos.

Naquelas sessões iniciais, tomei notas mentais sobre minhas colegas Fundadoras – pois, como Fundadoras, seríamos reverenciadas em Gilead, conforme prometera o Comandante Judd. Se você já esteve num recreio escolar daqueles mais barra-pesada, ou num galinheiro, ou na verdade em qualquer situação em que há poucas recompensas, mas muita competição por elas, você compreenderá o mecanismo em questão. Apesar de nossa fingida harmonia, ou até fingida colegialidade, a hostilidade subjacente já estava se criando. Se aqui é um galinheiro, pensei, quero ser a galinha-alfa. Para isso, preciso estabelecer minha hierarquia dentro da lei do galinheiro.

Eu já fizera uma inimiga em Vidala. Ela se via como a líder natural, mas essa ideia havia saído de cogitação. Ela haveria de se opor a mim de todo jeito – mas eu tinha uma vantagem: eu não seguia uma ideologia cegamente. Isso me daria uma flexibilidade que a ela faltava, no longo prazo que nos era apresentado.

Das outras duas, Helena seria a mais fácil de manobrar, pois de todas nós ela era a mais insegura. Na época, era rechonchuda, ainda que tenha minguado depois; um de seus empregos anteriores havia sido em uma lucrativa empresa de perda de peso, segundo nos contou. Isso foi antes de ela virar RP de uma fabricante de lingerie de alta costura e adquirir uma extensa coleção de sapatos.

– Sapatos tão lindos – lamentava-se ela antes de Vidala calar sua boca com um franzir de testa.

Helena iria para onde soprasse o vento predominante, avaliei; e isso para mim estava ótimo, desde que eu fosse esse vento.

Elizabeth era de um círculo social mais alto, e com isso quero dizer imensamente mais alto que o meu. Aquilo a faria me subestimar. Ela tinha estudado em Vassar, e trabalhara como assistente executiva de uma poderosa senadora em Washington – com potencial para presidente, confidenciara ela. Mas o Thank Tank tinha destruído algo nela; seu berço e educação privilegiados não a haviam salvo, e ela estava meio fora de esquadro.

Uma a uma eu seria capaz de lidar com elas, mas, caso se unissem num trio, eu passaria maus bocados. Meu lema seria dividir para conquistar.

Fique firme, disse a mim mesma. Não conte demais da sua vida, isso será usado contra você. Ouça com cuidado. Guarde bem todas as pistas. Não demonstre medo.

Por semanas a fio nós inventamos: leis, uniformes, lemas, hinos, nomes. Por semanas a fio fizemos relatórios ao Comandante Judd, que se voltava para mim como a porta-voz do grupo das mulheres. Pelos conceitos que ele aprovava, ele assumia o crédito. Aplausos afluíam dos demais Comandantes. Como ele estava indo bem!

Eu detestava a estrutura que estávamos concebendo? Em certo sentido, sim: traía tudo o que nos ensinaram em nossa vida passada, e tudo o que havíamos conquistado. Eu me orgulhava de tudo o que conseguimos realizar, apesar das limitações? Também sim, em certo sentido. As coisas nunca são simples.

Por algum tempo quase acreditei no que se entendia que devíamos acreditar. Perfilei-me ao lado dos crentes pelo mesmo motivo que tantos em Gilead o fizeram: porque era menos perigoso. De que serve se jogar na frente do rolo compressor por princípios morais e ser achatado feito uma meia fora do pé? Melhor se apagar na multidão, multidão carola, beata, santimônia e odienta. Melhor apedrejar do que ser apedrejada. Ou, pelo menos, melhor para se continuar viva.

Eles sabiam disso muito bem, os arquitetos de Gilead. O tipo deles sempre soube disso muito bem.

Que fique registrado aqui que, anos depois – quando eu já havia garantido meu controle sobre o Ardua Hall e usado este posto como plataforma para adquirir o poder extenso mas silencioso que possuo em Gilead –, o Comandante Judd, sentindo que o equilíbrio mudara, procurou me apaziguar.

– Espero que você tenha me perdoado, Tia Lydia – disse ele.

– Pelo quê, Comandante Judd? – perguntei no mais afável dos tons. Será que ele estava ficando com um pouco de medo de mim?

– Pelas medidas rigorosas que fui obrigado a tomar no princípio de nossa parceria – disse ele. – Para separar o joio do trigo.

– Ah – falei. – Com certeza você tinha a mais nobre das intenções.

– Creio que sim. Ainda assim, foram medidas duras. – Eu sorri e não disse nada. – Logo vi que você era trigo, desde o começo. – Sustentei meu sorriso. – Seu rifle tinha uma bala de festim – disse ele. – Sei que gostaria de saber disso.

– Bondade sua me contar – respondi. Os músculos do meu rosto começavam a doer. Em certas condições, sorrir é um exercício físico.

– Então estou perdoado? – perguntou ele.

Se eu não estivesse tão agudamente a par da preferência dele por moças mal entradas em idade núbil, eu teria achado que era um flerte. Peguei a esmo algo do saco de retalhos de eras passadas:

– Errar é humano, perdoar é divino. Nas palavras dos velhos tempos.

– Você é tão erudita.

Na noite passada, após terminar de escrever, guardei meu manuscrito em segurança dentro da cave do cardeal Newman, e estava a caminho do Café Schlafly, quando fui abordada na vereda pela Tia Vidala.

– Tia Lydia, poderia trocar uma palavrinha com você? – perguntou ela.

É um pedido cuja resposta deve sempre ser sim. Convidei-a a me acompanhar ao café.

No lado oposto do Pátio, o quartel-general de colunatas brancas dos Olhos estava inteiramente aceso: fiéis a seu homônimo, o Olho de Deus sem pálpebra, eles nunca dormem. Três deles estavam de pé na escadaria exterior branca, fumando. Nem olharam para o nosso lado. Na visão deles, as Tias são como sombras – sombras deles, que dão medo em outros, mas não neles mesmos.

Quando passamos pela minha estátua, conferi as oferendas: menos ovos e laranjas do que de costume. Será que estou deixando de ser popular? Resisti ao impulso de embolsar uma laranja: eu poderia voltar depois.

Tia Vidala espirrou, o que prenunciava uma declaração importante. Depois, pigarreou:

– Nesse momento eu gostaria de lhe comunicar que sua estátua tem sido citada como motivo de preocupação – disse ela.

– É mesmo? – perguntei. – Como assim?

– As oferendas. As laranjas. Os ovos. Tia Elizabeth crê que esse excesso de atenção é perigosamente próximo da adoração. E isso seria idolatria – ajuntou ela. – Que é um pecado grave.

– De fato – respondi. – Que opinião iluminada.

– Além disso, é desperdício de alimento valioso. Diz ela que é praticamente sabotagem.

– Concordo plenamente com isso – falei. – Mais do que ninguém, desejo evitar qualquer semelhança com um culto à personalidade. Você sabe como sou rígida no que se refere às normas de ingestão de nutrientes. Nós, líderes do Hall, precisamos dar o melhor exemplo, até mesmo em questões como repetir o prato, especialmente se ele for ovos cozidos. – Naquele ponto, fiz uma pausa: eu tinha imagens em vídeo de Tia Elizabeth no Refeitório, ocultando aquele alimento portátil nas mangas, mas não era ainda a ocasião para revelá-lo. – Quanto às oferendas, tais manifestações por parte de outras pessoas estão além do meu controle. Não tenho como impedir desconhecidos de deixarem sinais de afeição e respeito, de lealdade e gratidão, tais como bolos e frutas, aos pés da minha efígie. Embora eu mesma não o mereça, desnecessário dizer.

– Não podem ser impedidos antes que aconteçam – disse Tia Vidala. – Mas podem ser detectados e castigados.

– Não há regra que verse sobre esses atos – respondi. – Portanto, nenhuma regra foi infringida.

– Então deveríamos formular alguma – disse Tia Vidala.

– Vou ponderar sua sugestão – respondi. – E o corretivo adequado. Essas medidas precisam ser adotadas com todo o tato. – Seria uma pena me despedir das laranjas, refleti: elas são intermitentes, dada a insegurança no abastecimento. – Mas creio que você tem mais a acrescentar?

A esta altura já havíamos chegado ao Café Schlafly. Sentamo-nos a uma das mesas cor-de-rosa.

– Aceita uma xícara de leite quente? – perguntei. – Estou convidando.

– Não posso tomar leite – disse ela, ofendida. – Estimula o muco.

Sempre ofereço um leite quente por minha conta a Tia Vidala, o que demonstra a minha generosidade – já que o leite não faz parte de nossas rações normais, e sim da eletiva, a ser paga com fichas que recebíamos segundo o nosso status. Ela sempre recusa com raiva.

– Oh, perdão – falei. – Esqueci. Aceita chá de hortelã, então?

Quando nossas bebidas chegaram, ela foi direto ao assunto.

– A questão é que – disse ela – testemunhei eu mesma que Tia Elizabeth vem depositando alimentos ao pé de sua estátua. Especialmente ovos cozidos.

– Fascinante – repliquei. – Por que ela faria uma coisa dessas?

– Para gerar provas contra você – disse ela. – Na minha opinião.

– Provas? – Eu pensara que Elizabeth vinha simplesmente comendo os ovos. Aquele uso era bem mais criativo: eu estava até orgulhosa dela.

– Creio que ela vem se preparando para denunciar você. Para desviar atenção dela mesma e de suas atividades desleais. Talvez seja ela a traidora entre nós, aqui no Ardua Hall, trabalhando com os terroristas do Mayday. Há muito suspeito de sua heresia – disse Tia Vidala.

Senti um frêmito de empolgação. Não tinha passado pela minha cabeça uma coisa daquelas: Vidala delatando Elizabeth – e justamente para mim, apesar de me odiar há tanto tempo! Quem haveria de pensar!

– Se for verdade, é uma notícia aterradora. Muito obrigada por me revelar – respondi. – Você será recompensada. Embora presentemente não existam provas, por precaução vou comunicar suas suspeitas ao Comandante Judd.

– Obrigada – disse Tia Vidala por sua vez. – Confesso que já tive dúvidas sobre sua capacidade de liderança do Ardua Hall, mas orei nesse propósito. Foi um erro duvidar de você. Peço desculpas.

– Todo mundo erra – falei, magnânima. – Errar é humano.

– Sob o Olho Dele – disse ela, baixando a cabeça em reverência.

Mantenha os amigos por perto e os inimigos ainda mais perto. Não tendo amigos, preciso me virar com inimigas.

XII

CARPITZ

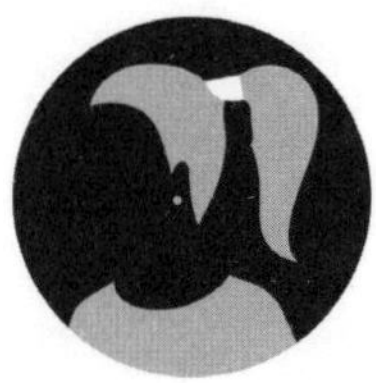

Transcrição do Depoimento da Testemunha 369B

30

Eu estava contando do momento em que Elijah me contou que eu não era quem eu pensava. Não gosto de recordar essa sensação. Foi como se um ralo se abrisse no chão e me sugasse – não só eu como minha casa, meu quarto, meu passado, tudo que eu sempre soube sobre mim, até meu visual –, foi como se eu caísse, fosse sufocada e as luzes se apagassem, tudo ao mesmo tempo.

Devo ter ficado lá parada por um minuto inteiro, pelo menos, sem dizer nada. Eu sentia dificuldade para respirar. Estava toda gelada.

A Bebê Nicole, com seu rostinho redondo e olhos inocentes. Toda vez que eu vira aquela foto famosa, eu estava olhando era para mim. Aquela criança tinha criado muito problema para muita gente simplesmente por ter nascido. Como eu podia ser aquela pessoa? Em minha cabeça eu renegava tudo, gritava que não podia ser. Mas pela boca não saía nada.

– Não gosto disso – falei, por fim, em voz baixa.

– Nenhum de nós gosta disso – disse Elijah com brandura. – Todos queríamos que a realidade fosse outra.

– Eu queria que não existisse Gilead – falei.

– É a nossa meta – disse Ada. – O fim de Gilead. – Ela disse isso com aquele jeito prático dela, como se acabar com Gilead fosse tão fácil quanto consertar uma torneira quebrada. – Quer tomar um café?

Fiz que não. Eu ainda estava tentando assimilar aquilo. Então eu era uma refugiada, igual à mulher assustada que eu vira no SanctuCare; igual aos outros refugiados que todos viviam debatendo. Meu cartão saúde, minha única prova de identidade, era falso. Eu nunca estivera legalizada no Canadá. Podia ser deportada a qualquer momento. Minha mãe era uma Aia? E o meu pai...

– Então meu pai é um desses...? – respondi. – Comandantes? – A ideia de que parte dele fizesse parte de mim, estivesse de fato dentro do meu corpo, me fez estremecer.

– Por sorte, não – disse Elijah. – Ou, segundo sua mãe, não, embora ela não queira colocar seu verdadeiro pai em perigo dizendo isso, pois ele ainda pode estar em Gilead. Mas Gilead reivindica você com base no seu pai oficial. Foi sempre sob esse argumento que demandaram sua volta. A volta da Bebê Nicole – esclareceu ele.

Gilead nunca desistira da ideia de me encontrar, disse-me Elijah. Nunca tinham parado de procurar; eram muito tenazes. Segundo sua mentalidade, eu era propriedade deles, e tinham direito a me rastrear e arrastar pela fronteira seja lá por que meios, legais ou ilegais. Eu era menor de idade, e embora aquele Comandante específico tivesse sumido de cena – provavelmente em algum expurgo – eu era dele, segundo o sistema legal de Gilead. Ele tinha parentes vivos, de forma que, se o caso chegasse aos tribunais, era bem possível que obtivessem minha guarda. O Mayday não podia me proteger porque era internacionalmente classificado como organização terrorista. Existia por baixo dos panos.

– Fomos plantando algumas pistas falsas com o passar do tempo – disse Ada. – Você foi avistada em Montreal, e também em Winnipeg. Depois disseram que você estava na Califórnia, e depois disso, no México. Nós te fizemos viajar bastante.

– Era por isso que a Melanie e o Neil não queriam que eu fosse à passeata?

– De certa forma – disse Ada.

– Então fui eu. A culpa foi minha – falei. – Não foi?

– Como assim? – disse Ada.

– Eles não queriam que me *vissem* – falei. – Eles foram assassinados porque estavam me escondendo.

– Não exatamente – disse Elijah. – Eles não queriam fotos de você circulando, não queriam você na TV. É possível que Gilead mandasse procurar nas imagens da passeata, tentar ver se batiam. Tinham sua foto de bebê; devem ter uma ideia aproximada da sua provável aparência atual. Mas acontece que suspeitaram de forma independente de que Melanie e Neil fossem do Mayday.

– Talvez andassem me seguindo – disse Ada. – Podem ter me vinculado à SanctuCare, e daí com a Melanie. Já infiltraram informantes no Mayday antes: pelo menos uma falsa Aia fugida, talvez outras.

– Talvez até mesmo dentro do SanctuCare – disse Elijah. Pensei nas pessoas que costumavam ir às reuniões na nossa casa. Era de virar o estômago pensar que alguma delas estivesse tramando para matar Melanie e Neil entre uvas e fatias de queijo.

– Então essa parte não teve nada a ver com você – disse Ada. Fiquei me perguntando se ela estaria apenas tentando me consolar.

– Detesto ser a Bebê Nicole – falei. – Não pedi para ser ela.

– A vida não presta, pronto – disse Ada. – Agora temos que descobrir como continuar daqui.

Elijah foi embora, dizendo que voltava em algumas horas.

– Não saia, não olhe pela janela – disse ele. – Não use nenhum telefone. Vou arrumar outro carro.

Ada abriu uma lata de canja de galinha; ela disse que eu precisava ingerir algum alimento, de forma que fiz um esforço.

– E se eles vierem aqui? – perguntei. – Como é a cara deles?

– Eles podem ter qualquer cara – disse Ada.

À tarde, Elijah voltou. Junto dele estava George, o velho morador de rua que eu já tinha pensado ser *stalker* da Melanie.

– É pior do que pensávamos – disse Elijah. – O George viu.

– Viu o quê? – perguntou Ada.

– A loja estava com placa de FECHADA. Nunca fecha durante o dia, então estranhei – disse George. – Então saíram três homens e puseram a Melanie e Neil dentro do carro. Estavam andando meio junto deles, como se estivessem bêbados. Estavam conversando, fingindo um ar sociável, como se tivessem acabado de bater papo e estivessem se despedindo. Melanie e Neil ficaram sentados no carro. Lembrando agora, estavam meio caídos, como que com sono.

– Ou mortos – disse Ada.

– Sim, talvez – disse George. – Os três sujeitos foram embora. Passou um minuto mais ou menos e o carro explodiu.

– Isso é muito pior do que pensávamos – disse Ada. – Não sabemos o que podem ter confessado antes, dentro da loja.

– Eles não diriam nada – disse Elijah.

– Não temos como ter certeza – disse Ada. – Depende da tática. Os Olhos são terríveis.

– Precisamos sair daqui rápido – disse George. – Não sei se eles me viram. Eu não queria vir aqui, mas não sabia o que fazer, então liguei para o SanctuCare e Elijah veio me pegar. Mas e se grampearam meu telefone?

– Vamos destruí-lo – disse Ada.

– Como eram os homens? – perguntou Elijah.

– De terno. Executivos. Respeitáveis – disse George. – Estavam com maletas.

– Entendi – disse Ada. – E largaram uma delas no carro.

– Sinto muito por tudo isso – disse George para mim. – O Neil e a Melanie eram boas pessoas.

– Licença – falei porque ia começar a chorar; então entrei no meu quarto e fechei a porta.

Não tive muito tempo. Em dez minutos ouvi uma batida à porta, e Ada a abriu.

– Estamos de saída – disse ela. – Anda logo.

Eu estava na cama enfiada no edredom até o nariz.

– Para onde? – perguntei.

– A curiosidade escaldou o gato. Vamos logo.

Descemos a grande escadaria, mas, em vez de sair, entramos em um dos apartamentos do andar de baixo. Ada tinha a chave.

O apartamento era como o de cima: mobiliado com móveis novos, nada com personalidade. Ele parecia ter sido habitado, mas por pouco tempo. Havia um edredom na cama, idêntico ao do apartamento de cima. No quarto, havia uma mochila preta. No banheiro havia uma escova de dentes, mas nada no armário. Eu sei porque bisbilhotei. Melanie dizia que 90 por cento das pessoas bisbilhotavam o armário do banheiro alheio, então não guarde seus segredos ali. Agora eu me perguntava onde ela estaria guardando seus segredos, porque devia ter um monte.

– Quem mora aqui? – perguntei a Ada.

– O Garth – disse ela. – Ele vai nos transportar. Agora, bico calado.

– O que estamos esperando? – perguntei. – Quando vai acontecer alguma coisa?

– Dê tempo ao tempo e você não vai se desapontar – disse Ada. – Acontecer, alguma coisa vai. Você talvez só não goste dela.

31

Quando acordei, estava escuro e tinha um homem na sala. Tinha uns vinte e cinco anos, era alto e magro. Estava de jeans preto e camiseta preta lisa.

– Garth, essa é a Daisy – disse Ada. Eu disse oi.

Ele me olhou com interesse e disse:

– Bebê Nicole?

– Não me chame assim – respondi.

– Certo. Me disseram para não dizer esse nome – disse ele.

– Tudo pronto? – perguntou Ada.

– Até onde sei – respondeu Garth. – Ela devia se cobrir. Você também.

– Com o quê? – respondeu Ada. – Não trouxe meu véu de Gilead. Vamos na carroceria. É o melhor que podemos fazer.

A van em que chegamos tinha sumido, e outra estava em seu lugar – uma van de entregas com os dizeres DESENTUPIDORA SPEEDY, com a imagem de uma cobrinha simpática saindo de um ralo. Ada e eu entramos na carroceria. Lá havia algumas ferramentas de bombeiro hidráulico, mas também um colchão, que foi onde nos sentamos. O ambiente era escuro e abafado, mas o veículo correu muito, pelo que senti.

– Como foi que me tiraram de Gilead? – perguntei a Ada depois de algum tempo. – Quando eu era a Bebê Nicole?

– Não faz mal você saber agora – respondeu ela. – Essa rede foi desmantelada faz anos, Gilead acabou com essa rota; agora é cão farejador de ponta a ponta.

– Por minha causa?

– Nem tudo é por sua causa. Enfim, o que aconteceu foi o seguinte: Sua mãe lhe entregou para amigos de confiança; eles te levaram para o norte, subindo a rodovia, depois passando pela floresta em Vermont.

– Você era um dos amigos de confiança?

– Falamos que estávamos caçando cervos. Eu já fui guia por aquelas partes, conhecia um pessoal. Colocamos você numa mochila; te demos um remédio para você não abrir o berreiro.

– Drogaram um bebê. Podiam ter me matado – disse eu, indignada.

– Mas não matamos – disse Ada. – Te levamos pelas montanhas, e entramos no Canadá em Three Rivers. Trois-Rivières. Essa rota era muito usada para tráfico de pessoas antigamente.

– Antigamente quando?

– Ah, por volta de 1740 – disse ela. – Costumavam sequestrar moças da Nova Inglaterra, usá-las de reféns, trocá-las por dinheiro ou então casá-las com alguém. Quando as moças tivessem tido filhos, não teriam mais vontade de voltar. Foi assim que obtive minha ancestralidade mista.

– Mista como?

– Meio ladra, meio muamba – disse ela. – Sou ambidestra.

Ponderei sobre isso, sentada no escuro em meio a utensílios de encanador.

– Então onde ela está agora? Minha mãe?

– Arquivo lacrado – disse Ada. – Quanto menos gente souber, melhor.

– Ela simplesmente deu as costas e me abandonou?

– Ela estava envolvida até o pescoço nessa confusão – disse Ada. – Você tem sorte de ter saído viva. Ela também tem sorte, já tentaram matá-la duas vezes, que eu saiba. Nunca perdoaram que ela os tapeou nessa história da Bebê Nicole.

– E quanto ao meu pai?

– Mesma história. Está escondido tão fundo que precisa de um *snorkel*.

– Acho que ela não se lembra mais de mim – falei com tristeza. – Não dá a mínima para mim.

– Ninguém sabe dizer a mínima que o outro dá – disse Ada. – Ela se separou de você para o seu próprio bem. Ela não queria te colocar em perigo. Mas acompanha sua vida o máximo que pode, dadas as circunstâncias.

Isso me agradou, ainda que eu não estivesse a fim de abrir mão da minha raiva.

– Como? Ela veio à nossa casa?

– Não – disse Ada. – Ela não se arriscaria a te transformar em alvo. Mas Melanie e Neil mandaram fotos suas para ela.

– Eles nunca tiravam fotos minhas – falei. – Era uma mania deles: nada de fotos.

– Eles tiraram muitas fotos – disse Ada. – À noite. Com você dormindo.

Aquilo era esquisitíssimo, e falei que era.

– A esquisitice está nos olhos de quem vê – disse Ada.

– Então eles mandaram essas fotos para ela? Como? Se eram secretas, não estavam com medo de...

– Por portador – disse Ada.

– Todo mundo sabe que essas transportadoras são a maior furada.

– Não falei por transportadora. Falei por portador.

Pensei por um minuto.

– Ah – falei. – Você as levou para ela?

– Não *levei*, não diretamente. Fiz chegar a ela. Sua mãe adorou as fotos – disse ela. – As mães sempre adoram ver fotos dos filhos. Ela as olhava e depois as queimava, para que, seja lá como fosse, Gilead nunca pudesse vê-las.

Depois de cerca de uma hora, acabamos chegando a uma ponta de estoque e atacadão de tapetes em Etobicoke. O logotipo era um tapete voador, e seu nome era Carpitz.

A frente da Carpitz era um atacado de tapetes legítimo, com um *showroom* e muitos carpetes expostos, mas, nos fundos, atrás do estoque, havia uma sala apertada com meia dúzia de cubículos nas laterais. Alguns continham sacos de dormir ou edredons. Um homem de short dormia em um deles, de barriga para cima.

Havia uma área no meio com mesas, cadeiras e computadores, e um surrado sofá colado à parede. Havia mapas nas paredes: América do Norte, Nova Inglaterra, Califórnia. Um par de homens e três mulheres estavam nos computadores, muito atarefados; estavam com roupa de quem fica bebendo *latte* gelado ao ar livre no verão. Eles constataram a nossa chegada com uma olhada, e voltaram ao que estavam fazendo.

Elijah estava sentado no sofá. Ele se levantou, veio até mim e perguntou se estava tudo bem comigo. Respondi que estava bem, e pedi por favor um copo d'água, porque de repente eu estava com muita sede.

Ada falou:

– A gente tem comido pouco. Vou buscar algo.

– Melhor vocês duas ficarem aqui – disse Garth. E foi para a frente da loja.

– Ninguém aqui sabe quem você é, fora o Garth – disse-me Elijah em tom baixo. – Não sabem que você é a Bebê Nicole.

– Vamos continuar assim – disse Ada. – Bocas fechadas salvam armadas.

Garth nos trouxe um saco de papel com sanduíches de croissant murchos, e quatro copos para viagem de um café horrendo. Entramos em um dos cubículos e sentamo-nos em cadeiras de escritório gastas, e Elijah ligou a pequena TV de tela plana para assistirmos ao noticiário enquanto comíamos.

O Clothes Hound ainda era notícia, mas ninguém tinha sido preso. Um especialista culpou terroristas, uma afirmação genérica, já que havia muitos tipos de terroristas. Outro falou em "agentes externos". O governo canadense disse que estavam explorando diversas possibilidades, e Ada falou que a possibilidade preferida deles era o cesto de lixo. Gilead soltou uma nota oficial em que dizia nada saber sobre a bomba. Houve um protesto em frente ao Consulado de Gilead em Toronto, mas poucos compareceram: Melanie e Neil não eram famosos, e nem políticos.

Eu não sabia se ficava triste ou com raiva. Melanie e Neil terem sido assassinados me deixava com raiva, assim como me recordar das coisas boas que haviam feito. Mas as coisas que deviam me deixar com raiva, como o motivo de estarem deixando Gilead sair impune, só me deixavam triste.

Quem estava de volta ao noticiário era Tia Adrianna – a missionária das Pérolas que encontraram enforcada na maçaneta de um apartamento. A hipótese de suicídio estava descartada, dizia a polícia, e suspeitava-se de uma armação. A Embaixada de Gilead em Ottawa apresentara uma denúncia formal de que a organização terrorista Mayday teria cometido aquele homicídio e que as autoridades canadenses o estariam acobertando, e dizia que era hora de extirpar a operação ilegal do Mayday por completo e fazer justiça.

Não havia nada no noticiário sobre eu estar desaparecida. Minha escola não deveria ter informado isso?, perguntei.

– O Elijah deu um jeito nisso – disse Ada. – Ele conhece um pessoal na sua escola, foi assim que conseguimos te matricular lá. Assim você fica longe dos holofotes. É mais seguro.

32

Dormi de roupa naquela noite, em um dos colchões. De manhã, Elijah chamou nós quatro para uma reunião.

– A maré não está pra peixe – disse Elijah. – Talvez a gente tenha que sair daqui muito em breve. O governo canadense está sofrendo muita pressão de Gilead para reprimir o Mayday. O exército de Gilead é maior e louco pra meter bala.

– Esses canadenses são uns capachos – disse Ada. – Basta um peteleco e eles se jogam no chão.

– Pior que isso, ouvimos dizer que o próximo alvo de Gilead pode ser a Carpitz.

– De onde veio essa informação?

– Da nossa fonte lá dentro – disse Elijah –, mas soubemos disso antes de invadirem a Clothes Hound. Perdemos contato com essa pessoa, e com a maior parte do nosso pessoal de resgate dentro de Gilead. Não sabemos o que aconteceu com eles.

– Então para onde a mandamos? – disse Garth, me indicando com um meneio. – Para ficar a salvo deles?

– Que tal pra perto da minha mãe? – perguntei. – Você disse que tentaram matá-la e não deu certo, então ela deve estar segura, ou mais segura do que aqui. Eu podia ir para lá.

– Segurança é uma questão de tempo, para ela – disse Elijah.

– Então que tal para outro país?

– Até pouco tempo poderíamos ter te tirado via Saint-Pierre – disse Elijah –, mas os franceses fecharam essa passagem. E depois do levante dos refugiados, Inglaterra nem pensar, a Itália a mesma coisa, e a Alemanha, e aqueles países menores da Europa. Nenhum deles quer encrenca com Gilead. Sem falar na reação do próprio povo de cada país, nesse clima político atual. Até a Nova Zelândia fechou a porta.

– Há países que dizem que mulheres fugitivas de Gilead são bem-vindas, mas você não duraria um dia na maioria deles, logo te venderiam como escrava sexual – disse Ada. – E esqueça a América do Sul, ditaduras demais. É difícil entrar na Califórnia por causa da guerra, e a República do Texas está com medo. Lutaram até conseguir uma trégua na guerra contra Gilead, mas também não querem ser invadidos. Estão evitando provocar.

– Então melhor eu desistir porque vão me matar mais cedo ou mais tarde? – Isso não era o que eu realmente achava, mas era como eu me sentia naquele momento.

– Ah, não – disse Ada. – A *você* eles não querem matar.

– Matar a Bebê Nicole seria péssimo para a imagem deles. Querem você em Gilead, viva e sorridente – disse Elijah. – Ainda que não tenhamos mais como ficar sabendo o que eles querem.

Fiquei pensando a respeito daquilo.

– Vocês já tiveram como saber?

– Nossa fonte em Gilead – disse Ada.

– Alguém em Gilead estava ajudando vocês? – perguntei.

– Não sabemos quem. Fomos avisados sobre batidas, sobre bloqueios em estradas, recebemos mapas. A informação sempre estava correta.

– Mas não avisaram Melanie e Neil – falei.

– A pessoa não parecia ter acesso total às operações internas dos Olhos – disse Elijah. – Então, seja lá quem for, não está no topo da cadeia de comando. Deve ser algum funcionário de menor prestígio, pelo que supomos. Mas que arrisca a própria vida.

– Por que a pessoa faria isso? – perguntei.

– Não temos ideia, mas por dinheiro, não é – disse Elijah.

Segundo Elijah, a fonte utilizava micropontos, uma tecnologia antiga – tão antiga que Gilead nem pensara em procurá-la. Você os fabricava com uma câmera especial, e eram tão pequenos que eram quase invisíveis: Neil os lia com um visualizador embutido em uma caneta-tinteiro. Gilead passava pente-fino em qualquer objeto que cruzasse a fronteira, mas o Mayday utilizava os folhetos das Pérolas como seu sistema de transporte.

– Por algum tempo, era infalível – disse Elijah. – Nossa fonte fotografava os documentos para o Mayday e os colava nos folhetos da Bebê Nicole. As Pérolas visitavam o Clothes Hound sem falta: a Melanie estava na lista de possíveis futuras convertidas, porque sempre aceitava os panfletos. Neil tinha uma câmera de microponto, então ele colava as mensagens de resposta nos mesmos folhetos, e aí a Melanie os devolvia às Pérolas. Elas tinham ordens para levar qualquer folheto que sobrasse de volta a Gilead para reaproveitar em outros países.

– Mas os pontos não funcionam mais – disse Ada. – Neil e Melanie morreram, Gilead descobriu a câmera deles. Agora prenderam todo mundo da rota de fuga do norte do estado de Nova York. Vários quacres, alguns contrabandistas, dois guias de caça. Vem por aí um enforcamento em massa.

Ouvindo isso eu começava a perder a esperança. Gilead era todo-poderosa. Haviam assassinado Melanie e Neil, iam descobrir onde estava minha mãe secreta e matá-la também, depois varrer o Mayday do mapa. Dariam um jeito de me prender e me arrastar para Gilead, onde mulheres eram tratadas feito gatos de estimação e todo mundo era fanático religioso.

– O que nós podemos fazer? – perguntei. – Não vejo saída.

– Estou chegando nessa parte – disse Elijah. – Por acaso temos sim uma chance. Digamos que uma esperança tênue.

– Melhor tênue do que nenhuma – disse Ada.

A fonte vinha prometendo entregar um volumoso dossiê de documentos secretos ao Mayday, disse Elijah. Seja lá qual fosse o conteúdo daquele dossiê, seria capaz de mandar Gilead pelos ares, pelo menos era o que alegava a fonte. Mas a pessoa ainda não havia terminado de montá-lo quando a Clothes Hound foi roubada e a conexão encerrada.

No entanto, a fonte montara um plano alternativo, que tinha confiado ao Mayday muitos micropontos atrás. Uma moça que alegasse ter sido convertida à fé de Gilead pelas Pérolas missionárias poderia ingressar facilmente em Gilead – isso já acontecera muitas vezes. E a melhor moça para transferir o dossiê – na verdade, a única jovem aceitável, na opinião da fonte – seria a Bebê Nicole. A fonte achava difícil que o Mayday não soubesse de seu paradeiro.

A fonte deixara bem claro: sem Bebê Nicole, nada de dossiê; e se não tivesse dossiê, Gilead seguiria na mesma toada. O tempo do Mayday ia se esgotar, e Melanie e Neil teriam morrido em vão. Isso sem falar em tudo que a minha mãe viveu. Mas, com a queda de Gilead, tudo seria diferente.

– Por que só sirvo eu?

– A fonte foi bem firme nesse ponto. Disse que você é a maior chance de dar certo. Primeiro que, se você for pega, não vão ter a audácia de te matar. A Bebê Nicole virou um ícone grande demais para isso.

– Não tenho como destruir Gilead – falei. – Sou uma só.

– Sozinha não tem como, claro que não – disse Elijah. – Mas você transportaria a munição.

– Não me acho capaz – respondi. – Não passaria por convertida. Nunca iam acreditar em mim.

– Nós vamos te treinar – disse Elijah. – Em oração e defesa pessoal. – Aquilo me pareceu saído direto de um esquete de televisão.

– Defesa pessoal? – perguntei. – Contra quem?

– Lembra da Pérola que acharam morta no apartamento? – disse Ada. – Ela estava trabalhando para a nossa fonte.

– Não foi o Mayday que a matou – disse Elijah. – Foi a outra Pérola, a dupla dela. A Adrianna deve ter tentado coibir as suspeitas da parceira sobre o paradeiro da Bebê Nicole. Devem ter lutado. E Adrianna perdeu.

– Tem tanta gente morrendo – falei. – Os quacres, Neil e Melanie, e essa Pérola.

– A Gilead não economiza quando se trata de violência – disse Ada. – São uns fanáticos.

Ela falou que eles supostamente deveriam estar se dedicando a vidas virtuosas em Deus, mas era possível a pessoa acreditar que estava vivendo de forma virtuosa e cometer assassinatos caso fosse fanática. O fanático acredita que matar gente é virtuoso, ou pelo menos matar determinadas pessoas. Eu sabia disso porque tive aulas na escola sobre fanatismo.

33

De algum jeito, acabei concordando em ir para Gilead sem jamais chegar a concordar de vez. Eu disse que ia pensar, e na manhã seguinte todos agiam como se eu tivesse dito sim, e Elijah disse que eu era muito corajosa e ia fazer a diferença, e que daria esperança a muita gente sem saída; de forma que fiquei mais ou menos sem ter como voltar atrás. De qualquer modo, eu sentia que devia aquilo ao Neil e à Melanie, e às demais pessoas mortas. Já que eu era a única pessoa que a tal fonte dizia que ia aceitar, então eu tinha que tentar.

Ada e Elijah disseram que queriam me preparar ao máximo no pouco tempo de que dispunham. Prepararam um miniginásio em um dos cubículos, com um saco de pancadas, uma corda para pular e uma *medicine ball* de couro. Garth deu essa parte do treinamento. No começo, ele não conversava muito comigo sem ser sobre o que estávamos fazendo: pular, socar, jogar a bola para frente e para trás. Mas depois de um tempo ele baixou um pouco a guarda. Contou que vinha da República do Texas. Tinham declarado sua independência no começo de Gilead, e Gilead não gostara nem um pouco; estourara uma guerra, que terminara em empate e numa nova fronteira.

Naquele momento, então, o Texas era oficialmente neutro, e qualquer ato anti-Gilead por parte de seus cidadãos era considerado ilegal. Não que o Canadá também não estivesse neutro, disse ele, mas era neutro de maneira mais frouxa. *Frouxa* foi palavra dele, não minha, e achei que era um insulto, até ele dizer que o Canadá era frouxo de um jeito bom. Então ele e alguns amigos tinham vindo para o Canadá para participar da Brigada Lincoln do Mayday, para estrangeiros que quisessem lutar pela liberdade. Era novo demais para ter lutado na Guerra de

Gilead ao lado do Texas, tinha apenas sete anos na época. Mas seus dois irmãos mais velhos tinham morrido nela, e uma prima deles fora pega e levada para Gilead, e desde então nunca mais tinham tido notícias dela.

Eu fazia contas mentais para entender qual seria a idade dele exatamente. Mais velho do que eu, mas não muito mais. Será que ele pensava em mim como algo além de uma incumbência? Por que eu estava perdendo meu tempo pensando naquilo? Eu precisava me concentrar seja lá no que pretendiam que eu fizesse.

No começo eu me exercitava duas vezes por dia, por duas horas, para aumentar a resistência. Garth disse que eu não estava fora de forma, e era verdade – na escola eu era boa em esportes, num tempo que me parecia já muito remoto. Então ele me ensinou alguns bloqueios e chutes, a dar joelhadas no meio das pernas, e como acertar um soco no coração – fechar a mão em punho, polegar sobre a segunda falange dos dedos médio e indicador, e desferir o soco com o antebraço reto. Este nós praticamos um bocado: você precisava atacar primeiro se tivesse a chance, disse ele, porque a surpresa seria sua vantagem.

– Bate – dizia ele. Então ele me jogava de lado e me acertava o estômago; não com força excessiva, mas forte o bastante para que eu sentisse. – Contraia os músculos – dizia ele. – Quer uma lesão no baço? – Se eu gritava, fosse de dor ou frustração, ele não se condoía, em vez disso se aborrecia. – Você quer fazer isso ou não quer? – perguntava ele.

Ada trouxe uma cabeça de manequim de plástico com olhos de gel, e Garth tentou me ensinar a arrancar olhos; mas a ideia de esmigalhar globos oculares com meus polegares me dava arrepios. Seria tão aflitivo quanto pisar em vermes descalça.

– Putz. Isso deve machucar demais – falei. – Meter o polegar no olho.

– Você *precisa* machucá-los – disse Garth. – Você precisa *querer* machucá-los. Eles vão querer te machucar, não duvide disso.

– Que nojo – falei para Garth quando ele pediu para eu praticar como arrancar olhos. Eu os imaginava com nitidez excessiva, aqueles olhos. Como uvas sem casca.

– Você quer o quê, uma mesa-redonda para decidirem se você vive ou não? – disse Ada, que assistia à sessão. – A cabeça não é de verdade. Agora, *ataca*!

– Eca.

– Eca não muda o mundo. Você tem que sujar as mãos. Ter mais estômago, mais garra. Agora, tenta de novo. Assim. – Ela o fez, sem escrúpulos.

– Não desiste, não. Você tem potencial – disse Garth.

– Muito obrigada – falei. Eu estava usando um tom sarcástico, mas estava sendo sincera: eu não queria que ele pensasse que eu tinha potencial. Eu estava a fim dele, uma paixonite ardorosa e desesperançada. Apesar das minhas fantasias, na parte realista da minha cabeça eu não via futuro para nós dois. Uma vez que eu entrasse em Gilead, o mais provável era que eu nunca mais o visse.

– Como está indo? – perguntava Ada a Garth todo dia depois do exercício.

– Melhor.

– Ela já sabe matar só com os polegares?

– Está chegando lá.

A outra parte do plano de treinamento deles era a oração. Ada tentou me ensinar. Ela era muito boa nisso, eu achei. Já eu não levava nenhum jeito pra coisa.

– Como você sabe rezar? – perguntei a ela.

– Onde eu cresci, todo mundo sabia – respondeu ela.

– Onde foi?

– Em Gilead. Antes de ser Gilead – disse ela. – Eu vi o que estava por vir e saí a tempo. Muita gente que eu conhecia não saiu.

– Então é por isso que você trabalha com o Mayday? – perguntei. – É pessoal?

– Tudo é pessoal, se olhado de perto – respondeu ela.

– E o Elijah? – perguntei. – Também era pessoal para ele?

– Ele dava aulas na faculdade de direito – disse ela. – O nome dele estava numa lista. Avisaram ele antes. Ele chegou à fronteira só com a roupa do corpo. Agora vamos tentar de novo. *Pai do Céu, perdoai nossos pecados, e abençoai...* para de rir, por favor.

– Desculpe. Neil sempre dizia que Deus era um amigo imaginário, e que se fosse assim você podia muito bem acreditar na porra da Fada do Dente. Ele só não dizia *porra*.

– Você precisa levar isso a sério – disse Ada –, porque Gilead leva. E outra coisa: pare com os palavrões.

– Eu quase não falo palavrão nenhum – respondi.

A fase seguinte, pelo que me disseram, seria eu me vestir como moradora de rua e pedir esmolas em algum lugar frequentado por Pérolas. Quando elas começassem a conversar comigo, eu devia deixá-las me convencerem a ir com elas.

– Como você sabe que as Pérolas vão querer me levar? – perguntei.

– É bem provável – disse Garth. – É o trabalho delas.

– Não sei ser uma mendiga, não vou saber o que fazer – falei.

– Aja naturalmente – disse Ada.

– Os outros moradores de rua vão ver que sou um embuste. E se perguntarem como eu fui parar lá, onde estão meus pais, eu digo o quê?

– O Garth vai estar lá com você. Ele vai dizer que você não fala muito porque é traumatizada – disse Ada. – Diga que você vem de um lar violento. Todo mundo vai sacar. – Pensei na ideia de Melanie e Neil sendo violentos comigo: era ridícula.

– E se eles não gostarem de mim? Os outros mendigos?

– E daí? – disse Ada. – Eles que se lixem. Nem todo mundo que você conhecer na vida vai gostar de você.

Eles que se lixem. Onde é que ela arrumava aquelas expressões?

– Mas não tem uns deles que são... bandidos?

– Traficam, se picam, bebem – disse Ada. – Tudo isso. Mas o Garth vai tomar conta de você. Ele vai dizer que é seu namorado, e vai interferir se alguém tentar bulir contigo. Ele vai ficar junto com você até as Pérolas te recolherem.

– Quanto tempo isso vai levar? – perguntei.

– Pelo que sei, não muito – disse Ada. – Depois que as Pérolas te pegarem, o Garth não vai poder te acompanhar. Mas elas vão te tratar a pão de ló. Você vai virar uma nova Pérola preciosa no colar delas.

– Mas quando você chegar a Gilead, vai ser diferente – disse Elijah. – Vai ter que usar o que te mandarem usar, cuidar para não falar o que não deve, e ficar alerta aos costumes deles.

– Mas, se você souber demais logo de cara – disse Ada –, eles vão suspeitar de que nós te treinamos. Então vai ser um equilíbrio delicado.

Fiquei pensativa: será que eu tinha cabeça para isso?

– Não sei se consigo fazer isso.

– Na dúvida, é só se fazer de boba – disse Ada.

– Vocês já mandaram falsos convertidos pra lá antes?

– Alguns – disse Elijah. – Com resultados variados. Mas eles não tinham a proteção que você vai ter.

– Você diz a fonte? – A *fonte*. Eu só conseguia imaginá-la como uma pessoa com uma sacola na cabeça. Quem seria ela, afinal? Quanto mais eu ouvia falar na fonte, mais esquisita ela me parecia.

– Puro palpite, mas achamos que deve ser alguma Tia – disse Ada. O Mayday não sabia muito sobre as Tias: elas não apareciam nos noticiários, nem mesmo nos de Gilead; eram os Comandantes que davam as ordens, criavam as leis, e apresentavam os comunicados. As Tias operavam nos bastidores. Isso era tudo que aprendíamos na escola.

– Dizem que elas são muito poderosas – disse Elijah. – Mas isso é puro boato. Não temos muitos detalhes.

Ada tinha algumas fotos delas, mas bem poucas. Tia Lydia, Tia Elizabeth, Tia Vidala, Tia Helena: essas eram as chamadas Fundadoras de Gilead.

– Bando de harpias – disse ela.

– Ótimo – falei. – Parece divertido.

Garth disse que, quando fôssemos para a rua, eu precisava seguir suas ordens, porque ele é que tinha experiência com as ruas. Era desaconselhável eu provocar os outros a brigar com ele, então dizer coisas como "Não sou sua escrava" e "Você não manda em mim" não seria uma boa.

– Não falo essas coisas desde os oito anos de idade – falei.

– Você disse as duas ontem mesmo – disse Garth. Eu devia escolher outro nome, disse ele. As pessoas podiam estar procurando uma Daisy, e Nicole eu não podia ser, de jeito nenhum. Então eu resolvi que me chamaria Jade. Eu queria algo mais resistente do que uma flor.

– A fonte disse que ela precisa ter uma tatuagem no antebraço esquerdo – disse Ada. – Sempre foi um ponto inegociável do trato.

Eu pedira uma tatuagem aos treze anos, mas Melanie e Neil tinham sido terminantemente contra.

– Legal, mas por quê? – perguntei então. – Ninguém fica de braço de fora em Gilead, então quem vai vê-la?

– Achamos que é para as Pérolas – disse Ada. – Quando elas te recolherem. Vão receber instruções para procurar especificamente por isso.

– Elas vão saber quem eu sou, a coisa da Nicole? – perguntei.

– Elas só cumprem instruções – disse Ada. – Não pergunte, não conte.

– Que tatuagem eu faço, uma borboleta? – Foi uma piada, mas ninguém riu.

– A fonte disse que deveria ser assim – disse Ada. Ela desenhou:

L
G O D
V
E

– Não posso botar isso no meu braço – falei. – É errado. – Era muita hipocrisia: Neil ficaria chocado.

– Talvez seja errado pra você – disse Ada. – Mas é correto para a situação.

Ada trouxe uma conhecida para fazer a tatuagem e o resto da minha fantasia de moradora de rua. O cabelo dela tinha um tom pastel de verde, e a primeira coisa que fez foi tingir meu cabelo do mesmo tom. Eu gostei: achei que me deixava com cara de personagem perigosa de videogame.

– É um começo – disse Ada, avaliando o resultado.

A tatuagem não foi simplesmente tatuada, foi escarificada: letras em alto-relevo. Doía como o diabo. Mas tentei fingir que não era nada, porque queria mostrar a Garth como estava comprometida com a missão.

No meio da madrugada, tive um palpite ruim. E se a fonte fosse só um engodo, criado para tapear o Mayday? E se não houvesse nenhum dossiê de documentos importantes? Ou se a fonte fosse uma pessoa má? E se a história toda fosse uma arapuca – um estratagema elaborado para me atrair para Gilead? Eu entraria e não conseguiria mais sair. Então dariam muitos desfiles, cheios de bandeiras e corais, e comícios gigantescos como os que víamos na TV, e eu seria a figura central. A Bebê Nicole de volta ao seu lar, aleluia. Sorria para a TV de Gilead.

De manhã, enquanto eu comia meu café da manhã gordurento com a Ada, o Elijah e o Garth, contei desse medo.

– Já pensamos nessa possibilidade – disse Elijah. – É um risco.

– É um risco toda vez que você levanta da cama de manhã – disse Ada.

– Esse risco é mais sério – disse Elijah.

– Eu aposto em você – disse Garth. – Vai ser muito incrível se você vencer.

XIII

Podão

O hológrafo de Ardua Hall

34

Leitor, tenho uma surpresa para você. Também foi uma surpresa para mim.

Sob o manto da escuridão, e com o auxílio de uma furadeira para pedra, um par de alicates, e um pouco de argamassa, instalei duas câmeras de vigilância a pilha na base da minha estátua. Sempre tive jeito com ferramentas. Reapliquei cuidadosamente o musgo, refletindo que eu precisava mesmo mandar limpar a minha réplica. O musgo só confere respeitabilidade até certo ponto. Eu estava começando a parecer peluda.

Aguardei os resultados com certa impaciência. Seria excelente possuir um lote de fotos irrefutáveis de Tia Elizabeth plantando provas na forma de ovos cozidos e laranjas aos meus pés pétreos, num esforço para me desacreditar. Ainda que não fosse eu a perpetrar aqueles atos idólatras, o fato de outros os realizarem prejudicaria a minha imagem: diriam que eu havia tolerado tais atitudes, e talvez até as estimulado. Tais calúnias poderiam muito bem ser usadas por Elizabeth para me derrubar do meu poleiro. Eu não tinha ilusões quanto à lealdade do Comandante Judd para comigo: se fosse possível encontrar um meio seguro – seguro para ele –, ele não hesitaria em me denunciar. Ele tinha grande prática em matéria de acusar os outros.

Mas eis que houve a surpresa. Vários dias se passaram sem atividade – ou sem atividade digna de nota, já que estou descontando as três jovens Esposas chorosas que obtiveram acesso à área por serem casadas com Olhos proeminentes, e que ofereceram no total um *muffin*, uma pequena broa de fubá, e dois limões – valem ouro hoje em dia, os limões, levando em conta os desastres na Flórida e nossa incapacidade de ganhar terreno na Califórnia. Estou feliz em obtê-los, e farei deles bom uso: se a vida te der limões, faça uma limonada. Também vou procurar descobrir a procedência desses limões. É inútil tentar extinguir todo comércio paralelo – os Comandantes precisam de suas pequenas regalias –, mas, naturalmente, desejo saber quem está vendendo o quê, e como é contrabandeado pelas nossas fronteiras. As mulheres são somente uma das mercadorias – hesito em chamá-las de mercadoria, mas quando tem dinheiro em cena, é isso que elas são – transportadas sob os panos. Será que entram limões e saem mulheres? Vou consultar minhas fontes no mercado paralelo: elas não gostam de concorrência.

As tais Esposas chorosas pretendiam aliciar meus poderes arcanos em sua busca pela fertilidade, pobrezinhas. *Per Ardua Cum Estrus*, entoavam elas, como se falar em latim fosse ter mais efeito do que em inglês. Vou ver o que se pode arranjar para elas, ou melhor, quem se pode arranjar – tendo seus maridos se comprovado tão débeis nesse aspecto.

Mas de volta à minha surpresa. No quarto dia, o que assoma no campo de visão da câmera bem no romper da alvorada senão o nariz grande e vermelho da Tia Vidala, seguido de seus olhos e boca. A segunda câmera forneceu uma tomada mais ampla: ela usava luvas – astuto de sua parte – e do bolso ela retirou um ovo, seguido de uma laranja. Tendo olhado a seu redor para garantir que ninguém a observava, depositou essas oferendas votivas aos meus pés, juntamente com um bebezinho de plástico. Então, no chão, ao lado da estátua, ela deixou cair um lencinho bordado de lilases: um conhecidíssimo acessório meu, do projeto escolar de Tia Vidala de anos atrás em que as meninas bordavam jogos de lenços para as Tias principais com flores simbolizando seus nomes. As minhas são lilases, Elizabeth tem equináceas, Helena hortênsias, Vidala suas violetas; cinco para cada uma de nós – é muito bordado. Mas essa ideia começou a ser considerada perigosamente próxima da leitura, e, assim, foi deixada de lado.

Agora, tendo me dito anteriormente que Elizabeth é quem tentava me incriminar, era a própria Vidala que plantava a prova contra mim:

aquele inocente trabalho artesanal. Onde será que o arrumara? Pilhando a roupa suja, suponho. Promover a idolatria herege à minha pessoa. Que acusação brilhante! Você imagine como fiquei deliciada. Qualquer passo em falso por parte da minha grande rival era uma dádiva do destino. Arquivei as fotos para utilizá-las quando fosse conveniente – é sempre desejável guardar qualquer fragmento que lhe chegue à mão, seja na cozinha ou em qualquer outro lugar – e decidi que aguardaria os desdobramentos.

Minha estimada colega Fundadora, Elizabeth, precisa ficar sabendo em breve de que Vidala a acusou de traição. Será que acrescento Helena também? Qual era a mais dispensável caso fosse necessário sacrificar alguém? Quem seria a mais cooptável caso houvesse necessidade? Qual a melhor forma de voltar uma contra a outra as membras desse triunvirato louco para me solapar, senão abatendo-as uma por uma? E como Helena se posicionava no que dizia respeito a mim? Ela iria na onda do momento, seja lá qual ela viesse a se mostrar. Ela sempre foi a mais frágil das três.

Estou me aproximando de uma grande virada. A Roda da Fortuna gira, inconstante como a lua. Logo aqueles que estavam por baixo vão ficar por cima. E vice-versa, é claro.

Vou informar ao Comandante Judd que a Bebê Nicole – agora uma moça – está finalmente quase ao meu alcance, e que em breve pode ser atraída para Gilead. Vou dizer *quase* e *pode* para deixá-lo em suspense. Ele vai ficar muito empolgado, já que há muito compreendeu as virtudes propagandísticas que uma Bebê Nicole repatriada teria. Vou dizer que meus planos estão em curso, mas que naquele momento vou preferir não dividi-los: trata-se de um cálculo delicado, e uma palavra descuidada no local errado pode estragar tudo. As Pérolas estão envolvidas, e agem sob minha supervisão; são parte do círculo especial feminino, em que os homens, com seus métodos drásticos, não devem se imiscuir, direi, abanando um audacioso dedo na direção dele.

– Logo você terá o galardão em suas mãos. Pode confiar – direi com voz melodiosa.

– Tia Lydia, você é boa demais – replicará ele, radiante.

Boa demais para ser verdade, pensarei eu. Boa demais para essa terra. Serás meu mal, ó bem.

Para que você entenda o que acontece neste momento, devo fornecer um pequeno histórico. Um incidente que passou praticamente despercebido à época.

Há nove anos ou coisa assim – no mesmo ano em que minha estátua foi inaugurada, ainda que não na mesma estação – eu me encontrava em meu escritório, rastreando as Linhagens para uma proposta de casamento, quando fui interrompida pela aparição de Tia Lise, a das pestanas adejantes e penteado pretensioso – um coque banana modificado. Quando foi conduzida ao meu escritório, ela estava torcendo as mãos de nervoso; senti vergonha dela por ser tão romanesca.

– Tia Lydia, sinto muito por tomar seu tempo tão valioso – principiou ela. Todas dizem isso, mas isso nunca as impede de fazê-lo. Sorri de um jeito que eu torci para não ser intimidante.

– Qual foi o problema? – perguntei. Há um repertório padrão de problemas: Esposas em guerra umas com as outras, filhas rebeldes, Comandantes insatisfeitos com a seleção de Esposas propostas, Aias fujonas, Nascimentos dando errado. Ocasionalmente um estupro, que castigamos severamente se decidimos torná-lo público. Ou um assassinato: ele mata ela, ela mata ele, ela mata ela, e, raras vezes, ele mata ele. Nas Econoclasses, o ciúme furioso pode tomar conta e facas podem entrar em jogo, mas, entre os eleitos, o assassinato de homem por homem costuma ser metafórico: uma punhalada nas costas.

Em dias mornos eu me flagro com vontade de algo mais original – um caso de canibalismo, por exemplo –, mas aí eu me repreendo: *Cuidado com o que você deseja*. Eu já desejei muitas coisas que depois vim a receber. Se você quer fazer Deus rir, conte-lhe os seus planos, conforme se dizia antigamente; hoje, no entanto, a ideia de Deus dando risada é quase uma blasfêmia. Agora Deus se tornou um sujeito supersério.

– Tivemos outra tentativa de suicídio entre as alunas da Preparatória Pré-Nupcial na Rubis – disse Tia Lise, enfiando uma mecha de cabelo solta atrás da orelha. Ela retirara o desgracioso acessório de cabeça que somos obrigadas a usar em público para evitar que os homens se abrasem, embora a ideia de qualquer homem se abrasar seja pela Tia Lise, de perfil impressionante mas com rugas alarmantes, seja por mim, com meu telhado de sapê grisalho e corpo de saco de batatas, é tão ridícula que mal precisa ser articulada.

Suicídio, não; de novo, não, pensei. Mas Tia Lise falara em *tentativa*, o que significava que o suicídio não tivera êxito. Sempre há inquérito quando eles chegam a termo, e apontam-se dedos para o Ardua Hall. A acusação usual é má seleção de cônjuge – sendo nós, do Hall, as responsáveis pela triagem inicial, já que temos as informações das Linhagens. Há muitas opiniões, porém, sobre o que é de fato apropriado.

– O que foi dessa vez? Overdose com ansiolítico? Queria só que as Esposas não deixassem essas pílulas largadas para qualquer um pegar. Essas e os opioides: que tentação. Ou ela tentou se enforcar?

– Não foi isso – disse Tia Lise. – Ela tentou cortar os pulsos com o podão. Aquele que eu uso para os arranjos de flores.

– Um método bastante direto – falei. – E depois, o que aconteceu?

– Bem, ela não fez um corte muito profundo. Ainda que tenha saído muito sangue, e tenha sido um tanto... ruidoso.

– Ah. – Com ruidoso, ela queria dizer gritaria: que meninas mal-educadas. – E depois?

– Chamei os paramédicos, e eles a sedaram e levaram ao hospital.

– Fez muito bem. Guardiões ou Olhos?

– Uns de cada.

Assenti.

– Você parece ter feito o melhor possível nas circunstâncias. O que resta a tratar comigo?

Tia Lise pareceu contente após eu a elogiar, mas logo modificou seu semblante para um de terrível preocupação.

– Ela alega que vai tentar de novo, caso... a não ser que haja mudança de planos.

– Mudança de planos? – Eu sabia o que ela queria dizer, mas é sempre melhor exigir clareza.

– A não ser que o casamento seja cancelado – disse Tia Lise.

– Temos conselheiros – falei. – Eles fizeram o trabalho deles?

– Eles tentaram todos os métodos usuais, sem êxito.

– Você a ameaçou com o ultimato?

– Ela diz não ter medo de morrer. Não quer é viver. Nessas circunstâncias.

– Ela tem objeção quanto a este candidato específico, ou ao casamento em geral?

– Em geral – disse Tia Lise. – Apesar dos benefícios.

– Fazer arranjos de flores não a convenceu? – disse eu secamente. Tia Lise valoriza muito os arranjos.

– Não convenceu.

– Foi a perspectiva do parto? – Isso eu podia entender, sendo a taxa de mortalidade o que é; principalmente a de recém-nascidos, mas também a das mães. Surgem complicações, especialmente quando o formato dos bebês não é normal. Outro dia nasceu um sem braços, o que foi interpretado como um comentário divino depreciativo a respeito da mãe.

– Não, não o parto – disse Tia Lise. – Diz ela que gosta de bebês.

– Então, o que é? – Me agradava fazê-la dizer em voz alta: faz bem para a Tia Lise encarar a realidade de vez em quando. Ela passa tempo demais bolinando pétalas.

Ela brincou com a mecha solta de novo.

– Não me agrada dizê-lo. – E olhou para o chão.

– Prossiga – disse eu. – Não vai me escandalizar.

Ela fez uma pausa, corou, pigarreou.

– Bem. São os pênis. É quase uma fobia.

– Os pênis – repeti pensativa. – De novo eles. – Quando moças tentam o suicídio, costuma ser este o caso. Talvez precisemos modificar nosso currículo educacional, pensei: meter menos medo, evocar menos estupradores centáuricos e genitais masculinos flamejantes. Porém, se enfatizássemos demais as teóricas delícias do sexo, o resultado seria quase com certeza a curiosidade e a experimentação, seguidas de degeneração moral e apedrejamentos punitivos. – Não há chance de ela ser convencida a ver o item em questão como um meio para um fim? Como prelúdio para o bebê?

– De forma alguma – disse Tia Lise, firme. – Isso, já tentamos.

– Submissão das mulheres conforme ordenado desde a Criação?

– Tudo em que pudemos pensar.

– Tentaram deixá-la sem dormir orando por 24 horas, revezando supervisores?

– Ela é inflexível. Diz também que recebeu o chamado para uma missão maior, ainda que saibamos que muitas vezes usam isso como desculpa. Mas eu esperava que nós... que você...

Suspirei.

– Não há por que aniquilar uma jovem vida feminina sem razão – falei. – Será que ela tem capacidade para aprender a ler e escrever? É inteligente o bastante?

– Ah, sim. Um pouco inteligente demais – disse Tia Lise. – Imaginativa demais. Acredito que foi isso que aconteceu no que diz respeito... àquilo.

– Sim, pênis de projeções mentais podem sair do controle – falei. – Tendem a adquirir vida própria.

Fiz uma pausa; Tia Lise se remexia, inquieta.

– Vamos admiti-la por um período de experiência – falei, por fim. – Vamos dar seis meses e ver se ela é capaz de aprender. Como você sabe, precisamos repovoar nosso contingente aqui no Ardua Hall. Nós, da geração mais antiga, não vamos viver para sempre. Mas precisamos ter cautela. Basta um elo fraco... – Já conheço essas meninas excepcionalmente suscetíveis. De nada vale obrigá-las: elas não conseguem aceitar a realidade palpável. Mesmo que se consumasse a noite de núpcias, logo seriam encontradas enforcadas num lustre ou em coma sob uma roseira, após engolir todos os comprimidos da casa.

– Obrigada – disse Tia Lise. – Teria sido uma pena.

– Perdê-la, você diz?

– Sim – disse Tia Lise. Ela tem coração mole; por isso que ficou encarregada de ensinar arranjo floral e coisas assim. Em sua vida anterior, fora professora de literatura francesa do século XVIII, pré-Revolução. Dar aula na Preparatória Pré-nupcial Rubis é o mais próximo que ela jamais poderá chegar de ter um salão literário.

Tento adequar a profissão às qualificações. É melhor que nada, e sou uma grande defensora do *melhor que nada*. Na falta do *melhor que tudo*.

Que é como vivemos agora.

E foi assim que tive que me envolver no caso da menina Becka. É sempre aconselhável eu me encarregar pessoalmente no começo quando se trata dessas suicidas que alegam querer ser uma de nós.

Tia Lise a trouxe ao meu escritório: uma menina magra, de beleza delicada, com olhos grandes e iluminados e um curativo no pulso esquerdo. Ela ainda trajava a roupa verde de futura noiva.

– Pode entrar – falei. – Eu não mordo.

Ela se encolheu como se duvidasse.

– Pode se sentar nessa cadeira – falei. – Tia Lise vai sentar a seu lado.

Hesitante, ela se sentou, joelhos pudicamente fechados, mãos juntas sobre o colo. Olhou para mim desconfiada.

– Então você deseja se tornar Tia – falei. Ela fez que sim. – Trata-se de um privilégio, e não de um direito. Presumo que você compreenda isso. Também não se trata de uma recompensa por sua patética tentativa de tirar a própria vida. Isso foi um erro e uma afronta a Deus. Tenho fé de que não acontecerá de novo, supondo que aceitemos seu ingresso.

Ela fez que não e desceu-lhe uma lágrima, que ela não enxugou. Seria um jogo de cena para tentar me impressionar?

Pedi a Tia Lise que aguardasse do lado de fora. Então engatei no meu sermão: Becka estava recebendo uma segunda chance na vida, falei, mas tanto ela quanto eu tínhamos que ter certeza de que aquele era o caminho certo para ela, porque a vida das Tias não era para qualquer uma. Ela precisava prometer obedecer às ordens de suas superioras, precisava ser aplicada tanto nos estudos árduos como nas tarefas corriqueiras que seriam de sua responsabilidade, precisava orar toda noite e toda manhã rogando por orientação divina; então, após seis meses, caso aquela fosse de fato sua escolha sincera e se nós estivéssemos satisfeitas com o seu progresso, ela faria o voto do Ardua Hall e renunciaria a todos os demais caminhos possíveis, e mesmo assim ela seria apenas uma Postulante a Tia até concluir com êxito seu trabalho missionário de Pérola no exterior, o que demoraria vários anos para chegar a termo. Ela se declarava disposta a passar por tudo isso?

Ah, sim, respondeu Becka. Ela estava tão agradecida! Faria tudo que lhe fosse solicitado. Nós a havíamos salvado de, de... Ela embatucou e parou de falar, corando.

– Algum infortúnio se abateu sobre você em sua vida anterior, minha filha? – perguntei. – Algo envolvendo um homem?

– Não quero falar sobre isso – disse ela. Estava mais pálida do que nunca.

– Está com medo de ser castigada? – Ela fez que sim. – A mim você pode contar – falei. – Já ouvi muitas histórias desagradáveis. Entendo de fato o que algumas de vocês devem ter passado. – Mas ela ainda relutava, de forma que não insisti. – Os moinhos dos deuses moem lentamente, mas moem muito fino.

– Perdão? – Ela parecia confusa.

– Quero dizer que, seja lá quem tenha feito isso, virá a ser punido com o tempo. Tire isso da cabeça. Aqui, conosco, estará segura. Nunca mais será incomodada por ele. – Nós, Tias, não trabalhamos abertamente nesses casos, mas trabalhamos. – Agora, espero que você prove ser digna da confiança que depositei em você.

– Ah, sim – disse ela. – Vou provar!

No começo, todas essas meninas são assim: servis de alívio, rastejantes, prostradas. Com o tempo isso pode mudar, é claro: já tivemos renegadas, já tivemos escapadas sorrateiras para encontros com Romeus imprudentes, já tivemos fujonas desobedientes. Essas histórias não costumam ter final feliz.

– A Tia Lise vai levá-la para buscar seu uniforme – falei. – Amanhã você terá sua primeira sessão de leitura, e vai começar a aprender nossas regras. Mas agora você tem que escolher seu novo nome. Temos uma lista dos adequados. Pode ir. Hoje é o primeiro dia do resto da sua vida – falei com o máximo de alegria que consegui conjurar.

– Não sei como te agradecer, Tia Lydia! – disse Becka. Seus olhos faiscavam. – Estou tão agradecida!

Dei meu sorriso hibernal.

– Muito me agrada ouvir isto – falei, e de fato me agradava. Dou grande valor à gratidão: gosto de armazená-la para o tempo das vacas magras. Você nunca sabe quando ela pode vir a ser útil.

Muitos são chamados mas poucos são escolhidos, pensei. Embora no Ardua Hall aquilo não fosse bem verdade: só um punhado das moças chamadas teve de ser descartado. Com certeza a menina Becka seria uma das que permaneciam. Ela era uma planta caseira maltratada, mas, bem cuidada, haveria de florescer.

– Feche a porta ao sair – falei. Ela saiu da sala praticamente aos pulinhos. A vivacidade dessas meninas!, pensei. Que inocência tocante! Será que eu já fora assim algum dia? Não que eu me lembrasse.

XIV

ARDUA HALL

Transcrição do Depoimento da Testemunha 369A

35

Depois que Becka enfiou o podão no pulso e sangrou nas margaridas e foi levada ao hospital, fiquei muito preocupada: será que ela ia ficar boa, será que ia receber algum castigo? Mas o outono e o inverno chegaram e se foram, e continuei sem saber de nada. Nem nossas Marthas ouviram nada sobre o que poderia ter acontecido com ela.

Shunammite disse que Becka só queria chamar a atenção. Eu discordei, e infelizmente nossa amizade esfriou até as aulas acabarem.

Quando a primavera ia tomando corpo, Tia Gabbana anunciou que as Tias haviam chegado a três candidatos para a consideração de Paula e do Comandante Kyle. Ela visitou nossa casa e mostrou as fotos deles e, lendo de seu caderno, recitou suas biografias e qualificações, e Paula e o Comandante Kyle iam escutando e assentindo. Esperava-se que eu visse as fotos e ouvisse a exposição, mas não dissesse nada por ora. Eu teria uma semana para pensar. Naturalmente, minha inclinação pessoal seria levada em conta, disse Tia Gabbana. Paula sorriu ao ouvir isso.

– Mas claro – disse ela. Eu não falei nada.

O primeiro candidato era um Comandante de patente máxima, mais velho que o Comandante Kyle. Ele tinha o nariz vermelho, com olhos um tanto bulbosos – a marca, disse a Tia Gabbana, de uma personalidade forte, de alguém que protegeria e sustentaria sua Esposa para todo sempre. Ele tinha barba branca em cima do que parecia ser uma papada dupla, ou possivelmente um barbilhão: uma prega de pele em forma de pêndulo. Tratava-se de um dos primeiros Filhos de Jacob e, portanto, de um homem muito virtuoso, além de essencial aos primeiros esforços de implantação da República de Gilead. Dizia-se até que ele tinha feito parte do grupo que concebera o ataque ao Congresso moralmente corrupto dos antigos Estados Unidos. Ele já tivera várias Esposas – infelizmente, falecidas – e já recebera cinco Aias, mas ainda não fora abençoado com filhos.

Seu nome era Comandante Judd, ainda que eu não saiba se essa informação vá lhes ser útil caso estejam tentando estabelecer a verdadeira identidade dele, já que os líderes dos Filhos de Jacob trocavam de nome com frequência durante os estágios secretos de planejamento de Gilead. Eu não sabia nada a respeito daquelas trocas de nome naquele momento: vim a saber delas depois, graças às minhas incursões aos Arquivos das Linhagens Genealógicas no Ardua Hall. Mas até mesmo lá o nome original de Judd havia sido obliterado.

O segundo candidato era mais jovem e mais magro. Sua cabeça tinha o cume pontudo e suas orelhas eram inexplicavelmente grandes. Ele era bom com números, disse Tia Gabbana, e era intelectual, nem sempre algo desejável – especialmente não para mulheres –, mas em um marido, isso poderia ser tolerado. Ele conseguira ter um filho com sua outra Esposa, que falecera em um hospício para perturbados mentais, mas o pobre neném falecera antes de completar um ano de idade.

Não, disse Tia Gabbana, não se tratava de um Não bebê. No momento do parto não havia nada de errado com ele. A causa fora câncer infantil, que crescia a níveis alarmantes.

O terceiro homem, filho mais novo de um Comandante de baixa patente, tinha apenas vinte e cinco anos. Tinha muito cabelo mas um pescoço grosso, e olhos muito juntos. Não é um candidato tão renomado quanto os dois outros, disse Tia Gabbana, mas a família estava muito entusiasmada com a possível noiva, o que queria dizer que eu seria tratada com o devido apreço pelos sogros e parentes. Isso não deveria ser menosprezado, já que sogros hostis podem tornar a vida da moça um suplício: sempre criticando, e sempre ficando do lado do marido.

– Não tire conclusões imediatas, Agnes – disse Tia Gabbana. – Pense com cuidado. Seus pais querem a sua felicidade. – Muito bonito, mas falso: eles não queriam a minha felicidade, eles me queriam longe.

Naquela noite me deitei para dormir com as três fotografias dos candidatos a noivo flutuando no escuro à minha frente. Imaginei-os um a um em cima de mim – pois ali é que ficariam – tentando enfiar seu apêndice detestável no meu corpo frio feito uma lápide.

Por que eu estava pensando no meu corpo como frio feito uma lápide?, me perguntei. Logo percebi: ficaria frio feito lápide porque eu estaria morta. Eu ficaria tão lívida e dessangrada quanto a pobre Ofkyle – cortada ao meio para retirarem o bebê de dentro dela, depois imóvel, embrulhada em um lençol, olhando para mim com seus olhos mudos. Havia um certo poder naquilo, naquele silêncio e imobilidade.

36

Pensei em fugir de casa, mas como eu faria isso e aonde eu poderia ir? Eu não tinha noção de geografia: não a estudávamos na escola, já que nosso próprio bairro deveria nos bastar, e do que mais uma Esposa precisava? Eu não sabia nem de que tamanho era Gilead. Até onde ia, onde terminava? Pensando no lado prático, como eu me deslocaria, o que comeria, onde dormiria? E se eu fugisse, Deus iria me odiar? Eu não seria perseguida com toda certeza? Eu faria muita gente sofrer, como na história da Concubina Cortada em Doze Pedaços?

O mundo estava infestado de homens que com certeza achariam tentadora uma menina desencaminhada: essas meninas seriam vistas como mulheres de moral dúbia. Talvez eu não chegasse nem ao outro quarteirão antes de ser estraçalhada, conspurcada e reduzida a uma pilha de pétalas verdes murchas.

A semana que me haviam concedido para escolher o marido foi passando. Paula e o Comandante Kyle preferiam o Comandante Judd: era o mais poderoso. Ensaiaram uma tentativa de me convencer, já que era melhor se a noiva quisesse de bom grado. Fofocava-se sobre casamentos de alto nível que tinham dado muito errado – choradeira, desmaios, tapas desferidos pela mãe da noiva. Eu ouvira as Marthas dizendo que antes de certos casamentos davam tranquilizantes na veia. Precisavam tomar cuidado com a dosagem: um leve cambaleio e fala arrastada podem ser atribuídos à emoção, ao fato do casamento ser um momento tão importante para as meninas, mas uma cerimônia em que a noiva estivesse inconsciente não contava.

Estava claro que eu seria casada com o Comandante Judd quisesse eu ou não. Odiasse eu ou não. Mas guardei para mim minha aversão e fingi estar me decidindo. Conforme eu disse, eu aprendera a atuar.

– Pense na posição que vai adquirir – dizia Paula. – Não dá para querer melhor.

O Comandante Judd já não era jovem e não ia viver para sempre, e embora longe dela desejar uma coisa dessas, o mais provável era que eu sobrevivesse muito tempo depois dele, dizia ela, e depois que ele morresse eu seria viúva, com mais margem para escolher meu próximo marido! Pense só em como isso seria bom! Naturalmente, todos os meus parentes homens, incluindo os adquiridos pelo casamento, teriam influência sobre minha escolha de um segundo marido.

Em seguida Paula criticava as qualificações dos outros dois candidatos, depreciando suas aparências físicas, suas personalidades, e seus status na vida. Ela não precisava ter se dado ao trabalho: eu detestava ambos.

Enquanto isso, eu ponderava que outras atitudes poderia tomar. Havia o podão de estilo francês para arranjos florais, como aquele que Becka utilizara – Paula tinha um idêntico –, mas estava na casa de ferramentas, que estava trancada. Eu ouvira falar de uma menina que se enforcara com a faixa do roupão para não casar. Vera contara a história no ano anterior, com as outras Marthas fazendo cara triste e sacudindo a cabeça.

– Suicídio é falta de fé – disse Zilla.

– Dá o maior problema – disse Rosa.

– É uma mancha na família – disse Vera.

Havia alvejante, mas ficava na cozinha, tal como as facas; e as Marthas – que não eram tolas e tinham olhos na nuca – estavam atentas ao meu desespero. Tinham começado a soltar provérbios, como "Quem quer a rosa, aguente o espinho" e "Não há carne sem osso, nem fruta sem caroço" e até mesmo "Os melhores amigos da mulher são os diamantes". Rosa chegou a dizer, como se falasse consigo própria, "Só a morte não tem jeito nem conserto" me olhando de rabo de olho.

Não havia como pedir a nenhuma das Marthas para me ajudar, nem mesmo a Zilla. Embora talvez tivessem pena de mim, embora talvez quisessem o meu bem, não tinham poder algum para influir nos acontecimentos.

No final da semana, anunciaram meu noivado: foi com o Comandante Judd, como teria sido de qualquer maneira. Ele apareceu em casa de uniforme completo com medalhas, apertou a mão do Comandante Kyle, fez uma reverência para Paula, e sorriu para a minha testa. Paula se aproximou de mim, passou o braço por trás das minhas costas, e descansou a mão de leve na minha cintura: ela nunca fizera aquilo antes. Será que ela pensou que eu ia tentar fugir?

– Boa noite, Agnes, minha querida – disse o Comandante Judd. Concentrei a atenção em suas medalhas: era mais fácil olhar para elas do que para ele.

– Você pode dar boa-noite – disse Paula baixinho, com um pequeno beliscão dado pela mão que estava atrás de mim. – Boa noite, *senhor.*

– Boa noite – consegui balbuciar. – Senhor.

O Comandante se adiantou, arrumou um sorriso no rosto derretido, e grudou a boca à minha testa num beijo casto. Seus lábios estavam desagradavelmente quentes; fizeram um som de chupada ao se separarem da minha pele. Imaginei um pequeno naco do meu cérebro sendo sugado pela minha testa e entrando em sua boca. Mais mil beijos daquele e meu crânio estaria destituído de massa cinzenta.

– Espero te fazer muito feliz, minha querida – disse ele.

Eu sentia o cheiro de seu bafo, uma mistura de álcool, enxaguante bucal de hortelã como o do dentista, e dentes cariados. Eu tive uma visão não solicitada da noite de núpcias: uma enorme bolha branca opaca avançava para mim na penumbra de um quarto estranho. A bolha tinha cabeça, mas não tinha rosto: apenas um orifício feito uma boca de sanguessuga. Da metade do seu corpo saía um terceiro tentáculo que abanava a esmo pelo ar. A coisa chegava à cama onde eu estava deitada paralisada de terror, e ainda por cima nua – você precisava ficar nua, ou pelo menos seminua, segundo a Shunammite. E depois, o quê? Eu fechei os olhos, tentando sufocar a cena interior, depois os abri de novo.

O Comandante Judd se afastou, analisando-me com atenção. Será que eu estremecera no momento do beijo? Eu tentara não fazê-lo. Paula estava beliscando minha cintura mais forte agora. Eu sabia que esperavam que eu dissesse alguma coisa, como *Obrigada* ou *Eu também* ou *Sei que vai*, mas não consegui. Eu sentia náuseas: e se eu vomitasse bem ali, no carpete? Que vergonha seria.

– Ela é extremamente recatada – disse Paula entredentes, me olhando de esguelha.

– Uma característica encantadora – disse o Comandante Judd.

– Pode ir agora, Agnes Jemima – disse Paula. – Seu pai e o Comandante têm assuntos a tratar. – Então fui andando na direção da porta. Eu sentia um pouco de tontura.

– Ela parece ser obediente – ouvi o Comandante Judd dizendo enquanto eu deixava o cômodo.

– Ah, sim – disse Paula. – Sempre foi uma criança respeitadora.

Mas que mentirosa. Ela sabia muito bem quanta raiva fervia em meu peito.

As três cerimonialistas do casamento, Tia Lorna, Tia Sara Lee e Tia Betty, retornaram à nossa casa, desta vez para tirar minhas medidas para o vestido de noiva: haviam trazido alguns esboços. Pediram minha opinião sobre de qual modelo eu mais gostava. Apontei para um qualquer.

– Está tudo bem com ela? – perguntou Tia Betty a Paula com voz branda. – Ela parece tão cansadinha.

– É um momento de grande emoção para elas – respondeu Paula.

– Ah, é – disse Tia Betty. – Grande emoção!

– Você deveria mandar as Marthas prepararem uma bebida para acalmá-la – disse Tia Lorna. – Algo com camomila. Ou um sedativo.

Além do vestido, eu ganharia novas peças íntimas, e uma camisola especial para a noite de núpcias, com laços de fita na parte da frente – facílimas de abrir, feito um embrulho para presente.

– Não sei por que nos dar ao trabalho dessas frioleiras – disse Paula às Tias, falando por cima de mim. – Ela não vai dar valor.

– Não é ela que vai ficar olhando – disse Tia Sara Lee com inesperada franqueza. Tia Lorna sufocou o ronco de uma risada.

Quanto ao vestido de noiva em si, seria um "modelo clássico", segundo a Tia Sara Lee. Clássico era o melhor estilo: as linhas simples ficariam muito elegantes, na opinião dela. Um véu e grinalda simples com galantos e miosótis. A confecção de flores artificiais era um dos trabalhos manuais recomendados às Econoesposas.

Deu-se uma conversa em tom baixo sobre arremates em renda – aplicá-los, conforme defendia Tia Betty, porque isso daria um charme a mais, ou omiti-los, que seria preferível na opinião de Paula, já que charme não era o foco principal. O que não se falou: que o foco principal era acabar logo com aquilo e me transformar em coisa do passado dela, onde eu ficaria armazenada, não reativa feito chumbo, não mais combustível. Ninguém poderia dizer que ela não cumprira seu dever enquanto Esposa de seu Comandante e cidadã leal de Gilead.

A cerimônia de casamento se daria assim que o vestido estivesse pronto – era seguro, portanto, marcá-lo para dali a duas semanas. Paula já tinha os nomes das pessoas que ela desejava convidar?, perguntou Tia Sara Lee. As duas desceram para compilar a lista: Paula recitaria os nomes para Tia Sara Lee os anotar. As Tias iam preparar e entregar em pessoa os convites verbais: uma de suas funções era transportar essas mensagens peçonhentas.

– Não está animada? – perguntou-me Tia Betty enquanto ela e Tia Lorna guardavam seus desenhos e eu vestia minhas roupas de volta. – Em duas semanas você vai ter sua própria casa!

Havia uma melancolia na voz dela – ela jamais teria uma casa própria –, mas não fiz caso. Duas semanas, pensei. Apenas catorze escassos dias de vida me restavam na terra. Como eu os usaria?

37

Conforme os dias corriam, fui ficando cada vez mais desesperada. Onde estava a saída? Eu não tinha arma, não tinha pílulas letais. Lembrei de uma história – que Shunammite propagou pela escola – sobre uma Aia que tinha bebido produto de limpar ralos.

– A parte de baixo inteira da cara dela desmanchou – sussurrou Shunammite deliciada. – Simplesmente... se dissolveu! Ficou só espuminha! – Na época eu não tinha acreditado nela, mas, naquele momento, acreditei.

Uma banheira cheia d'água? Mas eu ia me engasgar e tossir e subir para pegar ar, e não conseguiria amarrar uma pedra a mim na banheira, diferentemente de num lago, rio ou mar. Mas não havia como eu chegar a lago, rio ou mar nenhum.

Talvez eu tivesse que enfrentar a cerimônia e depois matar o Comandante Judd na noite de núpcias. Afanar uma faca e meter na garganta dele, depois na minha. Seria muito sangue a ser lavado dos lençóis. Mas não seria eu que iria esfregá-los. Imaginei o desalento de Paula ao entrar no local da carnificina. Um verdadeiro açougue. E sua posição social indo por água abaixo.

Essas ideias eram fantasias, é claro. Por baixo dessas maquinações complexas, eu sabia muito bem que seria incapaz de me suicidar ou cometer assassinato. Lembrei da expressão feroz de Becka ao cortar o pulso: sua intenção era firme, ela estava mesmo preparada para morrer. Ela tinha uma força que a mim faltava. Eu nunca teria aquela determinação.

À noite, quando estava caindo no sono, eu fantasiava fugas miraculosas, mas todas elas careciam da ajuda de outras pessoas, e quem poderia me ajudar? Teria que ser algum desconhecido: um salvador, o guardião de alguma porta oculta, o detentor de alguma senha secreta. Nada disso me parecia possível pela manhã, depois que eu acordava. Eu estava às voltas dentro da minha cabeça: que fazer, que fazer? Eu mal conseguia pensar, mal conseguia comer.

– Nervosa com o casamento, que bênção – disse Zilla. Eu queria mesmo uma bênção, mas não via como ela poderia acontecer.

Quando faltavam apenas três dias, recebi uma visita inesperada. Zilla veio ao meu quarto e me chamou para descer.

– A Tia Lydia veio te visitar – disse ela num sussurro. – Boa sorte. Todas nós te desejamos sorte.

A Tia Lydia! A Fundadora principal – a foto com moldura dourada ao fundo de todas as salas de aula, a Tia mais importante de todas – tinha vindo me visitar? O que será que eu tinha feito? Desci as escadas tremendo.

Paula tinha saído, o que me pareceu uma sorte; embora depois que vim a conhecer melhor Tia Lydia tenha percebido que sorte nada tinha a ver com aquilo. Tia Lydia estava sentada no sofá da sala. Ela estava menor do que me parecera no funeral da Ofkyle, mas talvez fosse porque eu tivesse crescido. Ela sorriu para mim, um sorriso enrugado com dentes amarelos.

– Agnes, querida – disse ela. – Pensei que você se agradaria de ter notícias de sua amiga Becka. – Eu estava tão impressionada com sua presença que foi difícil abrir a boca para falar.

– Ela faleceu? – sussurrei, o coração apertado.

– De modo algum. Está segura e feliz.

– Onde ela está? – consegui balbuciar.

– Ela está no Ardua Hall, conosco. Ela quer se tornar Tia e está matriculada como Postulante.

– Ah – falei. Uma luz se anunciava, uma porta se abria.

– Nem toda menina se presta ao casamento – prosseguiu ela. – Para algumas, é simplesmente desperdício de potencial. Há outras formas de a menina ou a mulher contribuir para o plano de Deus. Um passarinho me contou que você talvez concordasse. – Quem havia lhe contado? Zilla? Ela pressentira como eu estava violentamente infeliz.

– Sim – falei. Talvez minhas antigas preces à Tia Lydia tivessem adiantado, afinal, embora de forma diferente do que eu esperava.

– Becka foi chamada para uma missão maior. Se você também tiver essa vocação – disse ela –, ainda está em tempo de nos avisar.

– Mas como eu... eu não sei como...

– Não cairia bem se eu propusesse diretamente esse caminho a você – disse ela. – Seria contrariar o direito paterno capital de decidir sobre o casamento da filha. O chamado divino pode sobrepujar o direito paterno, mas você é que deve nos abordar primeiro. Suspeito que a Tia Estée seria toda ouvidos. Caso sua vocação se mostre forte o bastante, você descobrirá um meio de chegar a ela.

– E quanto ao Comandante Judd? – perguntei atemorizada. Ele era muito poderoso: se eu me esquivasse do casamento, com certeza ele ficaria furioso, pensei.

– Ah, o Comandante Judd conta sempre com muitas opções – disse ela com uma expressão que não fui capaz de ler.

Minha tarefa seguinte foi encontrar um caminho até a Tia Estée. Eu não podia declarar abertamente minhas intenções: Paula ia me proibir. Ia me trancar no quarto, poderia até mesmo me dopar. Ela iria até o inferno por aquele casamento. Eu uso a expressão *até o inferno* apropriadamente: ela estava arriscando a alma por ele; embora, conforme vim a saber depois, sua alma já estivesse em chamas há tempos.

No dia seguinte à visita da Tia Lydia, fiz um pedido a Paula. Eu queria conversar com Tia Lorna sobre meu vestido de casamento, que eu já tinha provado duas vezes e estava sendo ajustado. Eu queria que tudo fosse perfeito no meu dia especial, falei. E sorri. Na minha opinião o vestido mais parecia um abajur, mas meu plano consistia em demonstrar alegria e gratidão.

Paula me lançou um olhar incisivo. Duvido que tenha acreditado no meu sorriso; mas, já que eu me dispunha a fazer um teatro, tanto melhor se a encenação fosse do seu gosto.

– Fico feliz que você esteja tomando tento – disse ela secamente. – Que bom que Tia Lydia veio visitá-la. – Naturalmente, ela ouvira falar daquilo, embora desconhecesse o teor da conversa.

Mas seria tão incômodo para Tia Lorna se deslocar até nossa casa, disse Paula. Não convinha, como eu bem deveria saber – havia comida por preparar, flores a arranjar, Paula não tinha como perder tempo com uma visita demorada daquelas.

– Tia Lorna está na casa da Shunammite – falei. Eu soubera disso por Zilla: o casamento de Shunammite também estava prestes a acontecer. Nesse caso, nosso Guardião poderia me levar até lá, disse Paula. Meu coração se acelerou, em parte por alívio, em parte por medo: agora eu teria que levar a cabo meu plano arriscado.

Como as Marthas sabiam quem estava onde? Não lhes permitiam usar Compufones nem receber cartas. Deviam ter descoberto por outras Marthas, ainda que também podia ter sido via Tias, e algumas Esposas. Tias, Marthas, Esposas: apesar de viverem cheias de inveja e rancor, apesar de talvez até odiarem umas às outras, as notícias corriam entre elas como se conduzidas por uma teia invisível.

Nosso motorista Guardião foi chamado e Paula lhe deu as instruções. Creio que ela ficou feliz por me ver fora de casa: minha infelicidade parecia exalar um cheiro azedo que a deixava irritada. Shunammite costumava dizer que colocavam remedinho da felicidade no leite quente das meninas que estavam para se casar, mas não tinham posto remedinho feliz nenhum no meu.

Sentei no banco de trás do nosso carro enquanto nosso Guardião segurava a porta para mim. Inspirei fundo, metade empolgada, metade aterrorizada. E se meu estratagema desse errado? E se desse certo? De qualquer forma eu estava de saída para o desconhecido.

Cheguei mesmo a consultar Tia Lorna, que estava mesmo na casa de Shunammite. Shunammite falou que era muito bom me ver, e quando estivéssemos casadas, podíamos nos visitar sempre! Ela me fez entrar rápido e me levou para ver seu vestido de noiva, e ouvir tudo sobre seu futuro marido, que (sussurrou ela, entre risadas) tinha cara de carpa, queixo atrofiado e olhos esbugalhados, mas que estava do meio para cima na hierarquia dos Comandantes.

Não era o máximo, falei. Admirei o vestido, que – como falei para Shunammite – era muito mais chique do que o meu. Shunammite deu uma gargalhada, e disse que ouviu dizer que eu praticamente ia me casar com Deus, de tão importante que era meu futuro marido, e que sorte a minha; e olhei para baixo e respondi que, de qualquer modo, o vestido dela era mais bonito. Isso a agradou, e ela falou que com certeza íamos passar pela parte do sexo sem fazer escândalos. Seguiríamos as instruções da Tia Lise e ficaríamos pensando num arranjo de flores, e logo tudo teria terminado, e talvez até tivéssemos filhos de verdade, sozinhas, sem precisar de Aias. Ela perguntou se eu aceitava um biscoito de aveia, e mandou a Martha ir buscar alguns. Peguei um e o mordisquei, ainda que estivesse sem apetite.

Eu não podia ficar muito tempo, falei, porque tinha muitos afazeres, mas será que eu podia ver a Tia Lorna? Nós fomos encontrá-la do outro lado do corredor em um dos quartos vagos, examinando seu caderninho. Pedi-lhe que acrescentasse uma coisa qualquer ao meu vestido – um laçarote branco, uma renda branca, não me lembro. Me despedi de Shunammite, agradeci-lhe o biscoito e repeti como seu vestido era lindo. Saí pela porta social, dando-lhe tchauzinhos animados feito uma menina normal, e voltei para o nosso carro.

Depois disso, coração aos pulos, perguntei ao nosso motorista se ele se importaria de dar uma passada na minha ex-escola, pois eu gostaria de agradecer à Tia Estée, minha ex-professora, por tudo que ela me havia ensinado.

Ele estava de pé ao lado do carro, segurando a porta para eu entrar. Franziu a testa, desconfiado.

– Não são essas as minhas ordens – disse ele.

Eu sorri de um jeito que torci para ser charmoso. Minha cara parecia endurecida, como se recoberta de cola seca.

– Não tem perigo nenhum – falei. – A Esposa do Comandante Kyle não vai fazer caso. A Tia Estée é uma *Tia*! A função dela é cuidar de mim!

– Bem, não sei não – respondeu ele, dúbio.

Olhei no rosto dele. Eu nunca tinha prestado muita atenção nele antes, já que geralmente eu só tinha vista para sua nuca. Ele era um homem de formato de ogiva, pequeno no topo, largo no meio. Ele não se barbeara com grande cuidado, e tinha fiapos esparsos e uma área irritada no rosto.

– Logo vou estar casada – falei. – Com um Comandante muito poderoso. Mais poderoso do que a Paula... do que a Esposa do Comandante Kyle. – Fiz uma pausa para ele absorver a informação, e então confesso com vergonha que pousei minha mão de leve sobre a dele, onde ela segurava a porta do carro. – Você vai ser recompensado – acrescentei.

Ele piscou um pouco, corando.

– Nesse caso – disse ele, mas não sorriu.

Então é assim que as mulheres conseguem as coisas, pensei. Se tiverem a cara de pau de adular, mentir e descumprir a própria palavra. Tive nojo de mim mesma, mas você há de reparar que isso não me segurou. Sorri outra vez, e repuxei um pouco minha saia, exibindo o tornozelo ao jogar as pernas para dentro do carro.

– Obrigada – falei. – Você não vai se arrepender.

Ele me levou até minha antiga escola conforme eu lhe pedira, e conversou com os Anjos que a vigiavam, e o portão duplo se abriu, e o carro entrou nele. Falei para o motorista me esperar lá fora: eu não ia demorar. Então entrei calmamente no prédio da escola, que agora me parecia muito menor do que quando eu o deixara.

O expediente já havia acabado; dei sorte de Tia Estée ainda estar por lá, embora talvez não fosse sorte. Ela estava sentada à mesa em sua sala de aula de sempre, escrevendo num caderno. Ela me olhou assim que entrei.

– Ora, Agnes! – disse ela. – Você está uma moça!

Eu não tinha planejado nada para além daquele momento. Minha vontade era de me jogar no chão e abrir o berreiro. Ela sempre fora boa comigo.

– Estão me obrigando a casar com um homem horrível, nojento! – falei. – Prefiro morrer! – E então eu de fato rompi em lágrimas e desabei na mesa dela. De certa forma eu estava atuando, e talvez fosse uma atuação ruim, mas era uma atuação verdadeira, se é que você me entende.

Tia Estée me fez levantar e ir até uma cadeira.

– Sente aqui, minha querida – disse ela –, e me conte tudo.

Ela me fez as perguntas que tinha obrigação de fazer. Eu já pensara no lado positivo daquele casamento para o meu futuro? Eu lhe disse que conhecia os benefícios, mas não me importava com eles porque não via futuro para mim, não se fosse aquele. E quanto aos demais candidatos? perguntou ela. Seria preferível algum outro? Eles não eram muito melhores, respondi, e de qualquer forma Paula já se decidira a favor do Comandante Judd. Eu falava sério sobre a vontade de morrer? Eu disse que sim, e que se não conseguisse me matar antes de me casar, o faria com certeza depois, e mataria o Comandante Judd na primeira vez em que ele encostasse um dedo em mim. Eu ia conseguir uma faca, falei. E cortar sua garganta.

Falei com convicção para que ela visse que eu seria capaz de fazê-lo, e naquele momento cheguei a acreditar que era. Eu quase senti o sangue jorrando dele. E depois meu próprio sangue. Eu quase o enxergava: uma maré vermelha.

A Tia Estée não disse que eu era uma perversa, como Tia Vidala talvez dissesse. Em vez disso, ela compreendeu minha agonia.

– Mas você sente que haveria outra maneira de contribuir para o bem maior? Talvez você tenha sentido algum chamado?

Eu havia me esquecido daquela parte, mas acabava de me lembrar.

– Ah, sim – falei. – Recebi sim. Senti que sou chamada a uma missão maior.

Tia Estée me contemplou e examinou longamente. Então ela me perguntou se podia orar em silêncio: precisava pedir orientação quanto ao que fazer. Observei calada ela juntar as mãos, fechar os olhos, e reclinar a cabeça. Fiquei torcendo: por favor, meu Deus, mande a mensagem certa para ela. Foi esta minha oração.

Por fim, ela abriu os olhos e sorriu para mim.

– Vou conversar com seus pais – disse ela. – E com Tia Lydia.

– Obrigada – respondi. Eu estava começando a chorar novamente, dessa vez de alívio.

– Você quer vir comigo? – disse ela. – Conversar com seus pais?

– Não posso – falei. – Eles vão me pegar e me prender no quarto, e depois me dopar. Você sabe que vão.

Ela não negou.

– Às vezes isso é o melhor – disse ela –, mas no seu caso, creio que não. Porém, você não tem como ficar aqui na escola. Não posso impedir que os Olhos entrem aqui, te levem embora e façam com que você mude de ideia. Você não quer que os Olhos façam uma coisa destas. É melhor vir comigo.

Ela deve ter avaliado Paula, e chegado à conclusão de que ela seria capaz de qualquer coisa. Eu não sabia, na época, como a Tia Estée havia obtido aquela informação sobre Paula, mas agora eu sei. As Tias tinham seus métodos, e seus informantes: para elas não havia parede sólida, nem porta trancada.

Saímos e ela disse ao meu motorista para informar à Esposa de seu Comandante que ela sentia muito por ter retido a Agnes Jemima por tanto tempo, e que esperava que aquilo não fosse motivo para preocupação. Ele também diria que ela, a Tia Estée, estava prestes a fazer uma importante visita à Esposa do Comandante Kyle, para resolver uma questão importante.

– E quanto a ela? – disse ele, se referindo a mim.

Tia Estée disse que ia se responsabilizar por mim, de forma que ele não precisava se inquietar. Ele me deu um olhar de censura – na verdade, um olhar de ódio: acabava de entender que eu o enganara, e que ia se encrencar. Mas ele entrou no carro e saiu pelo portão. Os Anjos eram Anjos da Escola Vidala: obedeciam a Tia Estée.

Então a Tia Estée usou seu bipe para chamar seu motorista Guardião pessoal, e entramos no carro dela.

– Vou te levar para um lugar seguro – disse ela. – Você precisa ficar lá até eu ter conversado com os seus pais. Quando chegarmos lá, você me promete que vai comer alguma coisa?

– Não vou ter apetite – respondi. Eu ainda estava prendendo o choro.

– Vai ter, sim, assim que se instalar – disse ela. – Um copo de leite quente, pelo menos. – Ela pegou minha mão e a apertou. – Vai ficar tudo bem – disse ela. – Tudo vai entrar nos eixos. – Então ela soltou minha mão e deu dois tapinhas nela.

Isso me reconfortou tanto quanto poderia nas circunstâncias, mas eu estava de novo prestes a chorar. Às vezes, a bondade dá nisso.

– Como? – perguntei. – Como vão entrar nos eixos?

– Não sei – respondeu Tia Estée. – Mas vão. Tenho fé. – Ela suspirou. – Às vezes, ter fé dá uma trabalheira.

38

O sol estava se pondo. A atmosfera primaveril estava repleta da névoa dourada que costuma surgir nessa época do ano: poeira, ou pólen. As folhas das árvores estavam lustrosas e sadias, jovens e viçosas; era como se fossem dádivas, cada uma delas, se desnovelando, livrando-se de seu papel de embrulho. Como se Deus estivesse acabado de criá-las, ensinava Tia Estée nas aulas de Apreciação da Natureza, evocando a visão de Deus passando a mão sobre as árvores mortiças de inverno, fazendo-as brotar novamente suas copas frondosas. Cada folha é única, acrescentava Tia Estée, igualzinho a cada uma de vocês! Era uma imagem linda.

Tia Estée e eu fomos sendo transportadas pelas ruas douradas. Será que eu voltaria a ver aquelas casas, aquelas árvores, aquelas calçadas? As calçadas vazias, as ruas pacíficas. As luzes se acendiam nas casas; lá dentro devia ter gente feliz, gente que sabia a que lugar pertencia. Eu já estava me sentindo uma pária; mas eu mesma resolvera me tornar uma, de forma que não podia me dar ao luxo de ficar com pena de mim.

– Aonde estamos indo? – perguntei a Tia Estée.

– Ao Ardua Hall – respondeu ela. – Você pode ficar lá enquanto visito seus pais.

Eu já ouvira falar no Ardua Hall, sempre aos cochichos, porque era um lugar especial para as Tias. Seja lá o que as Tias fizessem quando não estavam na nossa frente, não era da nossa conta, dizia Zilla. Elas eram um grupo reservado e não devíamos ser bisbilhoteiras.

– Mas eu não gostaria de ser uma delas – acrescentava Zilla.

– Por que não? – perguntei a ela certa vez.

– Fazem trabalhos sujos – disse Vera, que estava passando carne de porco pelo moedor para rechear uma torta. – Ficam com as mãos sujas.

– Para a gente não ter que sujar – disse Zilla delicadamente, espalhando a massa de torta com o rolo.

– A cabeça delas também se suja – falou Rosa. – Queiram elas ou não. – Ela estava picando cebola com um cutelo. – Livros! – Ela deu uma cutelada extraforte. – Nunca gostei deles.

– Nem eu – disse Vera. – Sabe lá no que elas são obrigadas a chafurdar! Sabe lá em que pocilga.

– Antes elas do que nós – disse Zilla.

– Elas não podem ter marido – disse Rosa. – Não que eu mesma fosse querer um, mas ainda assim. Nem bebê. Também não podem ter.

– São velhas demais, de qualquer forma – disse Vera. – Tudo ressecado já.

– A massa está pronta – disse Zilla. – Tem algum aipo sobrando?

Apesar daquela visão desanimadora sobre as Tias, eu me interessava pela ideia do Ardua Hall. Desde que eu ficara sabendo que Tabitha não era minha mãe, tudo que era secreto me atraía. Mais nova, eu costumava decorar o Ardua Hall na minha cabeça, tornando-o enorme, conferindo-lhe poderes mágicos: o local com tanto poder subterrâneo mas mal compreendido devia ser imponente. Seria ele feito um enorme castelo, ou mais feito um presídio? Seria ele parecido com nossa escola? Era bem provável que tivesse vários enormes cadeados nas portas que só uma Tia era capaz de destrancar.

Onde existir vácuo, a mente o preencherá com avidez. O medo sempre está à mão para preencher qualquer vazio, assim como a curiosidade. Tive ampla experiência com ambos.

– Você mora aqui? – perguntei a Tia Estée quando chegamos. – No Ardua Hall?

– Todas as Tias da cidade moram aqui – respondeu ela. – Mas circulamos por aí.

Quando os postes de luz começavam a se acender, deixando tudo num tom laranja opaco, chegamos a um portão em um muro alto de tijolos vermelhos. O portão de barras de ferro estava fechado. Nosso carro se deteve; em seguida, o portão se abriu. Vi holofotes; vi árvores.

A distância, um grupo de homens com o uniforme escuro dos Olhos estava parado em uma escadaria larga em frente a um palacete muito iluminado com pilastras brancas, ou pelo menos parecia um palacete. Eu logo ia ficar sabendo que ele já fora uma biblioteca.

Nosso carro estacionou, e o motorista abriu a porta, primeiro para a Tia Estée, depois para mim.

– Obrigada – disse Tia Estée para ele. – Espere aqui, por favor. Volto logo.

Ela me pegou pelo braço, e andamos junto à lateral de um prédio gigantesco de pedra cinza, depois passamos por uma estátua de mulher com algumas outras mulheres a seu redor. Não se costumavam ver estátuas de mulheres em Gilead, só de homens.

– Aquela é a Tia Lydia – disse Tia Estée. – Ou uma estátua dela. – Terá sido minha imaginação, ou Tia Estée ensaiou uma pequena mesura?

– Ela é diferente do que a da vida real – falei. Eu não sabia se a visita que recebi de Tia Lydia era para ser secreta, de forma que acrescentei: – Eu a vi num funeral. Ela não é tão alta assim.

Tia Estée não respondeu por alguns instantes. Vejo, em retrospecto, que era uma questão espinhosa: ninguém quer afirmar em público que uma pessoa poderosa é baixinha.

– Não – disse ela. – Mas estátuas não são gente de verdade.

Dobramos e entramos em uma vereda pavimentada. A um dos seus lados ficava um comprido prédio de três pavimentos em tijolo vermelho pontuado por uma série de portas vermelhas idênticas, cada uma com alguns degraus à frente e um triângulo branco acima do umbral. Dentro do triângulo havia algo escrito, que eu ainda não era capaz de ler. Ainda assim, fiquei surpresa de ver algo escrito num lugar tão público.

– Este é o Ardua Hall – disse Tia Estée. Fiquei desapontada: esperava algo bem mais imponente. – Pode entrar. Aqui você vai estar segura.

– Segura? – repliquei.

– Por ora – disse ela. – E, espero, por algum tempo. – Ela deu um sorriso bondoso. – Nenhum homem pode entrar aqui sem autorização das Tias. Isso é lei. Você pode descansar aqui até meu retorno.

Eu podia até estar protegida dos homens, pensei, mas e das mulheres? A Paula podia invadir o lugar e me arrastar com ela, me obrigar a ir para um lugar onde houvesse maridos.

Tia Estée me levou até um salão de tamanho médio onde havia um sofá.

– Esta é a área comum. Tem um banheiro depois daquela porta. – Ela subiu comigo um lance de escadas e entramos num quartinho com uma cama de solteiro e uma mesa. – Uma Tia vai te trazer leite quente. Depois você devia tirar um cochilo. Não precisa se preocupar. Deus me disse que vai dar tudo certo. – Eu não tinha essa fé que ela parecia ter, mas aquilo me tranquilizou um pouco.

Ela aguardou junto de mim até o leite quente chegar, trazido por uma Tia silenciosa.

– Obrigada, Tia Silhouette – disse ela. A outra assentiu com a cabeça e se retirou. Tia Estée me tocou o braço e saiu, fechando a porta depois.

Eu bebi só um gole do leite: estava desconfiada dele. Será que as Tias seriam capazes de me dopar, me sequestrar e me devolver às mãos de Paula? Não achei que Tia Estée fosse capaz disso, ainda que a Tia Silhouette sim. As Tias estavam do lado das Esposas, ou pelo menos era o que as meninas diziam na escola.

Fiquei andando em círculos pelo cubículo; por fim deitei na cama estreita. Mas estava agitada demais para dormir, de forma que levantei de novo. Havia um quadro na parede: Tia Lydia, sorrindo um sorriso inescrutável. Na parede oposta estava uma foto da Bebê Nicole. Eram as mesmas fotos já familiares das salas de aula da Escola Vidala, e eu as achei estranhamente reconfortantes.

Sobre a mesa, havia um livro.

Eu havia pensado e feito tanta coisa proibida naquele dia que me vi pronta a fazer mais uma. Fui até a mesa e fiquei contemplando o livro. O que havia lá dentro que o tornava tão perigoso para meninas como eu? Tão inflamável? Tão pernicioso?

39

Estendi a mão. Apanhei o livro.

Abri a capa. Labaredas não me devoraram.

Havia muitas páginas brancas lá dentro, com várias marcas em cima. Pareciam mosquinhas, insetos pretos despedaçados dispostos em linha, feito formigas. Eu parecia saber que aquelas marcas guardavam som e sentido, mas não conseguia me lembrar como.

– É difícil no começo – disse alguém atrás de mim.

Eu não tinha ouvido a porta se abrir. Assustada, me voltei.

– Becka! – falei. A última vez em que a vira fora na aula de arranjo floral da Tia Lise, sangue jorrando de seu pulso aberto. Na hora, seu rosto estava muito pálido, e resoluto, e desesperado. Agora ela parecia muito melhor. Usava um vestido marrom, com a parte de cima folgada, a cintura marcada; seu cabelo estava partido ao meio e puxado para trás.

– Não me chamo mais Becka – disse ela. – Agora me chamo Tia Immortelle; sou Postulante. Mas quando estivermos sozinhas, pode me chamar de Becka.

– Então no fim das contas você não se casou – falei. – Tia Lydia me contou que você sentiu um chamado para uma missão maior.

– Sim – disse ela. – Não vou ter que me casar, nunca. Mas e você? Ouvi dizer que você vai se casar com alguém muito importante.

– Querem que eu case – falei. Comecei a chorar. – Mas não posso. De jeito nenhum! – Limpei o nariz na manga.

– Eu sei – disse ela. – Falei para eles que preferia morrer. Você deve ter dito a mesma coisa. – Fiz que sim. – Você falou que sentiu o chamado? Para ser Tia? – Fiz que sim de novo. – Você sentiu mesmo?

– Não sei – respondi.

– Nem eu – falou Becka. – Mas passei no período de experiência de seis meses. Daqui a nove anos, quando eu tiver idade, vou poder me candidatar ao trabalho missionário das Pérolas, e, quando tiver cumprido esta etapa, vou ser uma Tia plena. Aí talvez eu sinta mesmo um chamado. Estou orando por um.

Eu já parara de chorar.

– O que vou ter que fazer? Para passar no teste?

– Primeiro você vai ter que lavar pratos e esfregar o chão e limpar privadas e ajudar a lavar roupa e cozinhar, que nem as Marthas – disse Becka. – E você tem que começar a aprender a ler. Ler é bem mais difícil que limpar privada. Mas agora já sei ler um pouco.

Entreguei-lhe o livro.

– Mostra! – falei. – Esse livro é do mal? Tem um monte de coisa proibida, como dizia a Tia Vidala?

– Esse aqui? – disse Becka. Ela deu um sorriso. – Esse, não. É só o *Estatuto do Ardua Hall*, com a história, os votos e os hinos. E a escala semanal da lavanderia.

– Lê um pouco, vai! – Eu queria ver se ela conseguia mesmo traduzir as marquinhas de inseto preto em palavras. Ainda que como eu poderia atestar se eram as palavras certas, já que eu mesma não tinha como lê-las?

Ela abriu o livro.

– Aqui, na primeira página, tem "Ardua Hall. Teoria e prática, protocolos e procedimentos, *Per Ardua Cum Estrus*. – Ela me mostrou. – Está vendo isso? É um *A*.

– O que é um *A*?

Ela deu um suspiro.

– Hoje não dá para fazer isso porque preciso ir para a Biblioteca Hildegard, estou com o turno da noite, mas prometo que te ajudo depois, se te deixarem ficar. Podemos pedir a Tia Lydia para você morar aqui comigo. Tem dois quartos vazios.

– Você acha que ela vai deixar?

– Não sei – disse Becka, baixando a voz. – Mas nunca fale nada de mal dela, de jeito nenhum, mesmo se achar que está num lugar seguro, como esse quarto. De algum jeito ela fica sabendo. – Ela sussurrou: – De todas as Tias, ela é a mais assustadora!

– Mais do que a Tia Vidala? – sussurrei também.

– A Tia Vidala quer que a gente erre – disse Becka. – Mas a Tia Lydia... é difícil descrever. A sensação que dá é que ela quer que você seja melhor do que é.

– Parece inspirador – falei. *Inspirador* era uma das palavras preferidas da Tia Lise: ela a usava para se referir aos arranjos florais.

– Ela te olha como se realmente te visse.

Já tanta gente havia me olhado sem me ver.

– Acho que eu ia gostar – falei.

– Não – disse Becka. – É por isso que ela assusta tanto.

40

Paula foi ao Ardua Hall tentar me fazer mudar de ideia. Tia Lydia disse que seria de bom tom eu me encontrar com ela e assegurá-la em pessoa de que minha decisão era sábia e abençoada por Deus, e portanto lá fui eu.

Paula me aguardava em uma mesa cor-de-rosa no Café Schlafly, que é onde nós, do Ardua Hall, podemos receber visitas. Ela estava com muita raiva.

– Você tem ideia do trabalho que seu pai e eu tivemos para acertar seu casamento com o Comandante Judd? – disse ela. – Você desonrou o seu pai.

– Ser membra das Tias não é desonra, de modo algum – falei devotadamente. – Fui chamada a uma missão maior. Não podia recusá-la.

– Mentirosa – disse Paula. – Deus jamais ia escolher umazinha do seu tipo para nada. Exijo que volte para casa agora mesmo.

De repente, me ergui e espatifei minha xícara no chão.

– Como ousa questionar a vontade de Deus? – respondi. Eu estava quase gritando. – Seu pecado a descobrirá! – Eu mesma não sabia a que tipo de pecado me referia, mas todos cometemos algum pecado.

"Se faça de louca", aconselhara-me Becka. "Assim, não vão querer que você case, pois se você cometer alguma violência, a culpa vai ser deles."

Paula foi pega de surpresa. Por um momento ela não soube o que responder, mas em seguida disse:

– As Tias precisam da autorização do Comandante Kyle, e ele nunca vai conceder. Então pode fazer suas malas, porque você vai para casa agora.

Nesse momento, porém, a Tia Lydia entrou no café:

– Posso dar uma palavra com você? – pediu ela a Paula. As duas se mudaram para uma mesa a certa distância de mim. Fiz força para escutar o que a Tia Lydia dizia, mas não consegui. Quando Paula se pôs de pé, porém, estava lívida. Deixou o café sem me dizer uma palavra, e naquela mesma tarde o Comandante Kyle assinou a autorização formal para as Tias se tornarem minhas novas responsáveis. Correriam muitos anos até eu vir a descobrir o que Tia Lydia dissera a Paula para obrigá-la a abrir mão de mim.

A seguir, precisei passar por uma entrevista com cada Tia Fundadora. Becka havia me aconselhado sobre a melhor forma de agir com cada uma: Tia Elizabeth apreciava a dedicação ao bem maior, Tia Helena preferia acabar logo com aquilo, mas Tia Vidala gostava de que nos rastejássemos e humilhássemos, de forma que eu saí a campo preparada.

A primeira entrevista foi com a Tia Elizabeth. Ela perguntou se eu me opunha ao casamento, ou apenas ao casamento com o Comandante Judd? Eu disse que me opunha ao casamento em geral, o que pareceu agradá-la. Eu já havia pensado em como minha decisão poderia magoar o Comandante Judd – ferir seus sentimentos? Eu quase falei que o Comandante Judd não parecia ter sentimentos, mas Becka me alertara para não dizer nada desrespeitoso porque as Tias não tolerariam.

Respondi que eu havia orado pelo bem-estar emocional do Comandante Judd e que ele merecia a felicidade, que eu tinha certeza de que outra Esposa seria capaz de lhe trazer, mas que eu recebera uma orientação divina de que eu não poderia contribuir para fazê-lo feliz daquela forma, aliás, nem a ele nem a qualquer outro homem, de forma que eu pretendia me consagrar a servir todas as mulheres de Gilead em vez de a um só homem e a uma só família.

– Se você fala sério sobre suas intenções, tem a mentalidade e o espírito certo para se sair muito bem aqui no Ardua Hall – disse ela. – Vou votar a favor de sua aprovação condicional. Daqui a seis meses veremos se essa vida é mesmo o caminho para o qual você foi escolhida.

– Agradeci-lhe imensamente, frisando como me sentia grata, e ela pareceu se agradar disso.

Minha entrevista com a Tia Helena não foi nada de mais. Ela ficou escrevendo em seu caderno e nem olhou direito na minha cara. Ela disse que Tia Lydia já se convencera, então é claro que ela teria que assinar embaixo. Ela deixou implícito que eu era um aborrecimento e uma perda de tempo.

Minha entrevista com Tia Vidala foi a mais difícil. Ela tinha sido minha professora, e, já na época, não ia com a minha cara. Ela disse que eu estava impugnando o meu dever, pois toda menina que recebia a dádiva de um corpo feminino deveria oferecer aquele corpo em sacrifício a Deus e em prol da glória de Gilead e da humanidade, e também cumprir a função que aqueles corpos haviam recebido desde o momento da Criação, e que esta era a lei da natureza.

Respondi que Deus havia concedido outros dons à mulher além daqueles, tais como os que ela mesma recebera. Ela perguntou: quais viriam a ser esses dons? Respondi: o dom de ser capaz de ler, pois todas as Tias o haviam recebido. Ela replicou que a leitura realizada pelas Tias era de textos sacros, a serviço de todas as coisas que ela já mencionara – ela as recitou outra vez – e será mesmo que eu me considerava tão santa assim?

Respondi que eu me dispunha a realizar todo trabalho árduo que fosse necessário para poder me tornar uma Tia feito ela, pois ela era o mais alto exemplo entre as Tias, e eu ainda não me considerava nem um pouco santa, mas talvez através da oração e pela graça divina eu viesse a receber alguma medida de santidade, embora nem sequer ousasse sonhar com o nível de santidade que ela mesma havia adquirido.

Tia Vidala disse que eu demonstrava a devida humildade, um bom indício de que minha integração à comunidade de servidoras do Ardua Hall correria bem. Deu até mesmo um de seus sorrisos contidos antes de eu sair da sala.

Minha última entrevista foi com Tia Lydia. As outras tinham me deixado ansiosa, mas, quando cheguei do lado de fora da porta da sala de

Tia Lydia, me vi aterrorizada. E se ela tivesse pensado melhor a respeito do meu ingresso? Ela tinha reputação de não só ser assustadora como também imprevisível. Quando eu estava erguendo a mão para bater à porta, veio sua voz lá de dentro:

– Não fique aí parada. Entre logo.

Será que ela estava me observando por uma minicâmera escondida? Becka me contara que ela instalara várias, ou pelo menos era esse o boato que corria. Conforme eu logo ia descobrir, o Ardua Hall era uma câmara de ecos: um boato ia alimentando o outro, de modo que você nunca sabia de onde eles haviam partido.

Entrei no escritório. Tia Lydia estava sentada atrás de sua mesa, que sustentava pilhas altas de pastas de arquivo.

– Agnes – disse ela. – Meus parabéns. Apesar dos inúmeros obstáculos, você conseguiu chegar até aqui, e respondeu ao chamado para se juntar a nós. – Fiz que sim. Tive medo de que ela me perguntasse em que forma tinha vindo o chamado: fora uma voz que eu ouvira? Mas ela não perguntou.

– Você tem absoluta certeza de que não deseja se casar com o Comandante Judd?

Fiz que não.

– Sábia decisão – disse ela.

– O quê? – Aquilo me surpreendeu: tinha achado que ela ia me passar um sermão sobre os deveres da mulher, ou algo do gênero. – Digo, perdão?

– Sei que você não teria como ser uma Esposa adequada a ele.

Exalei de alívio.

– Não, Tia Lydia – respondi. – Não teria. Espero que ele não fique muito decepcionado.

– Já propus uma alternativa mais adequada a ele – disse ela. – Sua ex-colega de escola, Shunammite.

– A Shunammite? – repliquei. – Mas ela vai se casar com outro!

– Esses acertos sempre podem ser modificados. Será que agradaria a Shunammite a troca de maridos, na sua opinião?

Recordei-me da mal disfarçada inveja que Shunammite demonstrou de mim e de seu entusiasmo com as vantagens materiais que seu casamento lhe traria. Casar com o Comandante Judd lhe traria dez vezes aquilo.

– Estou certa de que ela ficará muito grata – respondi.

– Concordo. – Ela sorriu. Parecia um nabo velho sorrindo: daqueles bem enrugados, que nossas Marthas costumavam jogar no caldo de carne das sopas. – Bem-vinda ao Ardua Hall – prosseguiu ela. – Você foi aprovada. Espero que esteja grata pela oportunidade, e pela ajuda prestada.

– Estou, Tia Lydia – consegui me obrigar a dizer. – Estou extremamente grata.

– Fico feliz em ouvi-lo – disse ela. – Talvez um dia você venha a ter a oportunidade de me ajudar tal como foi ajudada. Boa ação se paga com boa ação. Esta é uma das nossas regras de ouro aqui no Ardua Hall.

XV

Raposa e gato

O hológrafo de Ardua Hall

41

Quem espera, sempre alcança. Aqui se faz, aqui se paga. A paciência vale ouro. A mim pertence a vingança.

Esses adágios encanecidos nem sempre são verdade, mas às vezes são. Eis um que é sempre verdadeiro: é tudo questão de *timing*. Como nas piadas.

Não que contemos muitas piadas por aqui. Não gostaríamos de ser acusadas de mau gosto ou frivolidade. Em uma hierarquia de poderosos, só quem está no topo pode fazer graça, e mesmo assim o fazem a portas fechadas.

Mas voltemos ao que interessa.

Foi por demais essencial ao meu desenvolvimento mental ter tido o privilégio de ser uma mosquinha na parede; ou, para ser mais precisa, um ouvido na parede. Tão instrutivas, as confidências partilhadas entre moças que pensam que ninguém mais está ouvindo. Com o passar dos anos fui aumentando a sensibilidade dos meus microfones, ajustando-os para captar até mesmo o sussurro, apostando comigo mesma qual das nossas novas recrutas seria aquela a me render as informações vexaminosas pelas quais eu tanto ansiava e colecionava. Pouco a pouco meus dossiês foram crescendo, feito um balão de ar quente se preparando para a decolagem.

No caso de Becka, levou anos. Ela sempre fora tão reticente quanto à causa principal de sua aflição, até mesmo com sua amiga de escola, Agnes. Precisei esperar até que estabelecessem maior confiança mútua.

Foi Agnes que enfim abordou a questão. Uso seus nomes anteriores nesse relato – Agnes, Becka –, pois eram estes os nomes que empregavam entre si. Sua transformação em Tias perfeitas estava longe de chegar a termo, o que me aprazia. Aliás, quando você olha bem, a de todo mundo está.

– Becka, o que aconteceu com você, afinal? – disse Agnes certo dia quando estavam concentradas em seus estudos bíblicos. – Para te deixar tão revoltada contra o casamento. – Silêncio. – Sei que aconteceu alguma coisa. Por favor, não quer me contar o que foi?

– Não posso.

– Pode confiar em mim, eu não conto.

Então, aos trancos e barrancos, ela foi contando. O desgraçado do dr. Grove não tinha se limitado a apalpar suas jovens pacientes na cadeira de dentista. Eu já sabia daquilo havia tempos. Eu chegara até a coletar provas fotográficas, mas as omitira, porque os depoimentos das jovens – se é que seria possível extrair depoimentos delas, o que nesse caso eu duvidava – de pouco ou nada valeriam. Até mesmo com mulheres adultas, quatro testemunhas mulheres valem o mesmo que um homem, aqui em Gilead.

Grove se fiara nisso. Além disso, era o homem de confiança dos Comandantes: era excelente dentista, e os poderosos dão ampla margem de ação a profissionais capazes de aliviar sua dor. Médicos, dentistas, advogados, contadores: no novo mundo de Gilead, assim como no antigo, seus pecados frequentemente lhes são perdoados.

Mas o que Grove fizera à pequena Becka – quando muito pequena, e depois à Becka mais velha, porém ainda pequena –, aquilo, na minha opinião, carecia de um castigo.

Não se podia confiar na própria Becka para executá-lo. Ela jamais deporia contra Grove, disso eu tinha certeza. Sua conversa com Agnes confirmou isso.

AGNES: Precisamos contar para alguém.
BECKA: Não, não tem ninguém a quem contar.
AGNES: Poderíamos falar para a Tia Lydia.
BECKA: Ela vai dizer que ele era meu pai e que temos que obedecer a nossos pais, está no plano de Deus. É isso que o meu pai dizia.

AGNES: Mas ele não é seu pai de verdade. Não se ele fez isso com você. Você foi roubada da sua mãe, entregue ainda bebê...

BECKA: Ele disse que sua autoridade sobre mim vinha de Deus.

AGNES: E quanto à sua suposta mãe?

BECKA: Ela não quis acreditar em mim. Mesmo que acreditasse, ia dizer que eu que provoquei. Todo mundo diria a mesma coisa.

AGNES: Mas você tinha quatro anos!

BECKA: Iam dizer isso do mesmo jeito. Você sabe que iam. Não podem começar a acreditar na palavra de... de gente como eu. E supondo que acreditassem em mim, iam matar ele, mandá-lo para ser dilacerado por Aias numa Particicução, e a culpa ia ser minha. Eu não conseguiria viver com isso. Seria como cometer assassinato.

Não incluí as lágrimas, as tentativas de consolo de Agnes, os votos de amizade eterna, as orações. Mas teve isso tudo. O suficiente para amolecer o coração mais duro. Quase amoleceu o meu.

No fim, Becka decidiu oferecer seu sofrimento silencioso como sacrifício para Deus. Não sei dizer o que Deus achou disso, mas para mim, não bastava. Uma vez juíza, sempre juíza. Eu julguei, proferi a sentença. Mas como executá-la?

Após ponderar por algum tempo, na semana passada resolvi agir. Convidei Tia Elizabeth para tomar uma xícara de chá de hortelã no Café Schlafly.

Ela estava toda sorrisos: caíra em minhas graças.

– Tia Lydia – disse ela. – Que surpresa boa o seu convite! – Ela era extremamente bem-educada quando queria. Uma vez educada em Vassar, sempre educada em Vassar, como às vezes eu dizia, maliciosa, para mim mesma, ao vê-la moer de pancada os pés de alguma candidata recalcitrante a Aia no Centro Raquel e Lea.

– Pensei que precisávamos ter uma conversa em particular – falei. Ela se debruçou para a frente, esperando uma fofoca.

– Sou toda ouvidos – disse ela. Uma inverdade – suas orelhas compreendiam apenas uma pequena parte de seu rosto –, porém deixei passar.

– Eu andei pensando – falei. – Se você fosse um bicho, que bicho você seria?

Ela reaprumou o corpo, sem entender.

– Eu jamais ponderei essa questão – disse ela. – Pois Deus não me criou como animal.

– Só para matar minha curiosidade – falei. – Por exemplo: raposa ou gato?

Aqui, meu leitor, creio que lhe devo uma explicação. Quando criança eu li um livro chamado *Fábulas de Esopo*. Eu o peguei na biblioteca da escola: minha família não gastava dinheiro com livros. Naquele livro estava uma história sobre a qual meditei muitas vezes. Era a seguinte:

Seu Raposo e Dona Gata estavam contando como cada um fugia dos caçadores e de seus cães. Raposo disse que tinha uma série de diferentes truques, e se os caçadores aparecessem com os cachorros, ele ia tentando aplicar um por um – voltar correndo por cima das próprias pegadas, atravessar um rio para atrapalhar o faro deles, entrar numa toca com múltiplas saídas. Os caçadores se exauriam com o estratagema do Raposo e desistiam, e com isso Raposo continuava à solta para cometer seus roubos de galinha e delitos afins.

– E a senhora, Dona Gata? – perguntou ele. – Que truques você usa?

– Só tenho um – respondeu a Gata. – Quando o perigo é extremo, sei subir em árvores.

O Raposo agradeceu à Gata pelo agradável colóquio pré-refeição e revelou que agora era a hora do jantar, e que a Gata estava no cardápio. A mandíbula raposina estala, chumaços de pelo felino flutuam pelo ar. Uma coleira é cuspida no chão. Cartazes de Gata perdida são colados a postes telefônicos, com apelos emocionados de crianças acabrunhadas.

Perdão. Eu me empolgo. A fábula continua da seguinte forma:

Os caçadores chegam ao local com seus cachorros. Raposo tenta pregar todos os seus truques, mas é encurralado e morto. A Gata, enquanto isso, escalou uma árvore e assiste à cena com todo o sossego.

– Não é tão sagaz assim, afinal! – zomba ela. Ou alguma observação marota do gênero.

No princípio de Gilead, eu costumava me perguntar se eu era o Raposo ou a Gata. Devo me desdobrar em mil, empregando os segredos em meu poder para manipular os outros, ou devo fechar a matraca e comemorar quando os outros querem ser tão espertos que se lascam? Obviamente eu era ambos, já que – diferentemente de muita gente – ainda estou aqui. Ainda tenho um monte de truques. E ainda estou no alto da árvore. Mas Tia Elizabeth nada sabia das minhas meditações particulares.

– Honestamente, não sei – respondeu ela. – Talvez um gato.

– Sim – falei. – Eu lhe tomava por um gato. Mas agora talvez você tenha que evocar sua raposa interior.

Fiz uma pausa.

– Tia Vidala está tentando te incriminar – prossegui. – Ela alega que você está me acusando de heresia e idolatria e por isso vem plantando ovos e laranjas na minha estátua.

Tia Elizabeth ficou fora de si.

– Calúnia! Por que Vidala diria uma coisa dessas? Eu nunca fiz mal a ela!

– Quem pode conhecer os segredos da alma humana? – falei. – Nenhuma de nós é isenta de pecado. Tia Vidala é ambiciosa. Ela pode ter percebido que você é de fato meu braço direito. – Nesse ponto, Elizabeth se alegrou, porque isso era novidade para ela. – Nesse caso ela também deduziu que você é a próxima na linha de sucessão aqui do Ardua Hall. Ela deve ter invejado isso, já que se considera mais antiga que você, e até mesmo do que eu, já que foi apoiadora de Gilead desde o primeiro momento. Eu já não sou jovem nem com perfeita saúde; ela deve achar que, para obter a posição que é dela por direito, precisa eliminar você. Daí seu desejo por novas normas que proíbam oferendas à minha estátua. Com punições – acrescentei. – Ela deve estar tramando para que eu seja expulsa das Tias, e você também.

Elizabeth, a essa altura, já chorava.

– Como ela pode ser tão perversa? – soluçava ela. – Eu pensava que éramos amigas.

– Às vezes a amizade, infelizmente, não passa de aparência. Não se preocupe. Eu vou protegê-la.

– Sou muitíssimo grata, Tia Lydia. Você é tão íntegra!

– Obrigada – respondi. – Mas desejo que você me faça um pequeno favor em troca.

– Ah, sim! Mas claro – disse ela. – O que é?

– Quero que preste falso testemunho – respondi.

Aquele não era um pedido qualquer: Elizabeth estaria em grande perigo. Gilead vê com péssimos olhos o falso testemunho, embora isso aconteça a todo momento.

XVI

PÉROLAS

Transcrição do Depoimento da Testemunha 369B

42

Meu primeiro dia como Jade, a fugitiva, foi uma quinta-feira. Melanie costumava dizer que eu tinha nascido na quinta então era boa-pinta – era uma rima infantil antiga que também dizia que criança que nasce quarta vai pro raio que a parta, então quando eu estava rabugenta dizia que ela tinha errado o dia da semana e que na verdade eu tinha nascido na quarta, e ela dizia que não, claro que não, ela sabia muito bem em que dia eu nascera, como poderia esquecer?

Enfim, era uma quinta. Eu estava sentada de pernas cruzadas na calçada com o Garth, usando de malha pretas rasgadas – Ada que as fornecera, mas o rasgo eu mesma fizera – e short magenta por cima, e sapatos de plástico prateados tão gastos que pareciam ter sido digeridos por um guaxinim. Eu usava uma blusa rosa encardida – sem mangas, porque Ada disse que eu deveria exibir minha tatuagem nova. Eu tinha um casaco de capuz cinza amarrado na cintura e um boné preto. Nenhuma das roupas era do meu tamanho: tinham que parecer ter sido pegas da caixa de caridade. Eu tinha sujado meu cabelo para dar a impressão de que eu andava dormindo ao relento. O verde já estava ficando desbotado.

– Você está maravilhosa – disse Garth ao me ver com a fantasia completa, pronta para sair.

– Maravilhosamente uma merda – falei.

– Uma merda excelente – disse Garth. Achei que ele estivesse só tentando ser legal comigo, e foi por isso que levei a mal. Eu queria que ele me dissesse aquilo a sério. – Mas quando estiver em Gilead, vai ter que parar com os palavrões. Talvez até deixá-los te converter desse hábito.

Havia muitas instruções a serem lembradas. Eu estava nervosa – convencida de que ia meter os pés pelas mãos – mas Garth disse para simplesmente me fazer de burra, e eu respondera: que bom que você disse *me fazer*.

Eu não flertava lá muito bem. Nunca tinha feito aquilo antes.

Nós dois nos aboletamos na porta de um banco, que Garth disse ser um excelente local para se pedir dinheiro: na saída do banco, o pessoal tem mais chance de te dar algum. Outra pessoa – uma mulher de cadeira de rodas – costumava ficar naquele ponto, mas o Mayday tinha pagado a ela para ficar em outro lugar pelo tempo que precisássemos: as Pérolas seguiam sempre uma rota, e nosso ponto ficava no meio dela.

O sol estava escaldante, de modo que nos colamos à parede numa pequena faixa de sombra. Eu tinha deixado um velho chapéu de palha à minha frente com uma placa de papelão escrita com giz de cera: SEM TETO AJUDE POR FAVOR. Havia algumas moedas dentro do chapéu: Garth falou que, se as pessoas vissem que alguém já havia contribuído, teriam maior chance de fazer o mesmo. Minhas ordens eram para me fazer de perdida e desorientada, o que não era difícil, já que era assim mesmo que eu me sentia.

Em um quarteirão ao leste, George estava postado em outra esquina. Ele ia ligar para Ada e Elijah se houvesse algum problema, fosse com as Pérolas ou com a polícia. E eles estavam em uma van, circulando pela área.

Garth não falava muito. Percebi que ele era uma mistura de babá e guarda-costas, então não estava ali para ficar de papo, nem nenhuma regra ditava que ele tinha que ser simpático comigo. Ele estava usando uma camiseta preta sem mangas que deixava suas tatuagens à mostra – uma lula num dos bíceps, um morcego no outro, ambos pretos. Ele tinha um gorro de lã, também preto.

– Sorria para as pessoas quando elas derem dinheiro – disse ele depois que não fiz isso para uma senhora de cabelos brancos. – Diga alguma coisa.

– Tipo o quê? – perguntei.

– Tem gente que diz "Deus te abençoe".

Neil ficaria chocado se me visse dizer uma coisa daquelas.

– Seria mentira. Já que eu não acredito em Deus.

– Tudo bem então. Serve "Obrigada" – disse ele pachorrentamente. – Ou "Tenha um bom dia".

– Não posso dizer isso – falei. – É hipócrita. Não sinto gratidão, nem ligo pra porra do dia deles.

Ele deu risada.

– Agora você se preocupa com mentiras? Então por que não muda seu nome para Nicole de novo?

– Não fui eu que escolhi esse nome. É o último que eu queria na vida, você sabe. – Cruzei os braços sobre os joelhos e dei as costas para ele. A cada minuto que passava eu ficava mais infantil: era o efeito que ele tinha sobre mim.

– Não desperdice sua raiva comigo – disse Garth. – Faço parte do cenário, só. Guarde isso para Gilead.

– Vocês todos disseram para eu ser petulante. Só estou obedecendo.

– Lá vêm as Pérolas – disse ele. – Não olhe para elas. Nem de relance. Faz cara de chapada.

Não sei como ele conseguiu percebê-las sem dar bandeira de que tinha olhado, pois estavam muito longe. Mas logo estavam coladas conosco: eram duas, com seus vestidos cinza prata de saia comprida, seus colarinhos brancos, seus chapéus brancos. Uma era ruiva, pelos fios de cabelo que escapavam do chapéu, e a outra morena, a julgar pelas sobrancelhas. Elas sorriram para mim onde eu estava, colada na parede.

– Bom dia, querida – disse a ruiva. – Como você se chama?

– Podemos te ajudar – falou a morena. – Não há sem-teto em Gilead.

Olhei para ela fixamente, torcendo para eu parecer tão desamparada quanto me sentia. Estavam tão bem cuidadas e arrumadinhas; perto delas eu me sentia triplamente encardida.

Garth agarrou meu braço direito, possessivo:

– Ela não vai falar com vocês – disse ele.

– O que é isso no seu braço? – disse a mais alta, a morena. Ela se inclinou para espiar.

– Ele está te molestando, querida? – perguntou a ruiva.

A outra sorriu.

– Ele está te *vendendo*? A vida pode ser bem melhor com a gente.

– Vão se foder, vagabundas de Gilead – disse Garth com uma truculência espantosa. Eu olhei para cima, para as duas, limpinhas e arrumadas em seus vestidos perolados e colares alvos, e, acredite ou não, uma lágrima escorreu do meu rosto. Eu sabia que elas tinham segundas intenções e não davam a mínima para o meu bem-estar – só queriam me pegar e me acrescentar à sua cota –, mas a simpatia delas me baqueou um pouco. Minha vontade era que alguém me tirasse dali e me pusesse na cama.

– Ora, ora – disse a ruiva. – Mas que príncipe. Pelo menos deixe ela levar isso. – Ela atirou um panfleto para mim. Dizia "Há um lar em Gilead para *você*!". – Deus a abençoe. – As duas então se foram, com uma última olhada para trás.

– Não era para eu deixar elas me levarem? – perguntei. – Não é para eu ir com elas?

– Não de primeira. Não podemos deixar tão fácil para elas – disse Garth. – Se alguém em Gilead estiver de olho, fica muito suspeito. Não se preocupe, elas voltam.

43

Naquela noite, dormimos embaixo da ponte. Ela ficava em cima de uma ravina, com um riacho embaixo. Subia uma névoa: depois do dia quente, estava frio e úmido. A terra cheirava a mijo de gato, ou talvez a gambá. Vesti o casaco cinza, afrouxando a manga ao passá-la sobre a cicatriz da tatuagem. Ainda doía um pouco.

Havia quatro ou cinco pessoas embaixo da ponte conosco, três homens e duas mulheres, acho, embora estivesse escuro e fosse difícil ter certeza. Um dos homens era o George; ele fingiu que não nos conhecia. Uma das mulheres ofereceu cigarros, mas eu não ia ser burra de tentar fumar – eu ia tossir e me denunciar. Uma garrafa também estava passando de mão em mão. Garth tinha me dito para não fumar nem beber nada, porque quem poderia saber o que tinha ali dentro?

Ele também me falou para não dar papo para ninguém: qualquer pessoa ali poderia ser plantada por Gilead, e se tentassem desentocar minha história e eu falasse bobagem, eles desconfiariam e avisariam as Pérolas. Ele é que falava, na maioria das vezes grunhidos. Ele parecia já conhecer alguns deles. Um deles disse "O que ela tem, é retardada? Como assim ela não fala?", e Garth respondeu "Ela só fala comigo", e o outro disse "Bom trabalho, qual é o segredo?".

Tínhamos vários sacos de lixo verde para deitar. Garth me abraçou, e com isso fiquei mais quentinha. No início eu afastei o braço que ele colocou por cima, mas ele sussurrou no meu ouvido, "Lembra que você é minha namorada", então parei de me remexer. Eu sabia que o abraço dele era fingido, mas naquele momento eu não liguei. Eu quase sentia que ele era mesmo meu primeiro namorado. Não era muito, mas já era alguma coisa.

Na noite seguinte, Garth arranjou briga com um dos sujeitos embaixo da ponte. A briga foi rápida e Garth ganhou. Não vi como – foi um movimento breve, veloz. Então ele falou que era melhor a gente mudar de lugar, de forma que na noite seguinte dormimos dentro de uma igreja no centro. Ele tinha a chave; não sei onde a arrumou. Não éramos os únicos a dormir ali, a julgar pelos detritos embaixo dos bancos: mochilas abandonadas, garrafas vazias, uma ou outra seringa.

Comíamos em lanchonetes, o que me curou do gosto por fast-food. Houve tempo em que eu via esse tipo de comida com certo glamour, provavelmente porque Melanie a condenava, mas, quando você só come isso o tempo todo, fica enjoada e se sentindo inchada. Era também onde eu ia ao banheiro, de dia, quando não estava de cócoras em alguma ravina.

A quarta noite foi num cemitério. Cemitérios eram seguros, segundo Garth, mas muitas vezes tinha gente demais neles. Havia quem achasse divertido sair de trás de uma lápide e pular em cima dos outros, mas geralmente eram pirralhos que fugiram de casa no fim de semana. Gente de rua mesmo sabia que assustar os outros assim no escuro podia acabar em facada, porque nem todo mundo que rondava cemitérios era totalmente bom da cabeça.

– Como você, por exemplo – falei. Ele não demonstrou reação. Eu devia estar enchendo o saco dele.

Preciso mencionar aqui que Garth não se aproveitou, mesmo provavelmente percebendo que eu estava caidinha por dele. Ele estava lá para me proteger, e assim fez, me protegendo até dele mesmo. Gosto de pensar que ele achou isso difícil.

44

— Quando é que as Pérolas vão dar as caras de novo? – perguntei no quinto dia de manhã. – Acho que elas não querem saber de mim.

– Paciência – disse Garth. – Como disse a Ada, já mandamos pessoas a Gilead assim antes. Algumas conseguiram entrar, mas outras foram com muita sede ao pote, se deixaram levar já na primeira oportunidade. Foram descartadas antes mesmo de transpor a fronteira.

– Obrigada – respondi com voz de sofrimento. – Aí é que fico confiante mesmo. Sei que vou foder com tudo, eu sei.

– Esfria essa cabeça, vai ficar tudo bem – disse Garth. – Você consegue. Estamos todos contando com você.

– Sem pressão, tá? – falei. – Você diz pra pular, eu pergunto que altura? – Eu estava insuportável, mas não conseguia me controlar.

Naquele mesmo dia, mais tarde, as Pérolas deram as caras de novo. Elas fizeram hora, passando perto da gente, depois atravessando a rua e caminhando para o outro lado, olhando vitrines. Então, quando o Garth saiu para comprar hambúrgueres, elas vieram e começaram a conversar comigo.

Perguntaram o meu nome, e falei Jade. Então elas se apresentaram: Tia Beatrice era a morena, e Tia Dove era a ruiva sardenta.

Elas perguntaram se eu era feliz, e balancei a cabeça em negativa. Então elas olharam para a minha tatuagem, e disseram que eu era muito especial para ter me submetido a tal sofrimento em nome do Senhor, e estavam felizes que eu soubesse que Deus me valorizava. E Gilead também me valorizaria, pois eu era uma flor valiosa, toda mulher era uma flor valiosa, em especial as meninas da minha idade, e que se eu estivesse em Gilead eu seria tratada como a menina especial que eu era, e seria protegida, e ninguém – homem nenhum – jamais poderia me fazer mal. E aquele homem que estava comigo, ele me batia?

Eu detestava mentir daquele jeito sobre o Garth, mas fiz que sim.

– E ele te força a fazer coisas ruins?

Fiz cara de besta, de forma que Tia Beatrice – a mais alta – disse:

– Ele te força a fazer sexo? – Assenti com o menor dos movimentos, como se tivesse vergonha daquilo.

– E ele te empresta para outros homens?

Aquilo já era demais – eu não imaginava Garth fazendo uma coisa daquelas –, de modo que fiz que não. E Tia Beatrice falou que talvez ele não tivesse tentado aquilo ainda, mas, se eu permanecesse com ele, faria sim, porque é isso que homens do tipo dele faziam – pegavam meninas novas e fingiam que as amavam, mas logo as estavam vendendo a quem quer que pagasse.

– Amor livre – disse Tia Beatrice com desprezo. – Nunca é tão livre assim. Sempre se paga o preço.

– Nem amor é – disse Tia Dove. – Por que você está com ele?

– Eu não sabia para onde ir – falei, rompendo em lágrimas. – Na minha casa tinha violência!

– Nunca há violência em nossos lares em Gilead – disse Tia Beatrice.

Então Garth voltou e fingiu estar bravo. Me agarrou pelo braço – o esquerdo, com a cicatriz – e me obrigou a ficar de pé, e gritei, porque doeu. Ele disse para eu calar a boca e que já estávamos indo.

– Posso conversar com você? – perguntou Tia Beatrice.

Ela e Garth se afastaram de modo que não pudéssemos ouvi-los, e Tia Dove me entregou um lenço para limpar o choro, dizendo:

– Posso abraçá-la em nome do Senhor? – Eu disse que sim.

Tia Beatrice voltou e disse:

– Podemos ir.

– Louvado seja – disse Tia Dove.

Garth tinha ido embora. Nem sequer tinha olhado para trás. Não consegui nem me despedir dele, o que me fez chorar ainda mais.

– Está tudo bem, agora você está em segurança – disse Tia Dove. – Seja forte. – Que era o mesmo tipo de coisa que era dito às refugiadas de Gilead no SanctuCare, exceto por estarem indo na direção oposta.

Tia Beatrice e Tia Dove andavam muito junto de mim, uma de cada lado, para que ninguém me perturbasse, segundo elas.

– Aquele rapaz vendeu você – disse Tia Dove com desprezo.

– Vendeu? – perguntei. Garth não havia me contado que pretendia fazer aquilo.

– Eu só precisei perguntar quanto era. Olha o pouco que ele te valorizava. Que sorte que ele te vendeu para a gente e não para alguma quadrilha de exploradores sexuais – disse Tia Beatrice. – Ele queria muito dinheiro, mas eu regateei. No fim, ele aceitou metade.

– Infiel nojento – disse Tia Dove.

– Ele disse que você era virgem, e que por isso você custava caro – disse Tia Beatrice. – Mas não foi o que você nos disse, não é?

Pensei rápido.

– Eu queria que vocês ficassem com pena de mim – sussurrei – para me levarem embora.

As duas se entreolharam por cima de mim.

– Nós entendemos – disse Tia Dove. – Mas de agora em diante, você precisa falar a verdade.

Fiz que sim, e falei que diria.

Elas me levaram para o condomínio onde estavam morando. Fiquei pensando se seria o mesmo apartamento onde haviam encontrado a Pérola morta. Mas meu plano naquela hora era dizer o menos possível; não queria estragar tudo. Também não queria ser encontrada amarrada a uma maçaneta.

O apartamento era muito moderno. Tinha dois banheiros, cada um com banheira e chuveiro, e janelas enormes, e uma ampla varanda abrigando árvores de verdade em vasos de concreto. Logo descobri que a porta da varanda estava trancada.

Eu estava morta de vontade de tomar um banho: eu fedia a camadas de cascão, suor e chulé de meias vencidas, e ao lodo fedorento da ponte, e ao cheiro de fritura e gordura das lanchonetes de fast-food. O apartamento era tão limpo e com tanto desodorizante cítrico que fiquei achando que meu fedor se destacava mais que de costume.

Quando Tia Beatrice me perguntou se eu queria tomar banho, aceitei rápido. Mas Tia Dove disse que eu precisava tomar cuidado com o meu braço: não podia molhá-lo para as casquinhas não saírem. Preciso admitir que fiquei tocada com a preocupação delas, ainda que fosse fingida: não queriam levar uma imprestável purulenta para Gilead em vez de uma Pérola.

Quando saí do chuveiro, embrulhada numa toalha branca felpuda, minhas roupas velhas haviam desaparecido – estavam tão sujas que nem havia por que lavá-las, disse Tia Beatrice – e haviam deixado para mim um vestido cinza prata igual ao delas.

– É para eu usar isso aqui? – perguntei. – Mas eu não sou Pérola. Pensei que vocês é que eram as Pérolas.

– Tanto as que procuram as Pérolas como as Pérolas recolhidas são Pérolas – disse Tia Dove. – Você é uma Pérola preciosa. Uma Pérola de Grande Valor.

– Por isso que corremos tantos riscos por você – disse Tia Beatrice. – Temos muitos inimigos aqui. Mas não se preocupe, Jade. Vamos te proteger.

Em todo caso, disse ela, mesmo que eu não fosse oficialmente uma Pérola, seria preciso usar o vestido para poder sair do Canadá, porque as autoridades canadenses vinham apertando o cerco à exportação de convertidos menores de idade. Viam isso como tráfico de pessoas, o que era um erro da parte deles, acrescentou ela.

Então Tia Dove lhe recordou que ela não devia usar a palavra *exportação*, já que meninas não eram mercadorias; e a Tia Beatrice pediu desculpas e disse que o que quisera dizer foi "facilitação de transposição de fronteiras". E ambas sorriram.

– Não sou menor de idade – falei. – Tenho dezesseis anos.

– Você tem alguma identidade? – perguntou Tia Beatrice. Fiz que não com a cabeça.

– Achamos mesmo que não – disse Tia Dove. – Então vamos arranjar uma para você.

– Mas, para evitar qualquer problema, você vai ter documentos que te identificam como Tia Dove – disse Tia Beatrice. – Os canadenses sabem que ela entrou. Portanto, quando você passar pela fronteira, vão pensar que você é ela.

– Mas sou muito mais nova – falei. – E não pareço com ela.

– Seus documentos vão ter sua foto – disse Tia Beatrice. A verdadeira Tia Dove, segundo ela, ficaria no Canadá, e iria embora com a próxima menina que fosse recolhida, assumindo o nome de uma Pérola que chegasse depois. Estavam acostumadas a trocar de identidade daquele jeito.

– Os canadenses não sabem nos diferenciar – disse Tia Dove. – Para eles, somos todas iguais. – As duas riram, como se estivessem pregando uma peça engraçadíssima.

Então Tia Dove disse que o motivo mais importante além daquele para usar o vestido prateado era facilitar minha entrada em Gilead, pois lá mulher não usava roupa de homem. Eu falei que leggings não eram roupa de homem, e elas disseram – calma, porém firmemente – que eram sim, e que estava na Bíblia, eram uma abominação, e que, se eu quisesse fazer parte de Gilead, teria que aceitar isso.

Lembrei a mim mesma de não discutir com elas, portanto coloquei o vestido; e o colar de pérolas, que era falso, que nem Melanie tinha falado. Havia um chapéu de sol branco, mas eu só precisava usá-lo quando estivesse fora de casa, disseram elas. Era permitido mostrar o cabelo em locais fechados desde que não houvesse homens à vista, porque os homens tinham fixação com cabelos, e, se os viam, perdiam o controle, disseram elas. E o meu cabelo era ainda mais provocante que o normal por ser esverdeado.

– É só tonalizante, logo vai sair – falei em tom de desculpas para que soubessem que eu já renunciara à minha temerária seleção de matiz capilar.

– Está tudo bem, querida – disse Tia Dove. – Ninguém nem vai vê-lo.

Na verdade, o vestido me pareceu muito confortável depois daquelas minhas roupas velhas. Era fresquinho e macio.

Tia Beatrice pediu pizza no almoço, que comemos com sorvete que havia na geladeira. Eu disse estar surpresa de vê-las comendo *junk food*: Gilead não era contra, especialmente no caso de mulheres?

– Faz parte da nossa prova enquanto Pérolas – disse Tia Dove. – É para experimentarmos as tentações carnais no estrangeiro para melhor compreendê-las, e depois rejeitá-las de todo o coração. – Ela deu mais uma mordida na pizza.

– De qualquer modo, essa vai ser minha última chance de experimentá-las – disse Tia Beatrice, que acabara com sua pizza e já estava no sorvete. – Sinceramente não vejo qual é o problema do sorvete, desde que não tenha aditivos químicos. – Tia Dove a censurou com o olhar. Tia Beatrice lambeu sua colher.

Recusei o sorvete. Estava muito nervosa. Além disso, não gostava mais de sorvete. Era uma recordação forte demais da Melanie.

Naquela noite, antes de ir para a cama, eu me olhei bem no espelho do banheiro. Apesar do banho e da comida, eu estava podre. Tinha olheiras profundas; tinha emagrecido. Estava mesmo parecendo uma mocinha desamparada precisando de resgate.

Dormir em uma cama de verdade em vez de embaixo da ponte era maravilhoso. Mas eu sentia saudade de Garth.

Em todas as noites que passei naquele quarto, elas trancaram a porta. E tomaram cuidado para que, enquanto eu estivesse acordada, nunca estivesse sozinha.

Os dias seguintes foram usados para preparar meus documentos com o nome da Tia Dove. Tirei fotos e digitais para poderem me fazer um passaporte. O passaporte foi autenticado na Embaixada de Gilead em Ottawa, depois reenviado ao Consulado por correio diplomático especial. Haviam colocado os números de identificação da Tia Dove, mas com a minha foto e dados físicos no lugar, e tinham se infiltrado até no banco de dados da imigração canadense, onde estava registrada a entrada de Tia Dove, removendo temporariamente a verdadeira Tia Dove, e inserindo meus dados no lugar, com direito a *scan* de retina e digital do polegar.

– Temos muitos amigos dentro da infraestrutura do governo canadense – disse Tia Beatrice. – Você ficaria surpresa.

– Tantos que querem o nosso bem – disse Tia Dove. Então ambas disseram: – Louvado seja.

Eles haviam aposto um selo em alto-relevo a uma das páginas com a palavra PÉROLA. Isso queria dizer que eu ia entrar de imediato em Gilead, sem maiores trâmites: era como ser diplomata, disse Tia Beatrice.

Agora eu era a Tia Dove, mas uma Tia Dove diferente. Eu tinha um Visto Canadense Temporário de Pérola Missionária que precisava devolver às autoridades de fronteira ao sair. Era simples, disse Tia Beatrice.

– Olhe bem para o chão quando estivermos passando – disse Tia Dove. – Assim você esconde o rosto. De qualquer forma, é o recato que convém.

Tia Beatrice e eu fomos levadas ao aeroporto em um carro preto do governo de Gilead, e passei pelas autoridades de fronteira sem problemas. Nem mesmo nos revistaram.

O avião era um jatinho particular. Estava estampado com um olho alado. Era prateado, mas a mim pareceu escuro – feito um enorme pássaro preto, à espera para me levar para onde? Para o nada. Ada e Elijah haviam tentado me ensinar tudo que podiam sobre Gilead; eu assistira a documentários e programas de TV; mas ainda não conseguia imaginar o que estaria à minha espera naquele lugar. Eu não me sentia nem um pouco à altura da tarefa.

Fiquei me lembrando da SanctuCare, e das refugiadas. Eu olhava para elas mas na verdade não as enxergava. Não tinha parado para pensar em como era sair de um lugar que conhecia, e perder tudo, e viajar para o desconhecido. Na sensação vazia e soturna que aquilo devia dar, exceto talvez pela pequena chama de esperança que te permitia assumir aquele risco.

Logo, logo, eu também ia me sentir daquele jeito. Eu estaria no escuro, com uma pequena centelha de luz nas mãos, tentando achar o meu caminho.

45

Nossa decolagem atrasou, e pensei que talvez tivesse sido descoberta e que seríamos pegas no fim das contas. Mas assim que alçamos voo, me senti mais leve. Eu nunca tinha entrado num avião - no começo, fiquei muito empolgada. Mas o céu ficou nublado, e a vista se tornou monótona. Eu devo ter dormido, porque logo Tia Beatrice estava me cutucando com delicadeza e dizendo:

- Estamos quase chegando.

Olhei pela janelinha. O avião já voava mais baixo, e eu via alguns prédios bonitos lá embaixo, com telhados em cone e torres, e um rio tortuoso, e o mar.

Então o avião pousou. Saímos por uma escadinha que baixou da porta. O tempo estava quente e seco, e ventava; nossas longas saias cor de prata se colaram às nossas pernas. De pé no asfalto, havia uma dupla fileira de homens de uniforme preto, e caminhamos entre elas, de braços dados.

- Não olhe para o rosto deles - sussurrou ela.

Então me concentrei em seus uniformes, mas eu sentia olhos, olhos e mais olhos em mim a ponto de parecerem mãos. Eu nunca me sentira sob risco tão grande na vida - nem mesmo embaixo da ponte com o Garth, cercada de desconhecidos.

Então todos os homens fizeram uma saudação.

- O que foi isso? - murmurei para Tia Beatrice. - Por que a saudação?

- Porque minha missão foi cumprida - disse Tia Beatrice. - Eu trouxe uma Pérola preciosa. Você.

Fomos levadas a um carro negro e nele fomos até a cidade. Não havia muita gente nas ruas, e todas as mulheres usavam vestidos compridos de diferentes cores como os dos documentários. Eu vi até algumas Aias andando em pares. Não havia letreiro nas lojas – só figuras nas fachadas. Uma bota, um peixe, um dente.

O carro se deteve na frente de um portão no meio de um muro de tijolos. Dois guardas fizeram sinal para que passássemos. O carro entrou e parou, e aí eles abriram as portas para nós. Saímos, e Tia Beatrice passou o braço pelo meu e disse:

– Não vai dar tempo de te mostrar o lugar onde você vai dormir, o avião saiu muito atrasado. Precisamos ir direto para a capela, para a Ação de Graças. Basta fazer o que eu disser.

Eu sabia que aquilo devia ser alguma cerimônia relacionada às Pérolas – Ada me alertara a respeito dela, Tia Dove me explicara como era –, mas eu não tinha prestado muita atenção, então não sabia muito bem o que esperar.

Entramos na capela. Já estava cheia: mulheres de mais idade com os uniformes marrons das Tias, as mais jovens com o vestido das Pérolas. Cada Pérola tinha uma menina mais ou menos da minha idade junto dela, também com vestidos prateados temporários como o meu. Bem na frente havia um enorme retrato com moldura dourada da Bebê Nicole, o que não me animou nem um pouquinho.

Enquanto a Tia Beatrice me guiava pelo corredor, todas cantavam:

Trazendo as Pérolas
Trazendo as Pérolas
Vamos com alegria
Trazendo as Pérolas

Elas sorriam e me cumprimentavam com um meneio: pareciam muito felizes. Talvez isso não vá ser tão ruim assim, pensei.

Todas nos sentamos. Então uma das mulheres mais velhas subiu ao púlpito.

– Tia Lydia – sussurrou Tia Beatrice. – Nossa Fundadora principal.

Eu a reconheci da foto que Ada havia me mostrado, embora ela estivesse bem mais velha do que na foto, ou assim me pareceu.

– Estamos aqui para dar graças pelo retorno seguro das nossas Pérolas de suas respectivas missões, seja lá por onde tenham passado neste mundo em suas idas e vindas, semeando a boa obra de Gilead. Louvamos sua coragem e bravura física e espiritual, e agradecemos a elas de todo o coração. Declaro que, de agora em diante, as Pérolas que retornaram deixam de ser Postulantes, tornando-se Tias de pleno direito, com todo poder e privilégio a elas conferidos. Sabemos que cumprirão o seu dever, seja lá onde e como a ocasião se apresentar.

Todas disseram "Amém".

– Pérolas, apresentai as Pérolas recolhidas – disse Tia Lydia. – Primeiro, as da missão do Canadá.

– Levante-se – cochichou Tia Beatrice. Ela me conduziu para a frente, me segurando pelo braço esquerdo. A mão dela estava em cima do DEUS/AMOR, e doía.

Ela retirou seu colar de pérolas, depositou-o em uma enorme travessa rasa em frente à Tia Lydia, e disse:

– Devolvo-lhes estas pérolas em estado puro, tal qual as recebi, e que elas abençoem o serviço da próxima Pérola a portá-las com orgulho em sua missão. Graças à Divina Providência, venho somar às joias do tesouro de Gilead. Apresento-lhes Jade, uma Pérola de Grande Valor, salva da morte certa. Que ela seja lavada da poluição do mundo, purificada de desejos impuros, extirpada de todo pecado, e consagrada ao serviço que Gilead julgar por bem lhe atribuir.

Ela pôs as mãos nos meus ombros e me empurrou para baixo para eu ajoelhar. Eu não estava preparada para aquilo – quase que caio para o lado.

– O que você está fazendo? – sussurrei.

– Shhh – disse Tia Beatrice. – Quieta.

Então Tia Lydia disse:

– Bem-vinda ao Ardua Hall, Jade, e que você seja abençoada na escolha que realizou, Sob o Olho Dele, *Per Ardua Cum Estrus*.

Ela pôs a mão na minha cabeça, depois a retirou, assentiu para mim e deu um sorriso seco.

Todas repetiram:

– Boas-vindas à Pérola de Grande Valor, *Per Ardua Cum Estrus*, amém.

O que eu estou fazendo aqui?, pensei. Esse lugar é esquisito pra caralho.

XVII

Dentição perfeita

46

Meu frasco de tinta azul para desenho, minhas páginas de caderno com suas margens aparadas para caberem em seu esconderijo: é com eles que confio minha mensagem a você, leitor. Mas que mensagem é esta? Em alguns dias me vejo como o Anjo que Registra, coligindo todos os pecados de Gilead, inclusive os meus; noutros dias eu rejeito esse tom tão moralista. Não sou eu, no fundo, uma mera atravessadora de fofocas sórdidas? Sinto que nunca saberei seu veredito sobre a questão, infelizmente.

Meu maior medo: que todos os meus esforços se provem inúteis, e Gilead perdure por um milênio. Na maior parte do tempo, é assim que nos sentimos aqui, longe da guerra, no coração inerte do tornado. Tão pacíficas, as ruas; tão tranquilas, tão organizadas; ainda assim, sob a superfície enganosamente plácida, um tremor, como aquele próximo a linhas de alta voltagem. Estamos no limite da tensão, todos nós; vibramos; estremecemos, estamos sempre alerta. *Reinado de terror*, como costumavam dizer, mas o terror não reina, não exatamente. Ele paralisa. Daí essa calmaria anormal.

Mas há os pequenos consolos. Ontem eu assisti – no circuito fechado de TV na sala do Comandante Judd – à Particicução presidida pela Tia Elizabeth. O Comandante Judd havia pedido café – um excelente café, de difícil obtenção; me contive e não perguntei como ele o havia conseguido. Ele acrescentou uma dose de rum ao seu e me perguntou se eu aceitava. Recusei. Ele disse então que tinha um coração sensível e nervos fracos e precisava se preparar para ver aquilo, pois achava que fazia mal à saúde assistir àqueles espetáculos sanguinolentos.

– Compreendo – falei. – Mas é nosso dever verificar que a justiça esteja sendo feita.

Ele suspirou, bebeu tudo e se serviu de outra dose.

Dois homens condenados seriam Particicutados: um Anjo flagrado vendendo limões do mercado paralelo contrabandeados via Maine, e dr. Grove, o dentista. O verdadeiro crime do Anjo não eram os limões, no entanto: ele fora acusado de aceitar propina do Mayday e de auxiliar várias Aias a fugir, com sucesso, por várias de nossas fronteiras. A versão oficial era de que não existiam Anjos corruptos, e muito menos Aias fugidas; pois por que alguém renunciaria ao reino de Deus para mergulhar de cabeça no abismo flamejante?

Em todo o decorrer do processo que culminaria naquele momento com a morte de Grove, Tia Elizabeth atuara de forma irrepreensível. Ela fizera teatro na faculdade, e fora Hécuba em *As troianas* – um factoide que eu coletara durante nossas primeiras conferências, quando ela, Helena, Vidala e eu estávamos burilando a forma do círculo especial feminino no começo de Gilead. Uma camaradagem se cria em tais circunstâncias, vidas passadas se revelam. Tomei cuidado para não revelar muito da minha.

A experiência de palco de Elizabeth não a deixara na mão. Ela marcara consulta com o dr. Grove, conforme as minhas ordens. Então, no momento apropriado, ela saltara da cadeira do dentista, rasgara as próprias roupas, e gritara que Grove tinha tentado estuprá-la. Então, aos prantos, cambaleou até a sala de espera, onde o sr. William, assistente do dentista, pôde testemunhar perfeitamente como estava desgrenhada e em estado de extrema perturbação.

O corpo de uma Tia é supostamente sacrossanto. Não era de se admirar que Tia Elizabeth tenha ficado tão incomodada com aquela violação, foi a opinião geral. O homem deve ser um louco perigoso.

Eu obtivera uma sequência fotográfica por meio da minicâmera que eu instalara atrás de um belo diagrama de uma dentição completa. Se Elizabeth tentasse algum dia escapar da coleira, eu poderia ameaçar mostrar aquilo como prova de sua mentira.

O sr. William testemunhou contra Grove no julgamento. Ele não era burro: vira imediatamente que seu chefe estava com a corda no pescoço. Ele descreveu a ira de Grove no momento da descoberta. *Sua filha da puta* foi como o monstruoso Grove se referira à Tia Elizabeth, segundo ele. Nenhuma palavra do tipo foi dita – na verdade, Grove dissera "Por que você está fazendo uma coisa dessas?" –, mas o que valeu no julgamento foi o relato de William. O público ficou impressionado, e o público incluía todas as moradoras do Ardua Hall: chamar uma Tia de palavras tão vulgares era quase uma blasfêmia! Ao ser interrogado, William admitiu com relutância que já tivera alguns motivos antes para suspeitar das irregularidades do seu patrão. Anestésicos, disse ele com tristeza, podem ser uma tentação nas mãos erradas.

O que Grove poderia dizer em sua defesa exceto alegar inocência quanto à acusação e depois citar a Bíblia naquele trecho tão conhecido da falsa acusadora de estupro, a esposa de Potifar? Um homem inocente negando ser culpado soa exatamente igual a um homem culpado, como sei que você já deve ter percebido, caro leitor. Aquele que ouve não se sente inclinado a acreditar em nenhum dos dois.

Dificilmente Grove poderia admitir que jamais encostaria um dedo libidinoso na Tia Elizabeth por motivos de só sentir desejo por meninas menores de idade.

Em vista da atuação excepcional de Tia Elizabeth, acreditei que seria mais do que justo permitir que ela mesma presidisse a Particicução no estádio. Grove foi o segundo a ser despachado. Ele precisou assistir a um Anjo ser chutado até morrer e depois ser literalmente despedaçado por setenta Aias aos gritos.

Quando ele foi conduzido ao campo, braços manietados, gritou:

– Eu não fiz nada!

Tia Elizabeth, a própria imagem da virtude indignada, soprou o apito com firmeza. Em dois minutos já não havia mais dr. Grove. Punhos foram erguidos, apertando chumaços de cabelo ensanguentado arrancado pela raiz.

As Tias e Postulantes estavam todas presentes para apoiar a justiça feita a uma das reverendas Fundadoras do Ardua Hall. Em uma das laterais estavam as Pérolas recém-recrutadas; elas haviam chegado no dia anterior, então aquele momento era como se fosse seu batismo.

Passei os olhos por seus rostos juvenis, mas àquela distância não conseguia lê-los. Repulsa? Deleite? Repugnância? É sempre bom saber. A Pérola de maior valor de todas estava entre elas; logo após o evento esportivo que estávamos prestes a presenciar, eu a colocaria na unidade residencial mais adequada aos meus objetivos.

Enquanto Grove estava sendo reduzido a papa pelas Aias, Tia Immortelle desmaiou, o que era de se esperar: ela sempre foi sensível. Prevejo que ela agora deve se culpar de alguma maneira: por mais que tenha sido desprezível seu comportamento, Grove ainda assim ocupara o papel de seu pai.

O Comandante Judd desligou a televisão e deu um suspiro.

– Uma pena – disse ele. – Era um ótimo dentista.

– Ele era – falei. – Mas não devemos deixar passar os pecados só porque o pecador tem talento.

– Ele era mesmo culpado? – perguntou ele levemente interessado.

– Sim – falei –, mas não disso. Ele não teria sido capaz de estuprar Tia Elizabeth. Era pedófilo.

O Comandante Judd suspirou novamente.

– Pobre homem – disse ele. – É uma moléstia grave. Oremos por sua alma.

– De fato – falei. – Mas ele andava inutilizando muitas meninas para o casamento. Em vez de aceitar as núpcias, as flores valiosas vinham desertando para as Tias.

– Ah – disse ele. – Foi este o caso da menina Agnes? Deduzi que devia ter acontecido algo do gênero.

Ele queria que eu confirmasse, porque aí a aversão dela não teria sido à pessoa dele.

– Não tenho como ter certeza – falei. A expressão dele desabou. – Mas creio que sim. – Não é uma boa ideia provocá-lo demais.

– Seu discernimento é sempre ímpar, Tia Lydia – disse ele. – Nesta questão do Grove, você de fato tomou a melhor decisão por Gilead.

– Obrigada. Eu oro pela orientação divina – falei. – Mas, mudando de assunto, venho informar que a Bebê Nicole acaba de ser importada com segurança para Gilead.

– Ah, que bela jogada! Muito bem! – disse ele.

– As minhas Pérolas foram da maior eficiência – falei. – Cumpriram minhas ordens. Deram guarida a uma nova convertida, e convenceram-na a se juntar a nós. Conseguiram subornar o rapaz que estava exercendo influência sobre ela. Tia Beatrice foi quem barganhou, embora, é claro, não estivesse a par da verdadeira identidade da Bebê Nicole.

– Mas você estava, cara Tia Lydia – disse ele. – Como é que você conseguiu identificá-la? Meus Olhos vêm tentando há anos.

Teria eu detectado um certo tom de inveja ou, pior, de desconfiança? Passei por cima como se não fosse nada.

– Tenho meus jeitinhos. E certos informantes prestimosos – menti. – Dois e dois às vezes de fato dão quatro. E nós, mulheres, embora míopes, muitas vezes notamos certos detalhes mais refinados que podem escapar ao olhar mais amplo e altivo dos homens. Mas Tia Beatrice e Tia Dove só tinham ordens para procurarem uma tatuagem específica que a pobre criança havia se infligido. E, por sorte, a encontraram.

– Uma tatuagem autoinfligida? Corrompida como todas essas meninas. Em que parte do corpo? – perguntou ele com interesse.

– Só no braço. O rosto dela está intacto.

– Os braços dela devem permanecer cobertos em todo evento público – disse ele.

– Ela está usando o nome de Jade; talvez até acredite que é este seu nome verdadeiro. Preferi não informá-la de sua verdadeira identidade até tê-lo consultado.

– Excelente decisão – disse ele. – Que mal lhe pergunte: qual era a natureza do relacionamento dela com o tal rapaz? Seria melhor se ela estivesse, como se diz, intocada, mas no caso dela, abriríamos uma exceção. Seria um desperdício torná-la Aia.

– Sua virgindade ainda não foi confirmada, mas acredito que ela seja pura nesse aspecto. Eu a coloquei junto de nossas duas Tias mais jovens, meninas boas e compreensivas. Ela dividirá suas expectativas e medos com elas, sem dúvida; assim como suas crenças, que sei que podem ser moldadas para se ajustarem às nossas.

– Mais uma vez, excelente, Tia Lydia. Você de fato é uma joia. Quando podemos revelar a Bebê Nicole a Gilead e ao mundo?

– Primeiro precisamos nos assegurar de que ela é uma crente convertida – falei. – Firme na fé. Isso vai demandar certo cuidado e tato. Essas recém-chegadas chegam aqui trazidas pelo entusiasmo, com expectativas irreais. Precisamos colocar seus pés no chão, precisamos informá-la dos deveres que a esperam: aqui não se trata só de cantar hinos e exaltar o Senhor. Além disso, ela precisa conhecer sua própria história pessoal: será um choque para ela descobrir que é a famosa e querida Bebê Nicole.

– Deixarei esses assuntos em suas mãos competentes – disse ele. – Tem certeza de que não aceita uma gota de rum no seu café? Auxilia a circulação.

– Talvez uma colher de chá – falei. Ele me serviu. Erguemos nossas canecas, brindamos com elas.

– Que Deus abençoe nossos esforços – disse ele. – Como estou convencido que fará.

– No devido tempo – disse eu, sorrindo.

Depois de seu grande empenho no consultório do dentista, no julgamento, e na Particicução, Tia Elizabeth sofreu um colapso nervoso. Fui visitá-la com Tia Vidala e Tia Helena no local onde ela se recuperava, uma de nossas Casas de Repouso. Ela nos cumprimentou entre lágrimas.

– Não sei o que há de errado comigo – disse ela. – Sinto-me completamente esgotada.

– Depois de tudo que você passou, não é de se admirar – disse Helena.

– Você é considerada quase uma santa no Ardua Hall – falei. Eu sabia o que a inquietava de fato: ela havia cometido um perjúrio sem volta; e aquilo, caso descoberto, seria o seu fim.

– Estou tão grata pela sua orientação, Tia Lydia – disse ela olhando para mim e, de soslaio, para Vidala. Agora que eu era sua aliada garantida, agora que ela cumprira meu pedido inortodoxo, ela deve ter pensado que Tia Vidala não teria mais como prejudicá-la.

– Fiquei feliz em ajudar – falei.

XVIII

SALÃO DE LEITURA

Transcrição do Depoimento da Testemunha 369A

47

Becka e eu vimos Jade pela primeira vez na Ação de Graças realizada para receber as Pérolas que retornavam e suas convertidas. Ela era alta, um pouco desengonçada, e ficava olhando ao seu redor de um jeito que era quase ousado demais. Eu pressentia que ela não acharia fácil a adaptação ao Ardua Hall, isso sem falar ao resto de Gilead. Mas não pensei muito mais nela porque eu estava envolvida com a cerimônia, tão bonita.

Logo nós seríamos elas, pensei. Becka e eu estávamos terminando nosso treinamento de Postulantes; estávamos quase prontas para nos tornar Tias plenas. Muito em breve receberíamos os vestidos prateados de Pérolas, tão mais graciosos que nosso marrom habitual. Herdaríamos colares de pérolas; partiríamos em nossa missão; cada uma de nós traria uma Pérola convertida.

Nos meus primeiros anos do Ardua Hall, essa perspectiva me encantava. Eu ainda era absoluta e fervorosamente crente – se não em tudo a respeito de Gilead, pelo menos no serviço altruísta prestado pelas Tias. Mas naquele momento eu já não sentia tanta firmeza.

Não vimos Jade de novo até o dia seguinte. Como todas as novas Pérolas, ela passara a noite toda em vigília na capela, em meditação e oração silenciosas. Então ela teria trocado seu vestido prateado pelo marrom que todas nós usávamos. Não que seu destino obrigatório fosse se tornar Tia – as Pérolas recém-chegadas eram observadas cuidadosamente antes de serem alocadas como Esposas ou Econoesposas em potencial, ou Postulantes, ou, em alguns casos infelizes, Aias – mas, enquanto isso, entre nós, se vestiam como uma de nós, com o acréscimo de um grande broche de imitação de pérola em formato de lua nova.

A aclimatação de Jade aos costumes de Gilead foi um tanto brusca, já que no dia seguinte ela presenciou uma Particicução. Pode ter sido um choque para ela assistir a dois homens sendo literalmente despedaçados por Aias; pode ser um choque até para mim, que já vi isso tantas vezes no decorrer dos anos. As Aias normalmente são tão reservadas, e a demonstração de tanta raiva por parte delas pode ter grande impacto.

Foram as Tias Fundadoras que conceberam essas regras. Becka e eu teríamos optado por um método menos extremo.

Um dos eliminados na Particicução foi o dr. Grove, o antigo pai dentista de Becka, que fora condenado por ter estuprado Tia Elizabeth. Ou por quase estuprá-la: pensando na minha própria experiência com ele, para mim não fazia muita diferença. Sinto dizer que fiquei contente em ver seu castigo.

Já Becka reagiu de modo muito diferente. Dr. Grove a tratara de forma indecorosa quando ela era criança, e eu era incapaz de perdoar aquilo, embora ela perdoasse. Ela era mais clemente do que eu; eu admirava este seu traço, mas era incapaz de emulá-lo.

Quando o dr. Grove foi despedaçado na Particicução, Becka desmaiou. Algumas Tias atribuíram aquela reação ao amor filial – dr. Grove era um homem perverso, mas ainda assim um homem, e de grande prestígio. Também era pai, a quem a filha obediente devia respeitar. No entanto, eu sabia o que era: Becka sentia-se responsável pela sua morte. Ela estava arrependida de ter me contado os crimes dele. Eu lhe garanti que não havia revelado suas confidências para mais ninguém, e ela disse que acreditava em mim, mas que Tia Lydia devia ter dado um jeito de descobrir. Era assim que as Tias acumulavam seu poder: descobrindo as coisas. Coisas que jamais deveriam ter sido tema de conversa.

Becka e eu havíamos voltado da Particicução. Eu lhe preparara um chá e sugeri que se deitasse um pouco – ela ainda estava pálida –, mas ela respondeu que havia controlado suas emoções e já ia ficar melhor. Estávamos entretidas em nossas leituras bíblicas quando alguém bateu à porta. Tivemos a surpresa de encontrar Tia Lydia ao abrir; junto dela se encontrava a nova Pérola, Jade.

– Tia Victoria, Tia Immortelle, vocês foram escolhidas para uma missão muito especial – disse ela. – Nossa mais nova Pérola, a Jade, está sendo confiada a vocês. Ela vai dormir no terceiro quarto, que pelo que eu sei está vago. A tarefa de vocês será ajudá-la de todas as formas possíveis, e instruí-la sobre os detalhes da nossa vida de labor em prol de Gilead. Vocês possuem lençóis e toalhas suficientes? Caso não tenham, eu vou providenciá-los.

– Sim, Tia Lydia, louvado seja – respondi. Becka me imitou. Jade sorriu para nós, um sorriso que conseguia ser indeciso e teimoso ao mesmo tempo. Ela não era a típica recém-convertida vinda do exterior: estas geralmente ou eram muito subservientes ou muito fervorosas.

– Bem-vinda – falei para Jade. – Pode entrar.

– Tá – disse ela. Ela cruzou nosso umbral. Meu coração se apertou: eu já sabia que a vida superficialmente plácida que Becka e eu vínhamos levando no Ardua Hall havia nove anos estava por se encerrar – a mudança tinha chegado –, mas ainda não me dava conta de quão radical seria aquela mudança.

Eu disse que nossa vida era plácida, mas talvez essa não seja a palavra certa. Era bem organizada, embora um tanto monótona. Nosso tempo vivia tomado, mas estranhamente ele parecia não passar. Eu tinha catorze anos quando fui admitida como Postulante, e embora tivesse crescido, a mim mesma eu não parecia nem um pouco mais velha. O mesmo valia para Becka: parecíamos, de algum modo, congeladas; preservadas, como se no gelo.

As Fundadoras e as Tias mais velhas tinham certas arestas. Tinham sido modeladas em uma era pré-Gilead, viveram lutas de que tínhamos sido poupadas, e essas lutas haviam raspado fora a brandura que talvez um dia tivesse estado ali. Mas nós não tínhamos sido obrigadas a passar por aquelas tribulações. Tínhamos sido protegidas, nunca precisamos lidar com a dureza do mundo real. Éramos as beneficiárias dos sacrifícios realizados pelas nossas precursoras. Disso éramos relembradas constantemente, com ordens para demonstrar gratidão. Mas é difícil ser grata pela ausência de uma incógnita. Sinto que nunca aquilatamos devidamente o quanto a geração de Tia Lydia foi purificada pelo fogo. Faltava em nós o que elas tinham de implacáveis.

48

Apesar dessa sensação de que o tempo não passava, na verdade eu tinha mudado. Já não era mais a mesma de quando ingressara no Ardua Hall. Eu havia me tornado uma mulher, ainda que inexperiente; antes, eu era uma criança.

– Estou muito feliz pelas Tias terem te deixado ficar – disse Becka no meu primeiro dia. Seu olhar tímido estava inteiramente voltado para mim.

– Eu também estou feliz – falei.

– Sempre te admirei na escola. Não só por causa das suas três Marthas e da sua família com Comandante – disse ela. – Você mentia menos do que as outras. E era amável comigo.

– Eu não era tão amável assim.

– Era mais amável comigo do que as outras – disse ela.

Tia Lydia permitira que eu ficasse na mesma unidade residencial que Becka. O Ardua Hall era dividido em muitos apartamentos; no nosso estava escrito a letra *C* e o lema do Ardua Hall: *Per Ardua Cum Estrus.*

– Significa "Pelo trabalho de parto com o ciclo reprodutivo feminino" – disse Becka.

– Significa tudo isso?

– Está em latim. Soa melhor em latim.

– O que é latim? – perguntei.

Becka falou que era uma língua muito antiga que ninguém mais falava, mas que era nela que se escreviam lemas. Por exemplo, o lema de tudo que estava dentro do Muro já foi *Veritas*, que queria dizer "verdade" em latim. Mas tinham raspado aquela palavra e pintado por cima dela.

– Como você soube disso? – perguntei. – Se já não tem a palavra?

– Na Biblioteca Hildegard – disse ela. – É só para nós, para as Tias.

– O que é biblioteca?

– É onde guardam livros. Tem salas e mais salas cheias de livros.

– Eles fazem mal? – perguntei. – Esses livros? – Imaginei um monte de explosivos dentro de uma sala.

– Não os que já li. Os mais perigosos são guardados no Salão de Leitura. Você precisa de uma autorização especial para entrar lá. Mas você pode ler os outros livros.

– Elas deixam? – Eu estava atônita. – Você pode simplesmente entrar lá e ficar lendo?

– Se você tiver autorização. Exceto pelo Salão de Leitura. Se você fizer isso sem autorização, você sofreria um Corretivo, lá embaixo, num dos porões. – Cada apartamento do Ardua Hall tinha um porão à prova de som, que costumava ser usado para a prática do piano, entre outras coisas. Mas agora o porão R era onde Tia Vidala aplicava os Corretivos. Corretivos eram castigos dados por desrespeitar as regras.

– Mas castigos são dados em público – falei. – A criminosos. Você sabe, as Particicuções, e os enforcados que deixam expostos no Muro.

– Sim, eu sei – disse Becka. – Queria que não deixassem eles expostos tanto tempo. O cheiro chega aos nossos quartos, fico enjoada. Mas os Corretivos no porão são diferentes, são para o nosso bem. Agora, vamos te arrumar uma roupa, e depois escolher seu nome.

Tinha uma lista de nomes autorizados, compilada pela Tia Lydia e as outras Tias seniores. Becka disse que os nomes eram referências a produtos de que as mulheres gostavam, de forma que confiariam mais neles, mas ela mesma não sabia que produtos eram. Ninguém da nossa idade sabia, disse ela.

Ela leu a lista de nomes para mim em voz alta, já que eu ainda não sabia ler.

– Que tal Maybelline? – disse ela. – Soa bem bonito. Tia Maybelline.

– Não – respondi. – Muito afetado.

– Que tal Tia Ivory?

– Frio demais – respondi.

– Achei um: Victoria. Acho que já houve uma Rainha Victoria. Você seria chamada de Tia Victoria: mesmo enquanto Postulantes, temos direito ao título de Tia. Mas quando tivermos terminado nossa obra missionária fora de Gilead, em outros países, vamos ter grau de Tias plenas.

Na Escola Vidala não aprendíamos muito sobre as Pérolas – apenas que eram corajosas, e assumiam riscos e faziam sacrifícios por Gilead, e que devíamos respeitá-las.

– A gente vai sair de Gilead? Não dá medo ir para tão longe? Gilead não é enorme? – Seria como cair da beira do mundo, porque certamente Gilead não tem fim.

– Gilead é menor do que você pensa – disse Becka. – Tem outros países em volta. Vou te mostrar no mapa.

Eu devo ter feito uma expressão totalmente confusa, porque ela deu um sorriso e falou:

– Um mapa é uma figura. Aqui a gente também aprende a ler mapas.

– Ler figuras? – falei. – Como assim? Figura não é escrito.

– Você vai ver. No começo eu também não conseguia. – Ela sorriu de novo. – Com você aqui, não vou me sentir tão sozinha.

O que será que ia me acontecer depois de seis meses? Eu me preocupava. Será que iam me deixar ficar? Era enervante ver as Tias me inspecionando como se eu fosse um legume. Era difícil direcionar meu olhar para o chão, conforme nos requisitavam: mais alto do que isso e talvez eu estivesse contemplando seus troncos, o que era maus modos, ou seus olhos, o que era presunçoso. Era difícil nunca falar nada a não ser que uma das Tias seniores falasse primeiro. Obediência, subserviência, docilidade: eram estas as virtudes requeridas.

Além disso havia a leitura, que eu achava frustrante. Talvez eu já tivesse passado da idade de aprendê-la, pensei. Talvez fosse como bordados finos: era preciso começar desde pequena; senão você nunca pegaria o jeito. Mas, pouco a pouco, fui ficando melhor.

– Você leva jeito – disse Becka. – Está bem melhor do que eu era no começo!

Os livros que me deram para aprender eram sobre um menino e uma menina chamados Dick e Jane. Eram cartilhas muito antigas, e suas figuras tinham sido alteradas no Ardua Hall. Jane estava com saias e mangas longas, mas se via nos locais onde tinham passado tinta que sua saia já havia estado acima dos joelhos e suas mangas só até antes dos cotovelos. O cabelo dela já estivera descoberto.

O mais impressionante naquelas cartilhas era que Dick, Jane e Sally, a bebezinha, moravam em uma casa sem nada em volta a não ser uma cerca branca, tão frágil e baixa que qualquer pessoa poderia pular por cima. Não havia Anjos, nem Guardiões. Dick, Jane e Sally ficavam brincando ao ar livre, ao alcance de qualquer um. A bebê podia ser sequestrada por terroristas a qualquer momento e levada ilegalmente para o Canadá, como a Bebê Nicole e outras crianças inocentes. Os joelhos nus de Jane podiam ter suscitado impulsos malignos em qualquer homem que passasse por ali, apesar do fato de que tudo menos o rosto dela havia sido recoberto com tinta. Becka disse que pintar as figuras de livros como aquele era uma tarefa que me pediriam para fazer, pois costumava ser atribuída às Postulantes. Ela mesma já havia pintado muitos livros.

Não estava garantido que minha estadia seria definitiva, disse ela: nem todas tinham vocação para Tias. Antes da minha chegada a Ardua Hall, ela conhecera duas meninas que tinham sido aceitas, mas uma delas mudou de ideia depois de três meses e sua família a recebera de volta, e o casamento planejado para ela acontecera afinal.

– E o que aconteceu com a outra? – perguntei.

– Uma coisa ruim – disse Becka. – Ela se chamava Tia Lily. No começo não parecia haver nada de errado com ela. Todo mundo falava que estava se saindo bem, mas aí ela recebeu um Corretivo por ser respondona. Não acho que tenha sido dos piores Corretivos: a Tia Vidala pode ser um tanto cruel. Ela pergunta: "Está gostando disso?" no meio do Corretivo, e não existe uma resposta certa.

– Mas e a Tia Lily?

– Depois disso, ela nunca mais foi a mesma. Ela queria ir embora do Ardua Hall – dizia que não levava jeito para ser Tia – e as Tias disseram que, se fosse esse o caso, o casamento planejado para ela teria que acontecer; mas ela também não queria isso.

– Ela queria o quê? – perguntei. De repente, a Tia Lily me interessava muito.

– Ela queria morar sozinha e trabalhar numa fazenda. Tia Elizabeth e Tia Vidala disseram que a culpa era da leitura precipitada: ela tinha absorvido as ideias erradas na Biblioteca Hildegard antes de sua mente estar forte o suficiente para rejeitá-las, e havia diversos livros questionáveis que deveriam ser destruídos. Disseram que ela teria que passar por um Corretivo mais severo para ajudá-la a filtrar seus pensamentos.

– E o que foi? – Eu imaginava se minha mente seria forte o bastante, e se também receberia diversos Corretivos.

– Deram para ela um mês no porão, sozinha, só a pão e água. Quando a deixassem sair de novo, ela não deveria falar com ninguém a não ser para responder sim ou não. Tia Vidala disse que a cabeça dela era fraca demais para ser Tia, e que ela teria que se casar, no fim das contas. No dia em que deveria ir embora do Ardua Hall, ela não apareceu no desjejum, e nem no almoço. Ninguém sabia para onde tinha ido. Tia Elizabeth e Tia Vidala disseram que ela devia ter fugido, o que era uma falha na segurança, e deu-se uma grande busca. Mas não a encontraram. E aí a água do chuveiro começou a ficar com um cheiro estranho. Então deram outra busca, e desta vez abriram a cisterna de águas pluviais do telhado, que é a água do nosso banho, e ela estava lá dentro.

– Ah, que horror! – falei. – Ela estava... alguém a matou?

– No começo, foi o que as Tias disseram. A Tia Helena ficou histérica, e chegaram a autorizar alguns Olhos a entrar no Ardua Hall para procurar pistas, mas não acharam nada. Algumas Postulantes subiram até a cisterna e olharam lá dentro. Não dava para ela simplesmente ter caído: tem uma escada, depois uma portinha.

– Você a viu? – perguntei.

– Foi caixão fechado – disse Becka. – Mas ela deve ter feito de propósito. Estava com pedras nos bolsos, dizem. Não deixou bilhete, ou se deixou, Tia Vidala picotou e jogou fora. No funeral, disseram que ela morreu de aneurisma cerebral. Não queriam deixar vazar que uma Postulante tinha acabado tão mal. Todas nós oramos por ela; creio que Deus a perdoou.

– Mas por que ela fez isso? – perguntei. – Ela queria morrer?

– Ninguém quer morrer – disse Becka. – Mas tem gente que não quer viver de nenhuma das formas permitidas.

– Mas se afogar de propósito! – falei.

– Dizem que é tranquilo – disse Becka. – Você ouve sinos e cânticos. Tipo os dos anjos. Foi o que Tia Helena nos falou para nos acalmar.

Depois que eu já dominara os livros do Dick e da Jane, recebi o *Dez rimas para moças*, um livro de poesias escrito pela Tia Vidala. Vou recitar uma de que me lembro:

Olhem só a Tirza! Lá vai ela,
Mechas ao léu, se achando bela;
Passa pela rua como quem desfila,
Toda soberba, a cabeça altiva.
Chama a atenção de um Guardião,
Fazendo-o cair em tentação.
Ela não quer mudar o seu jeito,
Ela não ora, nem dobra o joelho!
Logo em pecado ela cairá
E no Muro com a vida pagará.

As histórias de Tia Vidala eram sempre sobre coisas que meninas não deveriam fazer e as coisas horripilantes que lhes aconteceriam caso fizessem. Hoje eu percebo que não eram poemas muito bons, e mesmo na época eu já não gostava de ler as histórias dessas pobres meninas que erravam por conta de um lapso e recebiam castigos severos ou até pena de morte; não obstante, eu estava emocionada por conseguir ler seja lá o que fosse.

Um dia, eu estava lendo a história de Tirza em voz alta para Becka, para ela corrigir meus possíveis erros, quando ela disse:

– Isso jamais aconteceria comigo.

– O que não aconteceria? – perguntei.

– Eu nunca ia dar uma esperança dessas a nenhum Guardião. Eu nunca ia querer chamar a atenção deles. Não quero nem olhar para eles – disse Becka. – Para homem nenhum. São todos horríveis. Inclusive o Deus de Gilead.

– Becka! – falei. – Por que você está dizendo essas coisas? Como assim, "Deus de Gilead"?

– Eles querem que Deus seja uma coisa só – disse ela. – Deixam certas coisas de fora. Diz na Bíblia que somos feitos à imagem de Deus, tanto o homem quanto a mulher. Você vai ver, quando as Tias te deixarem ler.

– Não diga uma coisa dessas, Becka – falei. – A Tia Vidala ia achar... heresia.

– Pra você eu posso dizer, Agnes – disse ela. – Eu te confiaria a minha vida.

– Não faça isso – falei. – Não sou uma pessoa boa, não como você.

No meu segundo mês no Ardua Hall, Shunammite veio me visitar. Fui encontrá-la no Café Schlafly. Ela estava usando o vestido azul de uma Esposa oficial.

– Agnes! – gritou ela, estendendo ambas as mãos. – Que alegria te encontrar! Está tudo bem com você?

– É claro que está tudo bem – respondi. – Agora me chamo Tia Victoria. Você aceita um chá de hortelã?

– É que a Paula insinuou que talvez você tivesse... que tinha algo errado com...

– Que eu estou doida – falei, sorrindo. Notei que Shunammite estava se referindo a Paula como uma amiga íntima. Shunammite agora era mais graduada do que ela, o que devia ter deixado Paula contrariadíssima: uma menina tão nova promovida a uma posição superior à sua. – Sei que ela pensa isso de mim. Aliás, parabéns pelo seu casamento.

– Você não está brava comigo? – disse ela, retrocedendo ao nosso tom escolar.

– Por que eu estaria "brava" com você, como você diz?

– Bem, eu roubei o seu marido. – Era isso que ela pensava? Que tinha ganhado uma competição? Como eu poderia negar aquilo sem insultar o Comandante Judd?

– Fui chamada a uma missão maior – falei com a maior compostura que consegui.

Ela deu uma risadinha.

– É mesmo? Bem, eu fui chamada a uma missão menor, mesmo. Tenho quatro Marthas! Queria que você pudesse ver a minha casa!

– Sei que deve ser linda – respondi.

– Mas está mesmo tudo bem com você? – Sua preocupação comigo pode ter sido em parte verdadeira. – Esse lugar não te cansa? É tão árido.

– Estou ótima – respondi. – Te desejo muita felicidade.

– A Becka também está nessa masmorra, não está?

– Não é masmorra – respondi. – Sim. Dividimos um apartamento.

– Você não tem medo de ela te atacar com o podão? Ela ainda é louca?

– Ela nunca foi louca – respondi. – Só infeliz. Foi excelente a visita, Shunammite, mas preciso voltar aos meus afazeres.

– Você não gosta mais de mim – disse ela meio a sério.

– Estou aprendendo a ser Tia – falei. – Na verdade, não é para eu gostar de ninguém.

49

Minha alfabetização progrediu lentamente e aos inúmeros tropeços. Becka me ajudou muito. Usávamos versículos bíblicos para praticar, de uma seleção aprovada para Postulantes. Com meus próprios olhos pude ler trechos das Escrituras que antes só havia escutado. Becka me ajudou a encontrar a passagem em que tanto pensei na época em que Tabitha faleceu:

Porque mil anos são aos teus olhos como o dia de ontem que passou, e como a vigília da noite. Tu os levas como uma corrente de água; são como um sono; de manhã são como a erva que cresce. De madrugada floresce e cresce; à tarde corta-se e seca.

Laboriosamente, me pus a ler letra por letra. As palavras pareciam diferentes na página: não fluíam, sonoras, do jeito que as havia recitado em minha cabeça, mas pareciam ressecadas, insípidas.

Becka disse que saber juntar as letras não era igual a ler: a leitura acontecia, segundo ela, quando você conseguia ouvir as palavras como se fossem música.

– Talvez eu nunca consiga – falei.

– Consegue, sim – disse Becka. – Vamos tentar ler músicas de verdade.

Ela foi à biblioteca – eu ainda não podia entrar lá – e trouxe consigo um dos hinários do Ardua Hall. Nele, havia a canção de ninar infantil que Tabitha costumava me cantar com sua voz de sininhos de prata:

Vou deitar pra descansar
Rogo a Deus pra me guardar...

Cantei a música para Becka, e depois de algum tempo consegui ler para ela.

– Essa música dá uma esperança – disse ela. – Seria um conforto acreditar que há dois anjos sempre prontos a me levar embora. – Depois ela disse: – Nunca tive ninguém que cantasse para mim antes de dormir. Você teve muita sorte.

Além de ler, tive que aprender a escrever. De certas maneiras, isso era mais difícil, mas de outras, mais fácil. Usávamos tinta para desenho e canetas-tinteiro retas com bico de pena de metal, e às vezes, lápis. Dependia do que tinha sido alocado recentemente para o Ardua Hall dos armazéns de importados.

Materiais de escrita eram prerrogativa dos Comandantes e das Tias. Afora isso, em geral não estavam disponíveis em Gilead; não tinham serventia para as mulheres, e nem para a maioria dos homens, exceto para relatórios e estoques. Sobre o que mais as pessoas estariam escrevendo?

Havíamos aprendido a bordar e a pintar na Escola Vidala, e Becka disse que escrever era quase a mesma coisa – cada letra era feito uma figura ou uma carreira de bordado, e além disso também era feito uma nota musical; você só precisava aprender a formar as letras, e depois como aglutiná-las, como pérolas num fio de colar.

Ela tinha a caligrafia linda. Muitas vezes ela me ensinou, com a maior paciência; depois, quando eu já conseguia escrever, ainda que desajeitadamente, ela selecionou vários versículos bíblicos para eu copiar.

Agora, pois, permanecem a fé, a esperança e o amor, estes três; mas o maior destes é o amor.

O amor é forte como a morte.

As aves dos céus levariam a voz, e os que têm asas dariam notícia do assunto.

Eu os copiava e recopiava. Comparando as diferentes versões escritas das mesmas frases, eu podia ver como tinha melhorado, disse Becka.

Eu fiquei pensando nas palavras que eu estava copiando. Será que o amor era mesmo maior que a fé, e será que eu tinha algum deles? Será que o amor era forte como a morte? De quem era a voz que as aves iam levar?

Saber ler e escrever não respondia todas as perguntas. Só levava a outras perguntas, e a mais outras.

Além de aprender a ler, consegui cumprir devidamente as demais tarefas de que fui incumbida naqueles primeiros meses. Algumas dessas tarefas não eram pesadas: eu gostava de pintar as saias, mangas e chapéus nas meninas das cartilhas do Dick e da Jane, e não me incomodava de trabalhar na cozinha, picotando nabos e cebolas para as cozinheiras e lavando a louça. Todas no Ardua Hall tinham que contribuir para o bem-estar geral, e o trabalho braçal não devia ser menosprezado. Não se considerava nenhuma Tia acima dele, embora na prática as Postulantes fizessem a maior parte do trabalho pesado. Também, por que não? Éramos mais novas.

Porém, limpar latrinas era desagradável, especialmente quando você tinha que esfregá-las de novo mesmo já estando perfeitamente limpas da primeira vez, e de novo uma terceira vez. Becka me alertara que as Tias exigiriam aquela repetição – a questão não era o estado das privadas, disse ela. Era um teste de obediência.

– Mas não tem cabimento nos fazer limpar a mesma privada três vezes – falei. – É um desperdício de recursos nacionais valiosos.

– Água sanitária não é um recurso nacional valioso – disse ela. – Não tanto quanto grávidas. Mas sem cabimento é, sim, e por isso que é uma prova. Querem ver se você vai obedecer a ordens descabidas sem reclamar.

Para tornar a prova mais difícil, eles deixavam como supervisora a Tia mais jovem de todas. Receber ordens imbecis de alguém quase da sua idade é bem mais irritante do que quando a pessoa é mais velha.

– Odeio isso! – Falei depois da quarta semana seguida de limpeza de latrina. – Odeio a Tia Abby com todas as minhas forças! Como ela é maldosa, e pretensiosa, e...

– É uma prova – recordou-me Becka. – Como a provação de Jó, quando Deus o testou.

– A Tia Abby não é Deus. Só pensa que é – falei.

– Devemos nos empenhar em ser pacientes – disse Becka. – Sugiro que você reze para seu ódio se dissipar. Imagine que ele está saindo pelo seu nariz, feito ar.

Becka tinha várias dessas técnicas de autocontrole. Experimentei algumas. Às vezes, funcionavam.

Quando passei no meu exame de seis meses e fui aceita como Postulante permanente, fui autorizada a entrar na Biblioteca Hildegard. É difícil descrever a sensação que aquilo me deu. Na primeira vez em que entrei por aquela porta, senti como se tivesse recebido uma chave de ouro – uma chave capaz de destrancar uma porta secreta depois da outra, me revelando todo o tesouro que havia em seu interior.

No começo eu só tinha acesso ao salão geral, mas depois de algum tempo recebi um passe para o Salão de Leitura. Lá eu tinha minha própria escrivaninha. Uma das minhas tarefas constantes era passar a limpo os discursos – ou talvez deva chamá-los de sermões – que a Tia Lydia proferia em ocasiões especiais. Ela reutilizava esses discursos, mas sempre alterando alguma coisa, e nós precisávamos incorporar suas observações anotadas à mão em uma cópia datilografada legível. Àquela altura eu já aprendera a datilografar, ainda que devagar.

Quando eu estava em minha escrivaninha do Salão de Leitura, às vezes Tia Lydia passava por mim a caminho de sua própria saleta, onde, diziam, estava trabalhando em importantes pesquisas para a melhoria de Gilead: esta era a missão da vida de Tia Lydia, diziam as Tias seniores. Os preciosos Arquivos das Linhagens Genealógicas tão meticulosamente mantidos pelas Tias seniores, as Bíblias, os discursos teológicos, as obras perigosas da literatura mundial – todos estavam atrás daquela porta trancada. Só nos dariam acesso quando nossas cabeças estivessem fortalecidas o suficiente.

Passaram-se os meses e os anos, e Becka e eu nos tornamos amigas próximas, e nos contamos muitas coisas sobre nós mesmas e nossas famílias que nunca contaríamos a mais ninguém. Eu confessei o ódio que sentia da minha madrasta, Paula, ainda que tivesse me empenhado para abandonar aquele sentimento. Descrevi a trágica morte de nossa Aia, Crystal, e o quanto eu tinha ficado abalada. E ela me contou do dr. Grove e do que ele lhe fizera, e eu lhe contei minha história com ele, o que a fez ficar abalada por minha causa. Conversamos sobre nossas verdadeiras mães e como queríamos saber quem tinham sido. Talvez não devêssemos ter revelado tantas coisas uma à outra, mas foi muito reconfortante.

– Queria ter uma irmã – disse ela para mim, certo dia. – E, se tivesse, queria que fosse você.

50

Eu descrevi nossa vida como pacífica, e, à primeira vista, era mesmo; mas havia turbulências e conflitos internos que depois vim a saber não serem tão raros entre os que buscam se dedicar a uma missão maior. Meu primeiro conflito pessoal veio quando, depois de quatro anos lendo textos mais elementares, recebi permissão para ler o texto integral da Bíblia. Nossas Bíblias ficavam trancafiadas, como em toda parte em Gilead: só quem tivesse a mente fortalecida e firmeza de caráter podia lidar com elas, e isso excluía as mulheres, a não ser pelas Tias.

Becka começara a ler a Bíblia há mais tempo – ela estava à minha frente, tanto em prioridade como em proficiência –, mas as iniciadas naqueles mistérios eram proibidas de falar sobre suas experiências de leitura sacra com as outras, então nunca tínhamos conversado sobre suas descobertas.

Chegou o dia em que a caixa de madeira com tranca contendo a Bíblia reservada para mim seria trazida ao Salão de Leitura e, por fim, eu ia abrir o livro mais proibido de todos. Eu estava muito entusiasmada com aquilo, mas naquela manhã Becka disse:

– Preciso te prevenir de uma coisa.

– Me prevenir? – repliquei. – É o livro santo.

– Ele não diz o que dizem que diz.

– Como assim? – perguntei.

– Não quero ver você decepcionada. – Ela se deteve. – Sei que a Tia Estée tinha as melhores intenções. – Por fim, ela disse: – Juízes, capítulos 19 a 21.

Foi tudo o que ela quis me dizer. Mas quando cheguei ao Salão de Leitura e abri a caixa de madeira e peguei a Bíblia, aquele foi o primeiro trecho que procurei. Era a Concubina Cortada em Doze Pedaços, a mesma história que Tia Vidala havia nos contado há tanto tempo, na escola – a mesma que tinha deixado Becka tão perturbada quando era pequena.

Eu me lembrava bem da história. E me lembrava também da explicação que Tia Estée nos havia dado. Ela dissera que o motivo da concubina ter sido morta era estar arrependida de sua desobediência, tendo preferido se sacrificar para evitar que seu dono fosse estuprado pelos benjaminitas perversos. Tia Estée tinha dito que a concubina fora nobre e corajosa. Tinha dito que foi tudo escolha da concubina.

Mas agora eu estava lendo a história na íntegra. Procurei a parte de nobreza e bravura, procurei a escolha da concubina, mas não havia nada disso. A moça era simplesmente escorraçada de casa e estuprada até morrer, depois esquartejada feito uma vaca por um homem que a tratava, quando viva, feito um animal de cabresto. Não era de se admirar ela ter fugido dele.

Foi um choque doloroso: a prestimosa e gentil Tia Estée tinha mentido para nós. A verdade não era nobre, era horrível. Era isso que as Tias queriam dizer, então, quando diziam que as mentes femininas eram frágeis demais para a leitura. Nós desmoronávamos, ruíamos sob o peso das contradições, seríamos incapazes de aguentar firme.

Até aquele momento, eu nunca tinha duvidado de fato da retidão e especialmente da veracidade da teologia de Gilead. Se eu não atingia a perfeição, a culpa eu atribuía a mim mesma. Mas conforme eu ia descobrindo tudo o que fora alterado por Gilead, o que tinha sido acrescido, e o que tinha sido omitido, eu fui ficando com medo de perder minha fé.

Se você nunca teve fé em nada, não vai compreender o que isso significa. Você sente como se o seu melhor amigo estivesse para morrer; como se tudo aquilo que te define estivesse sendo lambido pelo fogo; que você está para ser abandonada e ficar totalmente sozinha. Você se sente no exílio, perdida numa floresta escura. Parecia o que eu tinha sentido quando Tabitha morreu: que o mundo se esvaziava de todo significado. Tudo era oco. Tudo se ressecava.

Falei com Becka um pouco do que estava se passando comigo.

– Eu sei – disse ela. – Aconteceu comigo também. Todo mundo na alta hierarquia de Gilead nos enganou.

– Mas como assim?

– Deus não é como eles dizem – disse ela. Ela disse que ou você acreditava em Gilead, ou acreditava em Deus, nos dois não dava. Foi assim que ela havia lidado com a própria crise.

Eu disse que eu não sabia se seria capaz de escolher só um. Em segredo, eu temia ser incapaz de acreditar em qualquer um dos dois. Ainda assim, eu queria acreditar; na verdade, ansiava por isso; e, no fim das contas, quanta crença não nasce por causa de anseios?

51

Três anos depois, ocorreu algo ainda mais alarmante. Como disse, uma das minhas tarefas na Biblioteca Hildegard era passar a limpo os discursos de Tia Lydia. As páginas do discurso em que eu deveria trabalhar naquele dia eram deixadas na minha escrivaninha, dentro de uma pasta prateada. Certa manhã descobri, enfiada atrás da pasta prateada, uma azul. Quem a colocara ali? Será que tinham se enganado?

Eu a abri. O nome da minha madrasta, Paula, estava no alto da primeira página. O que se seguia era o relato da morte de seu primeiro marido, o que ela tivera antes de se casar com meu suposto pai, o Comandante Kyle. Conforme já contei, o marido dela, o Comandante Saunders, fora assassinado em seu escritório pela Aia do casal. Ou pelo menos essa foi a história que circulou.

Paula dissera que a menina era desequilibrada e perigosa, e furtara um espeto de churrasco da cozinha, atacando e matando o Comandante Saunders sem qualquer motivação. A Aia fugira, mas depois fora apanhada e enforcada, e seu cadáver havia sido exposto no Muro. Mas Shunammite dissera que sua Martha dissera que o motivo era um caso ilícito e depravado – a Aia e o marido tinham adquirido o hábito de fornicar no escritório. Foi por isso que a Aia teve oportunidade de assassiná-lo, e era também essa a sua motivação: ele vinha lhe pedindo coisas que a tinham feito enlouquecer de vez. O resto da história de Shunammite era igual: Paula descobrindo o cadáver, a captura da Aia, a forca. Shunammite havia acrescentado um detalhe: Paula teria ficado coberta de sangue ao vestir a calça no Comandante morto para manter as aparências.

Mas a história da pasta azul era bem diferente. Tinha o acréscimo de fotografias, e transcrições de muitas conversas gravadas às escondidas.

Nunca existira nenhuma ligação ilícita entre o Comandante Saunders e sua Aia – apenas as Cerimônias regulares, conforme disposto na lei. No entanto, Paula e o Comandante Kyle – meu antigo pai – vinham mantendo um caso antes mesmo de Tabitha, minha mãe, falecer.

Paula tinha feito amizade com a Aia e se ofereceu para ajudá-la a escapar de Gilead, já que sabia como a menina estava infeliz. Tinha até fornecido para ela um mapa e instruções, e o nome de diversos contatos do Mayday pelo caminho. Depois da partida da Aia, fora Paula quem enfiara o espeto no Comandante Saunders. Fora por isso que estava com tanto sangue nas roupas, e não por vestir a calça nele. Na verdade, ele nunca tinha chegado a tirá-la, pelo menos não naquela noite.

Ela tinha subornado sua Martha para confirmar sua história sobre a Aia assassina, conjugando o suborno com ameaças. Depois, chamara os Anjos acusando sua Aia, e todo o resto aconteceu. A infeliz menina foi encontrada vagando à toa pelas ruas, desesperada, já que o mapa era impreciso e os contatos do Mayday não existiam.

A Aia fora interrogada. (A transcrição do interrogatório estava em anexo, e foi uma leitura incômoda.) Embora ela tivesse admitido a tentativa de fuga e revelado a participação de Paula nisso, ela sustentava ser inocente na questão do assassinato – na verdade, sua total ignorância sobre o assassinato – até a dor ser demais para ela, e ela confessar o que não fizera.

Ela era visivelmente inocente. Mas ainda assim foi enforcada.

As Tias sabiam a verdade. Ou pelo menos uma delas sabia. Lá estavam as provas, na pasta bem diante dos meus olhos. Ainda assim, nada tinha acontecido com Paula. E uma Aia havia sido enforcada pelo crime em seu lugar.

Fiquei atordoada como se tivesse sido acertada por um raio. Mas eu não estava atordoada apenas por causa da história, eu estava atônita também quanto ao motivo dela ter sido colocada na minha escrivaninha. Por que uma desconhecida havia me passado uma informação tão perigosa?

Uma vez que uma história que você tinha como verdadeira se mostra falsa, você começa a desconfiar de todas as histórias. Será que alguém estava empenhado em me voltar contra Gilead? Será que as provas eram falsas? Será que foi a ameaça de Tia Lydia de revelar o crime de Paula que fez minha madrasta desistir de me casar à força com o Comandante Judd? Será que aquela história horrível tinha comprado meu lugar de Tia no Ardua Hall? Seria aquilo um jeito de me contar que a minha mãe, Tabitha, não morrera por conta de uma doença e sim assassinada por Paula de algum modo, talvez até pelo Comandante Kyle? Eu não sabia no que acreditar.

Não havia pessoa a quem eu pudesse confiar aquela história. Nem mesmo Becka: não queria colocá-la em perigo tornando-a minha cúmplice. A verdade pode ser um perigo para aqueles que não deveriam conhecê-la.

Terminei meu trabalho daquele dia, deixando a pasta azul no local onde a encontrara. No dia seguinte, havia ali um novo discurso a ser copiado, e a pasta azul do dia anterior havia desaparecido.

No decorrer dos dois anos seguintes, vim a encontrar muitas pastas semelhantes à minha espera na escrivaninha. Todas continham provas sobre algum crime. As que continham crimes de Esposas eram azuis, as dos Comandantes pretas, as de profissionais – tais como médicos –, cinza, as das Econopessoas, listradas, as das Marthas, verde-fosco. Não havia nenhuma listando os crimes das Aias, e nenhuma para os das Tias.

A maioria dos arquivos que me deixavam era azul ou preto, e descrevia os mais diversos crimes. Aias eram forçadas a cometer ilegalidades, e depois a culpa era jogada nelas; Filhos de Jacob haviam maquinado um contra o outro; subornos e favores haviam sido trocados nos níveis mais altos da hierarquia; Esposas haviam tramado contra outras Esposas; Marthas ouviam conversas às escondidas e angariavam informações que depois vendiam; ocorreram misteriosas intoxicações alimentares, bebês haviam trocado de mão, passando de Esposa para Esposa, devido a boatos escandalosos que no entanto eram infundados. Esposas haviam sido enforcadas por adultérios inexistentes porque um Comandante desejava outra Esposa, mais jovem. Julgamentos públicos – que deveriam expurgar os traidores e purificar a liderança – tinham sofrido reviravoltas devido a confissões falsas, extraídas à base de tortura.

Prestar falso testemunho não era a exceção, era o costume. Por baixo de seu verniz de virtude e pureza, Gilead estava podre.

Fora o da Paula, o arquivo que me dizia respeito mais diretamente foi o do Comandante Judd. Era uma pasta grossa. Dentre outros delitos, continha provas relativas às sinas de suas Esposas anteriores, com as quais ele havia sido casado antes do nosso breve noivado.

Ele se livrara de todas elas. A primeira tinha sido empurrada escada abaixo; tinha quebrado o pescoço. Disseram que ela deu um passo em falso e caiu. Conforme descobri lendo os outros arquivos, não era muito difícil fazer esse tipo de coisa parecer acidental. Dizia-se que duas de suas Esposas haviam morrido no parto, ou pouco depois; os bebês eram Não bebês, mas as mortes das Esposas tinham sido por septicemia ou choque deliberadamente induzidos. Em um dos casos, o Comandante Judd recusara-se a autorizar a operação quando um Não bebê de duas cabeças ficara alojado no canal endocervical. Não havia nada que se pudesse fazer, disse ele piedosamente, pois o coração do feto ainda batia.

A quarta Esposa tinha adquirido o hobby de pintar flores por sugestão do Comandante Judd, que fizera até a gentileza de comprar as tintas para ela. Então ela começou a desenvolver sintomas que podiam ser atribuídos à intoxicação por cádmio. Cádmio, observava o arquivo, era um conhecido agente cancerígeno, e a quarta Esposa sucumbira ao câncer de estômago pouco tempo depois.

Parece que eu evitara uma sentença de morte, e por pouco. E tinham me ajudado a evitá-la. Naquela noite, fiz uma prece agradecendo por aquilo: apesar das dúvidas, eu continuava a rezar. Obrigada, Senhor, falei. Ajuda-me com minha falta de fé. E acrescentei: ajuda também a Shunammite, porque com certeza ela vai precisar.

Nas primeiras vezes em que li aqueles arquivos, fiquei alarmada e enojada. Será que alguém estava tentando me fazer sofrer? Ou será que aquelas pastas faziam parte da minha educação? Estaria minha mente ficando mais forte? Será que eu estava sendo preparada para as tarefas de que depois, como Tia, eu viria a ser incumbida?

Era isso que as Tias faziam, foi o que aprendi. Elas registravam. Aguardavam. Usavam suas informações para atingir objetivos que somente elas conheciam. Suas armas eram segredos poderosos, mas que as contaminavam, como as Marthas sempre diziam. Segredos, mentiras, astúcia, logro – mas os segredos, as mentiras, a astúcia e o logro dos outros, assim como os delas.

Se eu continuasse morando no Ardua Hall – se eu realizasse meu trabalho missionário de Pérola e voltasse como Tia plena – era aquilo que eu ia me tornar. Todos os segredos que eu havia descoberto, e sem dúvida muitos outros, seriam meus, para usar como eu julgasse conveniente. Todo aquele poder. Todo aquele potencial para julgar os perversos em silêncio, e para castigá-los de maneiras que seriam incapazes de prever. Toda aquela vingança.

Conforme já falei, eu tinha um lado vingativo pelo qual já havia sentido remorso. Havia sentido remorso, mas não o extirpara.

Não estaria sendo honesta se dissesse que não fiquei tentada.

XIX

Escritório

O hológrafo de Ardua Hall

52

Levei um susto desagradável no começo da noite passada, meu leitor. Estava eu escrevinhando furtivamente na biblioteca deserta com minha pena e minha tinta azul para desenho, a porta aberta para o ar fluir, quando a cabeça de Tia Vidala subitamente brotou na beirada do meu escaninho particular. Não demonstrei o susto – tenho nervos de polímeros curáveis, como os de cadáveres plastinados –, porém tossi, por reflexo nervoso, fazendo deslizar o *Apologia pro vita sua* fechado sobre a folha que eu vinha escrevendo.

– Ah, Tia Lydia – disse Tia Vidala. – Espero que você não esteja se resfriando. Já não era hora de você estar na cama? – O sono eterno, pensei: é isso que você está me desejando.

– Apenas uma alergia – falei. – Muita gente as tem nessa época do ano. – Isso ela não poderia negar, já que ela mesma sofria tanto com elas.

– Desculpe incomodar – disse ela com falsidade. Seu olhar foi parar no volume do cardeal Newman. – Sempre pesquisando, pelo que vejo – disse ela. – Um herege de grande fama.

– Conhece teu inimigo – falei. – Posso ajudá-la com alguma coisa?

– Tenho uma questão crucial a discutir. Posso lhe oferecer uma xícara de leite quente no Café Schlafly? – perguntou ela.

– Que gentileza a sua – respondi. Recoloquei o Cardeal Newman na minha prateleira, dando as costas para ela para assim esconder minha página em tinta azul lá dentro.

Logo estávamos as duas sentadas a uma mesinha do café, eu com meu leite morno, Tia Vidala com seu chá de hortelã.

– Notei algo estranho na Ação de Graças das Pérolas – principiou ela.

– O que vem a ser? Acredito que tudo tenha corrido de forma bastante normal.

– Aquela menina nova, a Jade. Ela não me convence – disse Tia Vidala. – Sua conversão não me parece provável.

– A conversão de todas parecem improváveis no começo – falei. – Mas elas querem um porto seguro, proteção contra a pobreza, a exploração, e a ruína que é tal vida moderna. Querem estabilidade, ordem, e regras claras. Vai demorar um pouco até ela se adaptar.

– A Tia Beatrice me contou daquela tatuagem ridícula no braço dela. Suponho que ela também tenha lhe contado. Imagine! Deus e Amor! Como se fôssemos nos deixar engabelar por essa tentativa descarada de bajulação! E que heresia! Para mim, tem cara de tapeação. Como você sabe se ela não é uma infiltrada do Mayday?

– Fomos perfeitamente capazes de identificá-los no passado – respondi. – Quanto à mutilação corporal, a juventude canadense é pagã; tem todo tipo de símbolo bárbaro incutido na pele. Creio que a tatuagem demonstre boas intenções; pelo menos não é uma libélula, caveira ou algo do gênero. Mas vamos prestar mais atenção nela.

– Devíamos apagar a tal tatuagem. É uma blasfêmia. A palavra *Deus* é sagrada, não pode ficar à mostra num braço.

– Apagá-la seria muito doloroso para ela nesse momento. Isso pode esperar. Não queremos desanimar nossa jovem Postulante.

– Se ela for uma a sério, do que eu duvido muito. Seria típico do Mayday tentar uma artimanha dessas. Acredito que ela tenha de ser interrogada. – Por ela mesma, era o que queria dizer. Ela gosta um pouco demais desses interrogatórios.

– A pressa é inimiga da perfeição – respondi. – Prefiro métodos mais sutis.

– Não costumava preferir, no começo – disse Vidala. – Você adorava um preto no branco. Antigamente um pouco de sangue não a incomodava. – Ela espirrou. Talvez devêssemos fazer algo a respeito do mofo nesse café, pensei. Por outro lado, talvez não.

Por ser tarde, liguei para o Comandante Judd em seu escritório domiciliar e solicitei uma reunião de emergência, que me foi concedida. Falei para o meu motorista me aguardar do lado de fora.

Quem abriu a porta foi a esposa de Judd, Shunammite. Ela não estava com a aparência nada boa: magra, pálida, olheiras profundas. Até que, relativamente, ela havia durado muito tempo, para uma Esposa do Judd; mas pelo menos ela havia tido um filho, ainda que tivesse sido um Não bebê. Agora, no entanto, seu tempo parecia estar se esgotando. Fiquei me perguntando o que Judd estaria colocando em sua sopa.

– Ah, Tia Lydia – disse ela. – Entre, por favor. O Comandante está à sua espera.

Por que ela viera pessoalmente abrir a porta? Abrir portas é serviço de Martha. Ela devia estar querendo alguma coisa comigo. Falei baixo:

– Shunammite, querida. – E sorri. – Você está doente? – Ela já fora uma moça tão vivaz, ainda que rude e importuna, mas agora não passava de um espectro adoentado.

– Eu não devia dizer que estou – sussurrou ela. – O Comandante me diz que não é nada. Diz que minhas queixas são imaginárias. Mas sei que estou com alguma coisa de errado.

– Posso providenciar uma avaliação em nossa clínica do Ardua Hall – falei. – Alguns exames.

– Eu teria que ter a permissão dele – disse ela. – Ele não quer me deixar.

– Vou obter a permissão dele para você – falei. – Não tema. – Então vieram as lágrimas e os obrigadas. Noutros tempos, ela teria se ajoelhado e beijado a minha mão.

Judd me aguardava em seu escritório. Eu já havia estado lá, às vezes com ele dentro, às vezes sem. É um espaço repleto de informações. Ele não devia levar trabalho para casa de seu gabinete nos Olhos e deixá-lo tão descuidadamente à vista.

Na parede à direita – a que não é visível da porta, para não chocar as moradoras do sexo feminino – há um quadro do século XIX com uma menina recém-entrada em idade núbil totalmente nua. Acrescentaram-se a ela asas de libélula para torná-la uma fada, sendo fadas naqueles tempos conhecidas por sua aversão a roupas. Ela tem um sorriso amoral e travesso e está parada sobre um cogumelo. É disso que Judd gosta – de meninas novas que podem ser vistas como não inteiramente humanas, com um quê de obscenas. Isso serve de desculpa para a forma como as trata.

O escritório é forrado de livros, tal e qual todos esses escritórios de Comandantes. Eles gostam da acumulação, e de se gabar de suas aquisições, e de ostentar para os outros as suas pilhagens. O Judd tem uma coleção respeitável de biografias e livros de história – Napoleão, Stálin, Ceauşescu, e diversos outros líderes e controladores da humanidade. Ele tem várias edições de grande valor que invejo: o *Inferno* ilustrado por Doré, o *Alice no País das Maravilhas* do Dalí, o *Lisístrata* de Picasso. Ele tem ainda outro tipo de livro, menos respeitável: pornografia de época, que conheço por já ter examinado. Um gênero tedioso em grandes quantidades. Maus-tratos ao corpo humano têm um repertório limitado.

– Ah, Tia Lydia – disse ele, meio que levantando de sua poltrona num eco do que já foi considerado um comportamento cavalheiresco. – Sente-se e me conte o que lhe traz aqui tão tarde da noite. – Um sorriso radiante mas não refletido na expressão de seus olhos, que traíam temor e dureza.

– Temos uma emergência – falei, sentando-me na cadeira diante dele.

Seu sorriso desapareceu.

– Espero que nada grave.

– Nada irremediável. Tia Vidala suspeita que a menina chamada Jade seja uma infiltrada, enviada para desencavar informações e prejudicar nossa imagem. Ela quer interrogar a menina. Isso seria desastroso para qualquer utilização futura da Bebê Nicole.

– Concordo – disse ele. – Não conseguiríamos televisá-la depois disso. Em que posso ajudá-la?

– *Nos* ajudar – falei. É sempre bom relembrá-lo de que nosso pequeno navio corsário tem dois a bordo. – Uma ordem dos Olhos protegendo a menina de interferências até sabermos que ela pode ser apresentada de forma plausível como a Bebê Nicole. A Tia Vidala não está a par da identidade de Jade – acrescentei. – E não se deve revelar a ela. Ela já não é inteiramente confiável.

– Pode me explicar por quê? – perguntou ele.

– Por ora, você vai ter de confiar na minha palavra – falei. – E mais uma coisa. A sua Esposa, Shunammite, deve ser enviada à Clínica Bálsamo e Calma no Ardua Hall para receber tratamento médico.

Deu-se uma longa pausa enquanto nos olhávamos nos olhos por cima da escrivaninha.

– Tia Lydia, você leu a minha mente – disse ele. – Seria de fato preferível que ela estivesse a seus cuidados do que sob os meus. Caso alguma coisa venha a acontecer... caso ela seja acometida de alguma enfermidade fatal.

Venho relembrar aqui que não existe divórcio em Gilead.

– Uma sábia decisão – falei. – Você deve permanecer acima de qualquer suspeita.

– Eu dependo da sua discrição. Estou em suas mãos, cara Tia Lydia – disse ele, levantando-se detrás da mesa. Verdade, pensei. E é muito fácil uma mão se fechar em punho.

Agora, meu leitor, estou sob o fio da espada. Tenho duas opções: ou prossigo com meu plano, arriscado a ponto de ser temerário, e tento transferir meu pacote explosivo por meio da jovem Nicole, e, caso tenha êxito, estarei dando em Judd e Gilead o primeiro empurrão para o precipício. Caso eu não tenha êxito, naturalmente ficarei marcada como uma traidora e viverei na infâmia; ou melhor, morrerei na infâmia.

Ou posso escolher o caminho mais seguro. Posso entregar a Bebê Nicole ao Comandante Judd, onde ela brilharia intensamente por um momento antes de ser extinguida feito uma vela por sua insubordinação, já que a chance de ela aceitar humildemente sua posição aqui é zero. Então eu colheria minha recompensa em Gilead, que potencialmente é enorme. Tia Vidala seria neutralizada; talvez eu até conseguisse enviá-

-la a uma instituição psiquiátrica. Meu controle sobre o Ardua Hall passaria a ser completo e minha venerável velhice estaria garantida.

Eu teria que deixar de lado a ideia de me vingar de Judd, porque daí em diante ficaríamos mancomunados sem volta. A Esposa de Judd, Shunammite, seria uma fatalidade colateral. Eu coloquei Jade no mesmo dormitório de Tia Immortelle e Tia Victoria, de forma que, quando ela fosse eliminada, o destino das outras duas penderia na balança: culpa por associação se aplica em Gilead, tanto como em qualquer outro lugar.

Será que eu sou capaz de tal duplicidade? Seria capaz de trair tão absolutamente? Tendo cavado o túnel até tais profundezas de Gilead e deixado tanta pólvora lá, será que vou titubear? Sendo eu humana, é perfeitamente possível.

Nesse caso, eu destruiria essas páginas que escrevi com tanto afinco; e junto com elas eu destruiria você, meu futuro leitor. Um risco de fósforo e lá se vai você – eliminado como se jamais tivesse existido, como se nunca fosse existir. Eu te negaria a existência. Que sensação divina! Ainda que de um deus aniquilador.

Eu hesito, eu hesito.

Mas amanhã é outro dia.

XX

LINHAGENS

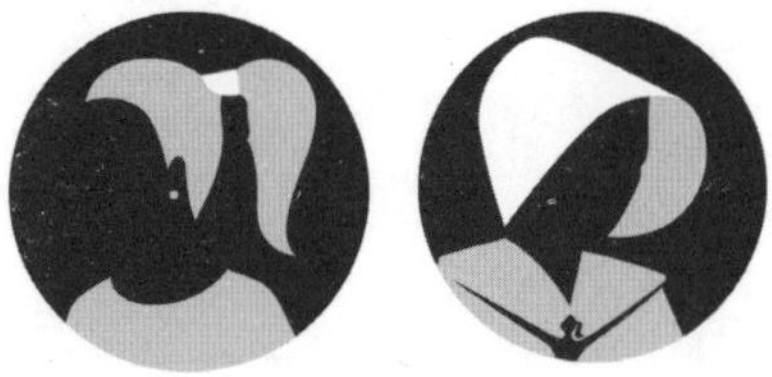

Transcrição do Depoimento da Testemunha 369B

53

Eu tinha conseguido entrar em Gilead. Eu pensava que sabia muito sobre o país, mas viver a coisa é sempre diferente, e com Gilead, era muito diferente. Gilead era escorregadio feito gelo: eu vivia sentindo que estava perdendo o equilíbrio. Eu não conseguia ler o rosto das pessoas, e muitas vezes não sabia o que estavam dizendo. Eu ouvia as palavras, compreendia as palavras em si, mas não conseguia extrair sentido delas.

Naquela primeira reunião na capela, depois de ajoelharmos e cantarmos, quando Tia Beatrice me levou a um banco para que eu sentasse, contemplei o salão cheio de mulheres. Todas estavam me olhando fixamente e sorrindo de um jeito meio simpático, meio faminto, como naquelas cenas de filmes de terror em que você percebe que os aldeões vão acabar se revelando vampiros.

Então teve a vigília da madrugada inteira para as novas Pérolas: era para meditarmos em silêncio ajoelhadas. Ninguém tinha me falado aquilo: Quais eram as regras? Será que era preciso levantar a mão para ir ao banheiro? Caso esteja se perguntando, a resposta era sim. Horas disso depois – minhas pernas estavam com câibra, a sério – uma das novas Pérolas, acho que uma do México, começou a chorar histericamente e depois a berrar. Duas Tias a pegaram pelo braço e saíram com ela. Depois fiquei sabendo que a transformaram em Aia, então que bom que fiquei de bico calado.

No dia seguinte, recebemos umas roupas marrons muito feias, e de repente estávamos sendo tocadas feito gado para um estádio esportivo onde nos fizeram sentar na arquibancada, enfileiradas. Ninguém tinha falado em esportes em Gilead – eu achava que não tinham nenhum –, mas aquilo não era esporte. Era uma Particicução. Tinham nos contado que existiam na escola, mas não forneceram grandes detalhes, creio que porque não queriam nos traumatizar. Hoje eu consigo entender o porquê.

Era uma execução dupla: dois homens literalmente reduzidos a pedaços por uma turba furiosa de mulheres. Gritava-se, chutava-se, mordia-se, sangue por toda parte, especialmente nas Aias: elas ficaram recobertas. Algumas levantavam os pedaços que tinham nas mãos – chumaços de cabelo, aparentemente um dedo – e aí as outras gritavam e davam vivas.

Foi repulsivo; foi aterrorizante. Acrescentou uma camada totalmente nova ao que eu entendia ser uma Aia. Talvez minha mãe tivesse sido daquele jeito, pensei eu: feroz.

Transcrição do Depoimento da Testemunha 369A

54

Becka e eu fizemos o melhor possível para instruir a nova Pérola, Jade, da forma como Tia Lydia nos pediu, mas era como falar com a parede. Ela não tinha paciência para se sentar direito; ela se remexia, se contorcia, não parava com os pés no lugar.

– É assim que a mulher deve se sentar – dizia-lhe Becka, demonstrando.

– Sim, Tia Immortelle – dizia ela, e ensaiava uma tentativa. Mas essas tentativas nunca duravam muito, e logo ela estava toda encurvada de novo e cruzando os tornozelos sobre os joelhos.

No primeiro jantar de Jade no Ardua Hall, ela sentou entre nós, pois ela era muito desleixada. Apesar disso, ela teve um comportamento insensato. Tinha pão e uma sopa indefinida – às segundas-feiras, muitas vezes elas misturavam as sobras e acrescentavam algumas cebolas – e uma salada de ervilhaca com nabo.

– Esta sopa – disse ela. – Parece água suja com mofo. Não vou comer isso.

– Shhh... Agradecei o alimento recebido – sussurrei para ela em resposta. – Deve ser nutritiva mesmo assim.

A sobremesa foi tapioca mais uma vez.

– Isso aí não dá. – Ela largou a colher, que retiniu na mesa. – Olhos de peixe no molho de cola.

– É falta de respeito não comer tudo – disse Becka. – A não ser que você esteja jejuando.

– Pode ficar com a minha – disse Jade.

– Está todo mundo olhando – falei.

Quando ela chegou, tinha o cabelo esverdeado – era esse tipo de mutilação que gostavam de se infligir no Canadá, pelo jeito –, mas fora do nosso apartamento ela tinha que deixar o cabelo coberto, de forma que isso não foi notado por muitas. Então ela começou a arrancar fios da própria nuca. Disse ela que isso a ajudava a pensar.

– Se ficar fazendo isso, vai acabar ficando com uma falha – disse-lhe Becka. Tia Estée nos ensinara aquilo quando estávamos na Escola preparatória Pré-nupcial Rubis: se você arrancar cabelos com frequência, eles não voltam mais a crescer. O mesmo valia para sobrancelhas e cílios.

– Eu sei – disse Jade. – Mas ninguém vê nosso cabelo nesse lugar, mesmo. – Ela nos sorriu, confiante. – Um dia vou raspar minha cabeça.

– Não faça isso! O cabelo da mulher é sua glória – disse Becka. – Você o ganhou para ficar coberta. Isso está em Coríntios I.

– Só uma glória? O cabelo? – disse Jade. Seu tom era abrupto, mas não acho que tivesse a intenção de ser rude.

– Por que você gostaria de se envergonhar raspando a própria cabeça? – perguntei com a maior suavidade que pude. Se você fosse mulher, não ter cabelo era sinal de desonra: às vezes, depois que o marido reclamava, as Tias tosquiavam o cabelo de uma Econoesposa desobediente ou ranzinza antes de prendê-la no tronco em público.

– É só para ver como eu fico careca – disse Jade. – Está na minha lista do balde.

– Tome cuidado com o que diz para as outras – aconselhei. – Becka... Tia Immortelle e eu perdoamos, e entendemos que você acabou de vir de uma cultura degenerada; estamos tentando te ajudar. Mas outras Tias, especialmente as mais velhas como a Tia Vidala, estão sempre à procura de falhas.

– Sim, você tem razão – disse Jade. – Quer dizer, sim, Tia Victoria.

– O que é uma lista do balde? – perguntou Becka.

– Coisas que quero fazer antes de morrer.

– Por que se chama assim?

– Vem de "chutar o balde" – disse Jade. – É só um ditado. – Porém, vendo como estávamos confusas, ela continuou. – Acho que é da época em que costumavam enforcar o pessoal em árvores. Faziam a pessoa subir num balde e colocavam a corda no pescoço, e os pés da pessoa ficavam chutando, e naturalmente acabavam chutando o balde. É minha teoria.

– Aqui a gente não enforca as pessoas assim – disse Becka.

Transcrição do Depoimento da Testemunha 369B

55

Logo percebi que as duas jovens Tias do Corredor C não me aprovavam; mas elas eram tudo o que eu tinha, porque eu não tinha abertura para falar com mais ninguém. Tia Beatrice tinha sido amável comigo enquanto me convertia, em Toronto, mas agora que eu já estava ali, já não era problema dela. Ela sorria para mim de forma distante quando eu cruzava com ela, mas era só.

Quando parava para pensar na situação, eu sentia medo, mas tentei não deixar o medo me dominar. Eu também estava me sentindo muito sozinha. Não tinha nenhum amigo por ali, nem podia entrar em contato com ninguém de casa. Ada e Elijah estavam bem longe. Eu sentia muita saudade de Garth. Eu devaneava lembrando das coisas que tínhamos feito juntos: dormir no cemitério, pedir dinheiro na rua. Eu sentia saudade até da *junk food* que comíamos. Será que eu voltaria para lá algum dia, e se voltasse, o que ia acontecer? Garth devia ter namorada. Como poderia não ter? Eu nunca havia lhe perguntado porque não queria saber a resposta.

Mas uma das minhas maiores angústias era sobre a pessoa que Ada e Elijah chamavam de fonte – seu contato dentro de Gilead. Quando essa pessoa iria surgir na minha vida? E se ela não existisse? Se não houvesse "fonte", eu ficaria presa ali em Gilead para sempre, porque não existiria ninguém para me tirar dali.

Transcrição do Depoimento da Testemunha 369A

56

Jade era muito desorganizada. Ela deixava seus objetos jogados pela nossa sala comum – suas meias, o cinto de seu novo uniforme de Postulante noviça, às vezes até os sapatos. Nem sempre ela dava a descarga no vaso sanitário. Encontrávamos seus fios de cabelo rolando pelo chão do banheiro, sua pasta de dentes na pia. Ela tomava banhos em horários não autorizados até frisarmos muito que era proibido, várias vezes. Sei que são coisas triviais, mas, quando se mora junto, isso vai se acumulando.

Também havia a questão da tatuagem em seu braço esquerdo. Dizia DEUS e AMOR, em formato de cruz. Ela alegava ser um sinal de sua conversão legítima à nossa fé, mas disso eu duvidava, já que em certa ocasião ela deixou escapar que achava que Deus era "um amigo imaginário".

– Deus é um amigo de verdade, não um imaginário – disse Becka.

– Desculpe se desrespeitei a crença da sua cultura – disse Jade, o que não melhorou a situação aos olhos de Becka: chamar Deus de "crença da sua cultura" era pior ainda do que chamá-lo de amigo imaginário. Percebemos que Jade nos achava burras; no mínimo, nos achava supersticiosas.

– Você devia mandar apagar essa tatuagem – disse Becka. – É uma blasfêmia.

– É, talvez você tenha razão – disse Jade. – Digo, sim, Tia Immortelle, obrigada pelo conselho. De qualquer forma, coça como o diabo.

– O diabo faz coisa pior que dar coceira – disse Becka. – Vou orar por sua salvação.

Quando Jade estava em seu quarto, no andar de cima, muitas vezes ouvíamos batidas e gritos abafados. Seria aquilo alguma forma bárbara de oração? Afinal acabei perguntando o que ela estava fazendo lá dentro.

– Treinando – disse ela. – É uma espécie de exercício físico. Pra continuar forte.

– Os homens são fortes no corpo – disse Becka. – E na mente. As mulheres são fortes de espírito. Ainda que seja permitido o exercício físico moderado, como caminhadas, caso a mulher esteja em idade fértil.

– Por que você acha que precisa ter o corpo forte? – perguntei a ela. Cada vez mais eu me via curiosa a respeito de suas crenças pagãs.

– Para o caso de algum cara te agredir. Você precisa saber como enfiar seus dedos no olho dele, acertar joelhada no saco, dar um soco no coração. Vou mostrar como se faz. O punho tem que ser fechado assim: dobrar os dedos bem fechados, o polegar bem preso entre os nós, e ficar com o antebraço reto. Aí é só mirar no coração. – Ela acertou um soco forte no sofá.

Becka ficou tão atônita que teve de sentar.

– Mulher não bate em homem – disse ela. – Nem em ninguém, exceto quando é requerido por lei, como nas Particicuções.

– Ora, que conveniente! – disse Jade. – Então é pra deixar eles fazerem o que bem entendem?

– Você não deve incitar os homens – disse Becka. – Se você fizer isso, o que acontecer é culpa sua, em parte.

Jade ficou olhando para nós, da cara de uma para a da outra.

– Culpar a vítima? – disse ela. – Sério isso?

– Perdão? – disse Becka.

– Esquece. Então você está me dizendo que é um beco sem saída – disse Jade. – O que quer que a gente faça, estamos ferradas. – Nós duas ficamos olhando para ela em silêncio. Nenhuma resposta já é uma resposta, como dizia Tia Lise.

– Tá certo – disse ela. – Mas vou praticar mesmo assim.

Quatro dias depois que Jade chegou, Tia Lydia me chamou e também chamou Becka para o seu escritório.

– Como está indo a nova Pérola? – perguntou ela. Quando hesitei, ela disse: – Fale de uma vez!

– Ela não sabe se portar – falei.

Tia Lydia sorriu seu sorriso de nabo encarquilhado.

– Lembrem-se, faz pouco tempo que ela veio do Canadá – disse ela –, então não tem noção das coisas. Convertidas recentes costumam ser assim ao chegar. É dever de vocês, no momento, ensiná-la a se portar de forma mais segura.

– Nós temos tentado, Tia Lydia – disse Becka. – Mas ela é muito...

– Teimosa – disse Tia Lydia. – Não me surpreendo com isto. O tempo cura isto. Façam o melhor possível. Podem ir. – Saímos da sala quase de lado, como sempre fazíamos ao sair do escritório de Tia Lydia: era falta de educação ficar de costas para ela.

As pastas com crimes continuaram a surgir na minha escrivaninha na Biblioteca Hildegard. Eu não conseguia decidir o que pensar: num dia eu sentia que seria uma bênção ser uma Tia plena – conhecendo todos os segredos cuidadosamente guardados das Tias, exercendo poderes ocultos, infligindo retaliações. No dia seguinte eu pensava na minha alma – porque eu acreditava ter uma – e em como ela ficaria desvirtuada e corrupta caso eu viesse a agir daquela maneira. Estaria meu cérebro mole e pantanoso se enrijecendo? Estaria eu me tornando dura, pétrea, inflexível? Estaria eu trocando minha natureza feminina suave e atenciosa por uma cópia imperfeita da natureza espinhosa e fria dos homens? Eu não queria fazer isso, porém como evitá-lo se minha aspiração era ser Tia?

Então aconteceu algo que alterou minha percepção do universo e me fez dar graças novamente pela intervenção da Providência Divina.

Ainda que eu tivesse ganhado acesso à Bíblia e tivesse recebido uma série de arquivos sobre crimes perigosos, eu ainda não havia obtido autorização para acessar os Arquivos das Linhagens Genealógicas, que ficavam em uma sala trancada. Quem podia entrar dizia que a sala continha estantes e mais estantes de pastas. Elas estavam organizadas nas prateleiras segundo a patente, apenas dos homens: Econo-homens, Guardiões, Anjos, Olhos, Comandantes. Dentro dessas categorias, as Linhagens estavam organizadas por local, e em seguida por sobrenome. As mulheres estavam dentro das pastas dos homens. As Tias não possuíam pastas; não se registravam suas Linhagens porque elas não teriam filhos. Aquilo secretamente me dava certa tristeza: eu gostava de crianças, sempre quis ter filhos, eu só não queria o que vinha junto com elas.

Todas as Postulantes recebiam um breve informe sobre a existência e a finalidade dos Arquivos. Eles continham o conhecimento de quem as Aias tinham sido antes de ser Aias, e quem eram seus filhos, e quem eram os pais: não só os pais declarados, como também os ilegais, pois havia muitas mulheres – tanto Esposas como Aias – que estavam desesperadas por filhos viessem como viessem. Mas em todos os casos as Tias registravam as Linhagens: com tantos homens de mais idade se casando com meninas tão jovens, Gilead não podia se arriscar a permitir a procriação consanguínea perigosa e pecaminosa entre pais e filhas, o que podia muito bem ocorrer se ninguém tomasse conta.

Mas somente depois de concluído meu trabalho como missionária Pérola eu teria acesso àqueles Arquivos. Eu mal podia esperar pelo momento em que eu teria a capacidade de pesquisar minha própria mãe – não Tabitha, mas a mãe que fora Aia. Naqueles arquivos secretos, eu conseguiria descobrir quem ela era, ou tinha sido – será que ainda estava viva? Eu sabia que era arriscado – talvez eu não gostasse do que iria descobrir –, mas eu precisava tentar, pelo menos. Talvez conseguisse até rastrear meu verdadeiro pai, ainda que as chances disso fossem menores, pois ele não era um Comandante. Se eu conseguisse encontrar minha mãe, eu teria uma história em vez de um zero. Eu teria um passado além do meu próprio passado, ainda que talvez não fosse ter necessariamente um futuro com aquela mãe desconhecida dentro dele.

Certa manhã, descobri uma pasta dos Arquivos sobre a minha escrivaninha. Havia um bilhete escrito à mão preso com um clipe à frente: *A linhagem de Agnes Jemima*. Prendi a respiração ao abrir aquela pasta. Lá dentro havia o registro das Linhagens do Comandante Kyle. Paula estava na pasta, e seu filho, Mark. Eu não fazia parte dessa Linhagem, de forma que não constava como irmã de Mark. Mas seguindo a linha do Comandante Kyle consegui descobrir o verdadeiro nome da pobre Crystal – a Ofkyle, que morrera no parto –, porque o pequeno Mark também fazia parte da Linhagem dela. Fiquei me perguntando se alguém contaria para ele algum dia que ela lhe dera à luz. Não, a não ser em último caso, foi o que pensei.

Enfim localizei a Linhagem sobre mim. Não estava onde deveria estar – dentro da pasta do Comandante Kyle, no período relativo à sua primeira Esposa, Tabitha. Em vez disso, estava no fundo da pasta, em uma subpasta isolada.

Havia a foto da minha mãe. Era uma foto dupla, como aquelas que vemos nos cartazes de Procuradas, com as Aias fugitivas: o rosto de frente, o perfil. Seu cabelo era claro, puxado para trás; ela era jovem. Ela me olhava direto nos olhos: o que estaria tentando me dizer? Não estava sorrindo, mas por que o faria? Sua foto certamente tinha sido tirada pelas Tias, ou senão, pelos Olhos.

O nome sob a foto havia sido suprimido com tinta azul muito opaca. Havia, porém, atualizações anotadas: *Mãe de Agnes Jemima, atual Tia Victoria. Fugiu para o Canadá. Atualmente trabalha como agente de inteligência da organização terrorista Mayday. Houve duas tentativas de eliminação (sem sucesso). Localização atualmente desconhecida.*

Embaixo disso, dizia *Pai Biológico*, mas o nome dele também havia sido suprimido. Não havia foto. As anotações diziam: *Atualmente no Canadá. Dizem ser agente do Mayday. Localização desconhecida.*

Será que eu me parecia com a minha mãe? Eu queria achar que sim.

Será que eu me lembrava dela? Eu tentei. Eu sabia que eu devia ser capaz de conseguir, mas o passado era obscuro demais.

A memória era uma coisa tão cruel. Não conseguimos lembrar do que foi que esquecemos. Do que nos obrigaram a esquecer. Do que tivemos que esquecer, para poder fingir que vivemos aqui com alguma normalidade.

Me perdoe, sussurrei. Ainda não posso te trazer de volta. Ainda não.

Pus a mão sobre a foto da minha mãe. Será que estava quentinha? Eu queria que estivesse. Eu queria crer que aquela foto irradiava amor e afeto – não era uma imagem muito lisonjeira, mas não me importava. Eu queria achar que aquele amor estava entrando em mim pela minha mão. Um faz de conta bastante infantil, eu sei. Mas me reconfortou de qualquer forma.

Virei a página: havia outro documento. Minha mãe tivera outra filha. Essa filha fora levada clandestinamente para o Canadá ainda bebê. Seu nome era Nicole. Havia uma foto.

Bebê Nicole.

Bebê Nicole, por quem orávamos em toda ocasião solene no Ardua Hall. Bebê Nicole, cujo rostinho iluminado de querubim aparecia tantas vezes na televisão de Gilead como símbolo do injusto tratamento internacional para com Gilead. Bebê Nicole, que era praticamente uma santa e mártir, e com certeza um ícone – aquela Bebê Nicole era minha irmã.

Sob o último parágrafo de texto havia uma linha de caligrafia bruxuleante em tinta azul: *Ultrassecreto. A Bebê Nicole está aqui em Gilead.*

Parecia impossível.

Senti uma torrente de gratidão – eu tinha uma irmã mais nova! Mas também sentia medo: se a Bebê Nicole estava aqui em Gilead, por que as pessoas não estavam todas sabendo? Haveria grande júbilo e a comemoração seria generalizada. Por que tinham contado justo para mim? Eu me sentia enredada, ainda que com redes invisíveis. Será que minha irmã estava correndo perigo? Quem mais sabia que ela estava aqui, e o que fariam contra ela?

Àquela altura eu já sabia que a pessoa que me deixava aquelas pastas só podia ser Tia Lydia. Mas por que estaria fazendo aquilo? E como ela pretendia que eu reagisse? Minha mãe estava viva, mas também estava sentenciada à morte. Fora considerada uma criminosa; pior ainda, uma terrorista. Quanto dela havia dentro de mim? Será que eu continha alguma mácula? Seria essa a mensagem? Gilead tinha tentado assassinar minha mãe renegada e fracassara. Eu deveria ficar feliz com isso, ou triste? A quem eu deveria minha lealdade?

Então, por impulso, fiz uma coisa muito perigosa. Prestando atenção para ver se ninguém ia perceber, surrupiei as duas páginas com suas fotos coladas da pasta das Linhagens, as dobrei várias vezes e as escondi na manga. É que eu não conseguia suportar a ideia de me separar delas. Foi uma atitude tola e impensada, mas não foi a única coisa tola e impensada que já fiz na vida.

Transcrição do Depoimento da Testemunha 369B

57

Era quarta, dia do raio que o parta. Depois do café da manhã pútrido de sempre, recebi um recado de que deveria comparecer imediatamente ao escritório de Tia Lydia.

– O que quer dizer isso? – perguntei a Tia Victoria.

– Ninguém nunca sabe o que Tia Lydia tem em mente – respondeu ela.

– Será que fiz alguma coisa ruim? – Uma coisa era certa: a seleção de coisas ruins a serem feitas era grande.

– Não necessariamente – disse ela. – Talvez você tenha feito alguma coisa boa.

Tia Lydia estava à minha espera em seu escritório. A porta estava entreaberta, e ela me mandou entrar antes mesmo de eu bater.

– Feche a porta e sente-se – disse ela.

Eu me sentei. Ela olhou para mim. Eu olhei para ela. É estranho, porque eu sei que ela deveria ser a abelha-rainha poderosa e malvada do Ardua Hall, mas naquele momento não a achei assustadora. Ela tinha uma enorme pinta no queixo: tentei não olhar fixamente. Fiquei me perguntando por que não tinha mandado tirá-la.

– O que está achando daqui, Jade? – disse ela. – Está se adaptando?

Eu devia ter dito que sim, ou muito bem, ou algo do gênero, conforme meu treinamento. Em vez disso o que saiu foi:

– Nada bem.

Ela sorriu, exibindo seus dentes amarelados.

– Muitas se arrependem no começo – disse ela. – Você gostaria de voltar ao Canadá?

– Mas como? – perguntei. – Com macacos alados?

– Sugiro que refreie esse tipo de comentário insolente quando estiver em público. As repercussões podem ser dolorosas para você. Você tem algo a me mostrar?

Eu não entendi nada.

– Como o quê? – perguntei. – Não, eu não trouxe...

– No seu braço, por exemplo. Embaixo da manga.

– Ah – falei. – O meu braço.

Arregacei a manga: lá estava o DEUS/AMOR, não exatamente em boa forma.

Ela olhou bem para ele.

– Obrigada por cumprir o que foi solicitado – disse ela.

Fora ela quem solicitara aquilo?

– Você é a fonte? – perguntei.

– A o quê?

Será que eu estava com problemas?

– Você sabe, aquela que... quer dizer...

Ela me interrompeu:

– Você precisa aprender a editar seus pensamentos – disse ela. – Engula-os. Agora, seguindo em frente. Você é a Bebê Nicole, conforme deve ter ouvido falar no Canadá.

– Sim, mas preferia não ser – falei. – Não estou feliz com isso.

– Sei que diz a verdade – disse ela. – Mas muitos de nós preferíamos não ser quem somos. Não temos opções ilimitadas nesse setor. Agora, você está pronta para ajudar seus amigos lá do Canadá?

– O que preciso fazer? – perguntei.

– Venha até aqui e coloque o braço na escrivaninha – disse ela. – Não vai doer nada.

Ela pegou uma lâmina fina e fez um cortezinho na minha tatuagem, na base do *O*. Depois, usando uma lupa e um minúsculo par de pinças, ela inseriu algo muito diminuto no meu braço. Ela estava errada quanto a não doer.

– Ninguém pensaria em procurar dentro de Deus. Agora você é um pombo-correio, só nos falta te transportar. É mais difícil hoje em dia do que antigamente, mas daremos nosso jeito. Ah, e não conte isso a ninguém até ser autorizada. Bocas fechadas salvam armadas, e quando elas não se salvam, pessoas morrem. Não é?

– É sim – respondi. Agora eu tinha uma arma letal no braço.

– Sim, *Tia Lydia*. Nunca, jamais negligencie a boa educação aqui. Você pode ser denunciada, mesmo que por uma pequeneza dessas. A Tia Vidala adora aplicar Corretivos.

Transcrição do Depoimento da Testemunha 369A

58

Duas manhãs depois de eu ter lido meu arquivo de Linhagens, fui convocada ao escritório de Tia Lydia. Solicitaram também a presença de Becka; fomos andando juntas. Achamos que iam nos perguntar de novo como Jade estava se saindo, se estava feliz conosco, se estava pronta para seu teste de alfabetização, se era firme na fé. Becka disse que ia pedir para Jade ser transferida para outro lugar, porque nós tínhamos sido incapazes de lhe ensinar qualquer coisa. Ela simplesmente não nos dava ouvidos.

Mas Jade já estava no escritório de Tia Lydia quando chegamos ali, sentada em uma cadeira. Ela nos sorriu um sorriso apreensivo.

Tia Lydia nos pediu para entrar, depois olhou para os dois lados do corredor antes de fechar a porta.

– Obrigada por virem até aqui – disse ela. – Podem se sentar.

Sentamos nas duas cadeiras disponíveis, uma de cada lado de Jade. Tia Lydia também se sentou, apoiando ambas as mãos sobre a mesa ao se abaixar. Suas mãos tremiam de leve. Peguei-me pensando: Ela está ficando velha. Mas aquilo parecia impossível: Tia Lydia era eterna.

– Tenho informações para dividir com vocês que vão afetar seriamente o futuro de Gilead – disse Tia Lydia. – Vocês três terão um papel crucial a desempenhar. Vocês têm a coragem necessária? Estão preparadas?

– Sim, Tia Lydia – falei, e Becka repetiu o mesmo. As Postulantes mais jovens estavam sempre ouvindo que tinham um papel crucial a desempenhar, e que precisavam demonstrar coragem. Geralmente, queria dizer que você ia ter que renunciar a algo como tempo ou alimento.

– Que bom. Vou ser breve. Primeiro de tudo, devo informar a você, Tia Immortelle, algo que as outras duas já estão a par. A Bebê Nicole está aqui, em Gilead.

Não entendi: por que tinham contado a Jade uma notícia de tal importância? Ela não devia nem ter ideia do impacto que a aparição daquele ícone causaria entre nós.

– É mesmo? Ah, louvado seja, Tia Lydia! – disse Becka. – Que notícia maravilhosa. Aqui? Em Gilead? Mas por que todos já não estão sabendo? Parece milagre!

– Controle-se, por favor, Tia Immortelle. Agora preciso acrescentar que a Bebê Nicole é meia-irmã da Tia Victoria.

– Puta merda! – exclamou Jade. – Não acredito!

– Jade, vou fingir que não ouvi isso – disse Tia Lydia. – Autorrespeito, autoconhecimento, autocontrole.

– Desculpe – murmurou Jade.

– Agnes! Digo, Tia Victoria! – disse Becka. – Você tem uma irmã! Que alegria!! E é a Bebê Nicole! Que sorte, a Bebê Nicole é uma gracinha. – A foto-padrão da Bebê Nicole estava na parede de Tia Lydia: de fato, ela era uma gracinha, mas, afinal de contas, todo bebê é. – Posso te dar um abraço? – pediu Becka. Ela estava fazendo força para não levar a mal. Deve ter sido triste para ela eu descobrir que tinha uma parente sem ter, ela mesma, nenhum: até seu pai de mentira tinha acabado de ser executado na maior desonra.

– Acalme-se, por favor – disse Tia Lydia. – Já passou muito tempo desde que a Bebê Nicole era bebê. Agora ela já cresceu.

– Claro, Tia Lydia – disse Becka. Ela se sentou e juntou as mãos sobre o colo.

– Mas se ela está aqui em Gilead, Tia Lydia – perguntei – onde ela está, exatamente?

Jade deu risada. Que mais parecia um latido.

– Ela está no Ardua Hall – disse Tia Lydia, sorrindo. Parecia uma brincadeira de charadas: ela estava se divertindo. Nossas expressões deviam estar totalmente confusas. Conhecíamos todas em Ardua Hall, então onde estaria a Bebê Nicole?

– Ela está nessa sala mesmo – anunciou Tia Lydia. Ela fez um gesto com a mão: – A Jade aqui é a Bebê Nicole.

– Não pode ser! – falei. A Jade era a Bebê Nicole? E por conseguinte era minha irmã?

Becka estava boquiaberta, olhando para Jade.

– Não – murmurou ela. Seu rosto era de infelicidade.

– Desculpe não ser uma gracinha – disse Jade. – Eu tentei, mas sou péssima nisso. – Acredito que para ela isso era uma espécie de piada, para deixar a atmosfera mais leve.

– Ah... não quis dizer que... – falei. – É só que... você não se parece com a Bebê Nicole.

– Não se parece, mesmo – disse Tia Lydia. – Mas se parece com você.

Era verdade até certo ponto: os olhos sim, mas o nariz não. Reparei nas mãos de Jade, que desta vez por acaso estavam juntas em seu colo. Tive vontade de lhe pedir que estendesse seus dedos para eu poder compará-los aos meus, mas senti que isso poderia ofendê-la. Não queria que ela pensasse que eu estava demandando provas demais de sua identidade, ou pior, rejeitando-a.

– Estou muito contente de ter uma irmã – disse para ela educadamente, agora que eu estava começando a superar o choque. Aquela garota desajeitada tinha a mesma mãe que eu. Eu ia ter que me esforçar ao máximo.

– Que sorte a de vocês – disse Becka. Sua voz era tristonha.

– E você é como se fosse minha irmã – falei para ela – então Jade é sua irmã também. – Eu não queria que Becka se sentisse de fora.

– Posso te dar um abraço? – disse Becka para Jade; ou, como suponho que deva chamá-la nesse relato, Nicole.

– Sim, acho que sim – disse Nicole. E recebeu um breve abraço de Becka. Eu fiz o mesmo em seguida. – Obrigada – disse ela.

– Obrigada, Tias Immortelle e Victoria – disse Tia Lydia. – Vocês estão demonstrando um excelente espírito de aceitação e inclusão. Agora, necessito que prestem a máxima atenção.

Voltamos os rostos para ela.

– Nicole não ficará conosco por muito tempo – disse Tia Lydia. – Ela vai deixar o Ardua Hall em breve, e vai viajar de volta para o Canadá. Ela vai levar consigo uma importante mensagem. Desejo que vocês duas a ajudem.

Fiquei pasma. Por que Tia Lydia ia deixá-la voltar? Nenhuma convertida jamais voltava para seu local de origem – era traição –, e, caso a pessoa fosse a Bebê Nicole, a traição era dez vezes pior.

– Mas, Tia Lydia – falei. – Isso é contra a lei, e também contra a vontade de Deus segundo os Comandantes.

– De fato, Tia Victoria. Mas conforme você e Tia Immortelle têm lido em boa parte das pastas secretas que venho encaminhando a vocês, não estão a par do grau de corrupção deplorável em que Gilead atualmente se encontra?

– Sim, Tia Lydia, mas, com certeza... – Antes, eu não tivera certeza de que Becka também ganhara os arquivos criminais. Ambas havíamos obedecido à classificação ULTRASSECRETA; porém, mais importante, cada uma se preocupou em poupar a outra.

– No começo, as metas de Gilead eram puras e nobres, todas nós concordamos nisto – disse ela. – Mas foram subvertidas e conspurcadas por egoístas com sede de poder, como tantas vezes já aconteceu no decorrer da história. Deve ser da vontade de vocês que isso seja corrigido.

– Sim – disse Becka, assentindo. – É da nossa vontade, sim.

– Lembrem-se, além disso, de seus votos. Vocês se comprometeram a ajudar mulheres e meninas. Quero crer que o fizeram a sério.

– Sim, Tia Lydia – falei. – Foi a sério.

– Isso vai ajudar estas mulheres e meninas. Não quero obrigá-las a fazer nada contra a própria vontade, mas por outro lado preciso explicar bem o que está em jogo. Agora que lhes revelei este segredo, de que a Bebê Nicole está aqui, e que ela vai atuar como minha mensageira em breve, cada minuto transcorrido sem vocês revelarem este segredo aos Olhos contará como traição. Porém, mesmo que decidam revelar, ainda assim podem vir a sofrer castigos severos, talvez até mesmo serem eliminadas por terem segurado a informação, ainda que por apenas um instante. Desnecessário dizer que eu serei executada, e Nicole logo será praticamente um papagaio na gaiola. E, caso não obedeça, vão matá-la, de um jeito ou de outro. Não vão nem hesitar: vocês leram os arquivos criminais.

– Você não pode fazer isso com elas! – disse Nicole. – Isso não é justo, é chantagem emocional!

– Compreendo seu ponto de vista, Nicole – disse Tia Lydia –, mas suas ideias juvenis sobre justiça não se aplicam neste caso. Guarde o que sente para você, e se deseja voltar a ver o Canadá, o mais sábio é considerar isso uma ordem.

Ela se voltou para nós duas.

– Vocês têm, é claro, liberdade para tomar suas decisões. Vou deixar a sala; Nicole, venha comigo. Queremos que sua irmã e a amiga dela tenham privacidade para melhor ponderar as possibilidades. Voltamos em cinco minutos. Então, vou pedir que respondam apenas com sim ou não. Outros detalhes relativos à sua missão serão fornecidos no devido tempo. Venha, Nicole. – Ela tomou o braço de Nicole e a levou para fora.

Os olhos de Becka estavam arregalados, assustados, assim como os meus deviam estar.

– Nós temos que aceitar – disse Becka. – Não podemos deixá-las morrer. A Nicole é sua irmã, e Tia Lydia...

– Aceitar o quê? – repliquei. – Não sabemos o que ela está nos pedindo.

– Ela está nos pedindo obediência e lealdade – disse Becka. – Lembra como ela nos salvou, a mim e a você? Nós temos que dizer sim.

Depois de sairmos da sala de Tia Lydia, Becka foi à biblioteca cumprir seu turno diurno, e Nicole e eu voltamos andando para nosso apartamento.

– Agora que somos irmãs – falei – você pode me chamar de Agnes quando estivermos sozinhas.

– Certo, vou tentar – disse Nicole.

Chegamos à sala comum.

– Tenho algo para lhe mostrar – falei. – Só um minuto.

Subi as escadas. Eu tinha guardado as duas páginas dos arquivos de Linhagens embaixo do meu colchão, dobradas bem pequenas. Quando voltei, desdobrei-as com cuidado e as alisei com a mão. Uma vez que eu as coloquei sobre a mesa, Nicole – tal como eu – não resistiu a repousar a mão em cima da foto de nossa mãe.

– Que incrível – disse ela. Ela tirou a mão, contemplou a foto mais um pouco. – Você acha que ela se parece comigo?

– Fiquei pensando a mesma coisa – falei.

– Você consegue se lembrar de alguma coisa dela? Eu devia ser muito nova.

– Não sei – falei. – Às vezes, acho que sim. Parece que me lembro, sim, de alguma coisa. Será que morei numa outra casa? Será que fiz uma viagem longa? Mas talvez eu estivesse querendo muito lembrar.

– E os nossos pais? – disse ela. – Por que apagaram os nomes deles?

– Talvez seja para nos proteger de alguma forma – respondi.

– Obrigada por me mostrar – disse Nicole. – Mas não acho que você deva guardar isso aqui. E se te pegam?

– Eu sei. Tentei colocar as páginas no lugar, mas a pasta já não estava onde encontrei.

No fim, resolvemos rasgar as páginas em pedacinhos bem pequenos e mandá-las descarga abaixo.

Tia Lydia havia nos dito que tínhamos de ter grande força mental para a missão que nos aguardava. Enquanto isso, devíamos continuar com a vida normalmente, e não fazer nada que pudesse chamar a atenção para Nicole, nem levantar suspeitas. Isso foi difícil, pois estávamos ansiosas; eu, pessoalmente, vivia sob um temor constante: se Nicole fosse descoberta, será que Becka e eu seríamos acusadas?

Becka e eu devíamos partir em nossa missão de Pérolas muito em breve. Será que iríamos mesmo, ou será que Tia Lydia tinha outro destino em mente? Tudo o que podíamos fazer era esperar. Becka havia estudado o guia padrão das Pérolas para o Canadá, com a moeda, os costumes, e os meios de compra, incluindo cartões de crédito. Ela estava bem mais preparada do que eu.

Quando faltava menos de uma semana para a cerimônia da Ação de Graças, Tia Lydia nos chamou de novo ao seu escritório.

– Eis o que vocês precisam fazer – disse ela. – Reservei um quarto para Nicole em um de nossos Retiros no campo. Os documentos estão em ordem. Mas é você, Tia Immortelle, quem vai para lá no lugar de Nicole. Ela vai assumir o seu lugar, e vai viajar como Pérola para o Canadá.

– Então eu não vou? – perguntou Becka, consternada.

– Você vai depois – disse Tia Lydia.

Já naquele momento, suspeitei que era mentira.

XXI

Bate-estaca

O hológrafo de Ardua Hall

59

Pensei que estivesse com tudo em ordem, mas, por melhor que seja o plano, não poucas vezes ele vem a malograr, e desgraça nunca vem sozinha. Escrevo isto às pressas, ao fim de um dia muito atribulado. Meu escritório mais parecia o Terminal Grand Central – antes desse venerável edifício ser reduzido a escombros durante a Guerra de Manhattan – de tantos pés que passaram por ele.

A primeira a dar as caras foi Tia Vidala, logo depois do desjejum. Vidala e mingau por digerir são uma combinação penosa: jurei ir atrás de um chá de hortelã assim que fosse praticável.

– Tia Lydia, há uma questão que desejo trazer à sua atenção com urgência – disse ela.

Soltei um suspiro interior.

– É claro, Tia Vidala. Sente-se, por favor.

– Não vou tomar muito do seu tempo – disse ela, aboletando-se na cadeira em preparo para fazer exatamente isso. – É sobre a Tia Victoria.

– Sim? Ela e a Tia Immortelle vão partir em breve para a missão de Pérolas no Canadá.

– É justamente sobre isso que desejo consultá-la. Tem certeza de que estão prontas para isso? São imaturas para a idade, até mais do que as outras Postulantes de sua geração. Nenhuma delas tem qualquer experiência com o mundo em geral, mas algumas das outras têm, ao menos, uma firmeza de caráter que a estas duas falta. Digamos que eu as ache maleáveis em excesso; serão suscetíveis demais às tentações materiais disponíveis no Canadá. Além disso, na minha opinião, periga Tia Victoria nos desertar. Ela tem lido materiais questionáveis.

– Espero que você não esteja se referindo à Bíblia como questionável – falei.

– É claro que não. O material a que me refiro são suas próprias pastas de Linhagem dos Arquivos Genealógicos. Isto lhe dará ideias perigosas.

– Ela não possui acesso aos Arquivos das Linhagens Genealógicas – falei.

– Alguém deve ter obtido a pasta para ela. Por acaso eu a avistei em sua escrivaninha.

– Quem teria feito isso sem minha autorização? – falei. – Devo investigar; não admito insubordinação. Mas estou certa de que a Tia Victoria, a esta altura, é bastante resistente a ideias perigosas. Apesar de sua opinião sobre a jovialidade dela, creio que ela atingiu um nível admirável de maturidade e fortitude mental.

– Mero verniz – disse Vidala. – A teologia dela é muito débil. Suas noções sobre oração são as mais simplórias. Quando criança, ela era leviana, além de recalcitrante em seus deveres escolares, especialmente com os bordados. Além disso, a mãe dela era...

– Eu sei quem era a mãe dela – falei. – O mesmo pode ser alegado a respeito de muitas de nossas Esposas mais jovens, enquanto prole biológica de Aias. Mas a degeneração não é necessariamente hereditária. A mãe adotiva de Tia Victoria era um modelo de retidão e sofrimento abnegado.

– Quanto a Tabitha, você tem razão – disse Tia Vidala. – Mas, conforme sabemos, a mãe original de Tia Victoria é um caso especialmente grave. Não apenas negligenciou o seu dever, abandonando o posto que lhe fora atribuído, e desafiando aqueles que possuíam Autoridade Divina sobre ela, como também foi a mandante no caso do roubo da Bebê Nicole de Gilead.

– Águas passadas, Vidala – falei. – Nossa missão é redimir, e não condenar com base em acontecimentos puramente contingentes.

– Sem dúvida, no que diz respeito a Victoria; mas aquela mãe dela tinha que ser cortada em doze pedaços.

– Sem dúvida – falei.

– Corre um boato interessante de que ela está trabalhando com a Inteligência do Mayday no Canadá, além de todas as outras traições.

– Ganha-se aqui, perde-se ali – respondi.

– Que expressão mais estranha – disse Tia Vidala. – Não se trata de um esporte.

– Bondade sua me estender suas observações sobre falas aceitáveis – falei. – Quanto aos seus comentários sobre a Tia Victoria, só o tempo dirá. Tenho certeza de que ela vai realizar sua missão de Pérola de maneira extremamente satisfatória.

– Veremos – disse Tia Vidala. – Mas, se ela desertar, faça o favor de lembrar que eu avisei.

A próxima a chegar foi Tia Helena, toda esbaforida por vir mancando desde a biblioteca. A cada dia que passa, os pés a incomodam mais.

– Tia Lydia – disse ela. – Creio que seja da minha competência lhe informar que a Tia Victoria vem lendo sua própria pasta de Linhagem dos Arquivos Genealógicos sem autorização. Creio que, em vista da identidade de sua mãe biológica, este ato seja altamente temerário.

– Acabo de ser informada deste fato por Tia Vidala – falei. – Ela compartilha da mesma opinião que você sobre a debilidade moral de Tia Victoria. Porém, Tia Victoria desfrutou de uma educação primorosa desde criança, tanto em casa como em uma de nossas excelentes Escolas Vidala. Você é da opinião de que as características inatas prevalecem sobre as adquiridas? Nesse caso, a natureza pecaminosa de Adão predominará em todos nós apesar de nosso rigoroso empenho em eliminá-la, e temo que nosso projeto em Gilead estará condenado.

– Ah, de forma alguma! Não quis insinuar uma coisa dessas – disse Helena, alarmada.

– Você já leu a pasta de Linhagem da Agnes Jemima? – perguntei a ela.

– Sim, há muitos anos. Naquele tempo, estava restrita às Tias Fundadoras.

– Tomamos a decisão correta. Se a informação de que a Bebê Nicole era meia-irmã de Tia Victoria tivesse se disseminado excessivamente, teria sido prejudicial a seu desenvolvimento quando criança. Creio hoje que pessoas inescrupulosas em Gilead talvez viessem a usá-la como moeda de troca para tentar recuperar a guarda da Bebê Nicole, caso estivessem cientes desse parentesco.

– Não tinha pensado nisso – disse Tia Helena. – Você tem razão, é claro.

– Pode lhe interessar saber – disse eu – que o Mayday está a par desse parentesco fraternal; eles têm estado com a Bebê Nicole a seu alcance já há algum tempo. Cremos que talvez a queiram reunir a sua mãe degenerada, já que seus pais adotivos morreram subitamente. Em uma explosão – acrescentei.

Tia Helena torceu suas mãozinhas, que eram feito garras.

– O Mayday é tão cruel que não tem peias em deixá-la aos cuidados de uma criminosa imoral como a mãe dela, e nem em sacrificar a vida inocente dessa jovem.

– A Bebê Nicole se encontra em perfeita segurança – falei.

– Louvado seja! – disse Tia Helena.

– Ainda assim, ela ignora o fato de que é a Bebê Nicole – falei. – Mas cremos que logo chegará o dia em que ela vai assumir seu lugar de direito aqui em Gilead. Nesse momento, existe uma chance.

– Alegro-me em ouvir isto. Mas caso ela de fato venha a estar entre nós, precisamos agir com tato na questão de sua verdadeira identidade – disse Tia Helena. – A revelação tem que ser feita com brandura. Esse tipo de informação pode desestabilizar uma mente vulnerável.

– Minha exata opinião. Porém, nesse meio-tempo gostaria que você observasse os movimentos da Tia Vidala. Desconfio de que possa ter sido ela quem fez a pasta de Linhagem chegar às mãos de Tia Victoria, não imagino com que finalidade. Talvez ela pretenda que a Tia Victoria fique tomada de desespero ao ter notícia de sua ascendência degenerada, e caia num estado espiritual instável, tomando alguma atitude impensada.

– Vidala nunca gostou dela – disse Tia Helena. – Desde quando ela ia à escola.

Ela se foi, manquitolando, feliz por ter recebido uma incumbência.

Quando eu estava sentada no Café Schlafly tomando minha xícara vespertina de chá de hortelã, Tia Elizabeth veio correndo:

– Tia Lydia! – gemeu ela. – Olhos e Anjos entraram no Ardua Hall! Parecia uma invasão! Você não sancionou uma coisa dessas?

– Acalme-se – falei. Meu próprio coração retumbava feito um bate-estaca. – Onde exatamente eles estavam?

– Na gráfica. Eles confiscaram todos os nossos panfletos das Pérolas. Tia Wendy protestou, e infelizmente ela acabou indo presa. Eles chegaram a colocar as mãos nela! – Ela estremeceu.

– Isso não tem cabimento – reagi, levantando-me. – Vou solicitar uma reunião com o Comandante Judd imediatamente.

Rumei para o meu escritório, com a intenção de usar o telefone vermelho com a linha direta, mas não houve necessidade: Judd já estava lá antes mesmo de eu chegar. Ele deve ter simplesmente entrado a toda, alegando uma emergência. Lá se ia nosso suposto acordo sobre manter um círculo santo, em separado.

– Tia Lydia. Acredito que se faz necessária uma explicação – disse ele. Ele não sorria.

– Estou certa de que existe uma excelente – falei, permitindo um pouco de frieza transparecer em minha voz. – Os Olhos e os Anjos ultrapassaram em muito os limites da decência, sem falar nos dos costumes e na lei.

– Tudo a serviço do seu bom nome, Tia Lydia. Posso me sentar? – Indiquei a cadeira. Ambos nos sentamos.

– Depois de uma série de becos sem saída, chegamos à conclusão de que os micropontos de que lhe falei devem ter sido trocados entre o Mayday e um contato ainda desconhecido aqui no Ardua Hall, com a mediação involuntária dos folhetos que as Pérolas vinham distribuindo.

Ele fez uma pausa para avaliar minha reação.

– Estou pasma! – falei. – Que descaramento! – Eu me perguntava por que teriam demorado tanto a descobrir. No entanto, micropontos eram muito pequenos, e quem haveria de suspeitar de nosso material de recrutamento tão bem-feito e ortodoxo? Não duvido que os Olhos tenham perdido muito tempo inspecionando sapatos e peças íntimas. – Vocês têm provas? – perguntei. – E, caso tenham, qual era a maçã podre em nosso cesto?

– Fizemos uma batida na gráfica do Ardua Hall, e detivemos a Tia Wendy para interrogatório. Parecia ser o caminho mais direto para a verdade.

– Não posso crer que Tia Wendy tenha qualquer envolvimento – falei. – Aquela mulher é incapaz de conceber tal esquema. Ela tem o cérebro de um peixe de aquário. Sugiro que a libertem imediatamente.

– Assim também concluímos. Ela vai se recuperar do choque na Clínica Bálsamo e Calma – disse ele.

Aquilo me deixou aliviada. Nada de dor desnecessária, mas, caso necessária, que haja dor. Tia Wendy é uma idiota útil, mas inócua feito um grão de ervilha.

– O que vocês averiguaram? – perguntei. – Encontrou algum desses micropontos, como você os chama, nos folhetos recém-impressos?

– Não, embora ao inspecionar os folhetos recém-devolvidos do Canadá tenhamos encontrado diversos pontos com mapas e outros itens que devem ter sido anexados pelo Mayday. A traidora desconhecida entre nós deve ter percebido que a eliminação do ramo da operação situada no Clothes Hound tinha tornado esta via obsoleta, e parou de adornar os folhetos das Pérolas com informações sigilosas de Gilead.

– Há muito venho tendo minhas dúvidas a respeito de Tia Vidala – falei. – Tia Helena e Tia Elizabeth também estão autorizadas a acessar a gráfica, e eu mesma sempre fui a responsável por transmitir os folhetos novos às mãos das Pérolas antes de sua partida, de forma que eu mesma também devo ficar sob suspeita.

O Comandante Judd sorriu.

– Tia Lydia, você sempre com seus gracejos – disse ele –, até mesmo numa hora dessas. Venho perdendo prestígio junto ao Conselho: não paro de lhes prometer resultados. Venho sentindo o tratamento frio, os cumprimentos abruptos. Estou detectando os sintomas de um expurgo iminente: você e eu seremos acusados de permissividade beirando a traição, por permitir que o Mayday nos sobrepujasse dessa maneira, bem debaixo de nossos narizes, aqui no Ardua Hall.

– Trata-se de uma situação crítica – falei.

– Existe um meio de nos redimirmos – disse ele. – A Bebê Nicole deve ser desvendada imediatamente e exibida à exaustão. Televisão, cartazes, um megacomício.

– Vejo muito bem qual seria a vantagem disto – falei.

– Seria ainda mais eficaz caso eu pudesse anunciar seu noivado comigo, e transmitir pela televisão a cerimônia de casamento subsequente. Depois disso, você e eu passaríamos a ser intocáveis.

– Brilhante, como sempre – falei. – No entanto, você é casado.

– Como vai a saúde da minha Esposa? – perguntou ele, erguendo as sobrancelhas em censura.

– Melhor do que antes – falei –, mas ainda não tão boa quanto poderia estar. – Como ele pôde cometer a obviedade de utilizar veneno de rato? Mesmo em pequena quantidade, é tão fácil de detectar. Por mais que Shunammite tenha sido desagradável em seus tempos de estudante, eu não tinha o menor desejo de vê-la ingressar na câmara de noivas defuntas do Barba Azul de Judd. De fato, ela está se recuperando; porém, seu horror à possibilidade de retornar aos braços amorosos de Judd está retardando seu progresso. – Receio que ela possa vir a ter uma recaída – falei.

Ele suspirou.

– Vou orar para ela se libertar do sofrimento – disse ele.

– E estou certa de que suas orações logo serão atendidas.

Fitamos um ao outro por cima de minha mesa.

– Em quanto tempo? – ele não resistiu a perguntar.

– No devido tempo – respondi.

XXII

SOCO NO CORAÇÃO

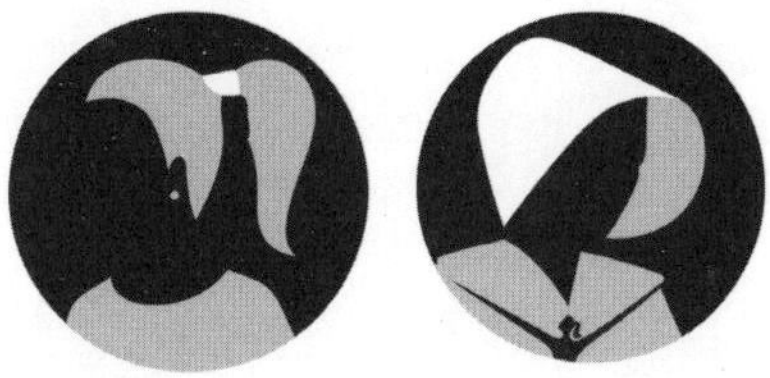

Transcrição do Depoimento da Testemunha 369A

60

Dois dias antes da data em que receberíamos nossos colares de pérolas – Beeka e eu –, tivemos uma inesperada visita de Tia Lydia durante nossas orações particulares do começo da noite. Becka abriu a porta.

– Ah, Tia Lydia – disse ela um tanto espantada. – Louvado seja.

– Faça o favor de me dar passagem e depois fechar a porta – disse Tia Lydia. – Estou com pressa. Onde está Nicole?

– No andar de cima, Tia Lydia – falei. Enquanto Becka e eu rezávamos, geralmente Nicole saía da sala e ia praticar seus exercícios físicos.

– Chame-a, por favor. É uma emergência – disse Tia Lydia. Ela respirava mais rápido do que de costume.

– Tia Lydia, você está bem? – perguntou Becka, ansiosa. – Quer um copo d'água?

– Sem cerimônias – disse ela. Nicole entrou na sala.

– Está tudo bem? – perguntou ela.

– Na realidade, não – disse Tia Lydia. – Nos encontramos em um certo apuro. O Comandante Judd acaba de realizar uma batida em nossa gráfica em busca de traidoras. Apesar de causar grande aflição à Tia Wendy, ele nada encontrou de incriminador; porém, infelizmente, ele ficou sabendo que o verdadeiro nome de Nicole não é Jade. Ele descobriu que ela é a Bebê Nicole, e está determinado a se casar com ela assim que possível para poder aumentar o próprio prestígio. Ele quer que o casamento seja televisado em Gilead.

– Puta merda! – disse Nicole.

– Olha a boca, por favor – disse Tia Lydia.

– Não podem me obrigar a casar com ele! – disse Nicole.

– Dariam um jeito, sim – disse Becka. De repente ela estava muito pálida.

– Que coisa horrível – falei. Pela pasta que eu havia lido do Comandante Judd, era pior que horrível: era uma condenação à morte.

– O que podemos fazer?

– Você e Nicole têm que partir amanhã – disse-me Tia Lydia. – O mais cedo possível. Não vamos poder contar com um avião diplomático de Gilead; Judd ficaria sabendo e impediria a decolagem. Vocês vão ter que tomar outro caminho.

– Mas não estamos prontas – falei. – Não temos nossas pérolas, nem os vestidos, nem o dinheiro canadense, nem as mochilas prateadas.

– Vou lhes trazer os objetos necessários hoje mesmo, à noite – disse Tia Lydia. – Já arrumei um passe que identifica Nicole como a Tia Immortelle. Infelizmente, não haverá tempo para eu remarcar a estadia no Retiro para Tia Immortelle. Uma artimanha dessas não teria durado muito, de qualquer forma.

– Tia Helena vai perceber que a Nicole não está – falei. – Ela sempre conta as cabeças. E vão ficar se perguntando por que a Becka... por que a Tia Immortelle ainda está aqui.

– De fato – disse Tia Lydia. – Devo, portanto, pedir para que você preste um serviço especial, Tia Immortelle. Por favor se esconda por pelo menos quarenta e oito horas após a partida das outras duas. Na biblioteca, talvez?

– Ali, não – disse Becka. – Tem livros demais. Não tem lugar para uma pessoa.

– Sei que você vai conseguir pensar em alguma coisa – disse Tia Lydia. – Toda a nossa missão, sem falar na segurança de Tia Victoria e de Nicole, depende de você. É uma enorme responsabilidade: uma Gilead renovada só pode vir através de você; e você não quer que as outras sejam pegas e enforcadas.

– Não, Tia Lydia – murmurou Becka.

– Botem a cabeça para funcionar! – disse Tia Lydia energicamente. – Eu quero ideias!

– Você está demandando muito dela – disse Nicole a Tia Lydia. – Por que eu simplesmente não vou sozinha? Então a Tia Immortelle e a Agnes... a Tia Victoria... poderão viajar juntas no dia agendado.

– Não seja burra – falei. – Não dá. Você ia presa na mesma hora. Pérolas só andam duas a duas, e ainda que você não use o uniforme, uma moça da sua idade nunca viajaria desacompanhada.

– A gente podia dar a impressão de que a Nicole escalou o Muro – disse Becka. – Assim, não vão procurar no Ardua Hall. Eu vou ter que me esconder em algum lugar aqui dentro.

– Que ideia inteligente, Tia Immortelle – disse Tia Lydia. – A Nicole pode nos fazer o favor de escrever um bilhete que dê essa impressão. Ela pode dizer que percebeu que não serve para ser Tia: nisso vai ser fácil de acreditar. Então ela pode alegar que fugiu com um Econo-homem, algum funcionário de nível baixo fazendo consertos aqui para nós, que prometeu casamento e família para ela. Essa intenção ao menos demonstraria um desejo admirável de procriação.

– Até parece. Mas sem problema – disse Nicole.

– Sem problema o quê? – disse Tia Lydia, incisiva.

– Sem problema, Tia Lydia – disse Nicole. – Eu faço o bilhete.

Às dez da noite, quando já estava escuro, Tia Lydia apareceu de novo à nossa porta, com uma rechonchuda bolsa de pano preta. Becka lhe abriu a porta.

– Louvado seja, Tia Lydia – disse ela.

Tia Lydia não se deu ao trabalho de uma saudação formal.

– Trouxe tudo o que precisam. Vocês vão partir pelo portão leste às 6:30 da manhã em ponto. Lá vai haver um carro preto as aguardando à direita do portão. Vocês vão sair da cidade e vão seguir até Portsmouth, New Hampshire, onde vão pegar um ônibus. Aqui vai um mapa, com o trajeto marcado. Desçam no *X*. Lá, as senhas vão ser *Dia de maio* e *Lua de junho*. Este contato vai levá-las até o destino seguinte. Nicole, se esta missão for bem-sucedida, os assassinos dos seus pais adotivos serão revelados, isso se não tiverem que responder imediatamente pelos seus atos. Agora posso informar a vocês duas que, se de fato chegarem ao Canadá apesar de todos os obstáculos conhecidos, há uma chance nada desprezível de que talvez vocês possam – ênfase no *talvez* – reencontrar a sua mãe. Ela está a par dessa possibilidade já faz algum tempo.

– Ah, Agnes. Louvado seja. Isso seria uma maravilha – disse Becka em tom contido. – Para vocês duas – acrescentou ela.

– Estou verdadeiramente grata a você, Tia Lydia – falei. – Orei tanto por isso.

– Eu disse se vocês forem bem-sucedidas. É um grande *se* – disse Tia Lydia. – O sucesso não pode ser tomado como certo. Com licença. – Ela olhou ao redor, e sentou-se pesadamente no sofá. – Vou aceitar aquele seu copo d'água agora. – Becka foi buscá-lo.

– Está tudo bem, Tia Lydia? – perguntei.

– Mal-estares comuns na minha idade – disse ela. – Espero que vocês vivam o suficiente para padecer com eles. Mais uma coisa. A Tia Vidala adquiriu o hábito de dar uma caminhada no início da manhã nas imediações de minha estátua. Se ela vir vocês vestidas como Pérolas, e assim estarão, ela vai tentar barrá-las. Vocês precisam agir rápido, antes que ela possa fazer alarde.

– Mas o que podemos fazer? – perguntei.

– Você é forte – disse Tia Lydia, olhando para Nicole. – A força é uma dádiva. Dádivas devem ser utilizadas.

– Você quer dizer que é para eu bater nela? – disse Nicole.

– É uma forma bem direta de se colocar a coisa – disse Tia Lydia.

Depois que Tia Lydia partiu, abrimos a bolsa preta. Lá estavam os dois vestidos, os dois colares de pérola, os dois chapéus brancos, as duas mochilas prateadas. Havia um pacote de folhetos e um envelope com cupons de alimentos de Gilead, um maço de cédulas canadenses, e dois cartões de crédito. Havia dois passes que nos permitiriam atravessar portões e postos de controle. Também havia duas passagens de ônibus.

– Acho que vou escrever o bilhete e ir dormir – disse Nicole. – Vejo vocês de manhãzinha. – Ela fingia coragem e despreocupação, mas eu via bem que estava nervosa.

Quando ela saiu da sala, Becka disse:

– Eu queria muito poder ir com vocês.

– Eu também queria muito que você viesse com a gente – falei. – Mas você vai estar nos ajudando. Você vai estar nos protegendo. E vou encontrar um jeito de te tirar daqui depois, eu juro.

– Não acho que vá ter como – disse Becka. – Mas vou orar para você estar certa.

– Tia Lydia falou em quarenta e oito horas. Isso quer dizer dois dias, apenas. Se você conseguir se esconder durante esse tempo...

– Sei onde – disse Becka. – No telhado. Na cisterna.

– Não, Becka! É muito perigoso!

– Ah, mas eu vou esvaziar toda a cisterna primeiro – disse ela. – Vou deixar aberta a torneira da banheira do Corredor C.

– Elas vão perceber, Becka – falei. – Nos corredores A e B. Se não tiver água. Elas usam a mesma cisterna.

– Não vão perceber logo de cara. Não é para tomarmos banho assim de manhã cedo.

– Não faz isso – falei. – Não é melhor eu não ir e pronto?

– Você não tem escolha. Se você ficar, o que vai ser da Nicole? E Tia Lydia não quer que te interroguem e te obriguem a contar o que ela tramou. Ou então a Tia Vidala vai querer te questionar, e isso seria o fim.

– Você quer dizer que ela me mataria?

– No fim das contas. Ou outra pessoa te mataria – disse Becka. – É o que eles fazem.

– Tem que ter um jeito de nós te levarmos – falei. – Podemos te esconder no carro, ou...

– As Pérolas só viajam em duplas – disse ela. – Não chegaríamos muito longe. Vou estar com vocês em espírito.

– Obrigada, Becka – falei. – Você é mesmo uma irmã para mim.

– Vou pensar em vocês como aves, levantando voo – disse ela. – As aves dos céus levarão a voz.

– Vou orar por você – falei. Aquilo não parecia adequado.

– E eu por você. – Ela deu um leve sorriso. – Eu nunca amei ninguém sem ser você.

– Eu também amo você – falei. Então nos abraçamos e choramos um pouco.

– Melhor você ir dormir – disse Becka. – Você vai precisar de força para amanhã.

– Você também – falei.

– Vou ficar acordada – disse ela. – Vou fazer vigília por vocês.

Ela entrou em seu quarto, fechando a porta suavemente.

61

Na manhã seguinte, Nicole e eu nos esgueiramos pé ante pé ao deixar o Corredor C. As nuvens a leste eram róseas e douradas, os pássaros cantavam, o ar matinal ainda era ameno. Não havia vivalma. Andamos rápida e silenciosamente pela vereda em frente ao Ardua Hall, na direção da estátua da Tia Lydia. Assim que chegamos a ela, Tia Vidala saiu de trás do canto do prédio adjacente, caminhando resolutamente.

– Tia Victoria! – disse ela. – Por que está com esse vestido? A próxima Ação de Graças é só domingo! – Ela apertou os olhos ao ver Nicole. – E quem é essa com você? É a menina nova! A Jade! Ela não devia... – Ela esticou a mão e agarrou o colar de pérolas de Nicole, que se partiu.

Nicole usou o punho fechado. Foi tão rápido que mal vi como, mas ela acertou o tórax de Tia Vidala. Tia Vidala caiu para trás. Seu rosto estava descorado, seus olhos fechados.

– Ah, não... – comecei falando.

– Me ajuda – disse Nicole. Ela pegou Tia Vidala pelos pés e a arrastou para trás do pedestal da estátua. – Dedos cruzados – disse ela. – Vambora. – E me pegou pelo braço.

Havia uma laranja no chão. Nicole a pegou e a pôs no bolso do seu vestido de Pérola.

– Ela morreu? – sussurrei.

– Sei lá – disse Nicole. – Vem logo, temos que andar rápido.

Chegamos ao portão, mostramos nossos passes, os Anjos nos deixaram sair. Nicole segurava seu hábito fechado para ninguém dar pela falta das suas pérolas. Encontramos um carro preto mais para cima da rua, à direita, conforme Tia Lydia nos prometera. O motorista não voltou a cabeça quando entramos.

– Tudo pronto, madames? – disse ele.

Eu respondi "Sim, obrigada", mas Nicole respondeu "Não somos madames". Eu a cutuquei de leve com o cotovelo.

– Não fale assim com ele – sussurrei.

– Ele não é Guardião de verdade – disse ela. – Tia Lydia não é burra. – Ela tirou a laranja do bolso e começou a descascá-la. O aroma cítrico se espalhou pelo ar. – Quer um pouco? – ofereceu ela. – Pode ficar com a metade.

– Não, obrigada – respondi. – Não é certo comer isso. – A laranja tinha sido deixada como uma oferenda sagrada, afinal de contas. Ela comeu a fruta toda.

Ela vai dar um passo em falso, pensava eu. Alguém vai perceber. Vai fazer com que sejamos presas.

Transcrição do Depoimento da Testemunha 369B

62

Eu sentia remorso por ter dado o soco na Tia Vidala, mas não muito: se eu não tivesse feito isso, ela teria gritado e iam nos pegar ali mesmo. Ainda assim, meu coração pulava. E se eu tivesse mesmo matado ela? Assim que a encontrassem, viva ou morta, começariam a nos procurar. A gente estava metida naquilo até o pescoço, como diria Ada.

Enquanto isso, Agnes estava com aquele ar ofendido de boca franzida que as Tias faziam quando queriam te mostrar que você havia passado de algum dos limites delas. Provavelmente tinha sido a laranja. Talvez eu não devesse tê-la levado. Então pensei numa coisa ruim: cães. Laranjas têm um cheiro muito forte. Comecei a me preocupar com o que faria com as cascas.

Meu braço esquerdo começou a coçar de novo, justamente no *O*. Por que estava demorando tanto para sarar?

No momento em que a Tia Lydia colocara o microponto no meu braço, eu tinha achado seu plano genial, mas agora não já me parecia uma ideia tão boa. Se meu corpo e a mensagem eram uma coisa só, o que ia acontecer caso meu corpo não chegasse ao Canadá? Não era como se eu pudesse decepar meu braço e colocá-lo no correio.

Nosso carro passou por alguns postos de controle – passaportes, Anjos enfiando a cabeça na janela para ver se nós éramos nós mesmas –, mas Agnes havia me dito para deixar o motorista falar por nós, e foi o que ele fez: que as Pérolas isso e aquilo, e como éramos nobres, e como éramos abnegadas. Em um deles, o Anjo, falou:

– Boa sorte na missão de vocês.

Em outro – mais longe da cidade –, eles fizeram piada com o motorista:

– Vê se não vão trazer mulher feia nem piranha.

– Ou é uma, ou é outra. – Risadas de ambos os Anjos do posto de controle.

Agnes pôs a mão no meu braço.

– Não responda – disse ela.

Quando chegamos ao campo e estávamos em uma estrada, o motorista nos entregou dois sanduíches: queijo falso de Gilead.

– Acho que é nosso café da manhã – falei para Agnes. – Cascão de sola com pão branco.

– A gente devia dar graças – disse Agnes com seu tom de Tia carola, então acho que ela ainda estava de lua virada. Era estranho pensar nela como minha irmã; nós duas éramos tão diferentes. Mas eu não tinha tido tempo para absorver nada daquilo.

– Estou feliz de ter uma irmã – falei, para fazer as pazes.

– Eu também estou – disse Agnes. – E dou graças por isso. – Mas ela não soava lá muito grata.

– Eu também dou graças – falei. E isso foi o fim da conversa. Pensei em perguntar a ela por quanto tempo tínhamos que continuar com aquilo, com aquele jeito de falar de Gilead – já não dava para pararmos e agirmos naturalmente, agora que estávamos fugindo? Mas, por outro lado, talvez para ela aquele fosse o natural. Talvez ela não conhecesse nenhum outro jeito.

Em Portsmouth, New Hampshire, o motorista do nosso veículo nos deixou na rodoviária.

– Boa sorte, meninas – disse ele. – Façam o diabo.

– Viu? Ele não era Guardião de verdade – falei, tentando fazer Agnes voltar a conversar.

– Claro que não – disse ela. – Um Guardião de verdade jamais falaria "diabo".

A rodoviária era velha e caindo aos pedaços, o toalete feminino era uma colônia de germes, e não havia onde trocarmos nossos cupons alimentares de Gilead por nada remotamente comestível. Fiquei feliz por ter comido a laranja. Agnes, porém, não era enjoada, acostumada que estava à porcaria que passava por comida no Ardua Hall, de forma que comprou uma imitação de rosquinha com dois de nossos cupons.

Os minutos iam passando; eu comecei a ficar inquieta. Esperamos e esperamos, até que o ônibus afinal chegou. Algumas pessoas a bordo nos cumprimentaram reclinando a cabeça quando entramos, como fariam com militares: uma mesura com a cabeça. Uma Econoesposa mais velha chegou a dizer:

– Deus as abençoe.

Cerca de quinze quilômetros depois teve outro posto de controle, mas os Anjos lá foram supereducados conosco. Um deles disse:

– Vocês têm muita coragem em viajar para Sodoma.

Se eu não estivesse com tanto medo, talvez tivesse dado risada – a ideia do Canadá como Sodoma era cômica, dado como era chata e corriqueira a vida por lá. Não é como se tivesse uma orgia perpétua rolando no país inteiro.

Agnes apertou a minha mão para me informar que ela é quem ia falar. Ela tinha a manha do Ardua Hall para conservar a expressão calma e ilegível.

– Só estamos cumprindo nosso dever para com Gilead – disse ela com aquele seu jeito robótico e discreto de Tia.

– Louvado seja – respondeu o Anjo.

A viagem foi cheia de solavancos. Eles deviam estar guardando sua verba de reparo de estradas para vias com maior tráfego de pessoas: já que o comércio com o Canadá estava praticamente morto hoje em dia, quem iria para o norte de Gilead senão quem morava lá?

O ônibus não estava cheio; todos os passageiros eram da Econoclasse. Estávamos seguindo um trajeto turístico, serpeando pelo litoral, mas não estava tão turístico assim. Havia muitos motéis e restaurantes fechados à beira da estrada, e algumas fachadas com lagostonas vermelhas e sorridentes caindo aos pedaços.

À medida que íamos subindo, a simpatia diminuía: surgiram olhares aborrecidos, e pressenti que nossa missão de Pérolas e até mesmo a coisa toda de Gilead estavam perdendo prestígio. Ninguém chegou a cuspir em nós, mas faziam caras feias como se desejassem.

Eu me perguntava se ainda faltava muito. Agnes estava com o mapa anotado por Tia Lydia, mas não me pareceu uma boa pedir para ela mostrá-lo; nós duas consultando um mapa seria suspeito. O ônibus era lerdo, e eu estava cada vez mais aflita: quanto tempo até alguém dar pela nossa falta no Ardua Hall? Será que iam acreditar no meu bilhete fajuto? Será que iam avisar os postos à nossa frente, bloquear a estrada, parar o ônibus? Nós duas chamávamos tanta atenção.

Então entramos em um desvio, e era de mão única, e Agnes começou a remexer as mãos. Eu a cutuquei de leve com o cotovelo:

– Precisamos parecer serenas, lembra?

Ela me deu um sorriso débil e juntou as mãos sobre o colo; eu a senti inspirando fundo e exalando devagar. Ensinavam sim algumas coisas úteis às moças do Ardua Hall, e autocontrole era uma delas. *Aquela que não se controla não pode controlar o caminho até o dever cumprido. Não lute contra as ondas de raiva, faça da raiva o seu combustível. Inspire. Expire. Evada. Circunde. Desvie.*

Eu nunca teria dado certo como Tia de verdade.

Era por volta de cinco da tarde quando Agnes disse:

– É aqui que nós descemos.

– Aqui é a fronteira? – perguntei, e ela respondeu que não, era onde tínhamos que encontrar nosso próximo motorista. Tiramos nossas mochilas do porta-bagagem e saímos pela porta da frente do ônibus. As lojas da cidade estavam lacradas com tábuas e com as vitrines estilhaçadas, mas havia um posto de gasolina e uma loja de conveniência detonada.

– Que animador – falei, pessimista.

– Siga-me e não fale nada – disse Agnes.

Lá dentro, a lojinha tinha cheiro de torrada queimada e chulé. Mal havia artigos nas prateleiras, só uma fileira de comida em conserva com as letras pintadas de preto: enlatados, e biscoitos doces e salgados. Agnes foi até o balcão do café – um daqueles vermelhos com banquinhos de bar – e se sentou, de forma que a imitei. Havia um Econo-homem atarracado de meia-idade trabalhando no balcão. Se fosse o Canadá, teria sido uma mulher atarracada de meia-idade.

– Sim? – disse o homem. Claramente não estava impressionado com nossas roupas de Pérola.

– Dois cafés, por favor – disse Agnes.

Ele serviu os cafés em canecas e os empurrou por cima do balcão. O café devia ter ficado ali o dia inteiro porque foi o pior que eu já tinha tomado na vida, pior até mesmo que o do Carpitz. Não queria irritar o cara não tomando o café, então despejei um sachê de açúcar nele. Só fez ficar ainda pior.

– Está quente para um dia de maio – disse Agnes.

– Não estamos em maio – disse ele.

– Claro que não – disse ela. – Falha minha. É a lua de junho.

Agora o sujeito estava sorrindo.

– Vocês precisam usar o toalete – disse ele. – Vocês duas. Fica atrás daquela porta. Vou abrir pra vocês.

Cruzamos a porta. Não era um banheiro, era uma casinha de ferramentas com redes arrastão velhas, um machado quebrado, uma torre de baldes e uma porta dos fundos.

– Não sei por que essa demora – disse o homem. – Merda de ônibus, vive atrasando. Aqui suas coisas novas. Tem lanternas. Coloquem seus vestidos nas mochilas, mais tarde largo em algum lugar. Vou esperar lá fora. Precisamos sair logo.

As roupas eram jeans e camisetas compridas e meias de lã e botas de caminhada. Casacos xadrez, gorros de *fleece*, casacos à prova d'água. Tive um pequeno problema com a manga esquerda da camisa – alguma coisa enganchou no *O*. Falei "Puta merda" e, em seguida, "Desculpe". Acho que nunca troquei de roupa tão rápido na vida, mas, uma vez que tirei aquele vestido prateado e botei aquelas roupas no corpo, comecei a me sentir mais eu.

Transcrição do Depoimento da Testemunha 369A

63

Achei a roupa que nos forneceram extremamente desagradável. As peças íntimas eram bem diferentes das duráveis e simples que usávamos no Ardua Hall: a mim pareciam escorregadias e depravadas. Por cima disso, trajes masculinos. Era perturbador ter aquele tecido grosseiro roçando a pele das minhas pernas, sem uma anágua para apartá-los. Usar roupas como aquelas era traição de gênero e ia contra a vontade de Deus: no ano passado, um homem havia sido enforcado no Muro por vestir a roupa íntima da Esposa. Ela o flagrara e o denunciara, como era o seu dever.

– Preciso tirar essas roupas – falei para Nicole. – São de homem.

– Não são, não – disse ela. – São jeans femininos. O corte é diferente, e olha para esses minicupidos prateados. Com certeza, femininos.

– Nunca iam acreditar numa coisa dessas em Gilead – respondi. – Eu iria para a chibata ou coisa pior.

– Gilead – disse Nicole – não é para onde estamos indo. Temos dois minutos para encontrar com nosso colega lá fora. Então, aguenta a barra.

– Perdão? – Às vezes eu não conseguia compreender o que minha irmã estava falando.

Ela deu uma risadinha.

– Quer dizer “seja corajosa” – disse ela.

Estamos indo para um lugar do qual ela entende a língua, pensei. E eu não.

O homem tinha uma picape toda carcomida. Nós três nos esprememos no banco da frente. Começava a chuviscar.

– Obrigada por tudo que está fazendo por nós – falei. O homem resmungou.

– Me pagam – disse ele. – Para arriscar o meu pescoço. Estou velho demais para isso.

O motorista devia ter bebido enquanto trocávamos de roupa: eu sentia o cheiro do álcool. Lembrava dele dos jantares que o Comandante Kyle dava quando eu era pequena. Rosa e Vera às vezes viravam o restinho dos copos na boca. Zilla, não tanto.

Agora que eu ia deixar Gilead de uma vez por todas, sentia saudades de Zilla, Rosa e Vera, e da minha ex-casa, e de Tabitha. Naqueles primeiros tempos não me senti órfã de mãe, mas agora me sentia. Tia Lydia tinha sido uma espécie de mãe, ainda que severa, e eu nunca mais a veria de novo. Tia Lydia dissera a Nicole e a mim que nossa verdadeira mãe estava viva e nos esperava no Canadá, mas eu pensava se não ia morrer pelo caminho. Se sim, nunca iria encontrá-la nesta vida. Naquele momento, ela não passava de uma fotografia rasgada. Ela era uma ausência, uma lacuna em mim.

Apesar do álcool, o homem dirigia bem e rápido. A estrada serpeava, e estava escorregadia por causa da chuva. Os quilômetros foram passando; a lua aparecera entre as nuvens, prateando o contorno negro das árvores. Aqui e ali, casas, escuras ou com poucas luzes acesas. Fiz um esforço consciente para dominar a ansiedade; e então eu dormi.

Sonhei com Becka. Ela estava a meu lado na frente da caminhonete. Eu não conseguia vê-la, mas sabia que estava lá. Falei para ela, no sonho:

– Afinal de contas você veio com a gente. Estou tão feliz. – Mas ela não me respondia.

Transcrição do Depoimento da Testemunha 369B

64

A noite transcorreu em silêncio. Agnes dormia, e o sujeito no volante de tagarela não tinha nada. Acho que ele nos via como carga a entregar, e quem é que ficava de papo com a carga?

Depois de um tempo nós pegamos uma estradinha lateral; via-se um lampejo d'água adiante. Estacionamos ao lado do que parecia ser um cais particular. Lá havia um barco a motor com alguém dentro.

– Acorde ela – disse o motorista. – Peguem suas coisas, está aí o barco de vocês.

Cutuquei a costela de Agnes e ela acordou num sobressalto.

– Bom dia, flor do dia – falei.

– Que horas são?

– Hora de entrar no barco. Vamos lá.

– Boa viagem pra vocês – disse nosso motorista. Agnes começou a lhe agradecer mais, mas ele a interrompeu. Ele jogou nossas mochilas novas para fora da caminhonete e sumiu de vista antes mesmo de chegarmos ao barco. Eu estava usando minha lanterna para enxergarmos o caminho.

– Desligue a lanterna – avisou a pessoa no barco em voz baixa. Era um homem, que usava um casaco impermeável com capuz sobre o rosto, mas, pela voz, era jovem. – Dá para enxergar legal. É só ir devagar. Sentem-se no lugar do meio.

– Aqui é o mar? – perguntou Agnes.

Ele deu risada.

– Ainda não – disse ele. – Esse é o rio Penobscot. Vocês logo vão chegar ao mar.

O motor era elétrico e muito silencioso. O barco ia bem pelo meio do rio; a lua estava crescente, e a água a refletia.

– Olha – sussurrou Agnes. – Eu nunca vi uma coisa tão linda! Parece um rastro de luz! – Naquele momento me senti mais velha do que ela. Estávamos quase saindo de Gilead, e as regras estavam mudando. Ela estava indo para um novo lugar onde não conheceria as regras do jogo, mas eu estava indo para casa.

– Estamos a céu aberto aqui. E se alguém nos vir? – perguntei ao homem. – E se contarem para eles? Para os Olhos?

– As pessoas aqui não falam nada para os Olhos – disse ele. – Não gostamos de enxeridos.

– Você é contrabandista? – perguntei, lembrando do que Ada havia me contado. Minha irmã me cutucou: fui mal-educada mais uma vez. Em Gilead se evitavam perguntas objetivas.

Ele deu risada.

– Fronteiras são só rabiscos no mapa. As coisas passam por cima deles, as pessoas também. Eu sou só o rapaz da entrega.

O rio foi se alargando mais e mais. Subia uma névoa; as margens eram indistintas.

– Lá está ele – disse o homem afinal. Eu vi uma sombra mais escura, no meio da água. – O *Nellie J. Banks*. Sua passagem para o paraíso.

XXIII

Muro

O hológrafo de Ardua Hall

65

Tia Vidala foi encontrada caída atrás da minha estátua em estado de coma pela idosa Tia Clover e duas de suas jardineiras septuagenárias. A conclusão a que os paramédicos chegaram foi de que ela tivera um infarto, diagnóstico este que nossos médicos confirmaram. O boato correu o Ardua Hall, cabeças se balançaram com tristeza, e prometeu-se rezar pela recuperação de Tia Vidala. Um colar de Pérolas em pedaços foi encontrado nas imediações: alguém deve tê-lo perdido em algum momento, que descuido, que desperdício. Depois vou publicar um memorando sobre a vigilância com respeito aos materiais que é nosso dever resguardar. Pérolas não dão em árvores, direi eu, nem mesmo as artificiais; e nem devem ser lançadas aos porcos. Não que haja qualquer suíno em Ardua Hall, acrescentarei prudentemente.

Fiz uma visita a Tia Vidala na Unidade de Tratamento Intensivo. Ela estava deitada de barriga para cima, de olhos fechados, com um tubo enfiado em seu nariz e outro em seu braço.

– Como vai nossa querida Tia Vidala? – perguntei à Tia enfermeira do turno.

– Tenho orado por ela – disse Tia Não Sei Quê. Nunca consigo me lembrar dos nomes das enfermeiras: é a sua sina. – Ela está em coma: isso pode auxiliar sua cura. Talvez ela tenha paralisia em algum grau. Estão com medo de que sua fala tenha sequelas.

– Se ela se recuperar – comentei.

– Quando ela se recuperar – reprovou a enfermeira. – Não gostamos de proferir nada negativo ao pé do ouvido de nossos pacientes. Eles podem dar a impressão de estar dormindo, porém muitas vezes estão perfeitamente cientes do que se passa.

Fiquei sentada ao lado de Vidala até a enfermeira ir embora. Então inspecionei rapidamente os adjuvantes farmacêuticos a meu dispor. Será que eu deveria aumentar a anestesia? Sabotar o tubo que entrava em seu braço? Esganar sua entrada de oxigênio? Não fiz nada disso. Acredito no esforço, mas não no esforço desnecessário: Tia Vidala provavelmente estava organizando sua despedida deste mundo por si só. Antes de sair da Unidade de Tratamento Intensivo, embolsei um pequeno frasco de morfina, pois a prudência é uma das virtudes cardeais.

Quando tomávamos nossos assentos no Refeitório, Tia Helena comentou sobre a ausência da Tia Victoria e da Tia Immortelle.

– Creio que estão jejuando – falei. – Avistei-as no Salão de Leitura ontem, estudando suas Bíblias. Estão suplicando orientação para sua missão que está por vir.

– Admirável – disse Tia Helena. Ela continuou sua discreta contagem de cabeças. – Onde está nossa nova convertida, Jade?

– Talvez esteja doente – respondi. – Com indisposições femininas.

– Vou lá ver – disse Tia Helena. – Talvez ela queira uma bolsa de água quente. Corredor C, não é?

– Que gentileza a sua – falei. – Sim. Acredito que o quarto dela seja o do sótão, no terceiro andar. – Torci para Nicole ter deixado seu bilhete num local de fácil acesso.

Tia Helena voltou correndo de sua visita ao Corredor C, tonta de empolgação com sua descoberta: a jovem Jade tinha fugido para casar.

– Com um bombeiro hidráulico chamado Garth – acrescentou Tia Helena. – Diz ela que está apaixonada.

– Mas que desventura – falei. – Vamos ter que localizá-los, repreendê-los, e verificar se o casamento aconteceu mesmo nos devidos trâmites. Mas a jovem Jade é indócil demais; nunca poderia se tornar uma Tia respeitável. Vejamos pelo lado bom: a população de Gilead pode muito bem vir a aumentar pelo fruto dessa união.

– Mas como ela poderia ter conhecido o tal encanador? – disse Tia Elizabeth.

– Houve uma queixa sobre falta d'água nos chuveiros do Corredor A hoje de manhã – respondi. – Devem ter chamado o bombeiro. Claramente, foi amor à primeira vista. Os jovens são impetuosos.

– Não é para ninguém no Hall tomar banho pela manhã – disse Tia Elizabeth. – A não ser que alguém tenha burlado as regras.

– Isso não está fora de cogitação, infelizmente – falei. – A carne é fraca.

– Ah, sim, e como – concordou Tia Helena. – Mas como é que ela passou pelo portão? Ela não tem passe, não permitiriam que ela saísse.

– As moças são muito ágeis nessa idade – falei. – Creio que ela tenha pulado o Muro.

Prosseguimos com o almoço – sanduíches ressecados e algo pernicioso que fora infligido a tomates, e de sobremesa um manjar branco ranhento – e, ao final de nossa humilde refeição, a fuga prematura da jovem Jade, sua acrobática escalada de Muro, e sua decisão inconsequente de cumprir seu destino feminino nos braços de um Econo-homem bombeiro e empreendedor já eram do conhecimento de todas.

XXIV

O *NELLIE J. BANKS*

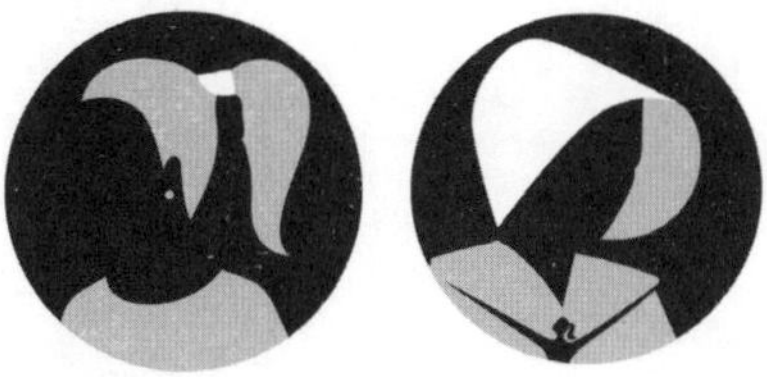

66

Encostamos ao lado da embarcação maior. No convés havia três silhuetas; uma lanterna se acendeu e apagou rapidamente. Subimos pela escadinha de corda.

– Sentem-se na beirada e joguem os pés para dentro – disse uma voz. Alguém me tomou pelo braço. Então nos vimos de pé no convés.

– Capitão Mishimengo – disse a voz. – Vamos lá para dentro. – Ouvi um zumbido grave e senti o barco sair do lugar.

Entramos em uma pequena cabine com cortinas blecaute nas janelas e alguns controles e o que parecia ser um radar marítimo, ainda que eu não tenha tido chance de olhá-lo mais de perto.

– Que bom que conseguiram chegar – disse o capitão Mishimengo. Ele apertou nossas mãos; na dele, faltavam dois dedos. Ele era parrudo, com cerca de sessenta anos de idade, pele bronzeada e uma barba negra e curta. – Agora, nossa história é a seguinte, supondo que venham a lhes perguntar: essa é uma escuna que pesca bacalhau, movida a energia solar, com motor auxiliar a combustível. A bandeira de conveniência é do Líbano. Entregamos uma carga de bacalhau e limões por licença especial, ou seja, no mercado paralelo, e agora estamos de saída. Vocês vão precisar se esconder durante o dia: ouvi do meu contato, por meio do Bert que deixou vocês no cais, que logo vão começar a procurar vocês. Vocês têm lugar para dormir, no compartimento de carga. Caso haja uma inspeção da guarda costeira, não vai a fundo, é gente conhecida nossa. – Ele esfregou os dedos uns nos outros, o que eu sabia que queria dizer dinheiro.

– Tem comida? – pedi. – Não comemos quase nada o dia todo.

– Certo – disse ele. Ele nos disse para aguardar ali e voltou com duas canecas de chá e alguns sanduíches. Eram de queijo, mas não queijo de Gilead, queijo de verdade: queijo de cabra com cebolinha, uma variedade que Melanie adorava.

– Obrigada – disse Agnes. Eu já tinha começado a comer mas agradeci de boca cheia.

– Sua amiga Ada mandou um beijo, e um até breve – disse o capitão Mishimengo para mim.

Engoli o que estava na boca.

– Como você conhece a Ada?

Ele deu risada.

– É todo mundo parente. Pelo menos, por aqui. A gente costumava caçar cervos juntos na Nova Escócia, nos velhos tempos.

Chegamos ao nosso dormitório descendo uma escada vertical. O capitão Mishimengo desceu primeiro, acendendo as luzes. Havia alguns freezers no porão de carga, e uns caixotes metálicos retangulares enormes. Na lateral de uma das caixas havia uma aba com dobradiças, e lá dentro havia dois sacos de dormir que não me pareceram lá muito limpos: acho que não éramos as primeiras a utilizá-los. O lugar inteiro fedia a peixe.

– Vocês podem ficar com a porta da caixa aberta desde que não haja problemas – disse o capitão Mishimengo. – Durmam com os anjos. – Ouvimos seus passos se afastarem.

– Meio horrível isso daqui – cochichei para Agnes. – O fedor de peixe. Esses sacos de dormir. Aposto que deve ter piolho.

– Devíamos estar gratas – disse ela. – Vamos dormir.

Minha tatuagem Deus/Amor estava me incomodando, e precisei me deitar sobre o braço direito para evitar comprimi-la. Fiquei pensando se eu não teria contraído uma infecção, e das graves. Se tivesse, eu já era, pois com certeza não haveria médico a bordo.

Acordamos quando ainda estava escuro, com o balanço do barco. Agnes saiu da nossa caixa metálica e subiu a escada para ver o que estava acontecendo. Eu tive vontade de ir junto, mas não estava me sentindo nem um pouco bem.

Ela voltou com uma garrafa térmica e dois ovos cozidos. Já estávamos no mar, disse ela, e o barco estava jogando por causa das ondas. Ela nunca tinha imaginado ondas tão grandes, ainda que o capitão Mishimengo tenha dito que aquelas não eram grande coisa.

– Ai, meu Deus – falei. – Espero que não aumentem mais. Detesto vomitar.

– Por favor, não use o nome de Deus em vão assim – disse ela.

– Desculpe – falei. – Mas, se não se importa de eu dizer, supondo que exista um Deus, ele ferrou totalmente com a minha vida.

Pensei que naquele momento ela fosse ficar com raiva, mas tudo o que disse foi:

– Você não é nada excepcional. A vida não é fácil para ninguém. Mas talvez Deus tenha ferrado sua vida, nas suas palavras, por algum motivo.

– Porra, mal posso esperar pra descobrir qual é – falei. A dor no meu braço estava me irritando demais. Eu não devia ter sido tão sarcástica, nem devia ter falado palavrão na frente dela.

– Mas pensei que você compreendia o verdadeiro teor da nossa missão – disse ela. – Salvar Gilead. Purificá-lo. Renová-lo. É por isso.

– Você acha que tem como salvar aquela merda putrefata? – falei. – Por mim podia só tocar fogo em tudo!

– Por que você quer ferir tanta gente assim? – perguntou ela com docilidade. – É o meu país. Foi onde eu cresci. Os líderes estão acabando com ele. Eu quero que melhore.

– Tá, tá certo – falei. – Entendi. Desculpe. Não quis dizer você. Você é minha irmã.

– Aceito suas desculpas – disse ela. – Obrigada por entender.

Ficamos sentadas no escuro por alguns minutos. Eu a ouvia respirando, e dando alguns suspiros.

– Você acha que isso vai dar certo? – perguntei, por fim. – Será que vamos conseguir chegar?

– Não está em nossas mãos – disse ela.

Transcrição do Depoimento da Testemunha 369A

67

No começo do segundo dia, eu estava muito preocupada com Nicole. Ela dizia não estar doente, mas tinha febre. Eu me recordava do que nos ensinaram no Ardua Hall sobre cuidar de doentes, de forma que tentei mantê-la hidratada. Havia limões a bordo, e eu misturei o sumo deles com chá e sal e um pouco de açúcar. Agora eu estava achando mais fácil subir e descer a escada vertical que levava ao nosso dormitório, e refleti que aquilo seria muito mais difícil de saia comprida.

Havia muita neblina. Ainda estávamos nas águas de Gilead, e por volta do meio-dia, a guarda costeira nos inspecionou. Nicole e eu fechamos a porta da nossa caixa de metal por dentro. Ela segurou a minha mão e eu a apertei forte, e ficamos absolutamente em silêncio. Ouvimos pisadas fortes ao nosso redor, e vozes, mas o ruído foi se afastando e meu coração foi parando de palpitar.

Mais tarde, no mesmo dia, o motor teve problemas, o que fiquei sabendo quando subi para preparar mais limonada. O capitão Mishimengo parecia preocupado: as marés da região eram muito altas e rápidas, disse ele, e sem força nós seríamos ou levados ao meio do mar, ou arrastados para a baía de Fundy e destroçados na costa canadense, e o barco seria apreendido e a tripulação iria presa. O navio estava à deriva para o sul; será que isso queria dizer que seríamos arrastadas de volta para Gilead?

Fiquei pensando se o capitão Mishimengo não estava arrependido de ter aceitado nos transportar. Ele me contou que, caso o barco fosse perseguido e capturado, e nós fôssemos encontradas, ele seria acusado de contrabando de mulheres. Seu barco seria apreendido, e, como originalmente ele vinha de Gilead e havia escapado do Território Nacional de Gilead pela fronteira canadense, alegariam que ele era cidadão nacional e o levariam a julgamento como contrabandista, e seria o seu fim.

– Estamos fazendo você se arriscar demais – falei ao ouvir isso. – Você não tem um acerto com a guarda costeira? Quanto ao mercado paralelo?

– Eles negariam tudo, não há nada por escrito – disse ele. – Quem quer ser fuzilado por aceitar propina?

Para jantar, ganhamos sanduíches de frango, mas Nicole estava sem fome e queria dormir.

– Você está se sentindo muito mal? Posso tocar sua testa? – Sua pele estava queimando. – Só quero dizer que estou muito agradecida por você estar na minha vida – falei. – Estou feliz por você ser minha irmã.

– Eu também – disse ela. Depois de um minuto, ela perguntou: – Você acha que a gente vai chegar a conhecer a nossa mãe?

– Tenho fé que sim.

– Você acha que ela vai gostar da gente?

– Ela vai nos amar – falei para acalmá-la. – E nós vamos amá-la.

– Só porque as pessoas são da sua família não quer dizer que você tenha que amá-las – murmurou ela.

– O amor é disciplina, igual à oração – falei. – Eu queria orar por você, para você se sentir melhor. Você se importa?

– Não vai dar certo. Não vou me sentir melhor.

– Mas eu vou – falei. Então ela concordou.

– Amado Senhor – comecei –, que nós aceitemos o passado com todas as suas falhas, que adentremos um futuro melhor, pleno de perdão e compaixão pelo próximo. E que nós duas sintamos gratidão por sermos irmãs, e que encontremos novamente a nossa mãe, e também nossos dois pais. E lembremo-nos da Tia Lydia, e que ela seja perdoada pelos seus erros e ofensas, assim como esperamos que o Senhor nos perdoe os nossos. E que sempre sintamos gratidão pela nossa irmã Becka, onde quer que ela esteja. Abençoai todos eles. Amém.

Quando cheguei ao final, Nicole já dormia.

Tentei dormir também, mas o porão de carga estava mais abafado do que nunca. Então ouvi alguém descendo a escada de metal. Era o capitão Mishimengo.

– Desculpem, mas precisamos descarregar vocês – disse ele.

– Agora? – repliquei. – Mas está de noite.

– Desculpem – disse de novo o capitão Mishimengo. – Conseguimos fazer o motor funcionar, mas com baixa potência. Agora estamos em águas canadenses mas nem um pouco perto de onde deveríamos deixar vocês. Não podemos chegar a um porto, é perigoso demais para nós. A maré não está a nosso favor.

Ele disse que estávamos próximos à margem leste da baía de Fundy. Tudo o que Nicole e eu teríamos de fazer seria chegar àquele litoral e estaríamos salvas; no entanto, ele não podia arriscar seu barco e sua tripulação.

Nicole dormia profundamente; precisei sacudi-la para despertá-la.

– Sou eu – falei. – Sua irmã.

O capitão Mishimengo lhe repetiu a mesma história: que precisávamos sair naquele instante do *Nellie J. Banks*.

– Então, você quer que a gente nade? – perguntou Nicole.

– Vamos colocar vocês num bote – disse ele. – Avisei lá na frente, vão estar te esperando.

– Ela não está bem – falei. – Pode ser amanhã?

– Não – disse o capitão Mishimengo. – A maré está virando. Se a gente perde essa chance, vocês vão ser puxadas para o mar. Ponham a roupa mais quente que tiverem, estejam no convés em dez minutos.

– A roupa mais quente? – disse Nicole. – Como se tivéssemos trazido um guarda-roupa pro Ártico.

Vestimos todas as roupas que tínhamos. Botas, gorros de *fleece*, nossos casacos impermeáveis. Nicole subiu a escada primeiro: ela não parecia muito estável, e usou só o braço direito.

No convés, o capitão Mishimengo nos esperava com um dos tripulantes. Eles nos deram coletes salva-vidas e uma garrafa térmica. À esquerda do barco, um novelo de neblina se desenrolava em nossa direção.

– Obrigada – falei para o capitão Mishimengo. – Por tudo que fez por nós.

– Desculpem por sair do planejado – disse ele. – Deus as acompanhe.

– Obrigada – falei de novo. – E Deus os acompanhe também.

– Fiquem fora da neblina se puderem.

– Ótimo – disse Nicole. – Neblina. Só faltava essa.

– Pode ser uma bênção – falei.

Eles baixaram o bote inflável com a gente dentro. Ele tinha um pequeno motor a energia solar: era simples operá-lo, disse o capitão Mishimengo: Ligar, Ponto Morto, Avançar, Ré. Havia dois remos.

– Dá impulso – disse Nicole.

– Perdão?

– Empurra nosso barco para longe do *Nellie*. Com as mãos não! Aqui, usa esse remo.

Eu consegui nos dar impulso, mas sem muito jeito. Eu nunca tinha segurado um remo antes. Eu me senti muito desajeitada.

– Adeus, *Nellie J. Banks* – falei. – Deus o abençoe!

– Não precisa dar tchauzinho, eles não conseguem te ver – disse Nicole. – Devem estar felizes em se livrar da gente, somos carga tóxica.

– Eles foram amáveis – falei.

– Você acha que não estão enchendo a burra de dinheiro?

O *Nellie J. Banks* estava se afastando de nós. Eu torci para dar tudo certo para eles.

Eu sentia a correnteza tentando levar o bote. Naveguem enviesado, dissera o capitão Mishimengo: bater de frente com a maré era perigoso, o bote podia virar.

– Segure a minha lanterna – disse Nicole. Ela estava mexendo nos botões do motor, usando a mão direita. O motor ligou. – Essa correnteza parece de rio. – Estávamos mesmo andando rápido. Víamos luzes na margem à nossa esquerda, muito longe. Estava frio, um frio desses que penetra mesmo com um monte de roupa.

– Estamos chegando? – falei depois de um tempo. – Na costa?

– Espero que sim – disse Nicole. – Porque, se não, logo estaremos de volta a Gilead.

– Podíamos pular no mar – falei. Não podíamos voltar a Gilead, de jeito nenhum: eles já deviam ter dado pela falta de Nicole, e percebido que ela não fugira com um Econo-homem. Não podíamos trair a Becka depois de tudo que ela fizera por nós. Seria melhor morrer.

– Puta merda – disse Nicole. – O motor deu pau.

– Ah, não – falei. – Você tem como...

– Estou tentando. Cacete, que merda!

– O quê? O que foi? – Eu precisei aumentar meu tom: a neblina estava em cima da gente, e o barulho do mar era alto.

– Curto-circuito, acho – disse Nicole. – Ou bateria descarregada.

– Será que fizeram de propósito? – falei. – Talvez queiram a gente morta.

– Nem pensar! – disse Nicole. – Por que matariam a clientela? Agora temos que remar.

– Remar? – falei.

– Sim, com os remos – disse Nicole. – Eu só posso usar o braço bom, o outro parece uma bufa de lobo. E nem pergunta o que é bufa de lobo!

– Não é minha culpa se eu não sei dessas coisas – falei.

– Vai querer mesmo ter essa conversa agora? Porra, sinto muito, mas é uma emergência! Agora, pega esse remo!

– Tudo bem – falei. – Pronto. Pegado.

– Encaixa na forqueta. Na forqueta! Nesse negócio! Agora, usa as duas mãos. Tá, agora olha como eu faço! Quando eu disser já, põe o remo na água e faz força pra trás – disse Nicole. Ela estava gritando.

– Não sei fazer isso. Sou uma inútil.

– Para de choramingar – disse Nicole. – Não quero saber! Só obedece! Quando eu disser *rema*, puxa o remo pro seu corpo! Tá vendo a luz? Está mais perto!

– Acho que não – falei. – Estamos tão longe. Vamos ser puxadas pro mar.

– Não vamos, não – disse Nicole. – Se você se esforçar, não. Agora, rema! E, rema! Isso mesmo! Rema! Rema! Rema!

XXV

Despertar

O hológrafo de Ardua Hall

68

Tia Vidala abriu os olhos. Ela não falou nada até agora. Será que ainda tem um cérebro lá dentro? Será que ela se lembra de ver a jovem Jade com o vestido prateado de Pérola? Será que ela se lembra do golpe que deve tê-la derrubado? Será que vai contar? Se a resposta da primeira é sim, a resposta da segunda também é. Ela vai somar dois mais dois – quem senão eu podia ter facilitado aquele desdobramento? Se ela me denunciar a alguma enfermeira, a denúncia irá diretamente aos Olhos; e então, o relógio irá parar. Preciso tomar precauções. Mas quais, e como?

Rezam os boatos do Ardua Hall que seu infarto não foi espontâneo, e sim o resultado de algum choque, ou até mesmo de um ataque. Pelas marcas de sola na terra, parecia que ela havia sido arrastada para a parte de trás da minha estátua. Ela fora transferida da Unidade de Cuidado Intensiva para uma enfermaria, e Tia Elizabeth e Tia Helena estão se revezando à beira de sua cama, à espera de suas primeiras palavras, uma suspeitando da outra; de forma que não é possível eu ficar a sós com ela.

O bilhete sobre o casamento foi objeto de muita especulação. O noivo encanador fora um toque de mestre: um detalhe muito convincente. Estou orgulhosa da engenhosidade de Nicole, e sei que esta lhe será muito útil num futuro próximo. A capacidade de inventar mentiras plausíveis é um talento que não deve ser subestimado.

Naturalmente, requisitou-se minha opinião a respeito das medidas a serem tomadas. Não seria apropriado ordenar uma busca? A atual localização da menina não fazia grande diferença, falei, desde que os objetivos fossem o casamento e a procriação; mas Tia Elizabeth dizia que o homem talvez fosse um impostor lascivo, ou até mesmo um agente do Mayday infiltrado no Ardua Hall sob disfarce; em todo caso, ele ia se aproveitar da jovem Jade e depois abandoná-la, e depois disso ela não prestaria para mais nada a não ser para o papel de Aia; portanto, devíamos encontrá-la imediatamente e prender o homem para interrogá-lo.

Caso tivesse existido mesmo algum homem, tais procedimentos teriam sido o óbvio: moças sensatas não fogem para se casar em Gilead e homens bem-intencionados não fogem para se casar com elas. De forma que tive de concordar, e uma equipe de busca de Anjos foi enviada para passar um pente-fino nas casas e ruas da vizinhança. Não estavam tão entusiasmados assim com a missão: perseguir mocinhas iludidas não era a ideia que tinham de heroísmo. Desnecessário dizer que a jovem Jade não foi encontrada; nem qualquer encanador fictício de Mayday desentocado.

Tia Elizabeth opinou que havia algo de muito estranho naquela história toda. Concordei, e disse que estava tão intrigada quanto ela. Mas, em seguida, perguntei: o que se podia fazer? Rastro perdido era rastro perdido. Precisávamos aguardar novas informações.

O Comandante Judd não foi tão fácil de engabelar. Ele me convocou à sua sala para uma reunião urgente.

– Você perdeu a Bebê Nicole. – Ele estava trêmulo de raiva sufocada, e de medo: ter tido a Bebê Nicole a seu alcance e tê-la deixado escapar não seria perdoado pelo Conselho. – Quem mais conhece a identidade dela?

– Mais ninguém – falei. – Você. Eu. E a própria Nicole, é claro; achei sensato compartilhar com ela a informação, para convencê-la de que seu destino era elevado. Mais ninguém.

– Ninguém pode ficar sabendo! Como você pôde deixar acontecer uma coisa dessas? Trazê-la aqui para Gilead, depois deixá-la ser arrancada de nós... A reputação dos Olhos vai sofrer, sem falar na das Tias.

Era mais divertido do que eu poderia expressar ficar assistindo à agonia de Judd, mas fiz um semblante lúgubre.

– Estávamos tomando os maiores cuidados – falei. – Ou ela de fato se evadiu, ou então foi sequestrada. Se for este último, os responsáveis certamente estão trabalhando para o Mayday.

Eu estava ganhando tempo. Sempre estamos tentando ganhar alguma coisa.

Eu contava cada hora que passava. Cada hora, minuto, segundo. Eu tinha bons motivos para acreditar que minhas mensageiras estavam seguindo o caminho planejado, transportando consigo as sementes do colapso de Gilead. Não era à toa que eu vinha fotografando os arquivos criminais ultrassecretos do Ardua Hall há tantos anos.

Duas mochilas das Pérolas foram descobertas ao lado da entrada de uma trilha silvestre abandonada em Vermont. Dentro dela havia dois vestidos de Pérolas, cascas de laranja, e um colar de pérolas. Efetuou-se busca na área, com cães farejadores. Sem resultado.

Manobras evasivas, como são eficazes.

O Departamento de Obras investigou a queixa de falta d'água das Tias dos Corredores A e B e descobriu a pobre Tia Immortelle dentro da cisterna, bloqueando a saída. A menina tão frugal tinha se despido como se quisesse deixar suas vestes para serem reaproveitadas por outras; seus trajes foram encontrados, muito bem dobrados, no primeiro degrau da escada. Ela conservara as peças íntimas por pudor. É a conduta que eu esperaria dela. Não pense que não fico triste pela sua perda; mas me recordo de que foi um sacrifício voluntário.

Tal notícia provocou nova onda de especulações: corria um boato de que Tia Immortelle teria sido assassinada, e quem poderia ter sido senão a recruta canadense desaparecida chamada Jade? Muitas Tias – entre as quais algumas que haviam saudado sua chegada com tanto júbilo e satisfação – agora diziam ter sempre desconfiado de que havia algo de fraudulento nela.

– Que escândalo – disse Tia Elizabeth. – Vai acabar com a nossa reputação!

– Vamos encobrir isso – falei. – Vou adotar o discurso de que a Tia Immortelle simplesmente tentou investigar o que havia de errado com a cisterna defeituosa, evitando com isso o dispêndio de mão de obra valiosa nessa tarefa. Ela deve ter escorregado ou então desmaiado. Foi um acidente por extrema dedicação e desprendimento. Será o meu discurso no funeral digno e louvável que vamos organizar.

– Mas que ideia genial – disse Tia Helena dubiamente.

– Você acha que alguém vai acreditar? – perguntou Tia Elizabeth.

– Vão acreditar no que for melhor para os interesses do Ardua Hall – disse eu, com firmeza. – Que também corresponde ao melhor interesse de cada uma.

Mas a especulação foi crescendo. Duas Pérolas haviam passado pelo portão – os Anjos do turno juravam ser verdade – com seus documentos em ordem. Será que uma delas era Tia Victoria, que ainda não havia aparecido nas refeições? Se não, onde estaria ela? E se sim, por que partira mais cedo para sua missão, antes da Ação de Graças? Ela não podia estar acompanhada pela Tia Immortelle, então quem poderia ser a segunda Pérola? Seria a Tia Victoria cúmplice da fuga dupla? Pois, cada vez mais, estava parecendo uma fuga. Concluiu-se que o bilhete sobre a fuga para casar fazia parte da mesma armação: pretendia nos lograr, retardando a perseguição. Como podiam ser desonestas e astutas essas jovens, cochichavam as Tias – especialmente as estrangeiras.

Então veio a notícia de que Duas Pérolas haviam sido avistadas na estação de ônibus de Portsmouth em New Hampshire. O Comandante Judd ordenou uma operação de busca: aquelas impostoras – assim se referiu a elas – deviam ser capturadas e trazidas para interrogatórios. Não se devia permitir que conversassem com ninguém a não ser ele. Caso houvesse possibilidade de fuga, as ordens eram de atirar para matar.

– Medidas um tanto extremas – falei. – Elas são inexperientes. Podem ter sido tapeadas.

– Nas circunstâncias atuais, é muito mais útil para nós uma Bebê Nicole morta do que uma viva – disse ele. – Sei que você entende, Tia Lydia.

– Peço perdão pela minha estupidez – falei. – Acreditei na sinceridade dela; quero dizer, no seu sincero desejo de se unir a nós. Teria sido uma conquista maravilhosa, caso tivesse se concretizado.

– Claramente ela foi plantada, inserida em Gilead sob falsos pretextos. Caso esteja viva, ela poderia derrubar a nós dois. Não compreende como ficaríamos vulneráveis caso alguém a tivesse em seu poder e a fizesse falar? Eu perderia toda a minha credibilidade. Logo surgirão os longos punhais, e não só para mim: seu reinado aqui no Ardua Hall vai chegar ao fim, e – francamente – você também.

Bem me quer, mal me quer: estou assumindo a condição de mera ferramenta, a ser usada e descartada. Mas esse jogo é para dois.

– É a pura verdade – falei. – Infelizmente, há em nosso país quem viva obcecado pela vingança. Eles não acreditam que você tenha agido sempre com a melhor das intenções, especialmente em suas ações para separar o joio do trigo. Mas também nessa questão você tomou a decisão mais sábia, como sempre.

Isso extraiu dele um sorriso, ainda que um sorriso tenso. Veio-me uma recordação, não pela primeira vez. Em meu roupão marrom de pano de saco, eu ergui a arma, mirei, atirei. Com bala ou sem bala?

Com bala.

Fui fazer mais uma visita a Tia Vidala. Tia Elizabeth estava de serviço, tricotando um desses gorrinhos para bebês prematuros que hoje em dia estão na moda. Permaneço profundamente grata pelo fato de que nunca cheguei perto de aprender a tricotar.

Os olhos de Vidala estavam fechados. Ela respirava de maneira constante: péssima sorte.

– Ela já falou? – perguntei.

– Não, nem uma palavra – disse Tia Elizabeth. – Não enquanto estive aqui.

– Sua dedicação é exemplar – falei –, mas você deve estar cansada. Vou te substituir. Vá tomar um chazinho. – Ela me deu uma olhada desconfiada, mas logo se foi.

Assim que ela saiu do quarto, me debrucei e falei alto ao ouvido de Tia Vidala:

– Acorde!

Seus olhos se abriram. Ela focalizou em mim. E sussurrou, sem engrolar as palavras:

– Você que fez isso comigo, Lydia. Você vai para a forca.

Sua expressão era vingativa e triunfante: finalmente ela tinha em seu poder uma acusação suficiente para acabar comigo, e meu cargo já era praticamente dela.

– Você está cansada – falei. – Volte a dormir.

Ela voltou a fechar os olhos.

Eu remexia no bolso procurando a morfina que trouxera comigo quando Elizabeth voltou.

– Esqueci meu tricô – disse ela.

– Vidala falou. Quando você saiu do quarto.

– O que foi que ela disse?

– Ela deve estar com dano cerebral – falei. – Ela a acusou de tê-la agredido. E disse que você está mancomunada com o Mayday.

– Mas como alguém poderia acreditar nela – disse Elizabeth, empalidecendo. – Se alguém a agrediu, só pode ter sido aquela Jade!

– É difícil prever no que as pessoas vão acreditar – falei. – Há quem possa achar conveniente denunciar você. Nem todos os Comandantes ficaram felizes com a saída infame do dr. Grove. Ouvi dizerem que você não é de confiança: se você acusou o Grove, a quem mais poderia acusar? Nesse caso, eles vão aceitar o testemunho de Vidala contra você. As pessoas adoram um bode expiatório.

Ela se sentou.

– É um desastre – disse ela.

– Já estivemos em maus lençóis antes, Elizabeth – falei com brandura. – Lembre-se do Thank Tank. Ambas passamos por lá. Desde então, fizemos o que se fez necessário.

– Você é um esteio, Lydia – disse ela.

– É uma pena que a Vidala tenha tantas alergias – falei. – Espero que não sofra um ataque de asma enquanto dorme. Agora preciso me apressar, tenho uma reunião. Deixo Vidala em suas mãos competentes. Notei que o travesseiro dela carece de ser ajeitado.

Dois coelhos com uma cajadada só: se acontecer, que satisfação, tanto estética quanto prática, além de uma distração que irá criar uma sobrevida. Ainda que no fim das contas não para mim, já que há parcas chances de eu mesma escapar ilesa das revelações que certamente acontecerão assim que Nicole aparecer no noticiário do Canadá e o arquivo secreto de provas que ela transportou para mim for divulgado.

No tique-taque do relógio, os minutos vão passando. Eu espero e espero.

Voem bem, minhas mensageiras, minhas pombinhas de prata, meus anjos da aniquilação. Que pousem em segurança.

XXVI

TERRA À VISTA

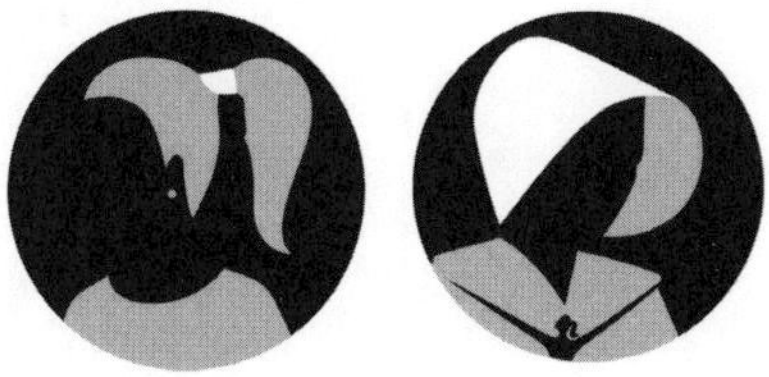

Transcrição do Depoimento da Testemunha 369A

69

Não sei quanto tempo ficamos no bote. Pareceram horas. Desculpe se não sei ser mais precisa.

Havia neblina. As ondas estavam muito grandes, e borrifavam água na gente. Fazia um frio de morte. A correnteza puxava muito, e nos levava na direção do mar. Eu estava mais que assustada: pensei que iríamos morrer. O bote iria alagar, seríamos jogadas em mar aberto, iríamos parar nas suas profundezas. A mensagem de Tia Lydia se perderia e todos os sacrifícios teriam sido em vão.

Amado Senhor, orei em silêncio. Por favor, que a gente chegue a salvo em terra. E, se mais alguém tiver que morrer, que seja só eu.

Nós remávamos e remávamos. Cada uma com um remo. Eu nunca entrara num barco antes, então não sabia como fazer. Eu estava sem força e cansada, e meus braços tinham câimbras de dor.

– Não dá mais – falei.

– Não para! – gritou Nicole. – Estamos indo bem!

O barulho das ondas quebrando na praia parecia próximo, mas estava tão escuro que eu não via onde estava a margem. Então uma onda enorme quebrou bem em cima do bote, e Nicole gritou:

– Rema! Rema pra não morrer!

Veio um barulho de raspada, que deve ter sido no cascalho, e daí veio outra onda, e o bote virou de lado, e nós fomos jogadas em terra. Eu fiquei de joelhos na água, fui derrubada por outra onda, mas consegui me aprumar, e a mão de Nicole surgiu da escuridão e me puxou para cima de umas pedras grandes. Então nos vimos de pé, fora do alcance do mar. Eu tremia inteira, meus dentes batiam, minhas mãos e pés estavam dormentes. Nicole abraçou meus ombros.

– Conseguimos! Conseguimos! Achei que a gente ia morrer! – gritou ela. – Porra, só espero que seja o lugar certo! – Ela gargalhava mas também ofegava, sem fôlego.

No meu coração falei: muito obrigada, Senhor.

Transcrição do Depoimento da Testemunha 369B

70

Foi por muito pouco. Quase chutamos o balde. Podíamos ter sido puxadas pela maré e ter ido parar na América do Sul, mas mais provavelmente teríamos sido apanhadas por Gilead e condenadas à forca no Muro. Estou tão orgulhosa da Agnes – depois daquela noite passei mesmo a considerá-la minha irmã. Ela continuou remando, mesmo acabada. Eu não teria tido como remar aquele bote sozinha.

As pedras eram traiçoeiras. Havia muita alga escorregadia. Eu não enxergava muito pois estava muito escuro. Agnes estava a meu lado, o que foi bom, porque naquela altura eu já estava delirando. Meu braço esquerdo parecia que nem pertencia a mim – parecia solto, acoplado ao meu corpo apenas pela manga da camisa.

Escalamos pedras aos tropeções, pisando em poças, resvalando a cada dois passos. Eu não sabia para onde estávamos indo, mas desde que fosse para cima, seria para mais longe das ondas. Eu praticamente dormia em pé de tão cansada. Eu pensava: cheguei até aqui para cair dura, bater a cabeça e morrer na praia. Becka disse: *Falta pouco.* Eu não me lembrava dela no bote com a gente, mas na praia ela estava junto, eu só não a via porque estava muito escuro. Até que ela disse: *Olhe lá. Vá atrás da luz.*

Alguém falava aos brados num penhasco acima de nós. Lanternas zanzavam lá em cima, e uma voz berrou: "Achei elas!" E outra gritou: "Ali!" Eu estava exausta demais para gritar em resposta. Então o solo ficou mais arenoso, e as lanternas vieram nos encontrar descendo por um caminho à direita.

Uma delas estava na mão de Ada.

– Você conseguiu – disse ela.

– É – respondi, e depois desabei.

Alguém me pegou do chão e começou a me carregar. Era Garth. Ele falou:

– Não falei? Mandou bem! Sabia que você ia conseguir. – E isso me fez sorrir.

Subimos uma colina onde havia luzes fortes e gente com câmeras de televisão, e uma voz falou:

– Sorria pra gente.

E foi aí que eu apaguei.

Eles nos levaram de helicóptero para o Centro Médico de Refugiados Campobello e me encheram de antibiótico, de forma que, quando acordei, meu braço não estava mais tão inchado e dolorido.

Minha irmã, Agnes, estava ao lado da cama, com jeans e um moletom que dizia CORRENDO PARA SALVAR VIDAS: AJUDE A COMBATER O CÂNCER DE FÍGADO. Achei engraçado porque foi o que fizemos: corremos para salvar nossas vidas. Ela estava segurando a minha mão. Ada estava lá a seu lado, e Elijah, e Garth. Eles todos estavam sorrindo feito loucos.

Minha irmã falou:

– Foi um milagre. Vocês salvaram nossas vidas.

– Estamos muito orgulhosos de vocês duas – disse Elijah. – Mas peço desculpas pelo bote: o combinado era levarem vocês até a costa.

– Vocês são manchete no país inteiro – disse Ada. – "Irmãs escapam por pouco." "Bebê Nicole empreende fuga ousada de Gilead."

– E os documentos secretos – disse Elijah. – Também estão nas manchetes. São explosivos. Tantos crimes de gente de alta patente em Gilead... é muito melhor do que sonhávamos. A mídia canadense tem soltado segredos perturbadores um atrás do outro, e logo as cabeças vão começar a rolar. A fonte de Gilead cumpriu mesmo a palavra.

– Então Gilead já era? – perguntei. Eu sentia felicidade mas também uma irrealidade, como se não tivesse sido eu a fazer as coisas que tínhamos feito. Como pudemos nos arriscar tanto? O que nos impeliu a continuar?

– Ainda não – disse Elijah. – Mas começou.

– O Noticiário de Gilead está dizendo que é tudo mentira – disse Garth. – Conspiração do Mayday.

Ada deu uma risada curta feito um rosnado.

– Claro que vão dizer isso.

– Cadê a Becka? – perguntei. Eu estava zonza de novo, e fechei os olhos.

– A Becka não está – disse Agnes com doçura. – Ela não veio com a gente. Lembra?

– Ela veio, sim. Ela estava com a gente na praia – murmurei. – Ouvi a voz dela.

Acho que adormeci. Depois acordei.

– Ela ainda está com febre? – perguntou uma voz.

– O que aconteceu? – perguntei.

– Shh – fez minha irmã. – Está tudo bem. Nossa mãe está aqui. Ela estava tão preocupada com você. Olha, ela está do seu lado.

Abri os olhos, e estava claro demais, mas vi uma mulher ali, de pé. Ela parecia feliz e triste ao mesmo tempo; chorava um pouco. Era quase igual à foto no arquivo das Linhagens, só que mais velha.

Eu senti que devia ser ela, então ergui os braços, o bom e o que estava sarando, e nossa mãe se debruçou na cama de hospital, e nos abraçamos com um braço só. Ela usou um só braço porque o outro abraçava Agnes, e disse:

– Minhas meninas queridas.

O cheiro dela era o certo. Parecia um eco, uma voz que por pouco não se ouve.

Ela deu um pequeno sorriso e disse:

– Vocês não se lembram de mim, é claro. Vocês eram muito pequenas.

E eu respondi:

– Não. Não lembro. Mas tudo bem.

E minha irmã falou:

– Ainda não. Mas vou lembrar.

E eu voltei a dormir.

XXVII

Despedida

O hológrafo de Ardua Hall

71

Nosso tempo juntos se aproxima do final, meu leitor. Possivelmente você vê essas minhas páginas como um frágil baú do tesouro, a ser aberto com o maior dos cuidados. Possivelmente você vai rasgá-las ou queimá-las: isso costuma acontecer muito com escritos.

Talvez você esteja estudando história, e nesse caso espero que você faça algo de útil comigo: um retrato com verrugas e tudo, um relato definitivo da minha vida e época, com as devidas notas de pé de página; ainda que, se você não me acusar de má-fé, eu ficarei atônita. Na verdade, nem mesmo atônita: estarei morta, e mortos são difíceis de surpreender.

Eu te imagino como uma moça, inteligente, ambiciosa. Você vai estar tentando encontrar um nicho seu seja lá em que grutas acadêmicas obscuras e cheias de ecos que ainda persistam na sua época. Eu te vejo em sua escrivaninha, cabelo enfiado atrás da orelha, esmalte lascado nas unhas – porque o esmalte vai ter voltado, ele sempre volta. Você está franzindo um pouco a testa, um hábito que vai piorar com a idade. Eu pairo sobre seus ombros, espiando: sua musa, sua inspiração invisível, instando-a a trabalhar.

Você vai labutar nesse meu manuscrito, lendo e relendo, procurando pelo em ovo à medida que avança, desenvolvendo o ódio fascinado, mas também entediado, que biógrafos tantas vezes chegam a sentir por seus biografados. Como é que eu pude ser tão má, tão cruel, tão burra?, você vai se perguntar. Você pessoalmente nunca teria feito as coisas daquele jeito! Mas você pessoalmente nunca precisou fazê-las.

E assim chegamos ao meu fim. É tarde: tarde demais para Gilead impedir sua destruição iminente. Sinto muito não poder estar viva para presenciá-la – a conflagração, a derrocada. E é tarde na minha vida. E é tarde da noite: uma noite límpida, conforme observei ao vir andando para cá. A lua cheia está no céu, iluminando a todos com seu ambíguo fulgor cadavérico. Três Olhos me saudaram quando passei por eles: sob o luar, seus rostos eram escaveirados, assim como o meu deve ter parecido a eles.

Eles vão chegar tarde demais, os Olhos. Minhas mensageiras alçaram voo. Quando o pior acontecer – o que deve vir muito em breve –, minha saída será célere. Bastará uma ou duas seringas cheias de morfina. Melhor assim: se eu me permitisse viver, vomitaria verdades demais. A tortura é como a dança: já estou velha demais para ambas. Que outros mais jovens se empenhem nessa bravura. Ainda que talvez não tenham escolha sobre isso, já que a eles faltam meus privilégios.

Mas agora é preciso encerrar nossa conversa. Adeus, meu leitor. Tente não pensar mal demais de mim, ou ao menos não mais do que eu mesma penso.

Em breve irei encaixar essas páginas no cardeal Newman e recolocá-lo na minha estante. Em meu fim está o meu começo, como já disseram uma vez. Quem foi, mesmo? Maria da Escócia, se a história não nos engana. Era seu lema, com uma fênix ressuscitando das cinzas, bordado em uma tapeçaria de parede. Que excelentes bordadeiras são as mulheres.

Aproximam-se os passos, uma bota após a outra. Num intervalo entre o inspirar e o expirar, alguém vai bater à minha porta.

O décimo terceiro simpósio

O décimo terceiro simpósio

OBSERVAÇÕES HISTÓRICAS

Transcrição parcial das atas do Décimo Terceiro Simpósio em Estudos Gileadeanos, Convenção da Associação Histórica Internacional, Passamaquoddy, Maine, 29-30 de junho de 2197.

PRESIDENTE: *Professora Maryann Crescent Moon, Presidente, Universidade de Anishinaabe, Cobalt, Ontário.*
CONFERENCISTA DE ABERTURA: *Professor James Darcy Pieixoto, Diretor, Arquivos dos Séculos XX e XXI, Universidade de Cambridge, Inglaterra.*

CRESCENT MOON: Em primeiro lugar, eu gostaria de mencionar que este evento se realiza no território tradicional da Nação Penobscot, e agradeço aos mais velhos e aos antepassados por permitirem nossa presença aqui hoje. Gostaria também de ressaltar que esta localidade – Passamaquoddy, antiga Bangor – não somente era um ponto de partida crucial para os refugiados que deixavam Gilead, mas também um nó central da Ferrovia Subterrânea, as rotas clandestinas de escravos nos tempos pré-Guerra Civil, há mais de trezentos anos. Como dizem por aí, a história não se repete, mas rima.

Que prazer em fazer as honras de abertura desse Décimo Terceiro Simpósio sobre Estudos Gileadeanos! Como nossa organização cresceu, e como são bons os motivos para isso. Precisamos nos recordar incessantemente dos descaminhos tomados no passado para não voltarmos a repetir os mesmos erros.

Tratando do lado prático: para aqueles que gostariam de pescar no rio Penobscot, há duas turmas de excursão com inscrições abertas; por favor, lembrem-se do protetor solar e do repelente de insetos. Detalhes dessas expedições, e do tour arquitetônico sobre o Período de Gilead na cidade, constam nos seus arquivos do simpósio. Acrescentamos um Canto Recreativo de Hinos do Período de Gilead na igreja de São Judas, com acompanhamento de três corais escolares da região. Amanhã é o Dia de Encenação em Trajes de Época, para aqueles que trouxeram os paramentos necessários. Faço um apelo para que não se deixem levar em excesso, como ocorreu durante o Décimo Simpósio.

Agora, por favor, recebam calorosamente um palestrante que todos conhecemos bem, tanto por suas publicações textuais como por sua fascinante série de televisão recente, *Por dentro de Gilead: A vida cotidiana em uma teocracia puritana.* Sua apresentação de objetos de coleção de museus do mundo todo – em especial dos artigos têxteis confeccionados com trabalho manual – foi verdadeiramente arrebatadora. Com vocês, o professor Pieixoto.

PIEIXOTO: Obrigado, Professora Crescent Moon, ou devo dizer Presidenta? Gostaríamos de parabenizá-la pela sua promoção, algo que jamais teria acontecido em Gilead. (*Aplausos.*) Agora que as mulheres vêm usurpando posições de liderança com tal aterrorizante frequência, faço um apelo para que não seja severa demais comigo. Levei a sério seus comentários sobre minhas piadinhas no Décimo Segundo Simpósio – admito que algumas delas não foram lá de muito bom gosto – e vou me empenhar em não ofendê-la novamente. (*Aplausos diferenciados.*)

É gratificante que um público tão numeroso tenha comparecido. Quem haveria de pensar que os Estudos sobre Gilead – por tantas décadas negligenciados – voltariam a desfrutar de tal popularidade? Nós, que tanto e por tanto tempo labutamos nos cantos obscuros da academia, estamos desacostumados às luzes ofuscantes da ribalta. (*Risos.*)

Todos vocês se recordam do entusiasmo de alguns anos atrás, quando foi encontrado um baú de uso militar contendo a coleção de fitas atribuída à Aia de Gilead conhecida como "Offred". Este achado aconteceu bem aqui, em Passamaquoddy, atrás de uma parede falsa. Nossas investigações e conclusões provisórias foram apresentadas em nosso simpósio anterior, e já originaram um número impressionante de publicações revisadas por especialistas.

Àqueles que questionaram este material e suas datas, hoje posso dizer com segurança que meia dúzia de estudos independentes verificaram nossas hipóteses iniciais, embora alguma explicação se faça necessária. O Buraco Negro Digital do século XXI, que ocasionou o desaparecimento de tanta informação devido à rápida deterioração dos dados armazenados – aliado à sabotagem de um grande número de prédios de servidores e bibliotecas pelos agentes de Gilead no intuito de obliterar registros que pudessem entrar em conflito com os do seu país, assim como as revoltas populistas contra a vigilância digital repressora em diversos países –, implica até hoje a impossibilidade de datarmos com precisão muitos materiais de Gilead. Deve-se presumir uma margem de erro de entre dez e trinta anos. Dentro dessa faixa de tempo, porém, estamos tão confiantes quanto qualquer historiador jamais pode estar. (*Risos.*)

Desde a descoberta dessas importantes fitas, ocorreram duas outras descobertas espetaculares, as quais, caso sejam autênticas, aumentarão substancialmente nossa compreensão a respeito desse período longínquo da nossa história coletiva.

Primeiramente, o manuscrito conhecido como *O holópgrafo de Ardua Hall.* Esta série de páginas escritas à mão foi descoberta no interior de uma edição do século XIX de *Apologia pro vita sua*, do cardeal Newman. O livro foi adquirido em um leilão por J. Grimsby Dodge, residente de Cambridge, Massachusetts. Seu sobrinho herdou a coleção e a vendeu a um especialista em antiguidades que reconheceu o seu potencial; foi assim que ele foi trazido à nossa atenção.

Eis o slide da primeira página. A caligrafia é legível àqueles fluentes em letra cursiva arcaica; as páginas foram aparadas de modo a caber no recorte dentro do tomo do cardeal Newman. A datação por carbono do papel não exclui o período tardio de Gilead, e a tinta utilizada nas primeiras páginas é uma tinta para desenho padrão do período, de cor preta, embora após certo número de páginas, empregue-se outra cor, o azul. A escrita era vedada a meninas e mulheres, com exceção das Tias, porém ensinava-se desenho nas escolas às filhas de famílias da elite; de forma que havia disponibilidade desse tipo de tinta.

O holôgrafo de Ardua Hall diz ele mesmo ser obra de uma certa "Tia Lydia", que figura de forma um tanto desabonadora na série de fitas descoberta no baú militar. Indícios internos sugerem que ela talvez seja a mesma "Tia Lydia" identificada por arqueólogos como a modelo principal de uma grande e mal executada estátua descoberta em uma granja industrial abandonada setenta anos depois da queda de Gilead. O nariz da figura central havia sido quebrado, e uma das outras figuras estava sem a cabeça, sugerindo vandalismo. Eu mesmo tirei essa foto, e não sou dos melhores fotógrafos. Devido a limitações orçamentárias, não pude contratar um profissional. *(Risos.)*

Esta personagem, "Lydia", é citada em diversas entrevistas com agentes do Mayday pós-infiltração prolongada como sendo uma pessoa implacável e astuta. Não fomos capazes de localizá-la na esparsa quantidade de material televisado que sobreviveu a este período, ainda que exista uma fotografia enquadrada com "Tia Lydia" escrito no verso, desenterrada das ruínas de uma escola para meninas bombardeada durante o colapso de Gilead.

Muitos indícios apontam para a possibilidade desta "Tia Lydia" de fato ter sido a autora do nosso manuscrito. Porém, como sempre, devemos exercer a cautela. Suponhamos que o manuscrito seja forjado; não uma tentativa fraudulenta e amadora de tempos recentes – o papel e a tinta logo tornariam manifesto esse engodo –, mas uma falsificação de dentro do próprio Gilead; na verdade, de dentro do próprio Ardua Hall.

E se nosso manuscrito tivesse o intuito de funcionar como uma armadilha, incriminando seu objeto, tal como as Cartas do Cofre usadas para condenar Maria da Escócia à morte? Seria possível que uma das supostas inimigas de "Tia Lydia", conforme explanado no próprio manuscrito – Tia Elizabeth, por exemplo, ou Tia Vidala, ressentida com o poder de Lydia, ambicionando sua posição, e familiarizada com sua caligrafia e estilo oratório, tenha redigido esse documento incriminatório, torcendo para que os Olhos o descobrissem?

Existe sim uma possibilidade remota. No entanto, olhando para o todo, tendo a afirmar que nosso manuscrito é verdadeiro. É fato comprovado que alguém dentro do Ardua Hall forneceu o microponto crucial às duas meias-irmãs fugitivas de Gilead cuja trajetória vamos examinar a seguir. Elas mesmas alegam que essa personagem era Tia Lydia: por que desacreditarmos delas?

A não ser, é claro, que a história das meninas sobre a "Tia Lydia" seja ela mesma um despiste, com intuito de proteger a identidade do verdadeiro agente duplo do Mayday para o caso de alguma traição de dentro do próprio Mayday. Sempre há essa possibilidade. Em nossa profissão, uma caixa misteriosa, ao ser aberta, muitas vezes revela outra.

Isso nos leva a um par de documentos que quase certamente são autênticos. Eles estão identificados como transcrições de testemunhos de duas jovens que, conforme elas mesmas relatam, descobriram que são meias-irmãs por meio dos Arquivos de Linhagens Genealógicas alimentado pelas Tias. A jovem que se identifica como "Agnes Jemima" alega ter sido criada dentro de Gilead. A outra, que se chama "Nicole", parece ser oito ou nove anos mais jovem. Em seu testemunho, ela conta como descobriu, através de dois agentes do Mayday, que foi retirada clandestinamente de Gilead ainda bebê.

"Nicole" pode parecer jovem demais, tanto em anos como em experiência, para ter recebido a perigosa missão que as duas parecem ter cumprido com grande êxito, porém ela não era mais jovem que muitos envolvidos em operações de resistência e espionagem no decorrer dos séculos. Há historiadores que argumentam até mesmo que pessoas dessa faixa etária são especialmente adequadas a tais aventuras, pois os jovens são idealistas, subestimam a própria mortalidade, e são mortificados por um senso exagerado de justiça.

Crê-se que a missão descrita foi fundamental à derrocada final de Gilead, já que o material contrabandeado pela irmã mais nova – um microponto inserido em uma tatuagem escarificada, que devo admitir ser um método de transporte de informações muito inovador *(risos)* – revelou uma enorme quantidade de segredos pessoais infames de diversos oficiais de alto escalão. Especialmente digna de nota é a coleção de tramoias divisada por Comandantes para eliminar outros Comandantes.

A exposição destas informações detonou o que ficou conhecido como o Expurgo de Baal, que desfalcou os números da elite, enfraqueceu o regime, e instigou um golpe militar, assim como uma revolta popular. Os levantes e o caos que se seguiram levaram a uma campanha de sabotagem coordenada pela Resistência Mayday e a uma série de ataques bem-sucedidos partindo de certos pontos dos antigos Estados Unidos, tais como as montanhas do interior do Missouri, as áreas de Chicago e Detroit e suas imediações, o Utah – ressentido pelo massacre de mórmons que ali ocorrera –, a República do Texas, o Alasca, e a maior parte da Costa Oeste. Mas esta é outra história – uma que ainda está sendo recuperada e compreendida pelos historiadores especialistas em assuntos militares.

Vou me concentrar nos depoimentos das próprias testemunhas, registrados e transcritos provavelmente para uso do movimento da Resistência Mayday. Esses documentos foram localizados na biblioteca da Universidade Innu em Sheshatshiu, Labrador. Ninguém os descobrira antes – possivelmente porque a pasta não estava identificada corretamente, por estar sob o título "Anais do *Nellie J. Banks*: duas aventureiras". Quem passasse os olhos nesse conjunto de significantes pensaria que se tratava de um relato mais antigo sobre contrabando de bebida alcoólica, pois o *Nellie J. Banks* foi uma escuna famosa por contrabandear rum no começo do século XX.

Foi só quando Mia Smith, uma de nossas alunas de pós-graduação em busca de um tema para sua tese, abriu a pasta que a verdadeira natureza de seu teor foi trazida à luz. Quando ela me passou o material para que eu o avaliasse, fiquei extremamente entusiasmado, pois narrativas em primeira pessoa de Gilead são praticamente inexistentes – especialmente as relativas à vida de meninas e mulheres. É difícil que pessoas afastadas das letras deixem esse tipo de registro.

Porém, enquanto historiadores, temos o dever de questionar nossas conjecturas iniciais. Seria aquela narração de dois gumes apenas uma falsificação muito bem-feita? Uma equipe de alunos da nossa pós-graduação refez o trajeto descrito pelas supostas testemunhas – primeiro traçando seu provável curso em mapas terrestres e marítimos, depois viajando por essa rota com o objetivo de recolher pistas que talvez ainda subsistissem. Um detalhe de enfurecer é que os textos em si não contêm data. Espero que vocês, caso venham a se envolver em alguma peripécia dessas proporções, possam dar uma mãozinha a historiadores futuros incluindo o mês e o ano. (*Risos.*)

Após uma série de becos sem saída e uma noite infestada de ratazanas em uma fábrica de lagosta em lata abandonada em New Hampshire, a equipe entrevistou uma idosa que residia aqui em Passamaquoddy. Ela disse que seu bisavô contava histórias sobre ter transportado gente para o Canadá – geralmente mulheres – em um barco de pesca. Ele possuía até um mapa do local, que a bisneta nos deu de presente, dizendo que estava prestes a jogar aquela velharia toda fora para que ninguém tivesse trabalho com aquilo quando ela morresse.

Vou colocar o slide desse mapa.

Com o ponteiro a laser, vou indicar a rota mais provável das nossas jovens refugiadas: de carro até aqui, de ônibus até aqui, de picape até aqui, de barco a motor até aqui, e a bordo do *Nellie J. Banks* até essa praia próxima a Harbourville, Nova Escócia. Dali elas parecem ter sido transportadas de helicóptero até um centro médico e de processamento de refugiados na ilha Campobello, em New Brunswick.

Em seguida, nossa equipe de alunos visitou a ilha Campobello, e, nela, a residência de veraneio construída pela família de Franklin D. Roosevelt no século XIX, dentro da qual se localizava temporariamente o centro para refugiados. Gilead queria cortar qualquer laço com esse edifício, de forma que explodiu o elevado que partia do continente gileadeano, impedindo assim qualquer tentativa de fuga por terra por parte de nostálgicos da democracia. A casa passou por maus bocados desde então, mas depois foi restaurada e hoje é administrada como museu; infelizmente, a maior parte da mobília original desapareceu.

Nossas duas jovens podem ter passado ao menos uma semana nessa casa, pois, segundo seus próprios relatos, ambas necessitaram de tratamento para hipotermia e exposição a intempéries, e, no caso da irmã mais nova, para sepse devido a uma infecção. Ao dar busca pelo prédio, nossa jovem e dedicada equipe descobriu interessantes entalhes na madeira de um peitoril do segundo andar.

Ei-los aqui nesse slide – há uma camada de tinta por cima, mas ainda são visíveis.

Aqui tem um *N*, que talvez seja de "Nicole" – podemos ver aqui a haste ascendente – e um *A*, e um *G*: será que esses seriam referências a "Ada" e "Garth"? Ou será que o *A* é de "Agnes"? Aqui há um *V* – de "Victoria"? – ligeiramente abaixo, aqui. E ali, as letras *TL*, possivelmente em referência à "Tia Lydia" de seus testemunhos.

Quem teria sido a mãe dessas duas meias-irmãs? Sabemos que existiu uma Aia fugitiva que atuou como agente de campo do Mayday por alguns anos. Após sobreviver a pelo menos duas tentativas de assassinato, ela trabalhou alguns anos sob tripla proteção na unidade de inteligência do Mayday próxima a Barrie, em Ontário, que se fazia passar por uma fazenda de produtos orgânicos de cânhamo. Ainda não excluímos definitivamente essa pessoa como possível autora das fitas do "Conto da Aia" encontrados no baú militar; e, segundo a narrativa citada, esta pessoa teve ao menos duas filhas. Mas tirar conclusões apressadas pode nos induzir ao erro, então fico na dependência do exame mais atento da questão por futuros especialistas, caso seja possível.

Para conveniência das partes interessadas – no momento, uma oportunidade reservada apenas aos que compareceram ao nosso simpósio, embora, a depender do financiamento, possamos depois estendê-lo a uma comunidade de leitores mais ampla –, o meu colega Professor Knotly Wade e eu preparamos uma edição fac-símile desses três lotes de material, os quais intercalamos em certa ordem que para nós fez algum sentido narrativo. Você tira o historiador do contador de histórias, mas não tira o contador de histórias do historiador! (*Risadas, aplausos.*) Numeramos as seções para facilitar buscas e referências: desnecessário dizer que nenhum destes números aparece nos originais. Favor solicitar as cópias do fac-símile junto à recepção; porém, apenas um por pessoa, dado que o estoque é limitado.

Desejo boa viagem em sua jornada ao passado; e, enquanto estiverem por lá, peço que ponderem o significado dos intrigantes entalhes do peitoril. Limito-me a dizer que a correspondência das letras iniciais com diversos dos nomes cruciais de nossas transcrições é bastante evocativa, para dizer o mínimo.

Encerro a apresentação com mais uma fascinante peça do quebra-cabeça.

A série de slides que estou prestes a lhes mostrar são imagens de uma estátua atualmente localizada no Boston Common. Sua proveniência sugere que não pertence ao período de Gilead: o nome do escultor responsável corresponde ao de um artista atuante em Montreal algumas décadas após o colapso de Gilead, e a estátua deve ter sido transferida para sua atual localização alguns anos depois do caos pós-Gilead e da posterior Restauração dos Estados Unidos da América.

A inscrição parece se referir aos principais agentes citados em nossos materiais. Caso seja este mesmo o caso, nossas duas jovens mensageiras parecem ter sobrevivido não apenas para narrar suas histórias como também para se reunirem com sua mãe e respectivos pais, além de terem tido seus próprios filhos e netos.

Pessoalmente, considero essa inscrição um atestado convincente da autenticidade das transcrições de nossas duas testemunhas. A memória coletiva é famosa por suas limitações, e boa parte do passado simplesmente naufraga no oceano do tempo e se afoga de vez; porém, muito raramente, as águas se abrem, permitindo-nos vislumbrar algum tesouro oculto, mesmo que por um momento. Embora a história esteja repleta de nuances, e nós, historiadores, nunca possamos demandar uma unanimidade, creio que vão concordar comigo ao menos nesse caso.

Como podem ver, a estátua mostra uma moça usando os trajes de uma Pérola: observem o chapéu característico, o colar de pérolas, e a mochila. Ela está segurando um buquê de flores que nosso consultor etnobotânico identificou como não-me-esqueças; em seu ombro direito há duas aves, que pertencem, ao que parece, à família do pombo.

Eis a inscrição. As letras estão danificadas pelo tempo e são de difícil leitura no slide, de forma que tomei a liberdade de transcrevê-las no slide seguinte, este. E com isto, encerro minha apresentação.

EM MEMÓRIA DA AMADA
BECKA, TIA IMMORTELLE

ESTE MEMORIAL FOI ERIGIDO POR SUAS IRMÃS
AGNES E NICOLE
E SUA MÃE, SEUS DOIS PAIS,
SEUS FILHOS E SEUS NETOS.
E EM RECONHECIMENTO AOS SERVIÇOS
INESTIMÁVEIS PRESTADOS POR T.L.

AS AVES DOS CÉUS LEVARIAM A VOZ, E OS QUE TÊM ASAS
DARIAM NOTÍCIA DO ASSUNTO.
O AMOR É FORTE COMO A MORTE.

Agradecimentos

Os testamentos foi escrito em diversos lugares: em um vagão de vista panorâmica de um trem preso em um ramal devido a um deslizamento de terra, em algumas embarcações, em uma série de quartos de hotel, no meio de uma floresta, no centro de uma cidade, em bancos de parque, e em cafés, com palavras que foram inscritas no proverbial guardanapo de papel, em cadernos, e em um laptop. O deslizamento foi algo além do meu controle, assim como algumas das outras ocorrências que afetaram o local da escrita. Já as outras circunstâncias foram inteiramente de minha culpa.

Porém, antes de se tornar palavras na página, *Os testamentos* foi escrito em parte nas cabeças dos leitores de seu antecessor, *O conto da aia*, que não paravam de perguntar o que tinha acontecido após o fim daquele romance. Trinta e cinco anos é um bom tempo para se pensar em respostas possíveis, e as respostas mudaram tanto quanto mudou a sociedade, e conforme possibilidades se tornaram realidades. Os cidadãos de muitos países, inclusive os Estados Unidos, estão atualmente sob muito mais pressão do que estavam há três décadas.

Uma pergunta a respeito de *O conto da aia* que sempre retornava era: como foi a queda de Gilead? *Os testamentos* foi escrito para responder a essa pergunta. Totalitarismos podem desmoronar de dentro para fora, à medida que deixam de cumprir as promessas que os levaram ao poder; ou podem ser atacados de fora para dentro; ou ambas as coisas. Não há fórmulas infalíveis, já que muito pouca coisa na história é inevitável.

Agradeço, em primeiro lugar, aos leitores de *O conto da aia*: o seu interesse e curiosidade têm sido inspiradores. E calorosos agradecimentos à grande equipe que deu vida ao livro na forma de uma série de televisão emocionante, bem produzida, e premiada da MGM e do Hulu: Steve Stark, Warren Littlefield, e Daniel Wilson como produtores; o *show-runner* Bruce Miller e sua excelente sala de roteiro; os ótimos diretores; e o maravilhoso elenco, para quem com certeza esse não foi um trabalho qualquer: Elisabeth Moss, Ann Dowd, Samira Wiley, Joseph Fiennes, Yvonne Strahovski, Alexis Bledel, Amanda Brugel, Max Minghella, e tantos outros. A série de televisão respeitou um dos axiomas do romance: não se permitiu nela nenhum acontecimento que não tivesse precedente na história humana.

Todo livro publicado é um esforço conjunto, portanto devo muitos agradecimentos ao animado bando de editores e leitores iniciais de ambos os lados do Atlântico que ajudaram esse experimento mental de diversas maneiras, desde *Adorei isso!* até *Não vão deixar isso passar impunemente!* até *Não entendi direito, detalhe mais.* Esse grupo inclui, entre outros, Becky Hardie da Chatto/Penguin Random House do Reino Unido; Louise Dennys e Martha Kanya-Forstner da Penguin Random House do Canadá; Nan Talese e LuAnn Walther da Penguin Random House dos EUA; Jess Atwood Gibson, que é implacável; e Heather Sangster da Strong Finish, a copidesque demoníaca que encontra toda agulha em qualquer palheiro. E obrigada às equipes de copidesque e produção lideradas por Lydia Buechler e Lorraine Hyland na Penguin Random House dos EUA e por Kimberlee Hesas na Penguin Random House do Canadá.

Agradeço também a Todd Doughty e Suzanne Herz da Penguin Random House dos EUA; a Jared Bland e Ashley Dunn da Penguin Random House do Canadá; e a Fran Owen, Mari Yamazaki e Chloe Healy da Penguin Random House do Reino Unido.

Às minhas agentes hoje aposentadas, Phoebe Larmore e Vivienne Schuster; a Karolina Sutton, e a Caitlin Leydon, Claire Nozieres, Sophie Baker e Jodi Fabbri da Curtis Brown; a Alex Fane, David Sabel, e à equipe da Fane Productions; e a Ron Bernstein da ICM.

No departamento de serviços especiais: a Scott Griffin pelos conselhos sobre navegação; a Oberon Zell Ravenheart e Kirsten Johnsen;

a Mia Smith, cujo nome aparece no texto como resultado de um leilão em benefício da instituição de caridade Freedom from Torture; e a vários membros da resistência durante a Segunda Guerra Mundial na França, Polônia e na Holanda que conheci no decorrer dos anos. A personagem Ada recebeu o nome da minha tia por via de casamento, Ada Bower Atwood Brannen, que foi uma das primeiras mulheres a ser guia de caça e pesca na Nova Escócia.

Agradeço aos que me ajudam a manter o meu modesto ritmo diário e me lembram que dia é hoje, incluindo Lucia Cino da O.W. Toad Limited e Penny Kavanaugh; a V.J. Bauer, que faz o design e a manutenção do site; a Ruth Atwood e Ralph Siferd; a Evelyn Heskin; e a Mike Stoyan e Sheldon Shoib, a Donald Bennett, a Bob Clark e Dave Cole.

A Coleen Quinn, que me obriga a sair da Toca da Escritora e cair na estrada; a Xiaolan Zhao e Vicky Dong; a Matthew Gibson, que conserta as coisas; e a Terry Carman e The Shock Doctors, por manterem as luzes acesas.

E, como sempre, a Graeme Gibson, meu parceiro em tantas aventuras estranhas e maravilhosas há quase cinquenta anos.

Impressão e Acabamento:
Bartira Gráfica